高职高专计算机类工学结合规划教材

小型局域网组建与维护

主　编　郝阜平
副主编　申　毅　赵　刚
编写者(以姓氏笔画为序)
申　毅　吴兴法　吴培飞　宣乐飞
赵　刚　郝阜平　富众杰

ZHEJIANG UNIVERSITY PRESS
浙江大学出版社

序

近年来我国高等职业教育规模有了很大发展，然而，如何突显特色已成为困扰高职发展的重大课题；高职发展已由规模扩充进入了内涵建设阶段。如今已形成的基本共识是，课程建设是高职内涵建设的突破口与抓手。加强高职课程建设的一个重要出发点，就是如何让高职生学有兴趣、学有成效。在传统学科知识的学习方面，高职生是难以和大学生相比的。如何开发一套既适合高职生学习特点，又能增强其就业竞争能力，是高职课程建设面临的另一重大课题。要有效地解决这些问题，建立能综合反映高职发展多种需求的课程体系，必须进一步明确高职人才培养目标、其课程内容的性质及组织框架。为此，不能仅仅满足于对"高职到底培养什么类型人才"的论述，而是要从具体的岗位与知识分析入手。高职专业的定位要通过理清其所对应的工作岗位来解决，而其课程特色应通过特有的知识架构来阐明。也就是说，高职课程与学术性大学的课程相比，其特色不应仅仅体现在理论知识少一些，技能训练多一些，而是要紧紧围绕课程目标重构其知识体系的结构。

项目课程不失为一个有价值与发展潜力的选择，而教材是课程理念的物化，也是教学的基本依据。项目课程的理念要大面积地转化为具体的教学活动，必须有教材做支持。这些教材力图彻底打破以知识传授为主要特征的传统学科课程模式，转变为以工作任务为核心的项目课程模式，让学生通过完成具体项目来构建相关理论知识，并发展职业能力。其课程内容的选取紧紧围绕工作任务完成的需要来进行，同时又充分考虑高职教育对理论知识学习的需要，并融合相关职业资格证书对知识、技能和态度的要求。每个项目的学习都要求按以典型产品为载体设计的活动来进行，以工作任务为中心整合理论与实践，实现理论与实践的一体化。为此，有必要通过校企合作、校内实训基地建设等多种途径，采取工学交替、半工半读等形式，充分开发学习资源，给学生提供丰富的实践机会。教学效果评价可采取过程评价与结果评价相结合的方式，通过理论与实践相结合，重点评价学生的职业能力。

该教材采用了全新的基于工作过程的项目化教材开发范式，教材编排注重学生职业能力培养和实际工作任务的解决和完成，理论内容围绕职业能力展开，突出了对学生可持续发展的能力与职业迁移能力的培养。由于项目课程教材的结构和内容与原有教材差别很大，因此其开发是一个非常艰苦的过程。为了使这套教材更能符合高职学生的实际情况，我们坚持编写任务由高职教师承担，项目设计由企业一线人员参与，他们为这套教材的成功出版付出了巨大努力。实践变革总是比理论创造复杂得多。尽管我们尽了很大努力，但所开发的项目课程教材还是有限的。由于这是一项尝试性工作，在内容与组织方面也难免有不妥之处，尚需在实践中进一步完善。但我们坚信，只要不懈努力，不断发展和完善，最终一定会实现这一目标。

徐国庆

2009 年 8 月

前　言

计算机网络是现代信息社会的基础,人们的生产和生活越来越依赖于网络,随着互联网在全球的迅速普及,急需大量的计算机网络建设和管理人才。高职教育在经过蓬勃发展后正处于转型时期,高职的教育模式和教学方法必须体现培养高素质技能型人才的特点,为适应高职教学的需要,本书组织一线教师和行业专家采用项目化的方式组织编排教材内容,以期缩小在校学习和实际工作岗位需求之间的距离,体现职业性特点。

本书依据行业专家对计算机通信工作领域的任务和技能分析,确定了以下网络系统设计和实施的一般步骤:用户网络需求分析、网络结构设计、网络物理连接、网络逻辑连接、设备配置等工作任务来组织课程内容,避免了从概念、理论、定义入手的理论课程组织模式,而是从与学生生活紧密相关的家庭、办公室网络应用入手,展开网络需求调研、进行网络设计、连接及维护网络的工作任务型课程模式。教材内容突出对学生职业能力的训练,理论知识的选取紧紧围绕"组建小型网络"工作任务完成的需要来进行,同时又充分考虑了高等职业教育对理论知识学习的需要,注重对知识、技能和态度的要求。通过组建一个小型局域网所需的基本技能为主线,面向实际应用,展开相关工作过程和环节。每个项目都有详细的项目练习过程和要求,可以帮助学生更好地掌握网络的应用技术和具体操作流程。

本教材内容针对性强,主要针对小型局域网组建与维护的工作任务,内容安排完全以该任务为中心进行取舍,侧重于 OSI 参考模型的底三层,学生面对的是完整的通信系统,包括接入、传输、交换;在教材内容编排上,依照组建小型网络工作步骤来组织内容,并实现能力的递进,符合认知规律。学习本教材的内容将为进一步学习路由与交换和广域网技术,从而备考 CCNA(思科认证网络工程师)或 H3CNE(H3C 认证网络工程师)奠定良好基础。

本书共分 8 个项目,其中项目一由吴兴法编写,项目二由富众杰编写,项目三由赵刚编写,项目四、五由郝阜平编写,项目六由吴培飞编写,项目七由申毅编写,项目八由宣乐飞编写,全书由郝阜平统稿。在本书编写过程中,沈海娟副教授与来自企业一线的工程师张宗勇老师和陈亚猜老师对本书的编写大纲提出了大量宝贵的意见。同时在编写过程中参考了国内外有关计算机网络的文献,在此对帮助本书编写的老师及文献的作者一并表示感谢。

由于编者水平有限,加之时间仓促,书中错误或不妥之处在所难免,衷心希望各位读者能提出宝贵意见和建议,邮箱 hzycisco@163.com,联系电话:0571-86916941。

编　者

2009 年 8 月

目　录

项目一　认识计算机网络——概述

本项目通过介绍计算机网络的基本知识,通过项目训练让读者了解计算机网络的基本组成、分类和作用等框架性知识,并明确本教材的学习重点和目标

一、教学目标

最终目标:了解计算机网络的基本概况和学习目标。

促成目标:

1. 掌握计算机网络的基本组成;
2. 了解计算机网络作用;
3. 熟悉计算机网络的类型;
4. 明确本教材的学习目标。

二、工作任务

1. 分析身边的自己熟悉的“网络”,通过类比各种生活中的网络,重点勾勒计算机网络的组成部分,总结计算机网络的概念和主要组成部分;

2. 会使用计算机网络所能提供的各种服务(www/mail/ftp/im 等),了解计算机网络的作用;

3. 简单描述各种不同的网络环境,了解各种计算机网络类型;

4. 了解本教材的重点学习目标。

模块1　熟悉计算机网络的组件和作用

一、教学目标

最终目标:能描述计算机网络的基本组件。

促成目标:

1. 掌握计算机网络的概念;

2. 熟悉计算机网络的组成部分；
3. 了解计算机网络的作用。

二、工作任务

1. 通过对现实生活中各种网络的分析来了解计算机网络的基本组成；
2. 通过相关网络软件的使用体会网络的用途。

三、相关知识点

(一)网络的概念

网络的概念从广义上来说，可以涵盖许多领域，很多独立的系统无一都是由各种“网络”组成。

比如说社会领域里面的邮政系统由“邮局、信箱、邮递员、邮政车和邮件”组成自己的“网络”，电力系统由“供电局、变压器、电线、电力”组成自己的“网络”，自来水系统由“自来水厂、各类运水管道、水阀、自来水”组成自己的“网络”；生物领域里面动物的循环系统由“心脏、血管和血液”组成一个“网络”、神经系统由“大脑、脊椎、神经”组成一个“网络”；运输领域里面汽车运输系统由“汽车、公路、车站、货物”组成自己的“网络”，火车运输系统由“火车、铁路、车站、货物”组成自己的“网络”等；至于通信领域就有更多典型的网络系统，诸如电话系统由“电信局、电话线路、电话机”组成自己的“网络”、有线电视由“有线电视台、同轴电缆线缆、电视机”组成自己的网络，家庭宽带上网由“电信局、电话线路、光纤/双绞线、计算机”组成自己的网络等等。

日常生活中的电话系统、有线电视等都具备什么特征呢？有终端、线缆、局方设备等，其中线缆和局方设备是为终端设备能传递信号服务的，比如语音、视频、电力、自来水等。综观以上这些不同的网络，都有一些典型的特征，即都由“核心节点，传输线路或载体，终端节点和传输的内容”组成，详见表 1-1。

网络有许多不同的类型，不同的网络要完成各自的任务，并为我们提供各种不同的服务。在一天的生活中，我们需要用电、用水，可能要打电话、看电视、听收音机、上网搜索资料，甚至与另一个国家的人玩游戏。所有这些活动都要依赖稳定、可靠的网络来完成。

计算机网络也是属于“网络”的一种，只不过它现在是专门提供数据通信的网络，它同样具有和其他网络相似的特征。狭义的网络主要是指计算机网络[①]，也是本教材主要的学习目标，它目前已经成为人类生活越来越不可或缺的组成部分了。

---

① 本书后续所讲的“网络”若非特别注明均指计算机网络。

表 1-1 网络类比

“网络”类型	核心节点	局方设备	传输线路/媒介	传输内容	终端节点
邮政系统	邮局	分拣机	邮政车	邮件	发件人 收件人
电力系统	供电局	变压器	电线	电力	企业/家庭电力插座
自来水系统	自来水厂	水泵、水塔	自来水管道	自来水	企业/家庭水龙头
运输系统	汽车站 火车站	车站调度系统	公路/汽车 铁路/火车	旅客 货物	车站
电话系统	电信局机房	程控交换机	电话线	语音	电话机
有线电视	有线电视台	视频传输装置/ DVB 设备	有线电视线缆 (同轴电缆)	电视信号	电视机
计算机网络	电信局机房	路由器 交换机	光纤/电话线/网线 (双绞线)	数据	个人电脑

拓展知识——三网合一

在上世纪 90 年代及以前,通信技术不像现在这么发达,语音、视频和计算机数据通信都需要单独、专用的网络,每个网络都要使用不同的设备来访问。如果人们要同时(可能的话使用一台设备)访问所有这些网络,那该怎么办呢?

新技术的出现解决了这一问题,一种可以同时提供多种服务的新型网络应运而生。这种新的融合网络与专用网络不同,它可以通过同一个通信通道或网络结构提供语音、视频和数据服务。

(二)计算机网络溯源

什么是计算机网络?网络能为我们做什么?在回答这些问题之前,让我们先回顾一下,在网络未普及之前个人电脑(Personal Computer,PC)单机运行的时代。IBM 公司于 1981 年发布了自己的个人电脑,称为“IBM PC”, PC 机自 20 世纪 80 年代发展起来,并逐渐迅速在家庭和办公室普及开来。随着 PC 机在家庭和办公室的普及,单机运行的种种弊端逐渐显露出来。人们需要在计算机之间交换数据和信息,就像在办公室,同事之间总会因为工作需要交换公文、档案、信息等,当计算机在各种办公事务中发挥越来越重要的作用的时候,就需要在计算机和计算机之间相互交换信息。

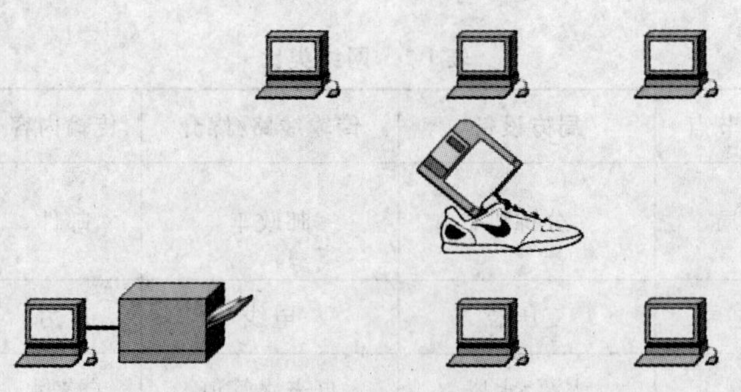

图 1-1 SneakerNet

在计算机网络未普及前,人们在 PC 机间交换信息靠的一种人力的网络——“Sneaker-Net”。即当你想打印在你 PC 机上编辑好的文档,但是你的 PC 机上并没有安装打印机,那你只有先把它储存到磁盘上,然后走到另一个有打印机的机器那儿打印,如图 1-1。这种“运动鞋式网络”可不是数字时代的效率模式,不过,那时网络尚未普及,个人电脑处理的数据量也不大,大家带着软盘跑来跑去倒也乐在其中。

随着时代的发展,计算机数目不断增加,处理的数据量也越来越大,原先的 SneakerNet 的运作方式已经越来越不能满足公司的业务不断发展的需求,计算机网络应运而生。其中局域网(Local Area Network,LAN)技术①成为代替“SneakerNet”的一种快速发展的技术,如图 1-2。相对于独立计算机(即只使用本地磁盘上程序和数据的个人计算机)而言,在企业内部实施局域网技术可以带来更多好处。最重要的一点是允许企业和部门多个用户共享设备和数据,其中设备和数据统称为网络的资源。对于任何组织而言,共享设备都会节省开销。比如,与其为 20 位雇员每人都购买打印机,不如只购一台,让这 20 位雇员通过网络共享这台设备。共享设备也会节省时间。比如同事间通过网络获取共享数据,比把数据拷贝到磁盘,从一台计算机上传递到另一台计算机上的获取方式(SneakerNet)要快得多。在网络出现之前,通过软盘传递数据是唯一共享数据的方式。

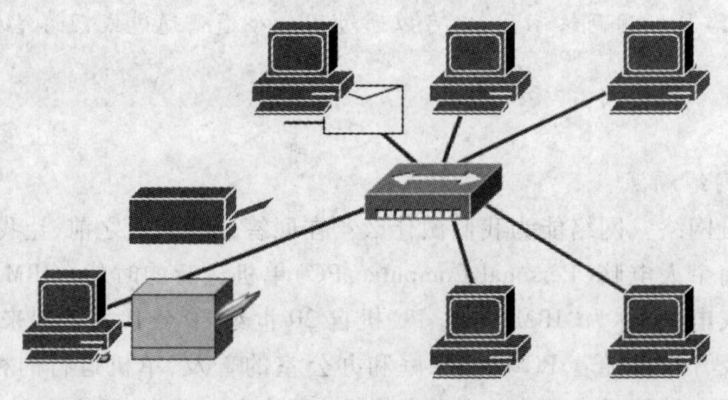

图 1-2 局域网

① 局域网技术是一种总称,其实现技术包括以及网、FDDI、令牌环网等。

拓展知识——IBM PC

PC是个人电脑(Personal Computer)的缩写,但是因为这款电脑太成功了,全球各地的个人电脑几乎都是IBM所出产的或与之兼容的,所以PC本来是IBM产品的一个型号,现在却变成一种商品名称。IBM采用英特尔出产的8088为CPU,微软出产的MS-DOS为操作系统。IBM不仅仅开放IBM PC所有的技术资料,还提供BIOS程序列表,所以有心想制造IBM PC兼容机的厂商很容易就能投产。因为IBM采取这种策略,以及8088优异的处理能力,使得IBM一举攻占Apple的市场。日后PC及其兼容机种蓬勃发展,而PC也不再仅仅是IBM的产品名称,也成为个人电脑的代名词,而英特尔及微软也靠着本身的努力及策略成为世界级的大厂商,分别坐上CPU及软件的第一把交椅。目前市面上最常见的微机(包括台式机和笔记本电脑)就是PC机,只不过CPU已经由原来的8088发展到现在的酷睿™2,操作系统则由原来的DOS发展到现在的Vista。

(三)计算机网络的定义

计算机网络是指为达到资源共享和信息交换,通过一定的连结设备、传输媒介和相应的软硬件系统,将物理上分散且具有独立功能的计算机连接在一起的综合系统。

硬件、软件、传输介质和网络设计的变型有多种多样。网络可以包括由家中或办公室中通过电缆所连接起来的两台计算机,也可以由全球成百上千台计算机组成,相互间通过电缆、电话线和卫星建立连接。除了可以连接个人计算机之外,网络还可以连接主机计算机、调制解调器、打印机、传真机和电话系统。各种设备之间可以通过铜线、光缆、无线电波、红外线或卫星进行通信。

网络资源的应用种类繁多,要正常使用这些网络资源,除了要将计算机用线缆(或无线传输介质)进行物理连接以外,还必须要有硬件、协议、操作系统和应用程序的配合才能使其正常工作。

(四)计算机网络的组成部分

计算机网络也是属于“网络”的一种,只不过它现在是专门提供数据通信的网络,它同样具有和其他网络相似的特征。那么,计算机网络中都有哪些组件?

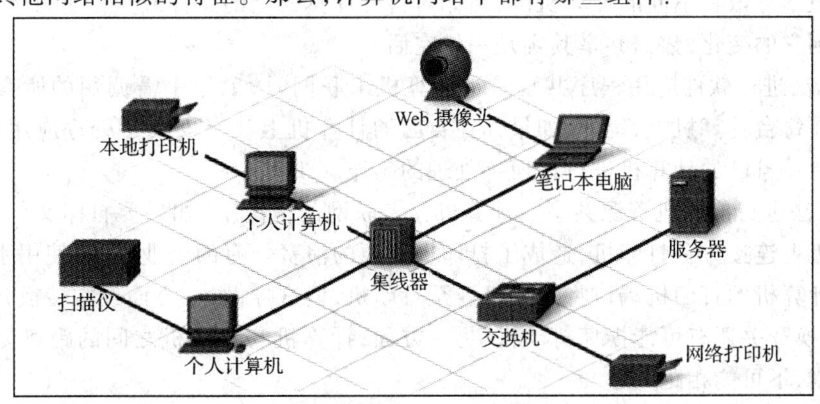

图1-3 计算机网络组件

网络包含许多组件，例如个人计算机、服务器、网络设备、电缆等。这些组件可以分为四大类：主机、共享的外围设备、网络设备、网络介质。

人们最熟悉的网络组件莫过于主机和共享的外围设备了。主机是直接通过网络发送和接收消息的设备，大家平常用的个人计算机和服务器就是一种主机，还有一类设备也称为主机，比如图1-3中的网络打印机，这种网络打印机本身不依赖计算机可独立工作，有自己独立的网络地址。

共享的外围设备不直接与网络连接，而是与主机连接。主机负责通过网络共享外围设备。主机上配置了计算机软件来帮助网络用户使用连接的外围设备。比如说连接到计算机上的打印机、扫描仪、摄像头等，它们依赖与它们相连的主机才能通过网络对外提供服务。

网络设备和网络介质用来使主机实现互联。网络设备如集线器、交换机、路由器、调制解调器等，类似于邮政系统中的邮局，主要负责终端主机之间的通信；而传输介质类似于自来水公司的管道一样，是为主机、网络设备之间提供数据传输的通道，它既可以是看得见的有线介质，如双绞线、同轴电缆、光纤等，也可以通过看不见的无线介质，如无线电波、微波、红外线、卫星等（关于通信线路及其制作、安装的相关内容将在项目三中详细介绍）来传递。

（五）计算机网络的作用

随着科学技术的发展，计算机应用的普及，网络信息时代已经来临。想一想我们生活中的许多事情：使用电话预定飞机票、使用银行的ATM取款、在超市购物刷卡、网上购物、网络信息资源搜索和浏览、网上聊天等等。网络技术的飞速发展，给我们的生活带来了很大的方便。网络对于今天的公司或企业已经是必不可少的工具，使用电子邮件收发信件、公司内部资源的共享、信息的交流、公司业务的管理等等，计算机网络为公司或企业创造着价值。

1. 未联网单机的弊端

对一个公司或企业来说，如果每个人或每个部门之间的计算机彼此独立工作，很明显会有以下一些不方便之处。

（1）无法进行数据共享。没有网络，每个人计算机上的数据，只能供本人使用，你的领导或同事，需要查询你的数据时，只能到你的计算机上来查，或者，你只好将他们需要的数据用磁盘拷贝给他们，使得同样的数据存在多个人的计算机上，造成资源的浪费。同样，别人的数据，你也不能共享。用磁盘拷贝进行数据共享，仅在文件大小小于软盘容量时工作才方便，当需要传递的数据量很大时，这种方式既费时又不可靠。而最可怕的事情则是文件或数据的各个版本分散在不同的计算机上，当你对自己计算机上的文件或数据进行更新后，别人无法了解到它的变化，数据共享其实是一句空话。

（2）无法进行软件应用程序共享。当计算机未联网时，工作中需调用的所有应用程序必须安装在每台计算机上，例如，如果你在自己的计算机上没有安装字处理应用程序，那么用户就不能在自己的计算机进行任何字处理的工作。

（3）无法进行打印机资源共享。计算机在未联网的情况下，如果要打印文件，必须在自己的计算机上连接一台打印机，造成了打印机资源的浪费。有的企业，通过使用手动转换开关盒选择计算机的打印机端口将计算机连至打印机，但这样做，一方面经常转换开关很不方便，而且转换开关还有可能损坏打印机，另一方面，计算机与打印机之间的距离受打印电缆长度的限制，不可能相距太远。

（4）无法进行Internet资源共享。未联网的计算机不能共享Internet连接。随着Internet

的应用日益广泛，电子商务为我们的工作和生活带来了很大的方便，同时降低 Internet 账户成本也是企业需要考虑的一个重要问题。为解决这一问题，很多企业提出了建立小型网络的需求，这样它们可以将所有的用户经一个连接进入 Internet。

(5)无法进行集中式的数据管理。当计算机未联网时，由于管理成本高和耗时，且配置不能标准化，所以没有办法集中管理它们并确保它们共享共同的配置和访问数据。

(6)工作效率低下。未联网的计算机由于每个用户各自维护数据，造成人员重复劳动，工作效率低，资源浪费。

2. 联网计算机的好处

不管计算机网络的种类是什么，不管建立网络的原因是什么，归纳来说，计算机网络能为我们带来以下显而易见的益处：

(1)网络可以提高工作效率。使用电子邮件，不需打印便函，即可快速发出邮件；使用信息管理系统，不需要从一张办公桌转移到另一张办公桌，就能与每个人交谈并检查他们的工作；不需要从这台计算机跑至另一台计算机，仅在网络驱动器中就可以拷贝、打开或修改你所需的文件。提高管理网络效率的更好的解决方案是集中管理功能。一旦计算机联网，就有许多软件实用程序可以使管理员远程诊断和改正网络用户出现的问题，并实现远程安装和配置软件。

(2)网络可以节省资源。通过计算机联网，我们可以共享打印机、硬盘、数据等资源，一个部门可以只有一台打印机，很多部门都需要的数据只存储在某一台计算机上等等。

(3)网络可以帮助确保信息的一致性并减小数据冗余。同样的数据在联网的计算机系统中只存储一份，任何人任何时间对这些数据的更新，都导致相关数据的更新，并且系统中的所有用户都同时可以引用更新后的数据。

(4)网络可以将不同的思想和观点带至一个公共论坛。通过计算机联网，我们可以实现多人、异地、实时的信息交流，如电视会议、Internet 网上聊天，整个部门或公司可以使用一张电子日程表安排工作日程，而不必每个人使用一张，等等。

计算机网络能够大大提高我们的工作效率，节省资源，降低成本，所以现在公司或企业内部计算机联网的需求激增。

3. 计算机网络的作用

总结计算机网络的作用，可以概括为以下三个方面：

(1)资源共享

充分利用计算机资源是建立计算机网络的最初目的。在计算机诞生之初，人们曾一度通过使用一台主机带多个终端用户的形式，来分配和使用计算机的宝贵资源，也许他们不曾想到正是这种主机—终端的多用户系统成为现今计算机网络的鼻祖，而可能更让他们吃惊的是，现今计算机网络使用共享资源能提高到共享软硬件资源这么一个新的层次。从应用程序、文件、打印机的共享到传真机、调制解调器、硬盘等能够被网络中每一台计算机所用，这种资源共享最终导致了分散资源的利用率大大提高，避免了重复投资，降低了使用成本。

(2)集中管理和分布处理

由于计算机网络具有的资源共享能力，使得在一台或多台计算机上管理其他计算机上的资源成为可能，而这在许多需要集中管理的系统中显得非常有价值。例如，在飞机订票系统中，航空公司通过计算机网络管理分布于各地的计算机，统筹安排机票的分配、预定等工作;又比如,学校教务管理系统中,可通过计算机网络将分布于各系部、教研室的学籍管理、考试信息等传到服务器上实现集中管理。这一特点使得计算机资源进一步分散,而管理却进一步集中,一方面提高了整体效率,另一方面在计算机网络中,可以将一个较大的问题或任务分解为若干个子问题子任务,分散到网络中不同功能的计算机上进行处理和完成,实践证明,这种分布处理能力对于较大型的项目、课题的研究与开发有着重大的作用。

(3)远程通信功能

计算机网络的发展,使得地理位置相隔遥远的计算机上的用户也可以方便地进行远程通信,而这种通信手段是电话、传真或信件等现有通信方式的新的补充。典型而又众所周知的例子就是电子邮件(E-mail)。对于远程用户来讲,发送一封电子邮件也许要比发送一封信快得多,而且也比一个国际长途便宜的多。

四、实践操作

网络提供的功能常被称为服务,作为家庭上网和企业上网的目的不尽相同,家庭上网更主要的是获得国际互联网——Internet 的相关服务,而企业上网则不仅是上互联网宣传自己,更多的是为企业业务发展而建立起一整套称之为企业内联网(Intranet)和企业外联网(Extranet)的体系结构,其主要目的是提高企业生产效率。

我们以家庭和小型办公室网络为例,来体验网络的主要作用。

背景知识/准备工作

在本实验操作中,您将使用一台 PC 在互联网上查询有用信息。

本实验需要以下资源:

一台带有浏览器软件的 PC 机,能够正常访问 Internet。

(一)网络冲浪和信息查询

假定我们现在要查询中国的互联网发展状况统计信息,该如何操作呢?

1. 访问 WEB 站点

(1)在任务栏的【开始】菜单或任务栏的【快速启动】工具栏中,单击 IE 浏览器的快捷图标;或双击桌面上的 IE 图标,打开 IE 浏览器。

(2) 在浏览器的地址栏中输入网址“www. cnnic. cn”,按回车键打开中国互联网络信息中心的主页,如图 1-4。

图 1-4　中国互联网络信息中心主页

(3)在首页的“CNNIC 动态与公告”栏目右边点击“中国互联网络发展状况统计”图标，打开该链接页面，参见图 1-5。

图 1-5　中国互联网络信息中心主页

(4)在打开的页面中将页面滚动至适当位置，可以看到历次的统计信息，可以选择某一次的统计报告下载或打开查看(WORD 版和 PDF 版内容是一样的)，参见图 1-6。

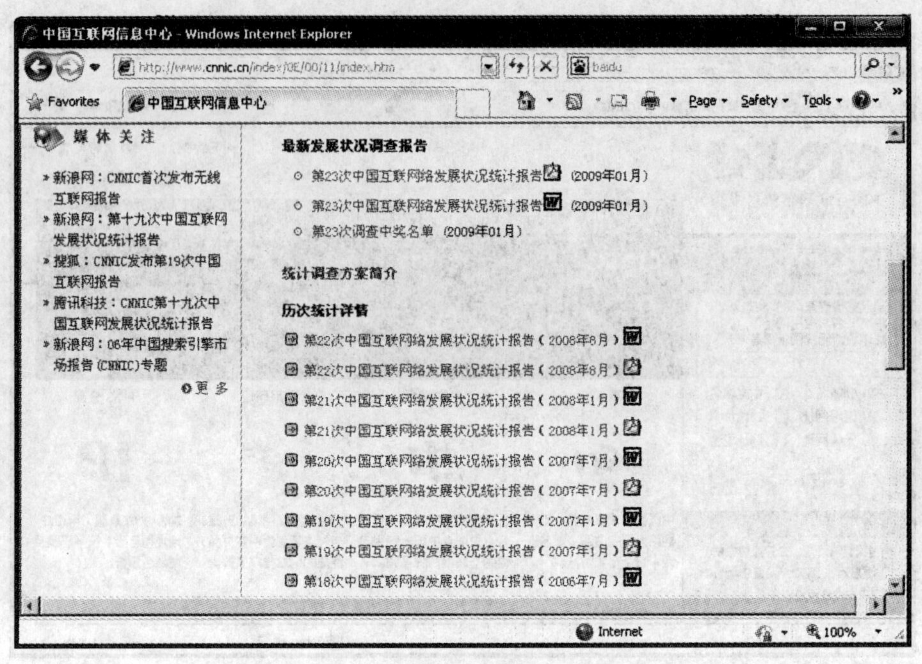

图 1-6 “中国互联网络发展状况统计”链接页

比如我们选择点击第 23 次中国互联网络发展状况统计报告（WORD 版），选择在浏览器中打开，如图 1-7 所示。

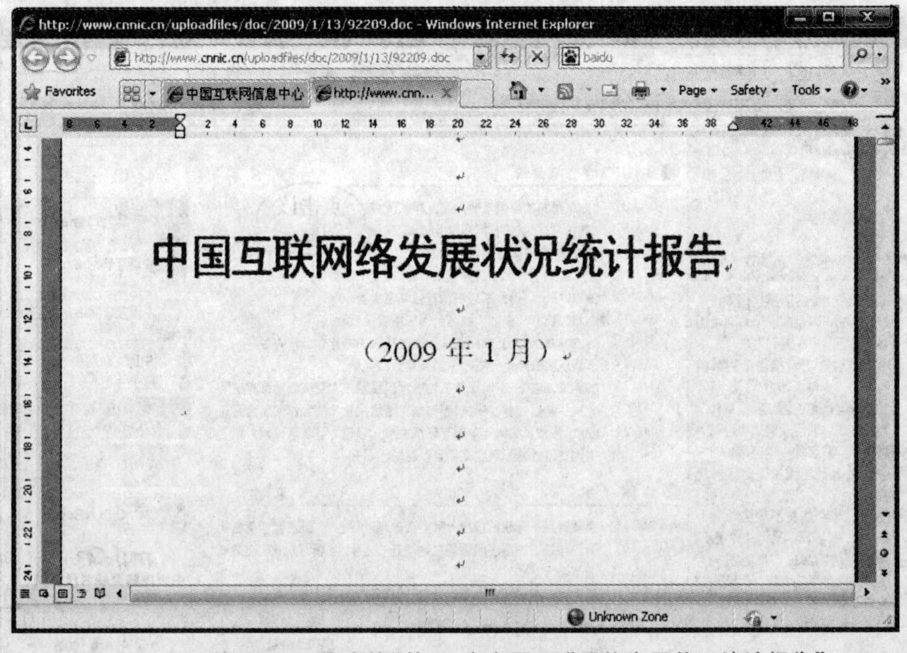

图 1-7 打开的 WORD 格式的“第 23 次中国互联网络发展状况统计报告”

2. 使用搜索引擎查询

（1）在任务栏的【开始】菜单或任务栏的【快速启动】工具栏中，单击 IE 浏览器的快捷图标；或双击桌面上的 IE 图标，打开 IE 浏览器。

(2)在浏览器的地址栏中输入百度的网址“www. baidu. com”,按回车键打开百度的主页,如图 1-8。

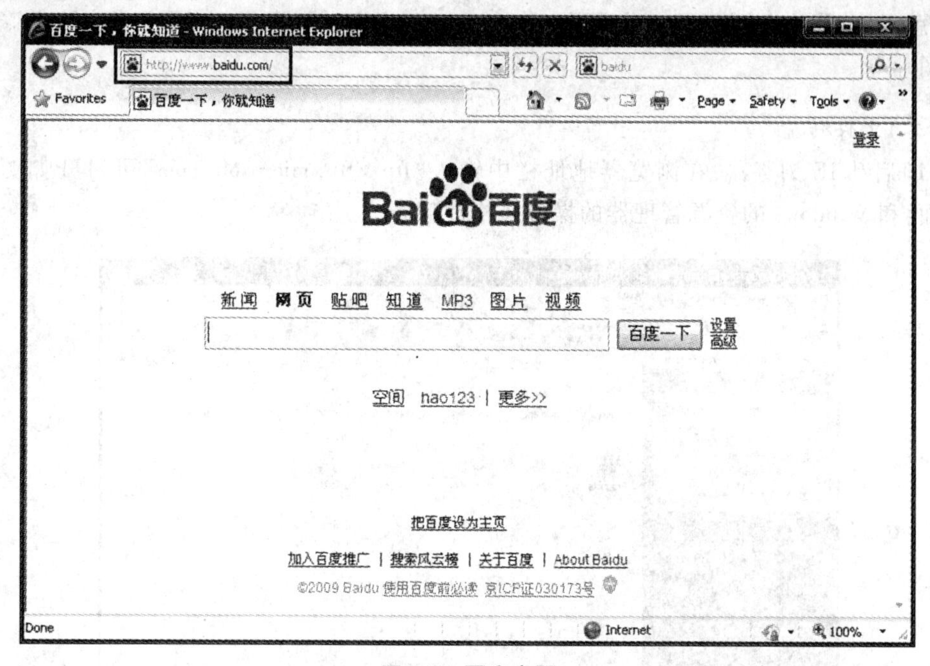

图 1-8　百度主页

(3)搜索“中国互联网络发展状况”

在百度搜索栏中输入关键词“中国互联网络发展状况”,单击【百度一下】按钮,显示搜索结果页面,如图 1-9 所示。

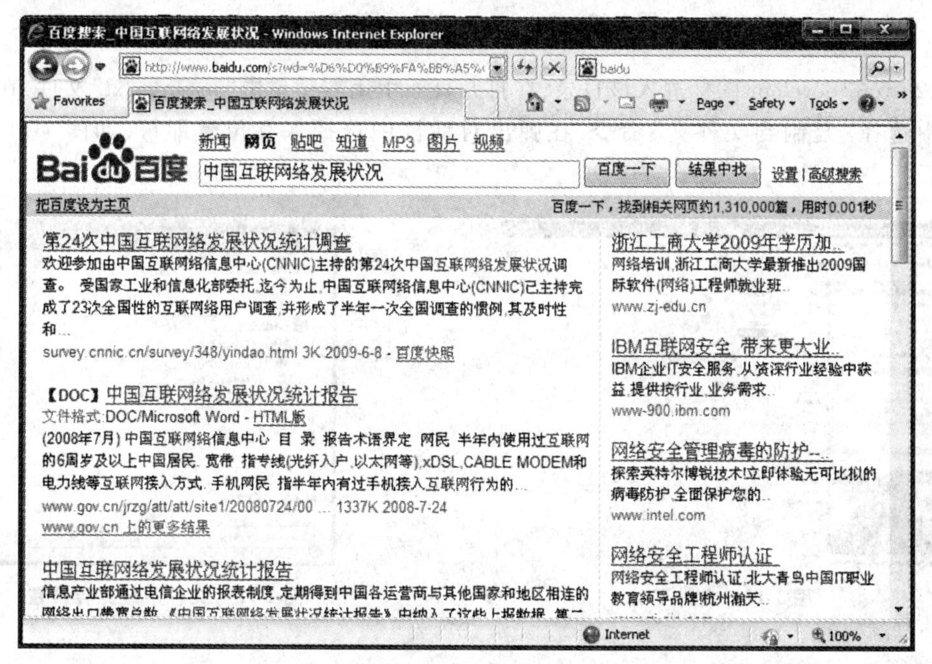

图 1-9　百度搜索结果页面

(4)选择其中的某条结果打开查看

思考:请以自己感兴趣的主题在 Internet 上查找相关资源,比如文章、软件、电影、音乐、图片等

(二)文件传输

(1)启动 IE 浏览器,在浏览器地址栏中输入"ftp:/ftp. microsoft. com"可打开如图 1-10 的页面,和 Windows 的资源管理器的操作风格类似。

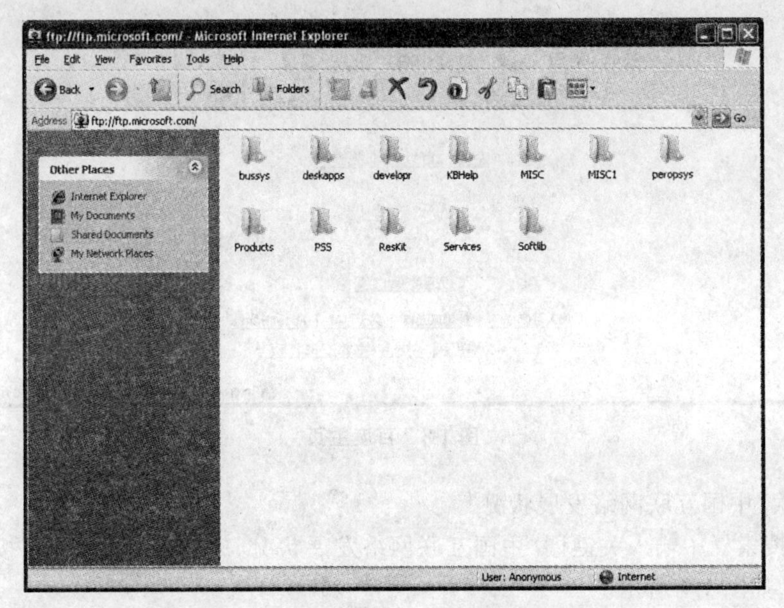

图 1-10 ftp. microsoft. com 站点页面

(2)双击 developr 图标进入该目录,在打开页面中用右键单击"readme. txt"文件,在弹出菜单中选择"复制到文件夹"命令,在弹出对话框中选择保存位置即可,如图 1-11、1-12 所示。

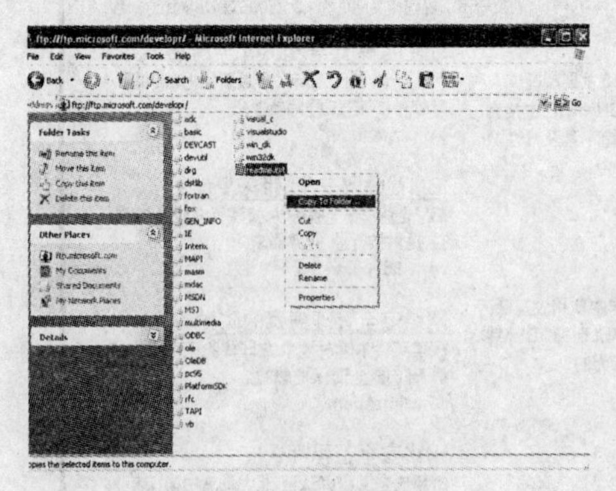

图 1-11 文件下载

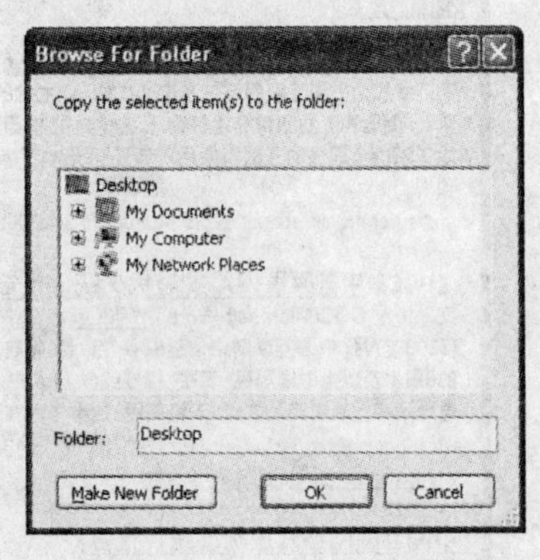

图 1-12 文件下载保存位置

模块2 分辨计算机网络类型

一、教学目标

最终目标:正确区分计算机网络类型。

促成目标:

1. 正确区分各种不同的网络类型;
2. 明确本门课程的学习目标(SOHO 型网络组建)。

二、工作任务

识别各种不同的计算机网络分类。

三、相关知识点

计算机网络的应用范围很广,为了适应不同的应用场合,计算机网络采用的标准和技术会有所不同。为了更准确地指出所采用的网络技术,需要了解计算机网络的分类方法及具体分类,计算机网络的分类方法有很多种,其中最主要的有三种方法:一是根据网络所使用的传输技术分类;二是根据网络的覆盖范围分类;三是根据网络的拓扑(topology)结构分类。

(一)根据网络的传输技术分类

网络所采用的传输技术决定了网络的主要技术特点,根据网络所采用的传输技术可将网络分为广播式网络(Broadcast Networks)和点到点式网络(Point - to - Point Networks):

1. 广播式网络(Broadcast Networks)

在广播式网络中,所有联网计算机都共享一个公共通信信道。当一台计算机利用共享通信信道发送报文分组时,所有其他的计算机都会“接收”到这个分组。由于发送的分组中带有目的地址与源地址,接收到该分组的计算机将检查目的地址是否是与本节点地址相同。如果被接收报文分组的目的地址与本节点地址相同,则接收该分组,否则丢弃该分组。发送的报文分组的目的地址可以有三类:单播(unicast)地址、多播(multicast)地址和广播(broadcast)地址。

2. 点到点网络(Point - to - Point Networks)

在点到点式网络中,每条物理线路连接一对计算机。假如两台计算机之间没有直接连接的线路,那么它们之间的分组传输就要通过中间节点的接收、存储、转发,直至目的节点。由于连接多台计算机之间的线路结构可能是复杂的,因此从源节点到目的节点可能存在多条路由。决定分组从通信子网的源节点到达目的节点的路由需要有路由选择算法。采用分组存储转发方式与路由选择方式是点到点式网络与广播式网络的重要区别之一。

(二)根据网络的覆盖范围分类

计算机网络覆盖的地理范围不同,它们所采用的传输技术也不同,因而形成了不同的网络技术特点与网络服务功能,计算机网络按照其覆盖的地理范围可分为局域网 LAN(Local Area Network)、城域网 MAN(Metropolitan Area Network)和广域网 WAN(Wide Area Network)。

1. 局域网 LAN(Local Area Network),见图 1-13。

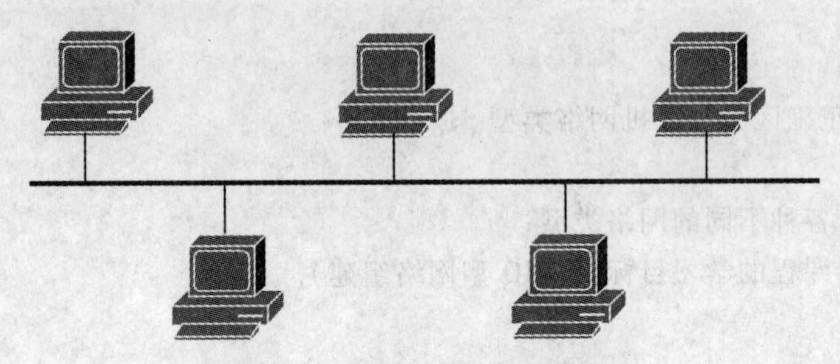

图 1-13 小型办公室的局域网

局域网的覆盖范围一般为几千米左右,由于光纤技术的出现,局域网实际的覆盖范围已经大大增加。这种网络一般用微型计算机通过高速线路相连(速率可在 1Mb/s 以上至 1Gb/s),它将有限范围内(如一个实验室、一幢大楼、一个校园)的各种计算机、终端与外部设备互联成网。不同的局域网技术的应用范围和协议标准不同。局域网技术发展迅速,应用日益广泛,是计算机网络中最活跃的领域之一。

2. 城域网 MAN(Metropolitan Area Network),见图 1-14。

城域网的传送速率也在 1Mb/s 以上,但覆盖范围比局域网大,一般在五千米到五十千米左右。城域网是介于局域网与广域网之间的一种高速网络。城域网设计的目标是要满足几十千米范围内的大企业、机关、公司的多个局域网互联的需求,以实现大量用户之间的数据、语音、图形与视频等多种信息的传输功能。

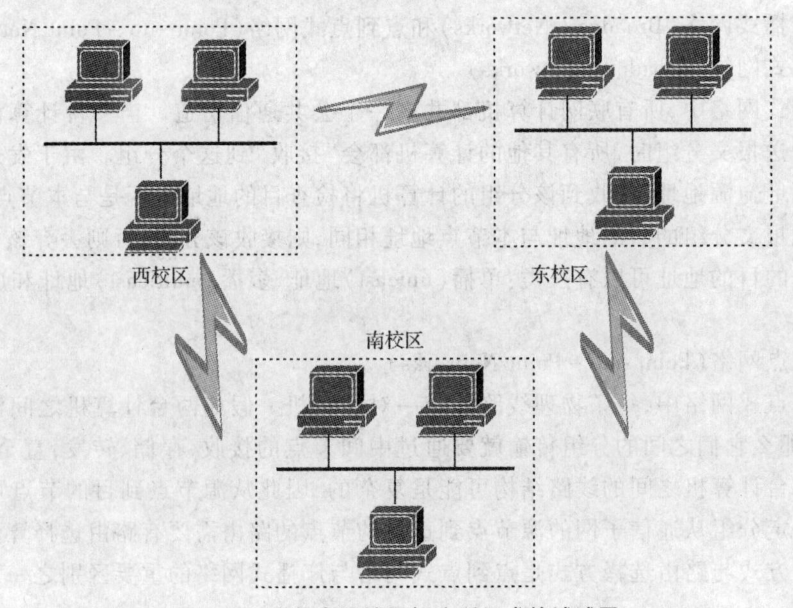

图 1-14 由数个局域网相连所组成的城域网

3. 广域网 WAN(Wide Area Network),见图 1-15。

广域网的覆盖范围更广,为几十千米到几千千米甚至更远。通常跨越许多地区、一个国家甚至跨洋过海,它将分布在不同地区、不同国家的计算机系统互联起来,形成国际性的远程网络,达到资源共享的目的。

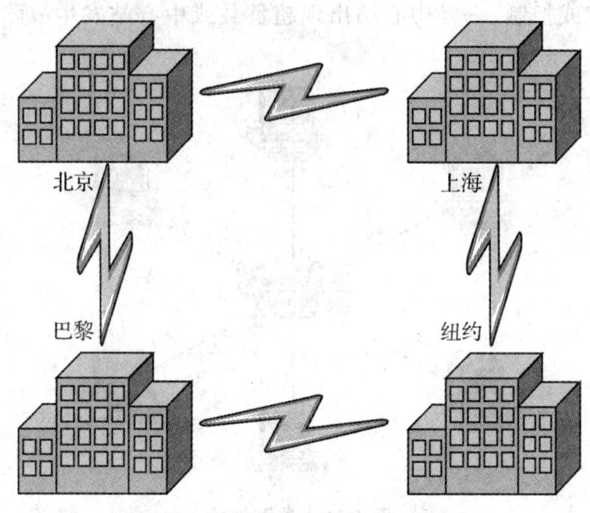

图 1-15　广域网可横跨城市或国家

目前最大的广域网是国际互联网(Internet),因其英文单词"Internet"的谐音,又称为"因特网"。无论从地理范围,还是从网络规模来讲它都是最大的一种网络。从地理范围来说,它可以是全球计算机的互联,这种网络的最大的特点就是不定性,整个网络的计算机每时每刻随着人们网络的接入在不断的变化。当您连在互联网上的时候,您的计算机可以算是因特网的一部分,一旦当您断开因特网的连接时,您的计算机就不属于因特网了。它的优点非常明显,就是信息量大,传播广,无论你身处何地,只要连上因特网你就可以对任何可以联网的用户发出你的信函和广告。

随着笔记本电脑和个人数字助理(Personal Digital Assistant 简称 PDA)等便携式计算机的日益普及和发展,人们经常要在路途中接听电话、发送传真和电子邮件、阅读网上信息以及登录到远程机器等。然而在汽车或飞机上是不可能通过有线介质与因特网或单位的网络相连接的,这时候就需要使用无线网络(wireless network)了。无线网特别是无线局域网有很多优点,如易于安装和方便使用,但它的数据传输率一般比较低、误码率较高,而且站点之间相互干扰比较厉害。无线网的特点是使用户可以在任何时间、任何地点接入计算机网络,而这一特性使其具有强大的应用前景。无线网络的巨大市场需求驱动着对无线网络的研究,成为当前国内外的研究热点,目前已经出现了许多基于无线网络的产品,如个人通信系统(Personal Communication System 简称 PCS)电话、无线数据终端、便携式可视电话、个人数字助理(PDA)等。无线网络的发展依赖于无线通信技术的支持。目前无线通信系统主要有:低功率的无绳电话系统、模拟蜂窝系统、数字蜂窝系统、移动卫星系统、无线 LAN 和无线 WAN 等。

(三)根据网络的拓扑结构分类

局域网中的各组成部分可以有多种物理连接方式,即所谓拓扑结构,目前它包括三种基本类型:

1. 星型(Star)结构

局域网中的各工作站节点设备通过一个网络集中设备(如集线器(hub)或者交换机(switch))连接起来,如图 1-16 所示。星型结构优点是比较容易控制数据的安全性和优先级,在网络中增加新的节点相对容易,实现网络监控比较容易等;缺点是各站点间的信息交换必须由中心站中转或控制,一旦中心站出现超负载或中心站发生故障,会导致整个网络瘫痪,危险性比较大。

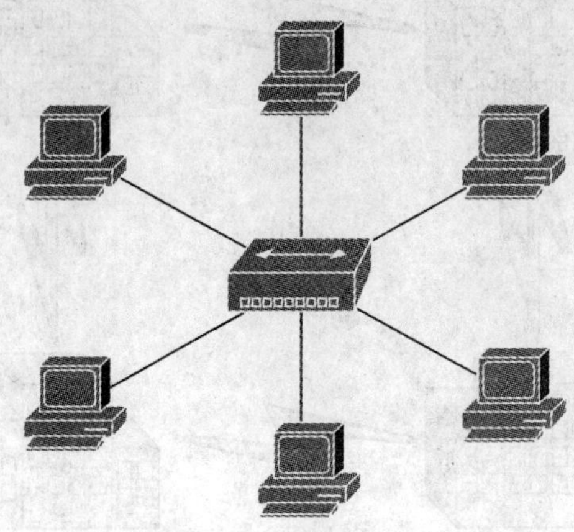

图 1-16 星型结构

2. 环型(Ring)结构

局域网中的各节点通过通信介质连成一个封闭的环形,并且所有节点的网络接口卡(NIC)作为中继(Relay)器,如图 1-17 所示。该结构中没有起点和终点,优点是容易安装和监控,但容量有限,网络建成后,难以增加新的站点。网络中一旦有某一个工作站发生故障,都有可能导致整个网络瘫痪。

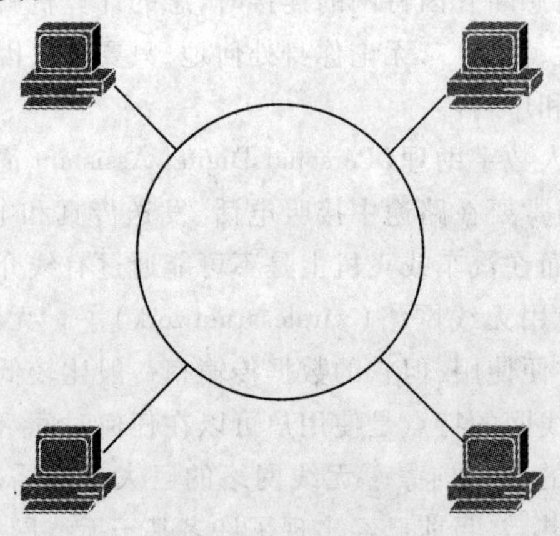

图 1-17 环型结构

3. 总线(Bus)型结构

局域网(LAN)中的各节点(node)共享一条数据电缆(cable)通道相连,如图 1-18 所示。电缆线路上的每个节点可以看到同一线路上的其他各个站点的传输情形。这种网络安装简单方便,成本低,单个节点的故障一般不会影响整个网络。但总线的故障会导致网络瘫痪,安全(security)性低,监控比较困难。

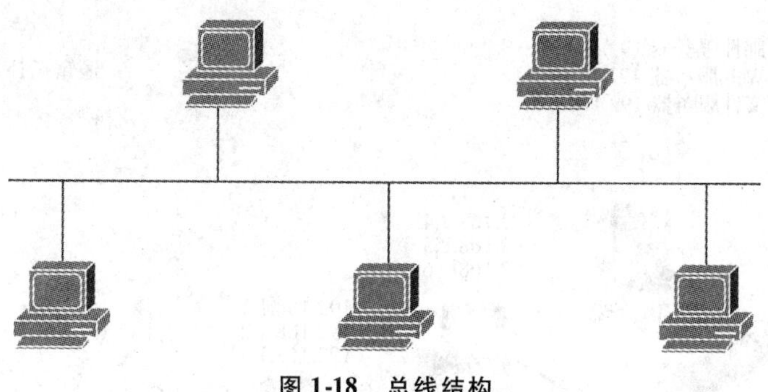

图 1-18 总线结构

拓展知识——物理拓扑和逻辑拓扑

在几台计算机组成的简单网络中,所有组件的连接方式一目了然。但随着网络的扩大,跟踪各组件位置及其与网络连接方式的难度也会随之增大。有线网络需要使用大量电缆和网络设备来连接所有网络主机。

当网络安装好之后,需要创建物理拓扑图来记录各台主机的位置及其与网络连接的方式,如图 1-19。该网络拓扑图还会显示电缆的安装位置,以及用于连接主机的网络设备位置。拓扑图使用图标代表实际的物理设备。维护和更新物理拓扑图对于以后的安装和故障排除非常重要。

除了物理拓扑之外,有时还需要网络拓扑的逻辑视图,如图 1-20。逻辑拓扑图对主机进行分组的依据是它们使用网络的方式,而不考虑它们的物理位置。主机名称、地址、组信息和应用程序都可以记录在逻辑拓扑图中。

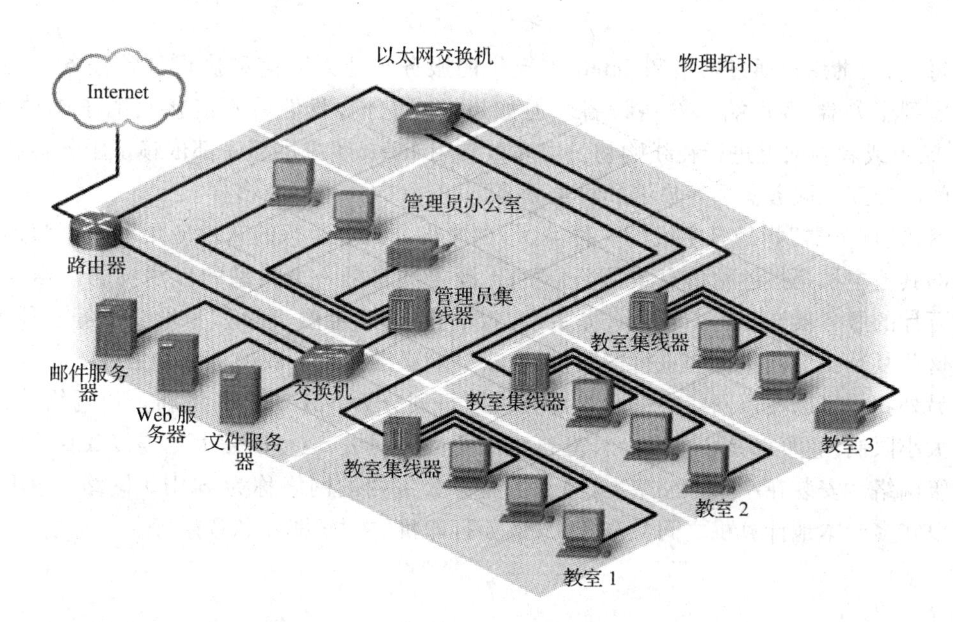

图 1-19 物理拓扑

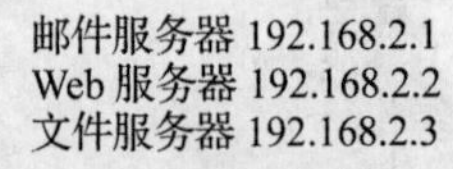

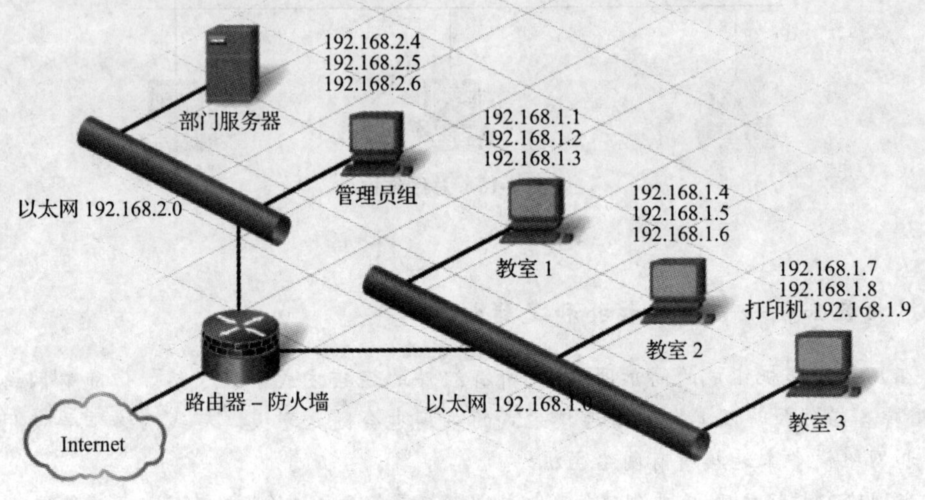

图 1-20　逻辑拓扑

（四）计算机网络的其他分类方法

如果按照网络应用的特点来划分，可将网络划分为对等式网络和客户机/服务器（Client/Server）型的网络。

所谓对等式网络是指在网络中的计算机既充当服务器又充当客户机，没有集中式的资源存储系统。数据与资源分布在整个网络上，每个用户都可以将资源共享出去，供其他计算机使用。在客户机/服务器型网络中，有专门的服务器为客户端计算机提供所需的资源和服务。

每天，大批用户通过网络和 Internet 提供的服务与他人通信和执行日常任务。人们很少考虑到服务器、客户端和网络设备。但如果没有它们，我们就不能接收电子邮件、访问 WEB 站点或者到网上进行在线购物。大多数常用 Internet 应用程序都依赖于服务器和客户端之间的交互。服务器和客户端的种类繁多，其交互方式也复杂多样。

术语“服务器”指的是主机的一种类型，在这些主机上运行的软件应用程序可为连接到网络的其他主机提供各种信息或服务。Web 服务器就是一个典型的应用实例。当今有数以百万计的服务器连接到 Internet，提供网站、电子邮件、金融交易和音乐下载等多种服务。保证这些复杂交互操作正常进行的关键，在于它们必须使用一致的标准和协议。

另外我们可以按照网络的大小将计算机网络划分为 SOHO 型网络和企业网络等，网络没有大小限制，它可以是小到两台计算机组成的简易网络，也可以是大到连接数百万台设备的超级网络。安装在小型办公室、家里和家庭办公室内的网络称为 SOHO 网络。SOHO 网络可以在多台本地计算机之间共享资源，例如打印机、文档、图片和音乐等。

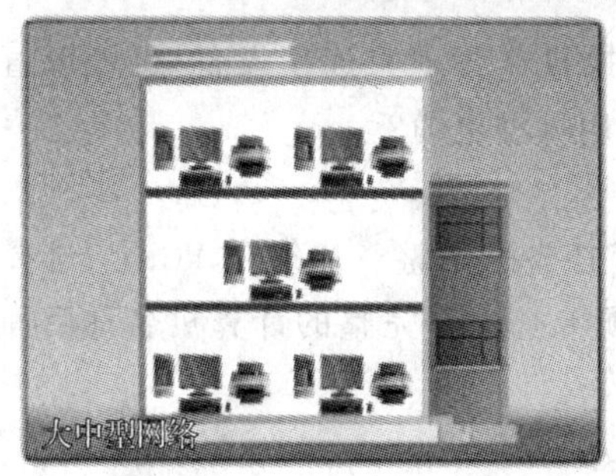

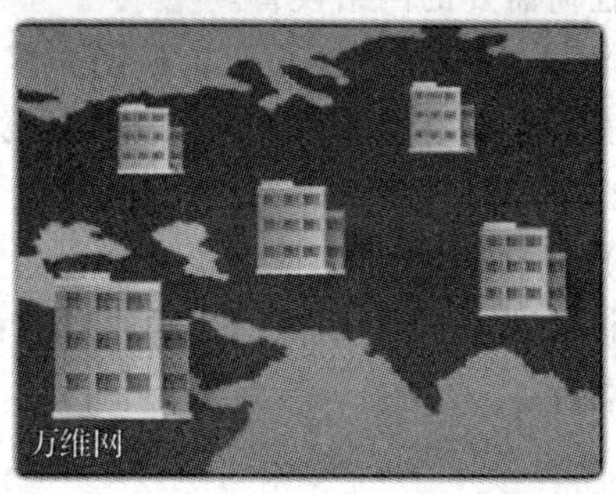

图 1-21　现实网络类型

企业可以使用大型网络来宣传和销售产品、订购货物以及与客户通信。网络通信一般比普通邮件、长途电话等传统通信方式更有效，也更经济。网络不仅可以实现迅速通信，比如发送电子邮件和即时消息，而且用户可以合并、存储和访问网络服务器上的信息。

现实当中网络的具体表现形式在不同的分类方法中都有自己的定位，比方说我们讲的SOHO 型网络，一般都是星型的局域网络，从应用上来说其可能混合了客户机/服务器网络和对等式网络的特点。

本教材讲述基于 SOHO 型网络的组建，以常见的家庭/小型办公室的网络的组网、规划和管理来讲述网络互联技术的基础知识。

四、实践操作

（一）创建对等式网络

背景知识/准备工作

在本实验操作中，您将使用两台 PC 和一根以太网交叉电缆规划并创建一个简单的点对点网络。

本实验需要以下资源：

（1）两台 Windows XP Professional PC，各自安装有可以正常运行的网卡（NIC）

（2）一根以太网交叉电缆。

目标

(1) 使用教师提供的交叉电缆设计并创建一个简单的点对点网络。

(2) 使用 ping 命令验证对等计算机之间的连接。

1.画出网络图

(1)网络图就是网络的逻辑拓扑图。请在下面画出由两台 PC 连接而成的简易点对点网络草图。一台 PC 的 IP 地址为 192.168.1.1,另一台为 192.168.1.2。使用标签标识连接介质和任何需要的网络设备。

(2)像这样的简单网络可以使用集线器或交换机作为中央连接设备,也可以直接连接 PC。在两台 PC 之间进行直接以太网连接需要使用哪种电缆?

2.记录 PC

(1)查看每台 PC 的计算机名称设置,并进行必要的调整。在每台 PC 上,选择开始和控制面板。双击系统图标,然后单击计算机名选项卡。记下完整的计算机名称后面显示的计算机名称:

PC1 名称:	
PC2 名称:	

(2)检查两台 PC 的名称是否相同。如果相同,请更改其中一台 PC 的名称,方法是单击更改按钮,在计算机名字段中键入新名称,然后单击确定。

(3)单击确定关闭系统属性窗口。

(4)为什么网络上每台 PC 都必须有唯一的名称?

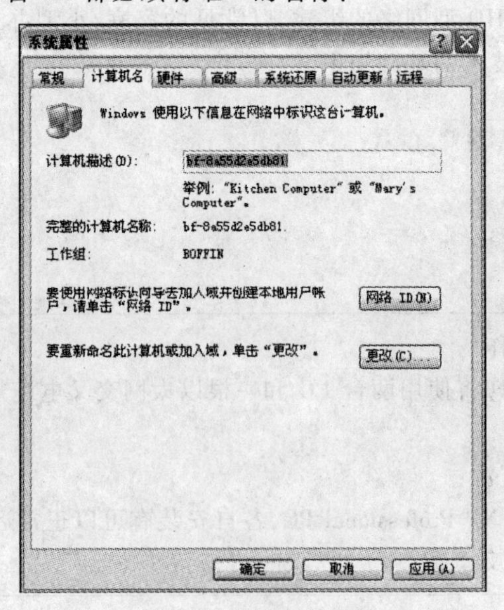

图 1-22 计算机系统属性

3. 连接以太网电缆

(1)使用教师提供的以太网交叉电缆。将电缆的一端插入 PC1 的以太网网卡。

(2)将电缆另一端插入 PC2 的以太网网卡。在插入电缆时,应会听到咔哒一声,表示电缆连接器已正确插入端口。

4. 验证物理连接

(1)在以太网交叉电缆连接到两台 PC 之后,密切观察每个以太网端口。指示灯亮起(通常呈绿色或琥珀色)表示两个网卡之间已经建立物理连接。尝试从一台 PC 上拔下电缆然后重新插入,检查指示灯是否会熄灭后再亮起。

(2)转到控制面板,双击网络连接图标,确认本地区域连接已经建立。下图所示为活动的本地区域连接。如果物理连接有问题,Local Area Connection 图标上将会显示红色的 X,并且显示文字网络电缆没有插好。

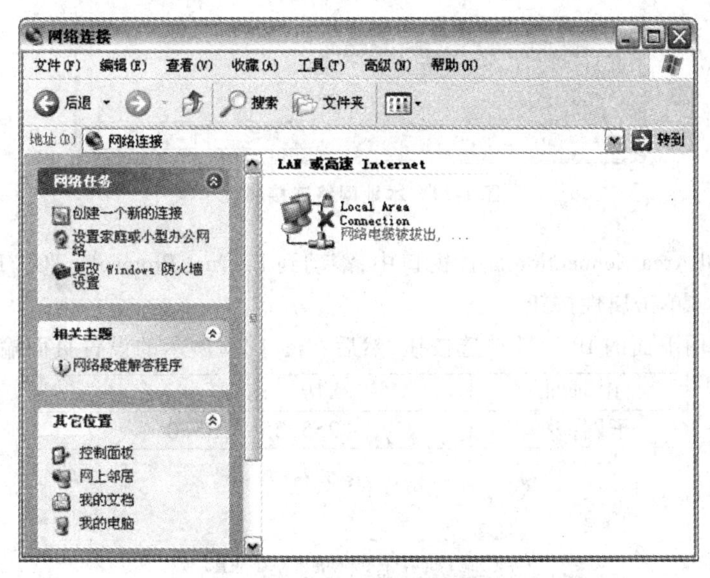

图 1-23 本地网络连接

(3)如果 Local Area Connection 表示没有连接,请重复步骤 3 和 4 进行故障排除,可能还需要向教师确认您使用的是以太网交叉电缆。

5. 配置 IP 设置

(1)配置两台 PC 的逻辑地址,使它们可以使用 TCP/IP 通信。在其中一台 PC 上,打开"控制面板",双击"网络连接"图标,然后右键单击连接的 Local Area Connection 图标。从下拉菜单中选择"属性"。

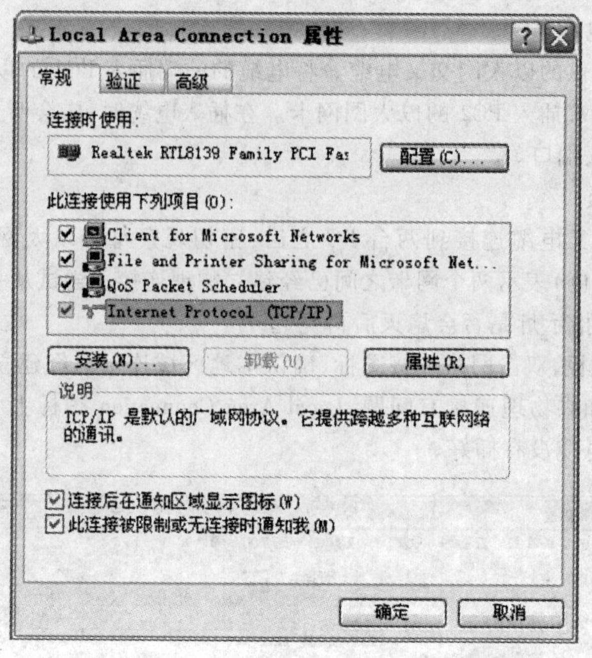

图 1-24　本地网络连接属性

(2)在 Local Area Connection 属性窗口中,滚动到 Internet Protocol (TCP/IP)并将其突出显示,如图 1-24。单击属性按钮。

(3)选择使用下面的 IP 地址单选按钮,然后在图 1-25 所示的设置页面输入以下信息:

IP 地址	192.168.1.1
子网掩码	255.255.255.0

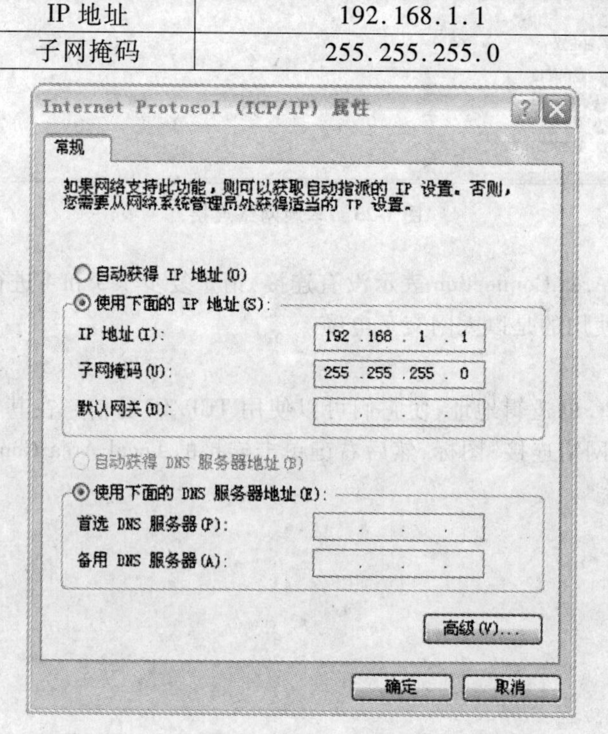

图 1-25　本地网络连接的 TCP/IP 属性设置页面

(4)单击确定,Internet Protocol (TCP/IP)属性窗口即会关闭。单击关闭按钮退出 Local Area Connection 属性窗口。

(5)使用以下信息对第二台 PC 重复步骤 5(1) -5(4):

IP 地址	192.168.1.2
子网掩码	255.255.255.0

6.验证两台 PC 之间的 IP 连接

注:要测试 PC 之间的 TCP/IP 连接,两台 PC 上都必须暂时禁用 Windows 防火墙。测试完成之后,应重新启用 Windows 防火墙。

(1)在 PC1 的 Windows XP 桌面上,单击开始。从"开始"菜单中选择控制面板,然后双击网络连接。

(2)右键单击 Local Area Connection 图标并选择属性。单击高级选项卡。找到并单击设置按钮。

(3)请注意防火墙设置对以太网端口是启用(打开)还是禁用(关闭)。

(4)如果启用了防火墙设置,请单击关闭(不推荐)单选按钮以禁用防火墙。在后面的步骤中将重新启用该设置。在此对话框以及下一个对话框中单击确定以应用此设置。

(5)现在两台 PC 在物理上已经连接并且正确配置了 IP 地址,接下来需要确认它们可以相互通信。ping 命令是完成此任务的简单方式。Windows XP 操作系统附带有 ping 命令。

(6)在 PC1 上,依次选择开始和运行。键入 cmd,然后单击确定。将会出现 Windows 命令提示符窗口,如图 1-26 所示。

(7)在">"提示符后,键入"ping 192.168.1.2"并按 Enter。ping 成功即表示存在 IP 连接。其结果应类似于下图。

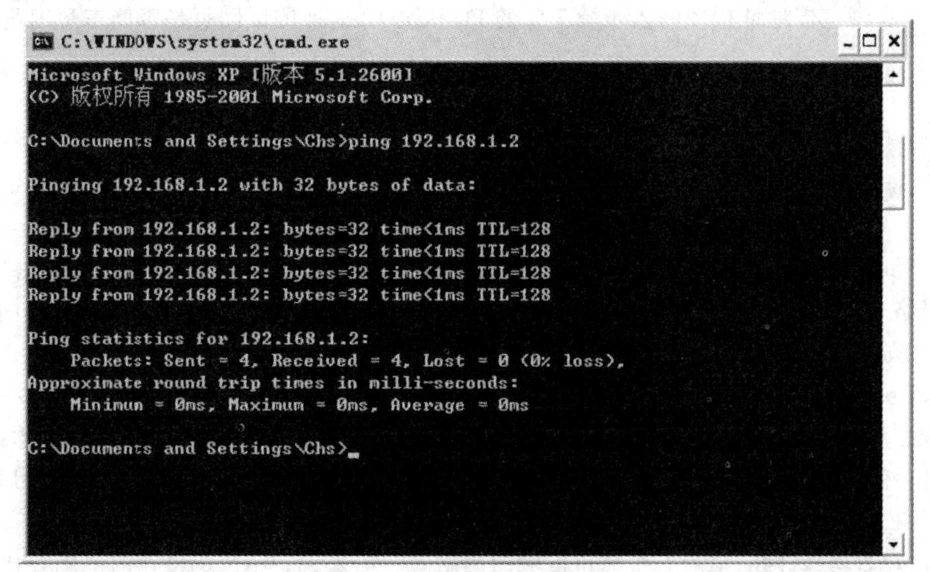

图 1-26 ping 命令的输出

(8)在第二台 PC 上重复步骤 6(1) - 6(7)。第二台 PC 将 ping 192.168.1.1。

(9)关闭两台 PC 上的 Windows 命令提示符窗口。

7. 使用网上邻居验证连接

(1)网络上的 PC 之间可以共享资源。通过网上邻居应该可以看见包含共享资源的 PC。在 PC1 上,选择开始,单击“网上邻居”,然后单击左面板中的“查看工作组计算机”。

(2)是否看到点对点网络中另一台 PC 的对应图标? ________________

(3)另一台 PC 的名称是什么? ________________

(4)它是您在步骤 2 中记录的名称吗? ________________

(5)在第二台 PC 上执行步骤 7a。

(6)关闭所有打开的窗口。

8. (可选一仅在防火墙最初启用时使用)重新启用防火墙

(1)如果在步骤 6 中禁用了 Windows 防火墙,请单击开始,选择“控制面板”,然后打开网络连接控制面板。

(2)右键单击以太网络连接图标并选择属性。单击高级选项卡。找到并单击设置。

(3)如果防火墙设置为禁用(并且在本实验开始前为启用),请单击打开单选按钮以启用防火墙。在此对话框以及下一个对话框中单击确定以应用此设置。

(二)创建客户机/服务器网络

1. 和“对等网”组建步骤 1 ~ 6 相同。

2. 在其中一台 PC 机上启动 IIS 服务器。

(1)在我的电脑上弹击鼠标右键,选择“管理”,在弹出的计算机管理窗口中选择“服务和应用程序”,点击“Internet 信息服务”,选默认网站,并在右键弹出菜单中选择启动。

(2)编辑一个网页将其保存在“c:\inetpub\wwwroot”中,文件名为 Default.htm。

3. 在另一台 PC 机上访问步骤 7 中的 WEB 服务。

(1)启动 IE 浏览器。

(2)在浏览器地址栏中输入步骤 7 中的 PC 机的 IP 地址测试网页是否能正常浏览。

知识点链接

1. SneakerNet,胶底鞋网络。一种人工网络或人力网络,又称“胶底帆布鞋网络”。在早期网络未普及前,人们要共享文件就把文件拷在软盘上。然后再把软盘送到需要的人的手里。完成这次共享。由于是走着过去的所以就叫 SneakerNet。

2. LAN,局域网。高速、低差错率的数据网,它覆盖一个相对较小的地区(比如一幢建筑物或一个园区)。局域网单独连接在一个单独的大楼内或其他有限区域内的工作站、外部设备、终端及其他装置。以太网、FDDI(光纤分布式数据借口)及令牌环是典型的局域网技术。

3. MAN,城域网。横跨一个城市区域的网络。一般来说,MAN 所覆盖的范围要比 LAN 大,比 WAN 小。

4. WAN,广域网。 指的是能在很大的地理区域内为用户服务的数据通信网络,此网络通常由电信运营商负责运行维护。

5. Intranet,企业内部网。 采用 Internet 技术建立的企业内部网络,是 Internet 技术(如 TCP/IP、WWW 技术等)在企业内部的应用。

6. Extranet,企业外联网。 Extranet 是 Intranet 对企业外特定用户的安全延伸,其利用 Internet 技术和公共通信系统,使指定并通过认证的用户分享公司内部网络部分信息和部分应用的半开放式的专用网络。

习 题

一、选择题

1. 三网合一中的三网不包括(　　)。

A. 电话网　　B. 电力网　　C. 有线电视网　　D. 计算机网

2. 计算机网络是由分布在不同地理位置的多个独立的(　　)的集合。

A. 局域网系统　　B. 路由器　　C. 操作系统　　D. 自治计算机

3. 以下哪个是客户机/服务器式网络的特点?(　　)

A. 架设容易　　B. 成本低廉

C. 资源集中管理　　D. 适用于小型网络

4. ChinaNET 属于那种类型的网络(　　)。

A. 局域网　　B. 广域网　　C. SOHO 型网络　　D. 城域网

5. IP 电话是属于(　　)。

A. 网络设备　　B. 外围设备　　C. 主机设备　　D. 传输介质

6. 关于局域网,下列说法不正确的有(　　)。

A. 局域网速度比广域网高

B. 局域网传输的距离比广域网短,通常小于 25 公里

C. 局域网均采用 CSMA/CD 介质访问控制方式

D. 局域网时延小,可以进行视频、声音等多媒体传输

二、判断题

1. 将两台计算机通过正确的线缆进行连接,只要物理连接通畅就能实现互访了。(　　)

2. 家庭和小型办公室里多台计算机之间互联组成的是局域网。(　　)

3. 环型网络拓扑结构是目前局域网中最常见的网络拓扑结构。(　　)

4. 局域网和 SOHO 型网络指的是同一个概念。(　　)

5. Internet 大部分主机使用对等式网络的形式进行互访。(　　)

三、项目设计题

请完成一个作业,尽可能多的挖掘和利用 Internet 及局域网能够提供的服务,并将使用过程截图汇总。

项目二 绘制小型网络拓扑图

当今社会,信息资源作为一种无形的资产,是人类的宝贵财富。在计算机高速发展的今天,网络信息技术改变了人们的生活、学习和工作的习惯,信息系统的使用又促进了各行各业的发展。本部分主要介绍现代小型网络,如:家庭局域网和办公室局域网的结构设计等相关知识。

一、教学目标

最终目标:通过实地调研现代小型网络的结构和需求,并能根据实际的调研画出简单的网络拓扑结构图。

促成教学目标:

1. 熟悉现代接入 Internet 的技术;
2. 掌握简单的调研技术;
3. 分析调研结果写出需求分析报告;
4. 掌握小型网络的结构设计;
5. 熟悉简单画图工具软件的使用;
6. 掌握网络拓扑结构图的设计和制作。

二、工作任务

1. 学习现代接入 Internet 的技术,分析不同接入网技术的使用场景;
2. 通过调研不同的家庭局域网和办公室局域网分析现代小型网络的结构;
3. 根据调研的结果填写调研报告并能简单设计出现代小型网络的拓扑结构;
4. 学会使用 POWERPOINT 和 VISIO 工具软件制作网络拓扑结构图。

模块1　调研现代家庭网络的需求

一、教学目标

1. 熟悉常用的现代接入 Internet 的方法；
2. 调研现代家庭网络的需求和网络结构；
3. 根据调研填写家庭网络需求表。

二、工作任务

学习现代接入 Internet 的技术特点和应用领域；实地调研现代家庭网络的需求和网络结构；能根据自己的调研和分析填写家庭网络需求表。

三、相关知识点

（一）接入 Internet 的方法

选择上网方式就是选择通过什么方法将自己的计算机与 Internet 连接。Internet 是由许许多局域网相互连接成的广域网。用户计算机要实现与 Internet 的物理连接，就需要将计算机变成连接 Internet 的某个局域网中的一台计算机。与 Internet 连接主要有以下几种方式：

（1）普通电话线连接方式；

（2）专线连接方式；

（3）无线连接方式；

（4）通过有线电视网连接方式。

1. 通过电话线连接方式

用户通过普通电话线连接方式连接到 Internet 是最常见的接入方式。用户通过拨打 ISP（Internet Service Provider）所提供的电话号码，接通 ISP 的主机服务器，再通过 ISP 的主机服务器连接到 Internet 上去。

采用普通电话线连接方式需要的设备简单，费用较低，非常适合于数据通信量较少的用户使用。采用这种方式联网的用户只需一台计算机、一个调制解调器和一条电话线路即可。

普通电话线连接方式有两种类型：联机服务方式（也称仿真终端方式）和拨号连接方式（也称 SLIP/PPP 方式）。

如用仿真终端连接方式，在用户计算机上要安装通信软件，在服务系统上要申请建立账号。用户计算机和 Internet 的连接是没有 IP 协议的间接连接，真正的是 ISP 服务器连接到 Internet 上。在建立连接期间，通信软件的仿真功能使用户计算机成为服务系统的仿真终端。用户所收到的电子邮件和从 Internet 上获取的文件均存放于服务器中,用户可以联机阅读,如果想把这些文件传到用户的计算机中,需要利用下载软件从服务器中将其取回,而且只能用字符方式访问 Internet,不能使用图形方式软件(如 IE 和 Netscape),如图 2-1 所示。

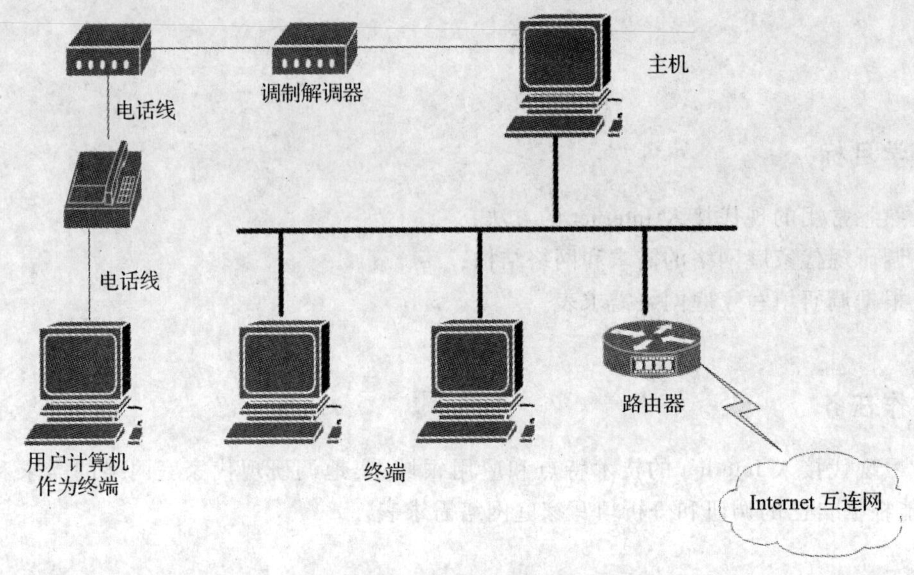

图 2-1　以终端方式入网

SLIP/PPP 方式是目前较流行的拨号方式。它基于 Internet 的两种协议:串行线路协议(Serial Line Internet Protocol, SLIP)和点到点的协议(Point-to-Point Protocol, PPP)。采用这种方式拨号上网的用户计算机,由于运行了 SLIP/PPP 软件而称为 Internet 上的一个结点,拥有自己的 IP 地址,具有访问网络所有服务的能力(即克服了联机服务方式的缺点),如图 2-2 所示。

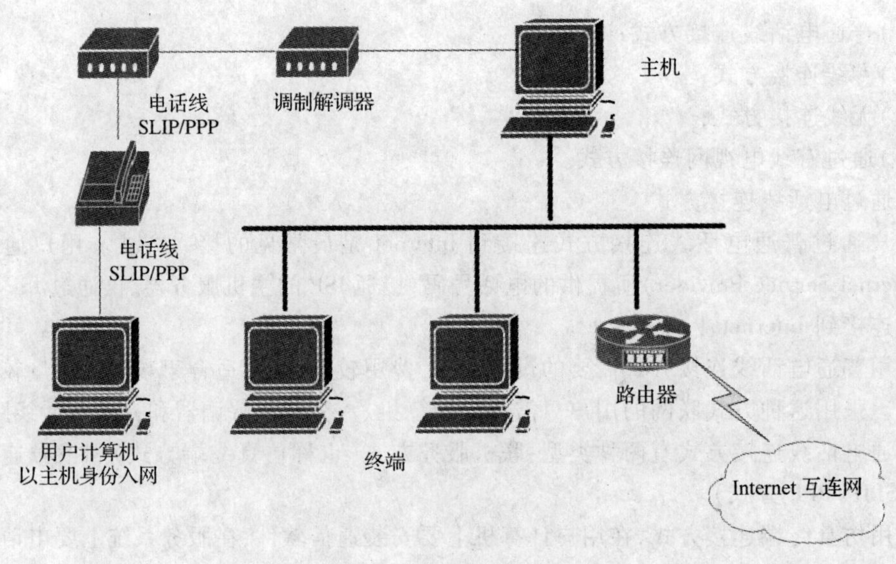

图 2-2　SLIP/PPP 方式上网

注意:这两种方式的硬件连接方法是一样的。不同的是一个不支持 SLIP/PPP 协议,一个支持而已。

2. 专线连接方式

对于网络业务量大的用户或团体,特别是需要将自己的信息发布到 Internet 上,采用专线方式接入网是最佳选择。这种方式与拨号连接方式相比具有以下 4 个优点:

(1)传输速度快,通常最少为 64Kbit/s ,更高可达到 100Mbit/s 左右,而调制解调器的数度一般都在 56Kbit/s 以下。

(2)网络连通形式具有长期性,而拨号方式只是临时性的连接。

(3)可靠性高,信号不容易中断。

(4)用户局域网可作为 Internet 上的一个子网,具有独立管理 IP 地址的能力。

在专线方式下,用户需要配备路由器(Router)等专用设备,还需要采用或向有关部门(如电信部门)租用光纤、电缆等传输速率高的专用线路。用户计算机或网络通过路由器和专用线路连接到 Internet 骨干网的任意一个路由器上,并安装 TCP/IP 协议。用户计算机与 Internet 直接连接,要申请作为结点机而存在的 IP 地址和域名。

专线连接一般有 ISDN 拨号方式、ADSL 连接方式、FTTx 专线 3 种。

(1)ISDN 拨号方式

ISDN(Integrated Service Digital Network)即综合业务数字网。它是以综合数字电话网为基础发展而成的,能够提供点到点的数字连接。ISDN 由一个用户终端到另一个用户可以获得数字化的优异性能。它的优势在于 ISDN 有多个通信信道,用户利用一根 ISDN 线路,就可以在上网的同时拨打电话,收发传真,就像两条电话线一样,故又称"一线通"。

(2)ADSL 连接方式

ADSL(Asymmetrical Digital Subscriber Line)称为非对称式数字用户线路,是 xDSL 的一种。xDSL 是 DSL(Digital Subscriber Line)的统称,意思是数字用户线路,是以铜质电话线为传输介质的传输技术的组合。其中"x"代表着不同种类数字用户线路技术,包括 ADSL、HDSL、VDSL、SDSL 等。各种数字用户线路技术的不同之处主要表现在信号的传输速率和距离,还有对称和非对称的区别。

ADSL 方案不需要改造电话信号传输线路,它只要求用户端有一个特殊的 Modem,即 ADSL Modem 接到用户的计算机上,而另一端接在电信部门的 ADSL 网络中,用户和电信部门相连的依然是普通电话线。电话线理论上有接近 2MHz 的带宽,传统的 Mode 只使用了 0 ~4kHz 的低频段,而 ADSL 则使用了 26kHz 以后的高频来进行传输,所以极大地提高了数据地传输量。一般来说,采用 ADSL 连接方式的传输速率大约是采用 ISDN 连接方式的 50 倍。因此 ADSL 是目前比较可行的连接网络方式。ADSL 的接入原理如图 2-3 所示。

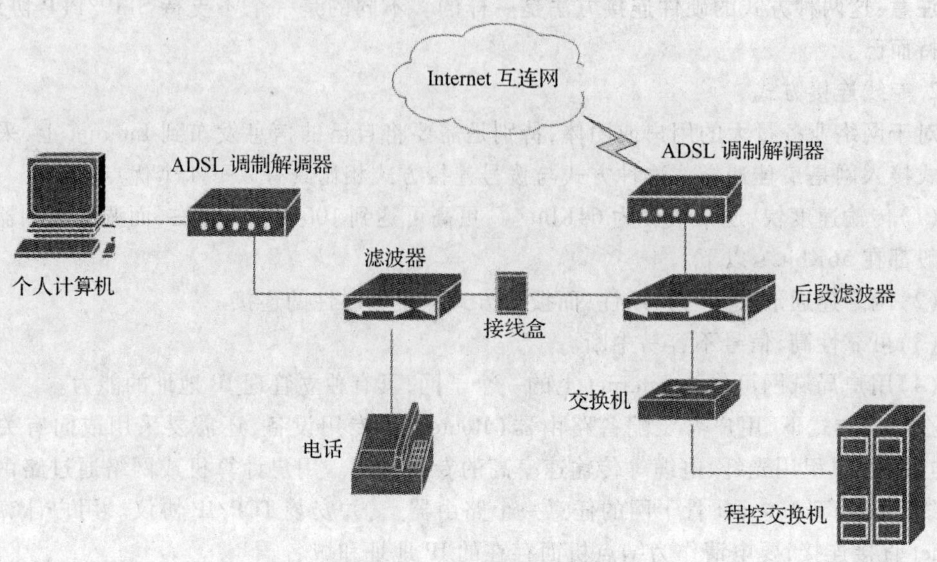

图 2-3 **ADSL 的接入原理**

(3)FTTx 连接方式

光纤到家庭(FTTx)是 20 年来人们不断追求的梦想和探索的技术方向,但由于成本、技术、需求等方面的障碍,至今还没有得到大规模推广与发展。然而,这种进展缓慢的局面最近有了很大的改观。由于政策上的扶持和技术本身的发展,在沉寂多年后,FTTH 再次成为热点,步入快速发展期。目前所兴起的各种相关宽带应用如 VoIP、Online-game、E-learning、MOD (Multimedia on Demand)及智能家庭等所带来生活的舒适与便利,HDTV 所掀起的交互式高清晰度的收视革命都使得具有高带宽、大容量、低损耗等优良特性的光纤成为将数据传送到客户端的媒质的必然选择。

FTTx 技术主要用于接入网络光纤化,范围从区域电信机房的局端设备到用户终端设备,局端设备为光线路终端(Optical Line Terminal; OLT)、用户端设备为光网络单元(Optical Network Unit; ONU)或光网络终端(Optical Network Terminal; ONT)。根据光纤到用户的距离来分类,可分成光纤到交换箱(Fiber To The Cabinet; FTTCab)、光纤到路边(Fiber To The Curb; FTTC)、光纤到大楼(Fiber To The Building; FTTB)及光纤到户(Fiber To The Home; FTTH)等 4 种服务形态。美国运营商 Verizon 将 FTTB 及 FTTH 合称光纤到驻地(Fiber To The Premise; FTTP)。上述服务可统称 FTTx。

FTTC 为目前最主要的服务形式,主要是为住宅区的用户作服务,将 ONU 设备放置于路边机箱,利用 ONU 出来的同轴电缆传送 CATV 信号或双绞线传送电话及上网服务。

FTTB 依服务对象区分有两种,一种是公寓大厦的用户服务,另一种是商业大楼的公司行号服务,两种皆将 ONU 设置在大楼的地下室配线箱处,只是公寓大厦的 ONU 是 FTTC 的延伸,而商业大楼是为了中大型企业单位,必须提高传输的速率,以提供高速的数据、电子商务、视频会议等宽带服务。

至于 FTTH,ITU 认为从光纤端头的光电转换器(或称为媒体转换器 MC)到用户桌面不超过 100 米的情况才是 FTTH。FTTH 将光纤的距离延伸到终端用户家里,使得家庭内能提供各种不同的宽带服务,如 VOD、在家购物、在家上课等,提供更多的商机。若搭配 WLAN

技术，将使得宽带与移动结合，则可以达到未来宽带数字家庭的远景。

3. 无线连接方式

某些 Internet 服务提供者 ISP 可以为便携式计算机、传呼机等提供无线访问。如果用户有一台便携式计算机，而且希望经常在没有电话线路的地方接入 Internet，那么无线连接方式是最合适的。

无线连接方式是使用配有蜂窝无线电话的调制解调器，这种无线电话与通常的拨号访问点连接。如果用户有无线电话，那么与 Internet 相连就方便多了。同时，用户无论在哪里都可以使用同样的 Internet 账号。但是，无线连接的费用较高，尤其当用户不在本地服务区使用时，需要付“漫游”费用。

无线连接方式一般仅适用于电子邮件和偶尔进行文件传送的情况，对于需要传输图像、音像制品或其他大宗文件的情况，无线连接不是最佳的选择方式。

4. 通过有线电视网连接方式

Cable Modem，又名“电缆调制解调器”或“线缆调制解调器”，有了它，就可以利用有线电视网进行数据传输。如图 2-4 所示。

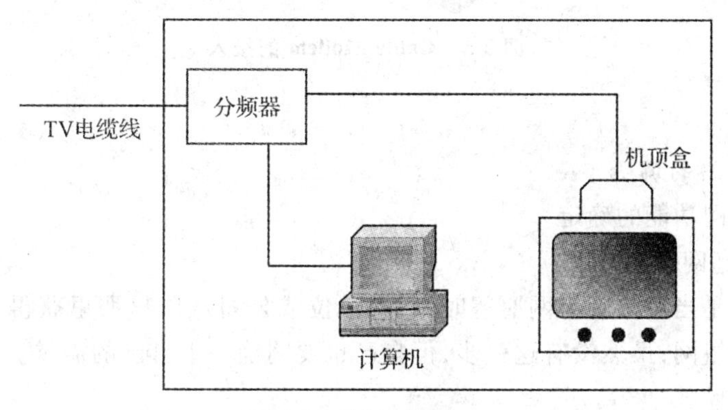

图 2-4 Cable Modem

以前有线电视只是单纯地传送电视信号，而现在，利用原来已经建立起来的一组封闭式电缆传输线路，通过“电缆调制解调器”在传输电视信号的同时，也可进行数据传输。“电缆调制解调器”主要是面向计算机用户的终端，它是连接有线电视同轴电缆与用户计算机的中间设备，正因为有线电视采用同轴电缆作为数据的载体，所以其数据容量相当大，使用同轴电缆的下载速率可以达到 30Mbit/s。可以说 Cable Modem 连接方式是今后的发展方向之一。Cable Modem 的接入原理如图 2-5 所示。

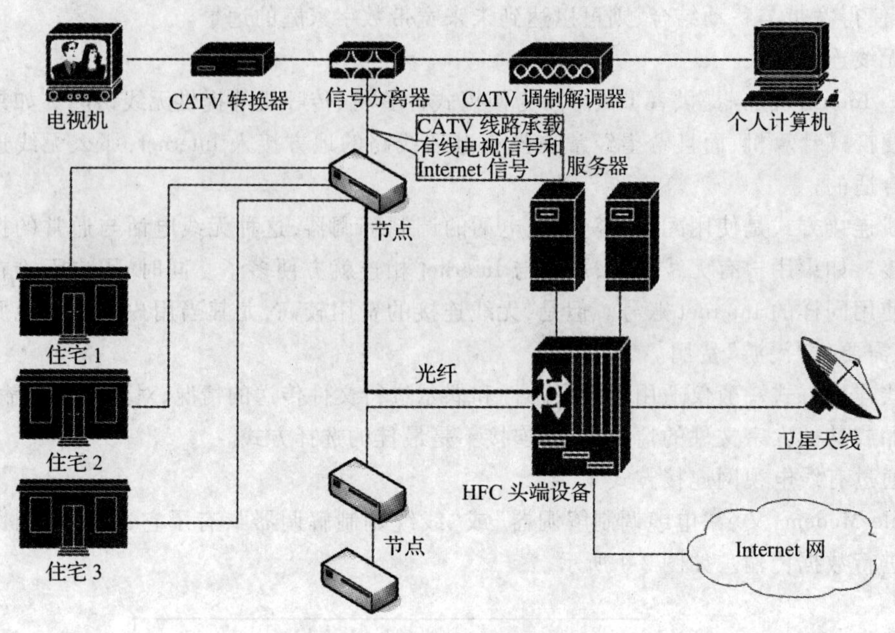

图 2-5 Cable Modem 的接入

(二)家庭网络的调研

1. 家庭局域网功能的确定

(1)了解家庭网络的需求

了解需求就是当用户有组网愿望时,组网单位或公司从用户那里获得任务的过程。如果是自己给自己组网,虽然没有这一步,但自己也要明确一下自己的需求。

(2)调查分析

在确定要组建的家庭网络后,组网人员应该去该家庭进行调查,以便得到用户组网的目的、范围以及已有的条件。组网的目的就是用户在组建好局域网后,利用局域网将要干什么,完成什么功能。组网范围就是指用户哪些房间要使用局域网,使用局域网的程度和房间的位置分布。已有条件是指用户是否有局域网,硬件有什么,软件有什么,能否使用等。

(3)确定功能

根据了解调查分析的结果,确定所组建的家庭局域网的功能。局域网能实现的功能很多,比如在局域网上收发信息,播放视频和音频,进行聊天以及实现语音通信,上 Internet 网,共享设备、软件等。

2. 局域网类型与软、硬件的选择

(1)网络拓扑结构的选择

在组建局域网时常采用 3 种拓扑结构,即星型、总线型和环型。

星型局域网结构简单、组网容易、控制和管理方便,传输速度快,且容易增加新站点。但可靠性低,网络共享能力差,一旦中心结点出现故障会导致全网瘫痪。

总线型局域网结构简单、灵活,可扩充性好,网络可靠性高,共享资源能力强,成本低,安装方便。但安全性低,监控比较困难,不能集中控制;所有工作站共用一条总线,实时性较差;增加新站点不如星型局域网容易。

环型局域网各工作站都是独立的,可靠性好,容易安装和监控,成本低。但由于环路是封闭的,不便于扩充,且信息传输效率低。

(2)网络硬件的选择

硬件选择的一般原则是要注重目的性和经济性。注重目的性,就是要在选择每一种硬件时,要明确所选择的硬件是系统所必需的;注重经济性,就是指在选择硬件时,一方面要考虑硬件的先进性,另一方面,也要考虑性能价格比,只要能满足网络的要求就可以,不必追求最好。

(3)网络软件的选择。

①软件要满足网络和网络功能的要求。

不管是操作系统,还是其他通用软件,都必须根据网络的结构和网络要实现的功能来选择。

②软件要具有兼容性。

在选择软件时,就应该注重软件的兼容性,使不同软件商的软件能正常运行在同一个网络中。

③软件能够获得长期、稳定的技术支持。

再好的软件,总还有不足的地方。因此,要选择有很好售后服务、售后支持的软件(如:杀毒软件等)。好的软件商对自己的软件会不断地进行改进,通过 Internet 网发布补丁程序,使用户的软件得到改善和升级。

3. 网上资源共享方案

组建网络的最终目的就是实现网络资源的共享。所谓网络资源共享就是指网络中的计算机通过网络可以使用网络中其他计算机或服务器的资源,比如文件夹、打印机、光盘驱动器等。

(1)共享文件夹

在网络资源共享中,文件夹的共享是最常用的。将某台计算机上的文件夹设置为共享后,其他计算机就可以像使用自己的文件夹一样。

(2)映射网络驱动器

映射网络驱动器就是将其他计算机的硬盘、软驱或光驱映射为自己计算机的网络驱动器。

(3)共享网络打印机

共享网络打印机就是将其他计算机的打印机设置为共享,当前的计算机安装上与被共享的打印机一样的打印机驱动程序,并选择被共享的打印机作为自己的网络打印机,这样,当前计算机要打印文件时,就会驱动被共享的打印机进行打印。

4. 成本核算

(1)软件成本

软件成本是指组建局域网所需各种软件(包括网络操作系统和完成网络功能的所有通用软件)的购买费用的总和。原则上,所有软件都要通过正规渠道购买正版软件,不能为了省钱而使用盗版软件,这样会影响网络的可靠性和安全性。

(2)硬件成本

硬件成本是指组建局域网所需各种硬件的购买费用的总和。硬件不仅包括设备(如计算机、打印机、交换机等)还包括网线、网线的接头等组网工具。

(3)设计和施工费用

在进行网络布线以及固定设备时,要请专门的网络施工人员进行设计和实施,接入 Internet 技术需要花费一定的资金。这些所花费的钱,就属于设计和施工费用。

四、实践操作

编制项目开发计划的目的是用文件的形式,把对于在开发过程中各项工作的负责人员、开发进度、所需经费预算、所需软、硬件条件等问题作出的安排记载下来,以便根据本计划开展和检查本项目的开发工作。

> 我们以家庭和网络为例,来体验项目开始之前的调研工作。
> 背景知识/准备工作:
> 在本实验操作中,您将使用一台 PC 在互联网上查询有用信息。
> 本实验需要以下资源:
> ·一台 Windows XP Professional PC,能够正常访问 Internet。

(一)主要要求

1. 信息点分布情况:主要填写每个房间墙壁上的网线插座的个数,并统计总数。

2. 网络需求:主要填写家庭网络用户对外网(Internet)的主要需求和对内部局域网的主要需求。

3. 接入 Internet 的方法:主要填写采用何种方法接入 Internet,并简要说明这种接入方式的特点。

4. 网络拓扑结构:主要填写家庭网络的组网结构,并简单画出拓扑结构图。

5. 网络硬件:主要填写使用的网络设备、工作站等硬件的型号和在网络中的用途。

6. 需要共享的资源:主要填写在家庭局域网中哪些硬件和软件需要共享资源,并简述如何进行共享的方案。

7. 成本核算:主要填写购买硬软件资源的费用和设计、施工费用的总体成本。

(二)实际调研

请根据实际的调研认真填写(××)家庭局域网需求分析表。

<table>
<tr><td rowspan="27">家庭局域网需求分析表</td><td rowspan="3">信息点分布情况</td><td rowspan="3">家庭信息点布局情况</td><td>1. 房间数</td><td></td><td rowspan="3">总信息点数：</td></tr>
<tr><td>2. 每个房间的信息点数</td><td></td></tr>
<tr><td>3. 是否有无线网络</td><td></td></tr>
<tr><td rowspan="3">网络需求</td><td rowspan="3">家庭网络的主要需求</td><td>外网主要需求</td><td colspan="2"></td></tr>
<tr><td>内网主要需求</td><td colspan="2"></td></tr>
<tr><td>其他需求</td><td colspan="2"></td></tr>
<tr><td rowspan="2">接入 Internet 方法</td><td>采用方式</td><td colspan="3">主要特点</td></tr>
<tr><td></td><td colspan="3"></td></tr>
<tr><td rowspan="2">网络拓扑结构</td><td>拓扑结构</td><td>特点</td><td colspan="2">简要画出拓扑结构图</td></tr>
<tr><td></td><td></td><td colspan="2"></td></tr>
<tr><td rowspan="8">网络硬件</td><td>设备名</td><td>型号</td><td colspan="2">局域网中的用途(角色)</td></tr>
<tr><td rowspan="3">计算机</td><td></td><td colspan="2"></td></tr>
<tr><td></td><td colspan="2"></td></tr>
<tr><td></td><td colspan="2"></td></tr>
<tr><td>集线器</td><td></td><td colspan="2"></td></tr>
<tr><td>交换机</td><td></td><td colspan="2"></td></tr>
<tr><td>路由器</td><td></td><td colspan="2"></td></tr>
<tr><td>其他设备</td><td></td><td colspan="2"></td></tr>
<tr><td rowspan="6">需要共享的资源</td><td rowspan="3">硬件</td><td colspan="3"></td></tr>
<tr><td colspan="3"></td></tr>
<tr><td colspan="3"></td></tr>
<tr><td rowspan="3">软件</td><td colspan="3"></td></tr>
<tr><td colspan="3"></td></tr>
<tr><td colspan="3"></td></tr>
<tr><td rowspan="3">成本核算</td><td>硬件</td><td colspan="2"></td><td rowspan="3">总体成本价(元)：</td></tr>
<tr><td>软件</td><td colspan="2"></td></tr>
<tr><td>其他成本</td><td colspan="2"></td></tr>
</table>

模块2　绘制家庭网络的拓扑结构图

一、教学目标

1. 熟悉 PowerPoint2003 工具的使用；

2. 学会使用 PowerPoint2003 工具制作网络拓扑图；

3. 根据调研结果制作家庭网络拓扑图。

二、工作任务

学会使用 PowerPoint2003 工具制作网络拓扑图，并根据调研的情况和自己分析的结果制作出家庭局域网的拓扑结构图。

三、实现方法

我们以家庭网络为例，使用 PowerPoint 工具制作家庭网络拓扑结构。

学习 PowerPoint 画图方法/准备工作

在本实验操作中，您将使用一台 PC 在互联网上查询有用信息。

本实验需要以下资源：

· 一台 Windows XP Professional PC，能够正常访问 Internet。

(一) 用 PowerPoint 工具创建网络拓扑结构图的方法

本例利用 PowerPoint 中的自选图形和剪辑库中的元素完成网络结构图的制作。在制作的过程中，还将会涉及到图形的效果处理、放置与对齐、组合效果、连接效果等知识点的分析与讲解。利用剪辑库中的元素绘制网络拓扑结构图是本章节的新要点，希望读者能够认真学习，重点掌握。在该节中，主要是学习用 PowerPoint 工具创建网络拓扑结构图。具体需要掌握的方法如下：

(1) 在本系 FTP 站点上下载 CISCO 设备图标库；

(2) 在 PowerPoint 中插入网络设备的示意图片；

(3) 图片放置与对齐；

(4) 图片填充颜色；

(5) 图片背景色的设置；

(6) 文本的添加；

(7) 图片与文字的组合；

(8)图片之间的连接。

具体创建过程如下所示:

(1)新建"一张幻灯片",在幻灯片板式任务窗格中选择只有标题的幻灯片版式,然后在幻灯片中输入标题"网络拓扑结构图",并将其调整到合适的位置。如图 2-6 所示。

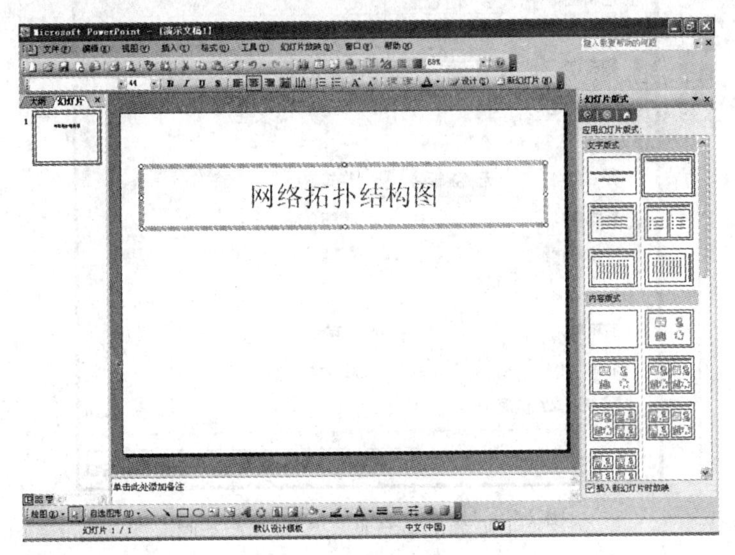

图 2-6　新建"一张幻灯片"

(2)单击绘图工具栏中的"自选图形、其他自选图形"命令,打开剪贴画任务窗格,在下面列表框中选择"台式计算机"。

(3)此时,幻灯片中选中刚插入的剪贴画,单击鼠标右键,在弹出的快捷菜单中单击"设置自选图形格式"命令,打开"设置自选图形格式"对话框中的"颜色和线条"选项卡。在填充选项区域中的颜色下拉列表框中选择填充效果,打开"填充效果"对话框中的"图片"选项卡。

(4)单击"选择图片"按钮,打开"选择图片"对话框,在"查找范围"下拉列表框中选择合适的路径后,在下面的列表框中选择所需的图片,如图 2-7 所示(该图片在信电系 FTP://10.1.6.1 站点上有提供)。

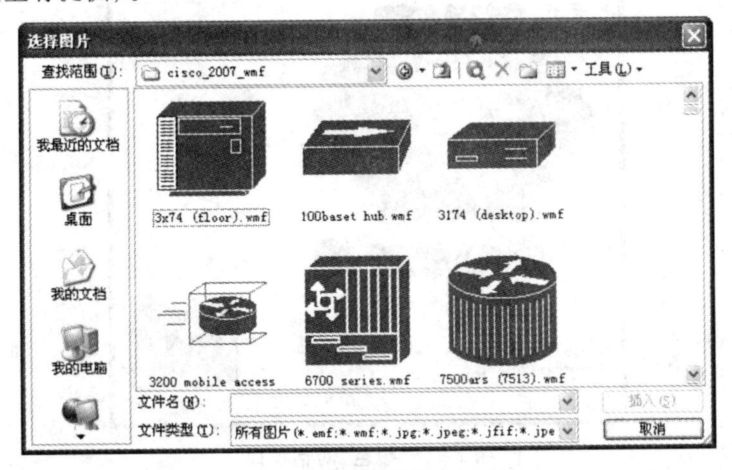

图 2-7　"选择图片"对话框窗口

(5)单击“插入”按钮,回到填充效果对话框。然后,单击“确定”按钮,回到“设置自选图形”对话框,如图 2-8 所示,单击“确定”按钮,最后,调整该剪贴画的大小和位置。

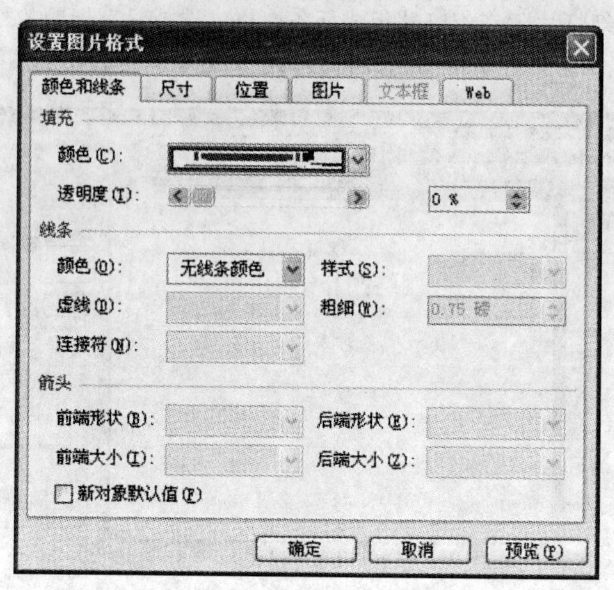

图 2-8 “设置自选图形格式”对话窗口

(6)在“剪贴画”任务窗格中选择“立式计算机”,随后,选中幻灯片的剪贴画,单击鼠标右键,弹出的快捷菜单中单击“设置自选图形格式”命令,打开“设置自选图形格式”对话框中的“颜色和线条”选项卡。在填充选项区域中的“颜色”下拉列表框中选择填充效果,打开“填充效果”对话框中的“渐变”选项卡。

(7)在“颜色”选项区域中选择“单色”单选框,在旁边的“颜色 1” 下拉列表框中选择“其他颜色”,打开“颜色”对话框,并选择如图 2-9 所示的颜色。

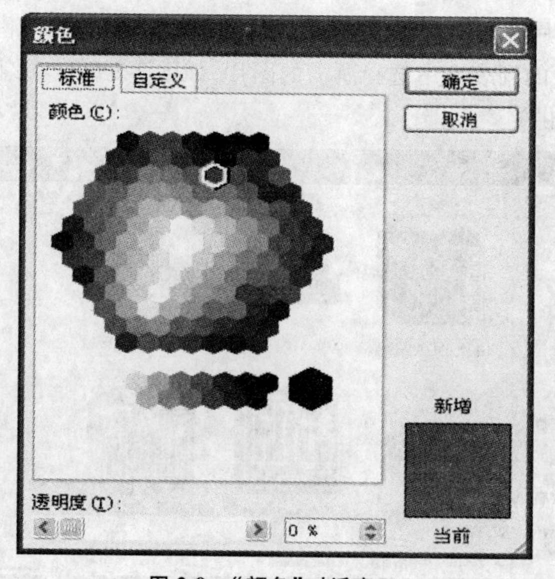

图 2-9 “颜色”对话窗口

(8)单击“确定”按钮,回到“填充效果”对话框。在“底纹样式”选项区域中选择“垂直”,在“变形”选项区域中选择第二行第一列的样式,如图 2-10 所示。单击“确定”按钮,回到“设置自选图形”对话框,再单击“确定”按钮。

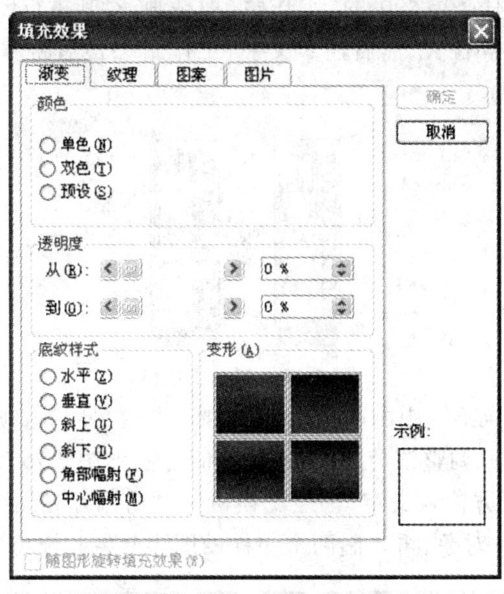

图 2-10 “填充效果”对话窗口

(9)将设置好的剪贴画拖曳到“台式计算机”旁边,并调整其大小。然后在剪贴画下面输入文字“文件服务器”,并设置文字的属性为“宋体”、“18”。

(10)最后,分别选中“台式计算机”、“立式计算机”和“文件服务器”文本框,单击“绘图”工具栏中“绘图、组合”命令,将其组合成一个整体对象。最终,该组合对象的效果如图 2-11 所示。

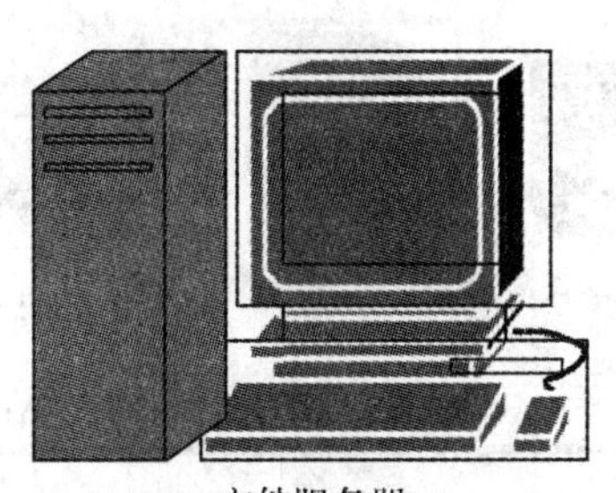

图 2-11 组合效果

(11)同样的方法,再分别创建两个类似于图 2-12 所示的组合效果,然后只需将文字“文件服务器”分别更改为“WEB 服务器”、“数据库服务器”等。

(12)在“剪贴画”任务窗格中选择名为“MODEM,调制解调器”的剪贴画,将其插入到幻灯片中,并调整该剪贴画的大小和位置。后在剪贴画下面输入文字“路由器”,最后将剪贴画和文字组合成一个整体对象。如图 2-12 所示。

(13)在剪贴画任务窗格中选择名为“大型机”的剪贴画,将其插入到幻灯片中,调整该剪贴画的大小和位置后，选中该剪贴画，单击“格式”工具栏的“复制”按钮，然后单击“粘贴”按钮，将所复制的剪贴画拖曳到相应的位置，并输入文字“交换机”，最后将剪贴画和文字组合成一个整体对象。如图 2-13 所示。

(14)选中“剪贴画”任务窗格中的“工作站”剪贴画，对其进行图 2-8 所示的颜色填充效果设置，并调整该其大小和位置，然后输入文字“工作站”，最后将剪贴画和文字组合成一个整体对象。如图 2-14 所示。

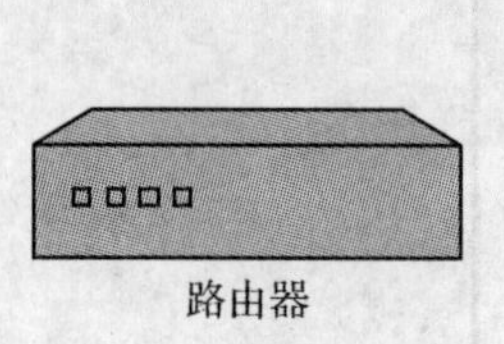

图 2-12　绘制路由器

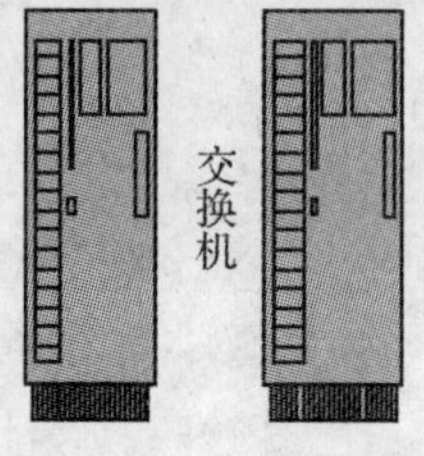

图 2-13　创建交换机

图 2-14　创建工作站

(15)选择“插入”下拉菜单中的图片选项，选择“来自文件”选项，选择“三层交换机”图片将其插入到幻灯片中，并调整该剪贴画的大小和位置，如图 2-15 所示。

(16)最后，在图片下方输入文字“三层交换机”，并将图片和文字组合起来，然后选中设置好的三级交换机的图片对象，再复制两个一样的图形并将其拖曳到幻灯片的相应位置。

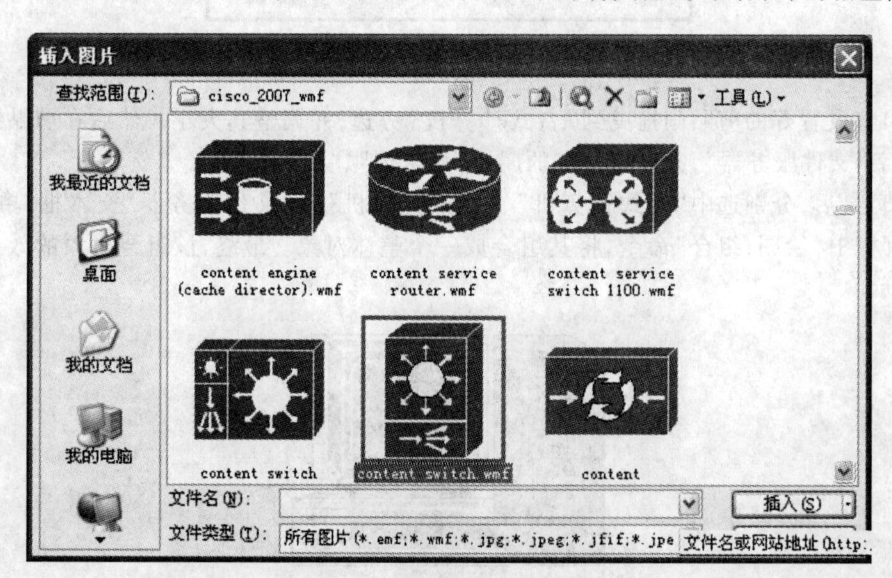

图 2-15　“插入图片”对话窗口

(17)最后再插入名为“计算机”的剪贴画，调整该其大小和位置，再复制 5 个一样的图形并将其拖曳到幻灯片的相应位置，选中所有“计算机”剪贴画，单击“绘图”工具栏中的“绘图”、“对齐或分布”、“底端对齐命令”，此时的幻灯片界面如图 2-16 所示。

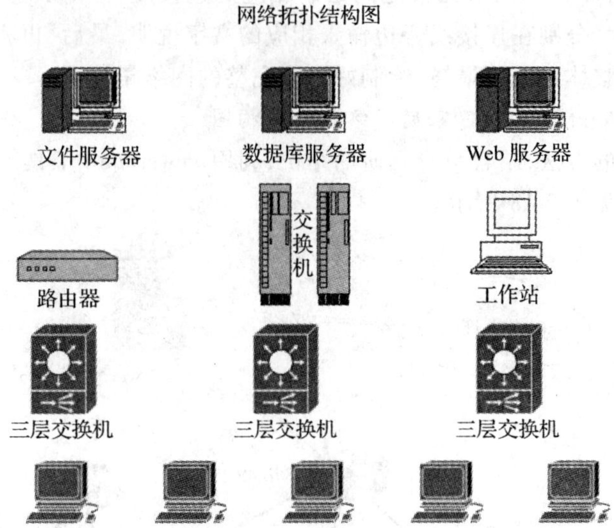

网络拓扑结构图
文件服务器
数据库服务器
Web 服务器
交换机
路由器
工作站
三层交换机
三层交换机
三层交换机

图 2-16 幻灯片界面

(18)单击“绘图”工具栏中的“自选图形”、“连接符”、“肘形箭头连接符”命令，在幻灯片的相应位置绘制一根连接线。

(19)选中所绘制的连接线，单击鼠标右键，在弹出的快捷菜单中单击“设置自选图形”命令，打开“设置自选图形格式”对话框中的“颜色和线条”选项卡。在线条选项区域中的“颜色”下拉列表框中选择“浅橙色”，在“粗细”文本框中输入“2”，单击“确定”。

(20)在绘制好的连接线旁边利用文本框输入文字“光纤”，并将该连接线和文字组合成一个整体。

(21)单击“绘图”工具栏中的“自选图形”、“连接符”、“肘形箭头连接符”命令，在文字“WEB 服务器”下方绘制连接线，并对其进行相应的属性设置，然后，输入文字“光纤”，如图 2-17 所示。

网络拓扑结构图
文件服务器
数据库服务器
Web 服务器
光纤
交换机
光纤
路由器
工作站
三层交换机
三层交换机
三层交换机

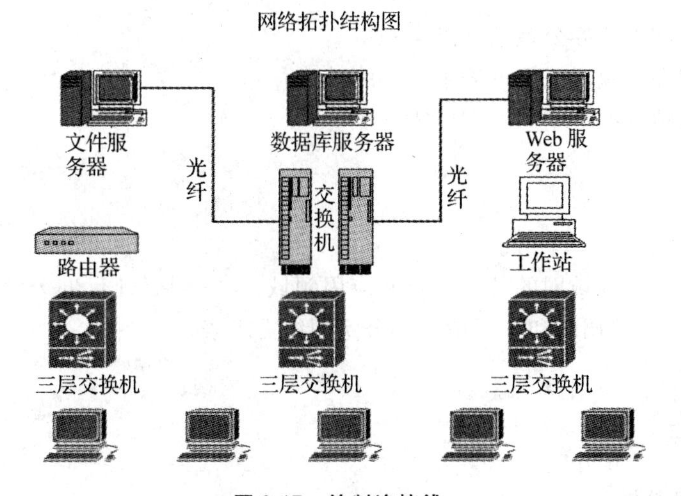

图 2-17 绘制连接线

(22)类似的，在不同的图形元素之间绘制相应的连接线，并对其进行与步骤(19)中相同的属性设置，然后，分别在连接线旁边输入相应的文字说明，最后，再将连接线和相应的文字说明组合成一个整体对象。最终，绘制好一个完整的网络拓扑图。

(二)用 PowerPoint 工具创建家庭网络拓扑结构图

根据上述学习的方法，结合自身调研的结论，利用 PowerPoint 工具画出家庭网络拓扑结构图。参考拓扑图见图 2-18 所示。

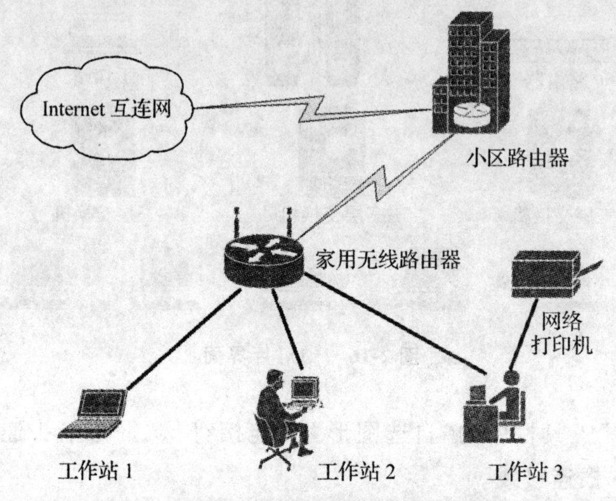

图 2-18 家庭局域网拓扑结构

模块 3 调研办公室网络的需求

一、教学目标

1. 熟悉常用的现代办公室组网方案；
2. 调研现代办公室局域网的需求和网络结构；
3. 根据调研填写办公室局域网的需求表。

二、工作任务

学习现代办公室局域网的技术特点和应用领域，实地调研现代办公室网络的需求和网络结构，能根据自己的调研和分析填写办公室网络需求表。

三、相关知识点

(一)办公网概述

现代化的办公网离不开计算机网络，SOHO(Small Office and Home Office)已成为目前的新型办公潮流。SOHO 办公的核心就是组建办公网,一般来说小型办公网由图 2-19 所示的几部分组成。

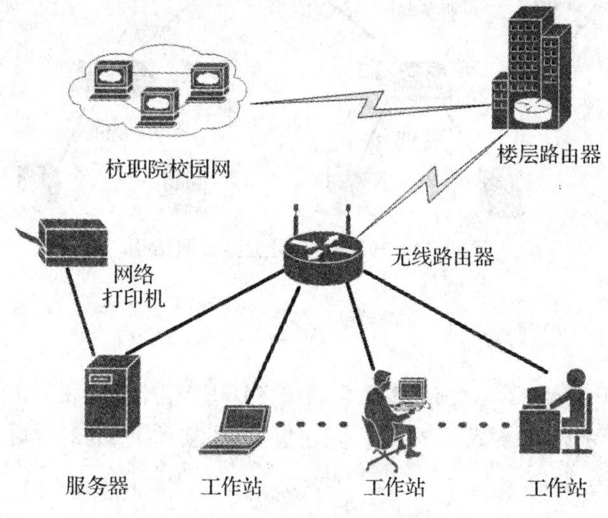

图 2-19 小型办公网结构

办公网的一个重要特点就是资源共享,而资源共享就可以实现对学院资源的统一管理和对重要数据的安全管理。

办公网的结构,可以分为单个小型办公网的结构和多个小型办公网的结构两种。

(二)单个小型办公网的结构

组建单个小型办公网时,可以选用 10Base-2 总线型、10Base-T 星型、100Base-TX 星型和交换(Switching)以太网 4 种网络结构。

1. 10Base-2 总线型结构网络

图 2-20 所示即为 10Base-2 总线型结构网络示意图。

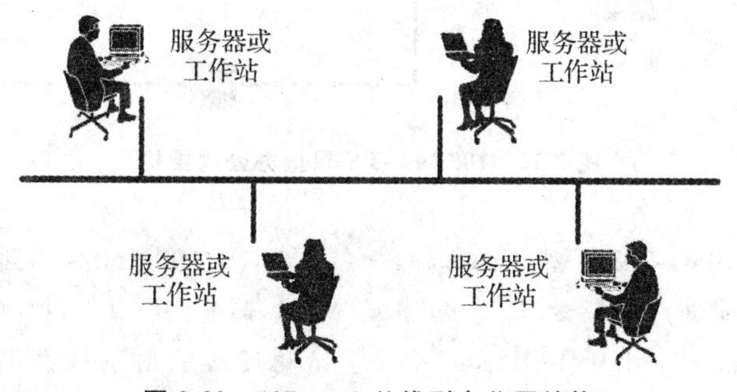

图 2-20 10Base-2 总线型办公网结构

提示:10Base-2 总线型对等网网线可使用 10Base-2 细缆,网卡为带 BNC 接头的普通 16 位的 NE2000 兼容网卡。其结构特点是:组网方便、经济,尤其适用于小范围组网。

2. 10Base-T 星型结构网络

图 2-21 所示即为 10Base-T 星型结构网络示意图。

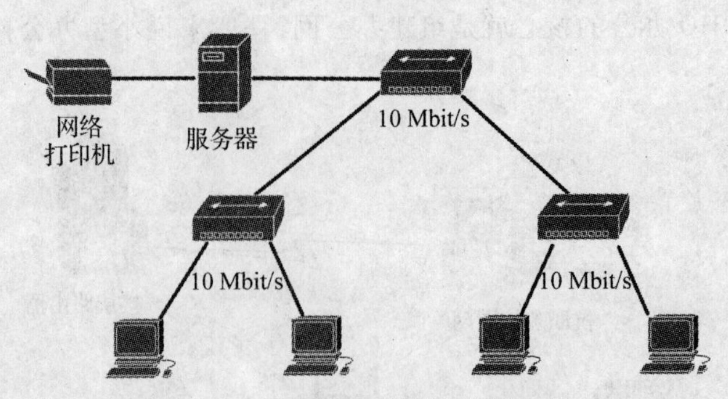

图 2-21 10Base-T 星型办公网结构

提示:10Base-T 星型结构中使用了集线器(Hub),根据所使用的 Hub 的不同可将 10Base-T 星型网络分为共享式和交换式两种。在早期组建办公网时,一般采用交换式 10Base-T 星型网络。

3. 100Base-TX 星型结构网络

组建办公网时,100Base-TX 星型结构主要在传输数据量较大的情况下使用,如多媒体的应用、CAD 设计、软件的联合开发等。

图 2-22 所示即为 100Base-TX 星型结构网络示意图。

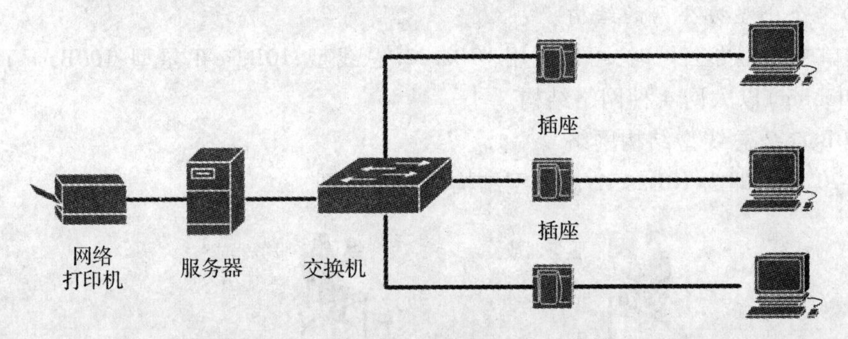

图 2-22 100Base-TX 星型办公网结构

提示:组建 100Base-TX 星型办公网时,一般选用 10/100Mbit/s 自适应全双工网卡,这种网卡可根据传输的信息量自动调整其工作速度,并且一般选用 100Mbit/s 或 10/100Mbit/s的集线器。由于 100Base-TX 星型结构网络采用了标准化布线,所以用双绞线将各工作站所在的墙座连接到控制室的主机或 Hub 上即可。100Mbit/s 的集线器一般不允许使用同轴电缆串联,而 10/100Mbit/s 自适应集线器可用于连接 10Mbit/s 或 100Mbit/s的网卡。

4. 交换式以太网

一般来说,交换式以太网的结构如图 2-23 所示。

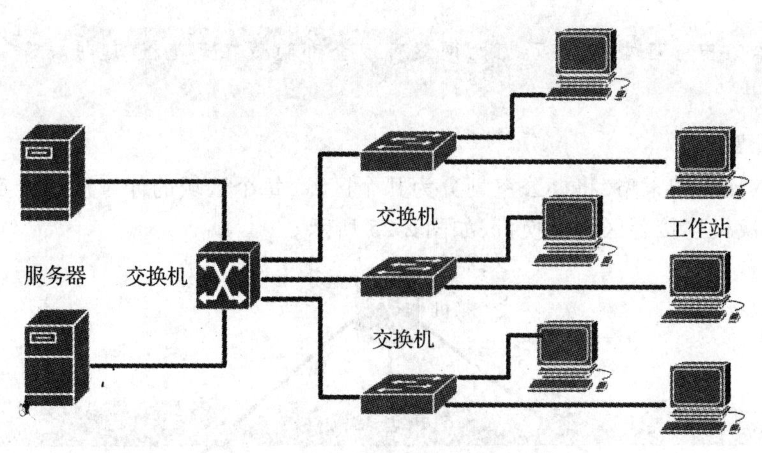

图 2-23　交换式以太网办公网结构

提示: 交换式以太网主要用于可同时访问多台服务器的网络中,如一些具有多职能部门的学院,各职能部门的源数据比较独立,一般需单独使用一台服务器。(如信息电子工程系的网络)

(三)多个小型办公网的结构

多个小型办公网的规模一般都比较大,建议最好使用 100Base-TX 星型,并用交换机取代集线器。多个小型办公网的结构可以分为集中管理型和分散配置型两种。

1. 集中管理型

为了管理方便,两间办公室之间可以采用集中管理型网络结构,如图 2-24 所示。

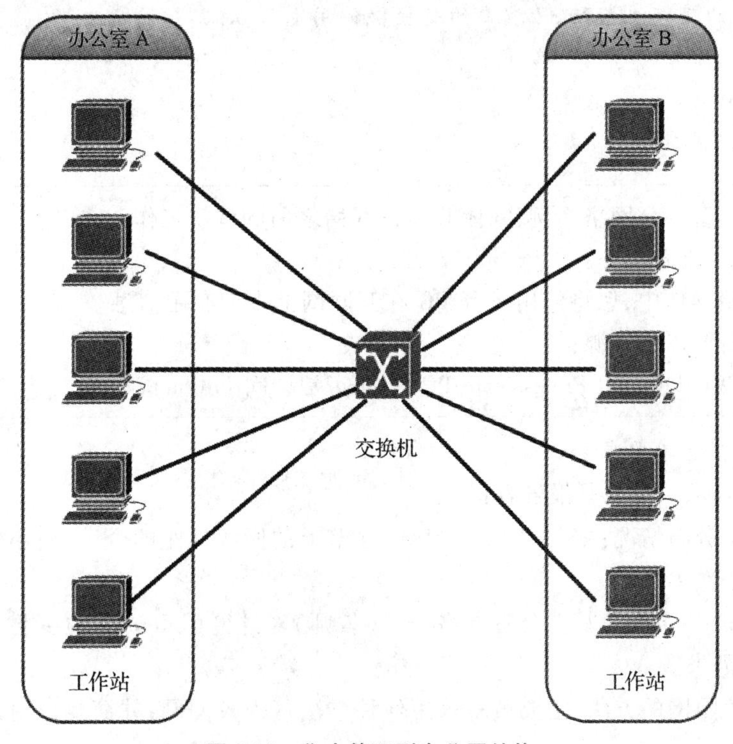

图 2-24　集中管理型办公网结构

提示:给集中管理型网络布线时,网线可以全部隐藏在天花板、地板砖和墙壁之间,并使用插座模块。

2. 分散配置型

采用分散配置的策略,将办公室划分为几个区域,每个区域的计算机连接到各区的交换机,再用主交换机连接各区的交换机,如图 2-25 所示。

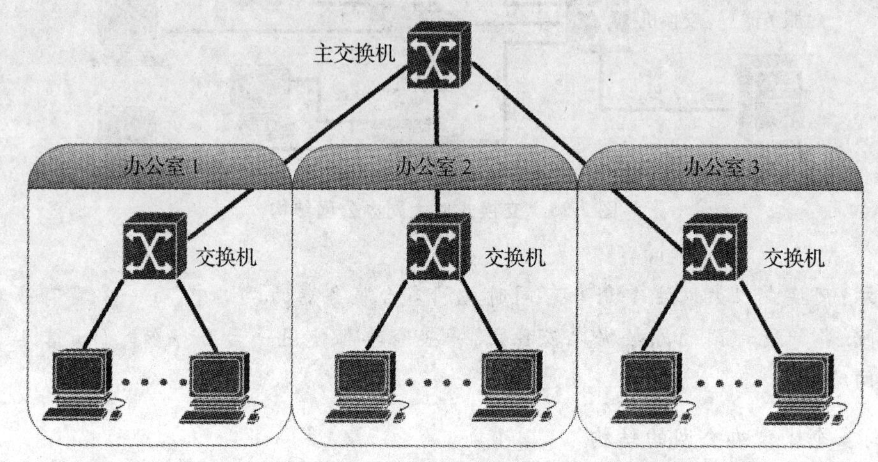

图 2-25 分散配置型办公网结构

提示:组建多个小型办公网时,计算机的数量一般在 50 台左右,建议你选择 12 端口的交换机 5 台、16 端口的交换机 4 台或是 24 端口的交换机 3 台、32 端口的交换机 2 台。当然,24 端口的交换机搭配 32 端口的交换机使用也可以。

四、实践操作

我们以小型办公网络为例,来体验项目开始之前的调研工作。
背景知识/准备工作:
在本实验操作中,您将使用一台 PC 在互联网上查询有用信息。
本实验需要以下资源:
· 一台 Windows XP Professional PC,能够正常访问 Internet。

(一)填写报告单要求

根据以下要求填写调研报告表:

(1)信息点分布情况:主要填写每个房间墙壁上的网线插座的个数,使用信息点的教师人数,并统计总数。

(2)网络需求:主要填写办公室网络用户(教师)对外网(Internet)的主要需求和对内部局域网的主要需求。

(3)接入校园网的方法:主要填写采用何种方法接入校园网,并简要说明这种接入方式的特点。

(4)网络拓扑结构:主要填写办公室网络的组网结构,并简单画出拓扑结构图。

(5)网络硬件:主要填写使用的网络设备、工作站等硬件的型号和在网络中的用途。

(6)需要共享的资源:主要填写在办公室局域网中哪些硬件和软件需要共享资源,并简述如何进行共享的方案。

(7)成本核算:主要填写购买硬软件资源的费用和设计、施工费用的总体成本。

(二)填写报告表

请根据实际的调研认真填写(××)办公室局域网需求分析表。

<table>
<tr><td rowspan="27">(　　)办公室局域网需求分析表</td><td rowspan="3">信息点分布情况</td><td rowspan="3">办公室信息点布局情况</td><td>1. 教师人数</td><td></td><td rowspan="3">总信息点数:</td></tr>
<tr><td>2. 教师上网的信息点数</td><td></td></tr>
<tr><td>3. 是否有无线网络</td><td></td></tr>
<tr><td rowspan="3">网络需求</td><td rowspan="3">办公室网络的主要需求</td><td>外网主要需求</td><td colspan="2"></td></tr>
<tr><td>内网主要需求</td><td colspan="2"></td></tr>
<tr><td>其他需求</td><td colspan="2"></td></tr>
<tr><td rowspan="2">接入校园网方法</td><td>采用方式</td><td colspan="3">主要特点</td></tr>
<tr><td></td><td colspan="3"></td></tr>
<tr><td rowspan="2">网络拓扑结构</td><td>拓扑结构</td><td>特点</td><td colspan="2">简要画出拓扑结构图</td></tr>
<tr><td></td><td></td><td colspan="2"></td></tr>
<tr><td rowspan="8">网络硬件</td><td>设备名</td><td>型号</td><td colspan="2">局域网中的用途(角色)</td></tr>
<tr><td rowspan="3">计算机</td><td></td><td colspan="2"></td></tr>
<tr><td></td><td colspan="2"></td></tr>
<tr><td></td><td colspan="2"></td></tr>
<tr><td>集线器</td><td></td><td colspan="2"></td></tr>
<tr><td>交换机</td><td></td><td colspan="2"></td></tr>
<tr><td>路由器</td><td></td><td colspan="2"></td></tr>
<tr><td>其他设备</td><td></td><td colspan="2"></td></tr>
<tr><td rowspan="6">需要共享的资源</td><td rowspan="3">硬件</td><td colspan="3"></td></tr>
<tr><td colspan="3"></td></tr>
<tr><td colspan="3"></td></tr>
<tr><td rowspan="3">软件</td><td colspan="3"></td></tr>
<tr><td colspan="3"></td></tr>
<tr><td colspan="3"></td></tr>
<tr><td rowspan="3">成本核算</td><td>硬件</td><td colspan="2"></td><td rowspan="3">总体成本价(元):</td></tr>
<tr><td>软件</td><td colspan="2"></td></tr>
<tr><td>其他成本</td><td colspan="2"></td></tr>
</table>

模块4　绘制办公室网络的拓扑结构

一、教学目标

1. 熟悉 Visio2003 工具的使用；
2. 学会使用 Visio2003 工具制作网络拓扑图；
3. 根据调研结果制作办公室网络拓扑图。

二、工作任务

学会使用 Visio2003 工具制作网络拓扑图，并根据调研的情况和自己分析的结果制作出办公室局域网的拓扑结构图。

三、实现方法

我们以小型办公网络为例，使用 Visio2003 工具制作家庭网络拓扑结构。
学习 Visio2003 画图方法/准备工作：
在本实验操作中，您将使用一台 PC 在互联网上查询有用信息。
本实验需要以下资源：
· 一台 Windows XP Professional PC，能够正常访问 Internet。

(一)用 Visio2003 工具创建网络拓扑结构图的方法

本例利用 Visio2003 中的自选图形和剪辑库中的元素完成网络结构图的制作。在制作的过程中，还将会涉及到图形的效果处理、放置与对齐、组合效果、连接效果等知识点的分析与讲解。利用剪辑库中的元素绘制网络拓扑结构图是本章节的新要点，希望读者能够认真学习，重点掌握。在该节中，主要是学习用 Visio2003 工具创建网络拓扑结构图。具体需要掌握的方法如下：

(1)在本系 FTP 站点上下载 CISCO 设备图标库
(2)在 Visio2003 中插入网络设备的示意图片
(3)图片放置与对齐
(4)图片填充颜色
(5)图片背景色的设置
(6)文本的添加
(7)图片与文字的组合
(8)图片之间的连接

具体创建过程如下所示：

1. 打开模板

使用模板开始创建 Microsoft Office Visio 图表。模板是一种文件,用于打开包含创建图表所需的形状的一个或多个模具。模板还包含适用于该绘图类型的样式、设置和工具。

2. 新建网络图

在“文件”菜单上,单击“新建”,然后指向“网络”,选择“详细网络图”,如图 2-26 所示。

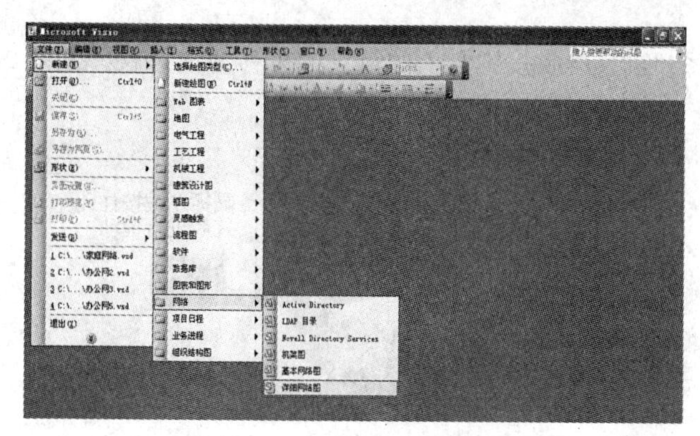

图 2-26 “新建网络图”窗口

3. 添加形状

通过将“形状”窗口中模具上的形状拖到绘图页上,可以将形状添加到图表中。将网络设备形状拖到绘图页上时,可以使用动态网格(将形状拖到绘图页上时显示的虚线)快速将形状与绘图页上的其他形状对齐。也可以使用绘图页上的网格来对齐形状。打印图表时,这两种网格都不会显示。如图 2-27 所示。

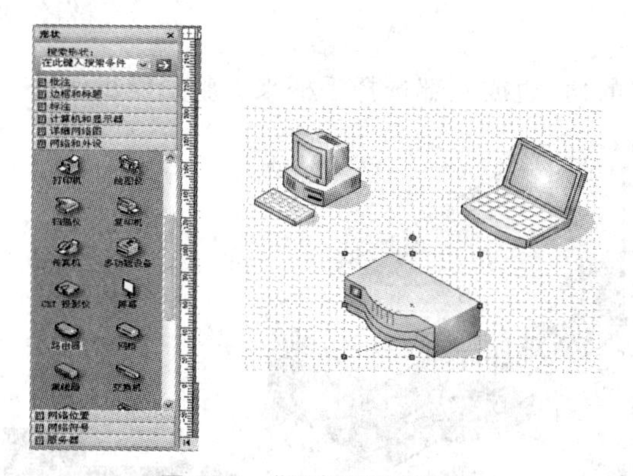

图 2-27 “添加形状”窗口

4. 删除形状

删除形状很容易。只需单击形状,然后按 DELETE 键。

注:不能将形状拖回“形状”窗口中的模具上进行删除。

5. 放大和缩小绘图页

图表中的形状太小而不便使用时,希望放大形状。

使用大型的图表时,可能需要缩小图表以便可以看到整个视图。

(1)要放大图表中的形状,按下 CTRL + SHIFT 键的同时拖动形状周围的选择矩形。指针将变为一个放大工具,表示可以放大形状。

(2)要缩小图表以查看整个图表外观,将绘图页在窗口中居中,然后按 CTRL + W 组合键。

(3)还可以使用工具栏上的“显示比例”框与“扫视和缩放”窗口来缩放绘图页。

6. 移动一个形状

移动形状很容易:只需单击任意形状选择它,然后将它拖到新的位置。单击形状时将显示选择手柄。

还可以单击某个形状,然后按键盘上的箭头键来移动该形状。如图 2-28 所示。

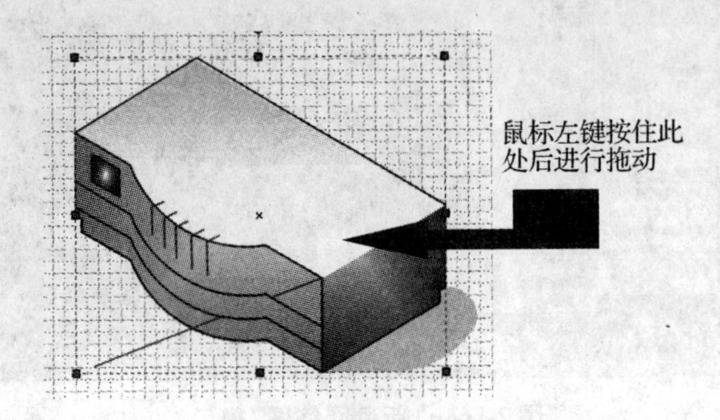

图 2-28 移动一个形状

7. 移动多个形状

要一次移动多个形状,首先选择所有想要移动的形状。

(1)使用“指针”工具拖动鼠标。也可以在按下 SHIFT 键的同时单击各个形状。

(2)将“指针”工具放置在任何选定形状的中心。指针下将显示一个四向箭头,表示可以移动这些形状。

8. 调整形状的大小

可以通过拖动形状的角、边或底部选择手柄来调整形状的大小。如图 2-29 所示。

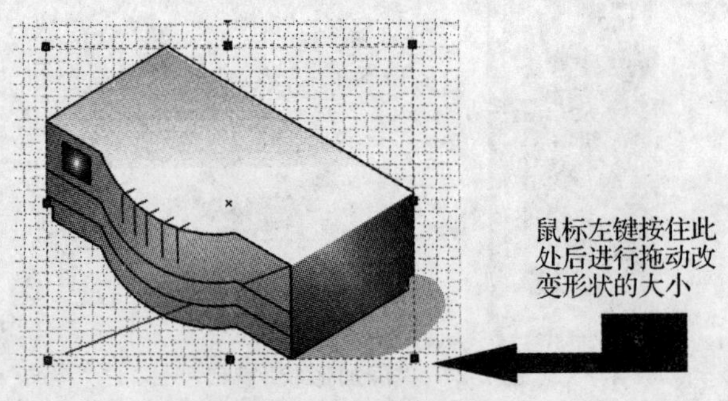

图 2-29 改变形状的大小

9. 向形状添加文本

双击某个形状然后键入文本,Microsoft Office Visio 会放大以便可以看到所键入的文本。

删除文本:双击形状,然后在文本突出显示后,按 DELETE 键。

10. 添加独立文本

向绘图页添加与任何形状无关的文本,例如标题或列表。这种类型的文本称为独立文本或文本块。使用“文本”工具只单击并进行键入。

删除文本:单击“文本”然后按 DELETE 键。

11. 移动独立文本

可以像移动任何形状那样来移动独立文本:只需拖动即可进行移动。实际上,独立文本就像一个没有边框或颜色的形状。

12. 设置文本格式

右击工具栏,使用“设置文本格式”工具栏。

13. 连接形状

各种图表(如流程图、组织结构图、框图和网络图)都有一个共同点:连接。在 Visio 中,通过将一维形状(称为连接线)附加或粘附到二维形状来创建连接。移动形状时,连接线会保持粘附状态。例如,移动与另一个形状相连的网络图形状时,连接线会调整位置以保持其端点与两个形状都粘附。

14. 使用“连接线”工具连接形状

使用“连接线”工具时,连接线会在您移动其中一个相连形状时自动重排或弯曲。“连接线”工具会使用一个红色框来突出显示连接点,表示可以在该点进行连接。

从第一个形状上的连接点处开始,将“连接线”工具拖到第二个形状顶部的连接点上,连接线的端点会变成红色。这是一个重要的视觉提示。如果连接线的某个端点仍为绿色,请使用“指针”工具将该端点连接到形状。如果想要形状保持相连,两个端点都必须为红色。

15. 使用模具中的连接线连接形状

拖动“直线-曲线连接线”,并调整其位置。

16. 向连接线添加文本

可以将文本与连接线一起使用来描述形状之间的关系。向连接线添加文本的方法与向任何形状添加文本的方法相同:只需单击连接线并键入文本。

17. 设置二维形状的格式

填充颜色(形状内的颜色),

填充图案(形状内的图案),

图案颜色(构成图案的线条的颜色),

线条颜色和图案,

线条粗细(线条的粗细),

填充透明度和线条透明度,

还可以向二维形状添加阴影并控制圆角。

18. 设置一维形状的格式,

线条颜色、图案和透明度,

线条粗细(线条的粗细),

线端类型(箭头),

线端大小,

线端(线端是方形还是圆形)。

(二)用 Visio2003 工具工具创建办公室网络拓扑结构图

根据上述学习的方法,结合自身调研的结论,利用 Visio2003 工具画出办公室网络拓扑结构图。参考拓扑图见图 2-30 所示。

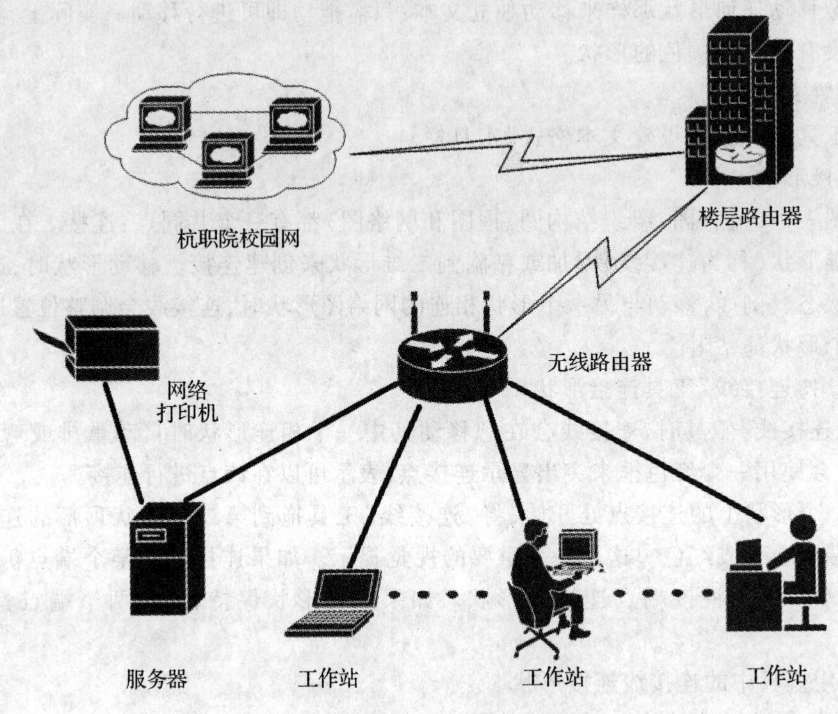

图 2-30　某办公室网络拓扑结构

知识点链接

1. Internet Service Provider(ISP)。就是为用户提供 Internet 接入和(或)Internet 信息服务的公司和机构。

2. Point-to-Point Protocol(PPP)。基于以太网的点对点协议,是目前宽带网服务商(ISP)最常用的传输方式之一。PPP 的优势是 ISP 能够利用用户已有的设备实现网络连接,提供 ADSL、Cable、Wireless 等接入的宽带网服务商可以减少很多网络布线成本。

3. Asymmetrical Digital Subscriber Line(ADSL)。称为非对称式数字用户线路,是 xDSL 的一种。xDSL 是 DSL(Digital Subscriber Line)的统称,意思是数字用户线路,是以铜质电话线为传输介质的传输技术的组合。

4. Cable Modem。又名"电缆调制解调器"或"线缆调制解调器"。有了它,就可以利用有线电视网进行数据传输。

5. Integrated Service Digital Network(ISDN)。综合业务数字网。它是以综合数字电话网为基础发展而成的,能够提供点到点的数字连接。

项目三 连接网络——传输介质

网络传输介质是网络中连接收发双方的物理通路,也是通信中实际传送信息的载体。在局域网中常见的网络传输介质有双绞线、同轴电缆、光缆3种。其中,双绞线是经常使用的传输介质,它一般用于星形网络中,同轴电缆一般用于总线型网络,光缆一般用于主干网的连接。除有线传输介质外,网络信息还可以利用无线电系统、微波系统和红外技术等无线传输介质传输。本项目主要学习局域网中应用最为广泛的双绞线制作及相关知识,并介绍无线局域网相关标准及组建无线局域网的技术。

一、教学目标

最终目标:认识有线、无线网络传输介质。

促成目标:

1. 认识双绞线及掌握 EIA/TIA568A 和 EIA/TIA568B 标准线序;
2. 能正确制作双绞线并测试;
3. 认识无线传输介质;
4. 掌握无线局域网的典型结构及标准;
5. 能组建无线对等网络。

二、工作任务

1. 直通网线的制作及测试;
2. 交叉网线的制作及测试;
3. 无线对等网络的连接与测试。

模块1 制作双绞线

一、教学目标

最终目标:制作双绞线并完成测试。

促成目标：

1. 掌握双绞线类别；
2. 掌握双绞线线序标准；
3. 制作并测试双绞线。

二、工作任务

根据 EIA/TIA568A 、EIA/TIA568B 标准制作网线。

三、相关知识点

(一)双绞线

双绞线是由两根具有绝缘保护层的铜导线，按照一定密度互相绞在一起，并将一对或一对以上的双绞线封装在一个绝缘外套中而形成的一种传输介质（如图 3-1 所示），是目前局域网最常用的一种布线材料。从图中我们可以看出双绞线中的每一对都是由两根绝缘铜导线相互缠绕而成的，这是为了降低信号的干扰程度而采取的措施。双绞线一般用于星型网络的布线连接，两端安装有 RJ-45 接头，连接网卡与集线器（交换机），最大网线长度为 100 米，如果要加大网络的范围，在两段双绞线之间可安装中继器，最多可安装 4 个中继器，如安装 4 个中继器连 5 个网段，最大传输范围可达 500 米。

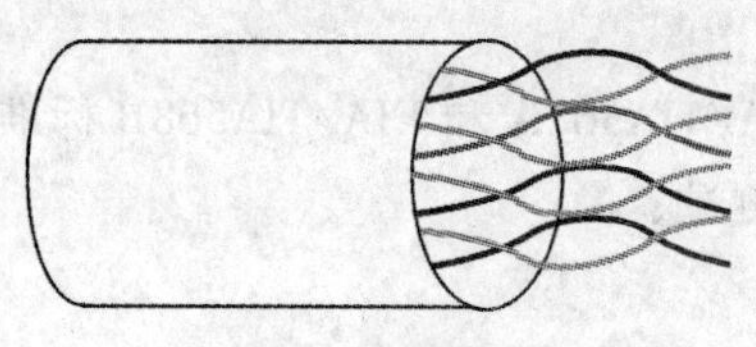

图 3-1 双绞线

(二)双绞线的分类

目前，双绞线可分为非屏蔽双绞线（Unshielded Twisted Pair，UTP）和屏蔽双绞线（Shielded Twisted Pair，STP），如图 3-2、3-3 所示。屏蔽双绞线电缆的外层由铝箔包裹，以减小辐射，但并不能完全消除辐射，屏蔽双绞线价格相对较高，安装时要比非屏蔽双绞线电缆困难。

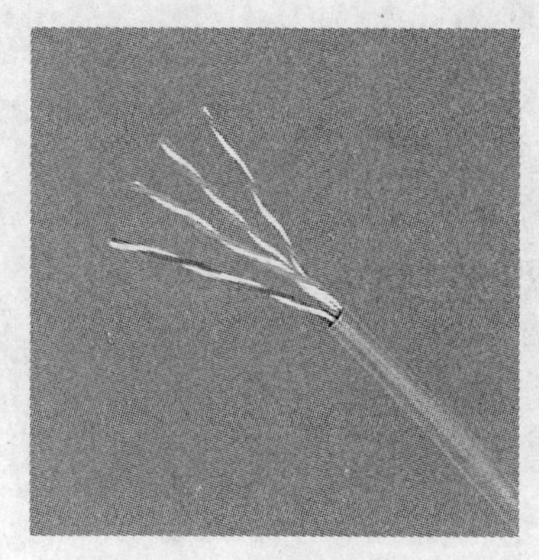

图 3-2 非屏蔽双绞线

图 3-3 屏蔽双绞线

双绞线常见的有3类线,5类线和超5类线,以及最新的6类线,前者线径细而后者线径粗,型号如下:

三类线:该电缆的最高传输频率为16MHz,数据传输最高速率为10Mbps。一般用在语音传输及低速数据传输的应用中。

四类线:该电缆的最高传输频率为20MHz,用于语音传输和最高传输速率16Mbps的数据传输,主要用于基于令牌的局域网和10BASE-T/100BASE-T。

五类线:该类电缆增加了绕线密度,外套一种高质量的绝缘材料,传输率为100MHz,用于语音传输和最高传输速率为100Mbps的数据传输,主要用于100BASE-T和10BASE-T网络。这是最常用的以太网电缆。

超五类线:即通常所说的超五类电缆,该电缆传输特性稍优于五类电缆,主要表现在数据传输速率可达155Mbps。一般用在语音信息及高速数据传输中应用。

六类线:六类电缆的各项传输性能远远高于超五类标准,其带宽扩展至200MHz以上,最适用于传输速率高于1000Mbps的应用。一般用在视频信息传输及超高速数据传输的应用中。

在局域网组网中,使用最为普遍的是五类和超五类非屏蔽双绞线,非屏蔽双绞线电缆具有以下优点:

(1)无屏蔽外套,直径小,节省所占用的空间;

(2)重量轻,易弯曲,易安装;

(3)将串扰减至最小或加以消除;

(4)具有阻燃性;

(5)具有独立性和灵活性,适用于结构化综合布线。

(三)双绞线线序标准

EIA/TIA 568标准规定了两种连接标准,即EIA/TIA 568A和EIA/TIA 568B。这两种标准的规定的双绞线连接线序如图3-4所示。

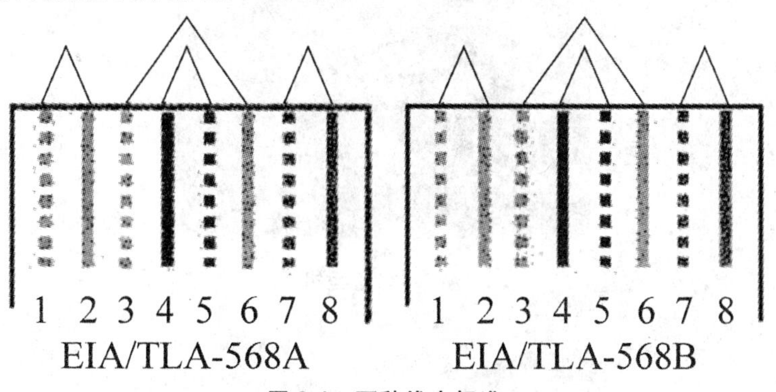

图3-4 两种线序标准

图中上方的折线表示这两根针脚连接的是一对双绞线。

1. EIA/TIA 568A规定的连接方法是:

1——白-绿　　2——绿色　　3——白-橙

4——蓝色　　5——白-蓝　　6——橙色

7——白-棕　　8——棕色

2. EIA/TIA 568B规定的连接方法是:

1——白-橙　　2——橙色　　3——白-绿
4——蓝色　　5——白-蓝　　6——绿色
7——白-棕　　8——棕色

在通常的工程实践中,EIA/TIA 568B 标准线序使用得较多。

四、实践操作

背景知识/准备工作

在本实验操作中,您将遵照 EIA/TIA 568A 和 EIA/TIA 568B 标准制作一根直通线和一根交叉线,并使用线缆测试仪测试其连通性。

本实验需要以下资源:

· 压线钳、剥线刀等工具,线缆测试仪;
· 一根五类双绞线。

(一)直通网线的制作

计算机连接网络设备时需要的网络连接线为直通线,直通线两端都按同一标准(一般为 EIA/TIA 568B 标准)线序制作。

1. 制作材料及工具如图 3-5、图 3-6、图 3-7 所示。

图 3-5　压线钳

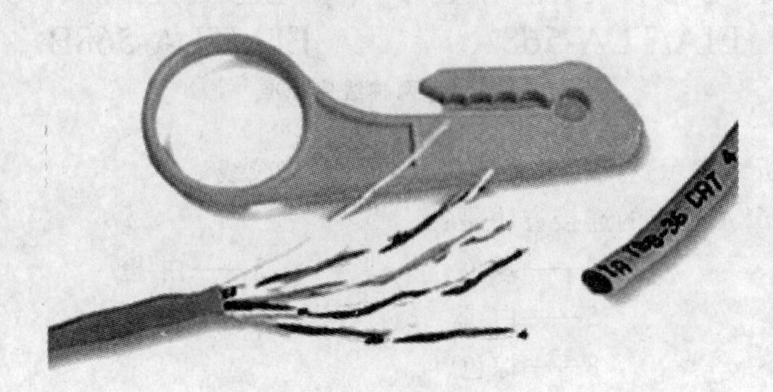

图 3-6　剥线刀

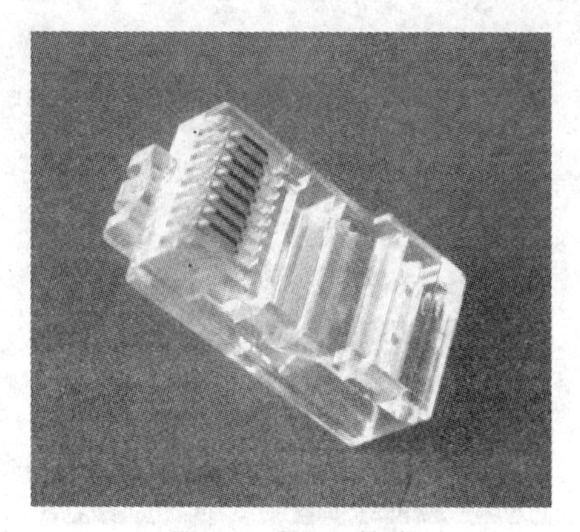

图 3-7　RJ-45 接头

2. 制作步骤如下所示：

（1）使用压线钳或偏口钳剪断双绞线，如图 3-8 所示。

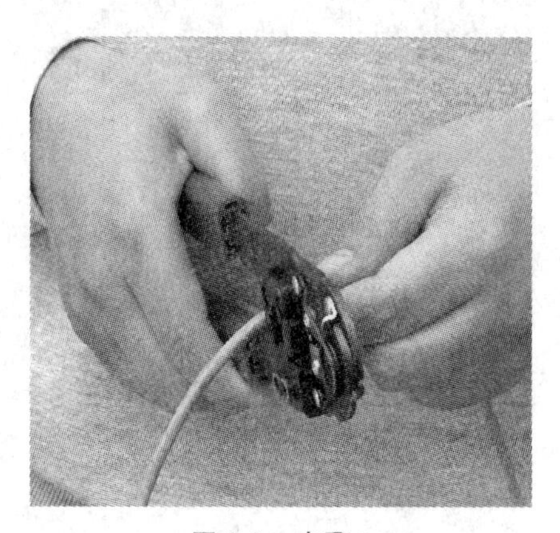

图 3-8　步骤 1

（2）使用剥线刀或压线钳剥去线皮，如图 3-9 所示。

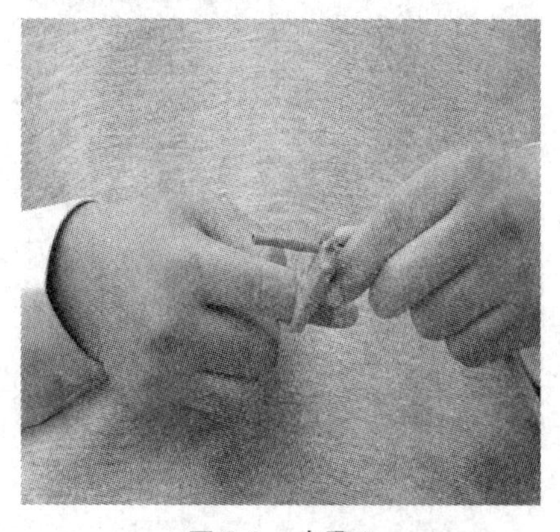

图 3-9　步骤 2

(3)将双绞线捋直并排序,如图 3-10 所示。

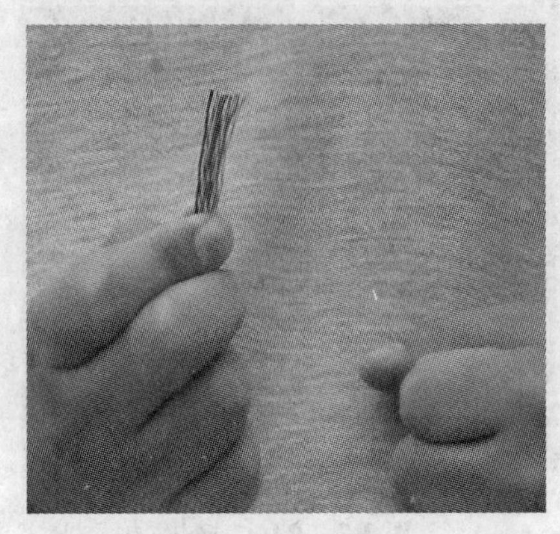

图 3-10　步骤 3

(4)按合适长度剪齐双绞线,如图 3-11 所示。

图 3-11　步骤 4

(5)将双绞线插入 RJ-45 头,如图 3-12 所示。

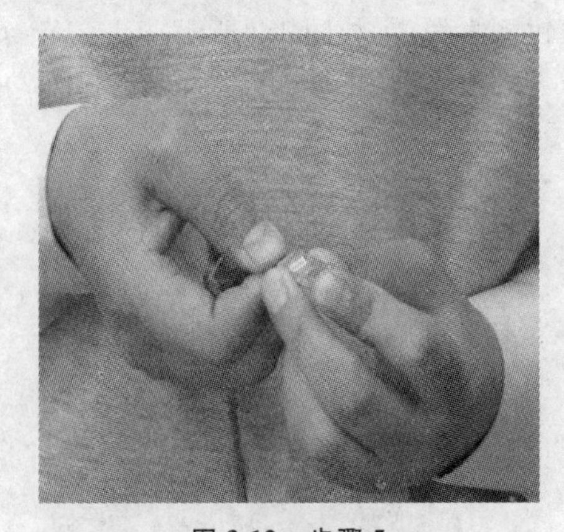

图 3-12　步骤 5

(6)将水晶头推入夹槽,并用力压制,如图 3-13 所示。

图 3-13 步骤 6

(7)另一端按相同的线序标准,完成直通线的制作,如图 3-14 所示。

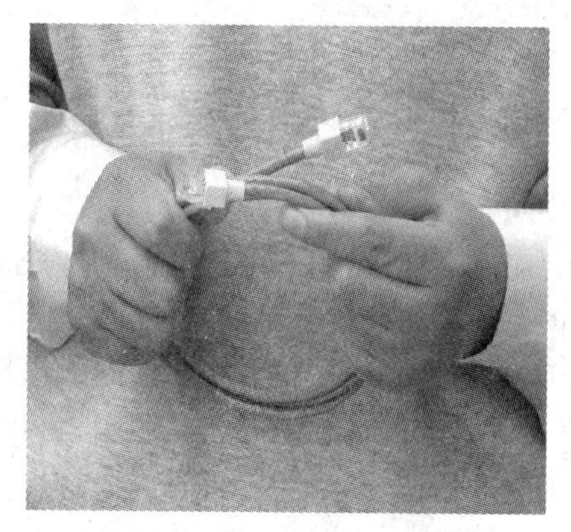

图 3-14 制作完成的直通线

(二)交叉网线的制作

交叉线是指网线的两端分别按照 EIA/TIA 568A 和 EIA/TIA 568B 线序标准制作的网线。

直通线主要用在:连接网卡和集线器(交换机)端口,连接集线器(交换机)的普通端口和 Uplink 端口。

交叉线主要用在:连接网卡和网卡,连接两个集线器(交换机)的普通端口。

(三)线缆的测试

把水晶头的两端都做好后即可用网线测试仪进行测试,如果测试仪上 8 个指示灯都依次为绿色闪过,证明网线制作成功,如图 3-15 所示。如果出现任何一个灯为红灯或黄灯,都证明存在断路或者接触不良现象,此时最好先对两端水晶头用网线钳压一次或重新制作后,再进行测试。

直通线在测试时两端绿灯闪过的顺序完全一致,交叉线一端按 1、2、3、4、5、6、7、8 顺序亮时,另一端则按 3、6、1、4、5、2、7、8 顺序闪亮。

图 3-15　网线测试仪

模块 2　认识无线网络

无线局域网(Wireless Local Area Network,WLAN)是利用无线通信技术在一定的局部范围内建立的网络,是计算机网络与无线通信技术相结合的产物,它以无线多址信道作为传输媒介,提供传统有线局域网 LAN(Local Area Network)的功能,能够使用户真正实现随时、随地、随意的宽带网络接入,满足了人们实现移动办公的梦想,为我们创造了一个丰富多彩的自由天空。

一、教学目标

最终目标:熟悉无线局域网传输介质及协议标准。

促成目标:

1. 了解无线局域网传输介质;
2. 掌握无线局域网的主要协议标准;
3. 了解无线局域网组网模式。

二、工作任务

组建一个无线对等网络,实现资源共享。

三、相关知识点

（一）无线传输介质

无线局域网是在有线局域网的基础上通过无线集线器、无线访问节点、无线网桥、无线网卡等设备使无线通信得以实现。与有线网络一样，无线局域网同样也需要传送介质。只是无线局域网采用的传输介质不是双绞线或者光纤，而是红外线或者无线电波，以后者使用居多。

1. 红外线

红外线局域网采用小于1微米波长的红外线作为传输媒体，有较强的方向性，由于它采用低于可见光的部分频谱作为传输介质，使用不受无线电管理部门的限制。红外信号要求视距传输，并且窃听困难，对邻近区域的类似系统也不会产生干扰。在实际应用中，由于红外线具有很高的背景噪声，受日光、环境照明等影响较大，一般要求的发射功率较高，红外无线局域网是目前100Mbps以上性能价格比高的网络唯一可行的选择。

2. 无线电波

采用无线电波作为无线局域网的传输介质是目前应用最多的，这主要是因为无线电波的覆盖范围较广，应用较广泛。使用扩频方式通信时，特别是直接序列扩频调制方法因发射功率低于自然的背景噪声，具有很强的抗干扰抗噪声能力、抗衰落能力。这一方面使通信非常安全，基本避免了通信信号的偷听和窃取，具有很高的可用性。另一方面无线局域使用的频段主要是S频段（2.4GHz～2.4835GHz），这个频段也叫ISM（Industry Science Medical）即工业科学医疗频段，属于工业自由辐射频段，不会对人体健康造成伤害。所以无线电波成为无线局域网最常用的无线传输媒体。

（二）无线局域网协议标准

无线接入技术区别于有线接入的特点之一是标准不统一，不同的标准有不同的应用。目前比较流行的有802.11标准（包括802.11a、802.11b及802.11g等标准）、蓝牙（Bluetooth）标准以及HomeRF（家庭网络）标准等。

1. 802.11X标准

（1）IEEE 802.11

1990年IEEE802标准化委员会成立IEEE802.11WLAN标准工作组。IEEE 802.11（别名：Wi-Fi（Wireless Fidelity）无线保真）是在1997年6月由大量的局域网以及计算机专家审定通过的标准，该标准定义物理层和媒体访问控制（MAC）规范。物理层定义了数据传输的信号特征和调制，定义了两个RF传输方法和一个红外线传输方法，RF传输标准是跳频扩频和直接序列扩频，工作在2.4000GHz～2.4835GHz频段。

IEEE 802.11是IEEE最初制定的一个无线局域网标准，主要用于解决办公室局域网和校园网中用户与用户终端的无线接入，业务主要限于数据访问，速率最高只能达到2Mbps。由于它在速率和传输距离上都不能满足人们的需要，所以IEEE 802.11标准被IEEE 802.11b所取代了。

（2）IEEE 802.11b

1999年9月IEEE 802.11b被正式批准，该标准规定WLAN工作频段在2.4GHz，数据传输速率达到 11Mbps,传输距离控制在 50 ~ 150 英尺。该标准是对 IEEE 802.11 的一个补充,采用补偿编码键控调制方式,采用点对点模式和基本模式两运作模式,在数据传输速率方面可以根据实际情况在 11Mbps、5.5Mbps、2Mbps、1Mbps 的不同速率间自动切换,它改变了 WLAN 设计状况,扩大了 WLAN 的应用领域。

IEEE 802.11b 已成为当前主流的 WLAN 标准,被多数厂商所采用,所推出的产品广泛应用于办公室、家庭、宾馆、车站、机场等众多场合,但是由于许多 WLAN 的新标准的出现,IEEE 802.11a 和 IEEE 802.11g 更是备受业界关注。

(3) IEEE 802.11a

1999 年,IEEE 802.11a 标准制定完成,该标准规定 WLAN 工作频段在 5GHz,数据传输速率达到 54Mbps/72Mbps(Turbo),传输距离控制在 10 ~ 100 米。该标准也是 IEEE 802.11 的一个补充,扩充了标准的物理层,采用正交频分复用(OFDM)的独特扩频技术,采用 QFSK 调制方式,可提供 25Mbps 的无线 ATM 接口和 10Mbps 的以太网无线帧结构接口,支持多种业务如话音、数据和图像等,一个扇区可以接入多个用户,每个用户可带多个用户终端。

IEEE 802.11a 标准是 IEEE 802.11b 的后续标准,其设计初衷是取代 802.11b 标准,然而,工作于 2.4GHz 频带是不需要执照的,该频段属于工业、教育、医疗等专用频段,是公开的,工作于 5GHz 频带在一些国家是需要执照的。一些公司仍没有表示对 802.11a 标准的支持,一些公司更加看好最新混合标准——802.11g。

(4) IEEE 802.11g

目前,IEEE 推出最新版本 IEEE 802.11g 认证标准,该标准提出拥有 IEEE 802.11a 的传输速率,安全性较 IEEE 802.11b 好,采用 2 种调制方式,含 802.11a 中采用的 OFDM 与 IEEE 802.11b中采用的 DSSS,做到与 802.11a 和 802.11b 兼容。

虽然 802.11a 较适用于企业,但 WLAN 运营商为了兼顾现有 802.11b 设备投资,选用 802.11g 的可能性极大。

2. 蓝牙标准

蓝牙(IEEE 802.15)是一项新标准,对于 802.11 来说,它的出现不是为了竞争而是相互补充。“蓝牙”是一种极其先进的大容量近距离无线数字通信的技术标准,其目标是实现最高数据传输速度 1Mbps(有效传输速率为 721Kbps)、最大传输距离为 10 厘米 ~ 10 米,通过增加发射功率可达到 100 米。蓝牙比 802.11 更具移动性,比如,802.11 限制在办公室和校园内,而蓝牙却能把一个设备连接到局域网和广域网,甚至支持全球漫游。此外,蓝牙成本低、体积小,可用于更多的设备。“蓝牙”最大的优势还在于,在更新网络骨干时,如果搭配“蓝牙”架构进行,使用整体网路的成本肯定比铺设线缆低。

3. 家庭网络的 HomeRF 标准

HomeRF 主要为家庭网络设计,是 IEEE 802.11 与数字无绳电话标准的结合,旨在降低语音数据成本。HomeRF 也采用了扩频技术,工作在 2.4GHz 频带,能同步支持 4 条高质量语音信道。但目前 HomeRF 的传输速率只有 1M ~ 2Mbps,美国联邦通信委员会建议增加到 10Mbps。

(三) 无线局域网组网模式

无线局域网的模式一般分为两种,Ad-hoc(对等)网络模式和 Infrastructure(基础结构)网络模式。

1. Infrastructure 模式(带有无线接入点)

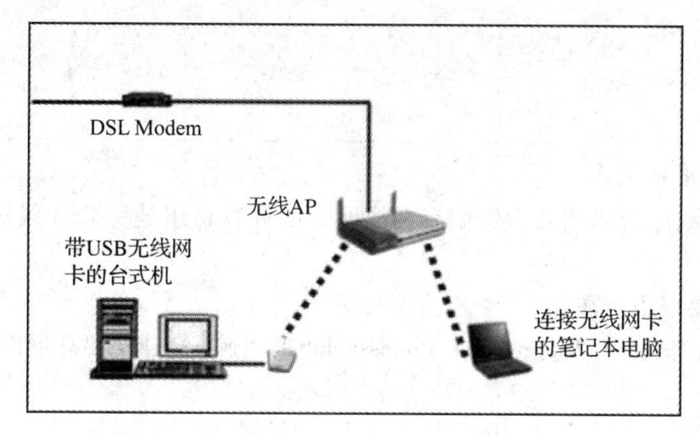

图 3-16　Infrastructure(基础结构)网络模式

在基础结构网络中,具有无线接口卡的无线终端以无线接入点 AP 为中心,通过无线网桥 AB、无线接入网关 AG、无线接入控制器 AC 和无线接入服务器 AS 等将无线局域网与有线网网络连接起来,可以组建多种复杂的无线局域网接入网络,实现无线移动办公的接入,如图 3-16。

2. Ad-Hoc 模式(点对点无线网)

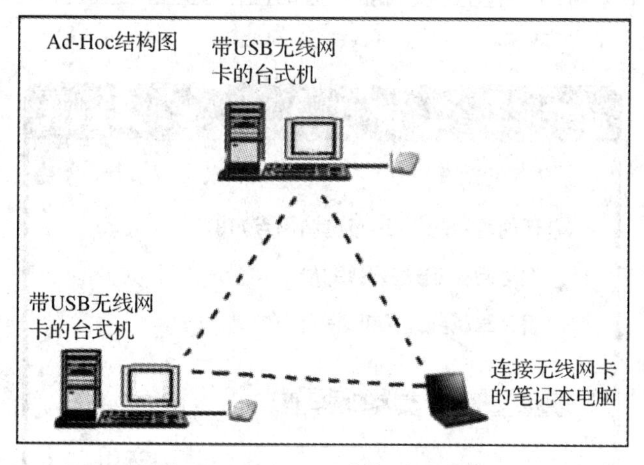

图 3-17　Ad-hoc(对等)网络模式

由一组有无线接口卡的计算机组成。这些计算机以相同的工作组名、SSID 和密码等对等的方式相互直接连接,在 WLAN 的覆盖范围的之内,进行点对点与点对多点之间的通信通信,如图 3-17。

四、实践操作

背景知识/准备工作

在本实验操作,要求用几台安装有无线网卡的计算机组建一个无线对等网,实现资源共享。

本实验需要以下资源:

· 两台以上安装有 Windows XP Professional 的电脑,各自安装有可以正常运行的无线网卡。

(一)在主机中进行相关的网络设置

一般在安装完无线网卡后,Windows XP 会自动完成配置。

(1)右键单击“无线网络连接”,选择“属性”打开属性窗口。选择“无线网络配置”选项卡,选中“用 Windows 配置我的无线网络设置”复选框,单击右下角的“高级”按钮。

(2)在“高级”对话框中选择“仅计算机到计算机(特定)”,或者“任何可用的网络(首选访问点)”,(提示:不要勾选“自动连接到非首选的网络”复选框)。如图 3-18 所示。依次单击“关闭”按钮回到属性对话框。

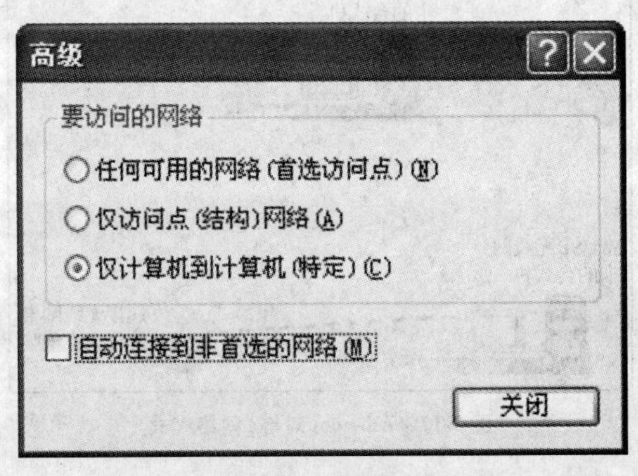

图 3-18 设置无线网络访问方式

(3)在该“无线网络连接属性”窗口中,单击左下角的“添加”按钮,接着在“服务设置标识(SSID)”中输入一个网络的名称,比如 wlan,单击“确定”按钮返回。如图 3-19 所示。

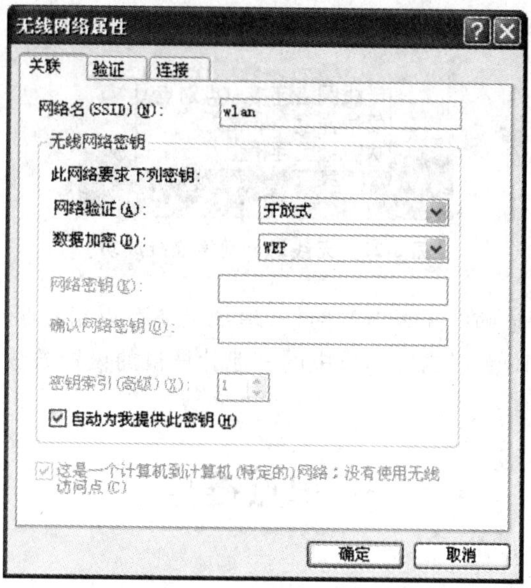

图 3-19 设置网络名及验证方式

(4)同样在“无线网络连接”属性窗口中，选择“常规”选项卡，将本地连接的 IP 地址、子网掩码分别设置为 192.168.0.1、255.255.255.0，单击“确定”按钮即可。

在组建对等网络的另外计算机上，同样也需要设置 IP 地址和无线网络访问方式。

如果在计算机上没有搜索到可用的无线网络(无线网络连接显示断开状态)，可以调整两台计算机的位置，最好在 10 米以内，如果还不能搜索到该网络，可以在“无线网络连接”属性窗口中选择“无线网络配置”选项卡，在“可用网络”区域单击“刷新”按钮，这样就可以搜索并连接到可用网络。如图 3-20 所示。

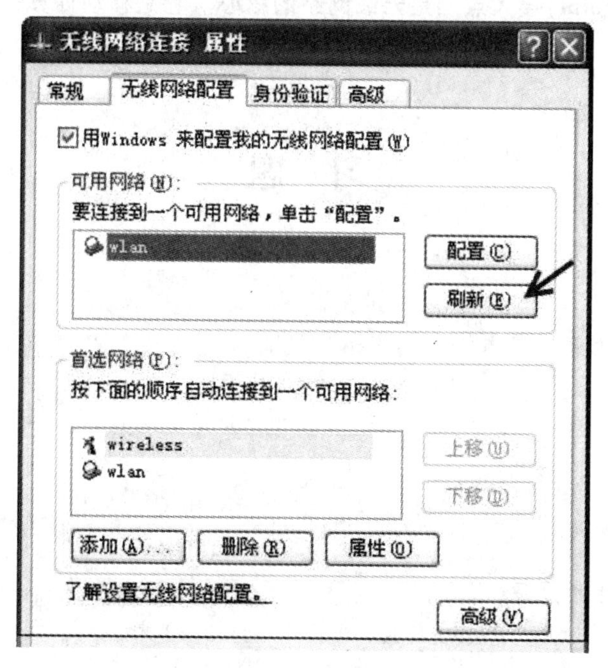

图 3-20 刷新无线连接

连接成功后，在任务栏内显示的连接状态为：

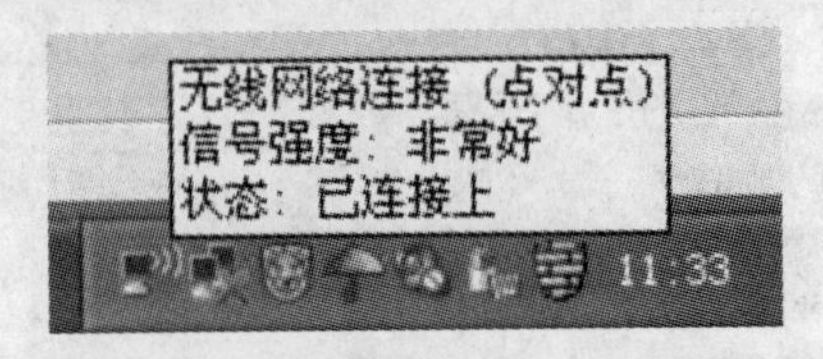

图 3-21　无线对等网络连接成功

除了可以组建两台电脑的无线对等网外，理论上还可以组建最多 254 台电脑的无线对等网，不过一般建议在 10 台以内。网络中的其他计算机的设置方法相同。

知识点链接

1. STP(Shielded Twisted Pair)屏蔽双绞线。在多种网络实现中使用的一种接线介质，STP 线缆有一层屏蔽绝缘层。

2. UTP(Unshielded Twisted Pair)非屏蔽双绞线。用在多种网络中的一种四对线介质。

3. TIA(Telecommunications Industry Association)电信工业协会。发布电信标准的一种标准协会。

4. EIA(Electronic Industries Association)电子工业协会。一个制定电传输标准的团体。EIA 和 TIA 已经制定了许多著名的通信标准。

5. AP(Access Point)接入点。是无线网络的核心。它是移动计算机用户进入有线以太网骨干的接入点。

习　题

一、选择题

1. 组成一条 UTP 电缆需要(　　)对线。

A. 2　　B. 4

C. 6　　D. 8

2. UTP 使用(　　)接头。

A. STP　　B. BNC

C. RJ-45　　D. RJ-69

3. UTP 最大缆线长度是(　　)。

A. 100 英尺　　B. 150 英尺　　C. 100 米　　D. 1000 米

4. 双绞线电缆中电线相互绞合的作用是(　　)。

A. 使线缆更细

B. 使线缆更便宜

C. 减弱噪声问题

D. 使得6对线能装入原本只能装4对线的空间中

5. 100Base-TX 采用的传输介质是(　　)。

A. 双绞线　　B. 光纤　　C. 无线电波　　D. 同轴电缆

二、项目设计题

1. 安装无线网卡及 AP(Access Point)。

2. 利用无线对等网络共享互联网。

项目四 连接网络——联网设备

当你采购完网络设备，面对各式各样的交换机、宽带路由器、PC 和网线，你一定无从下手了，通过本项目的学习，将使你认识这些网络设备，然后告诉你如何把这些网络设备正确连接在一起，并帮助你解决网络连接过程中的故障。

一、教学目标

最终目标：能连接网络设备，使网络物理层通信正常。

促成目标：

1. 依据需求选择正确局域网设备；
2. 利用局域网设备进行联网；
3. 测试连通性和简单故障排错。

二、工作任务

1. 掌握局域网设备结构和种类；
2. 学习局域网设备的特性；
3. 认识局域网设备面板指示；
4. 网络设备连接时的故障排错。

模块 1 认识局域网设备

一、教学目标

1. 认识交换机、宽带路由器、集线器网络设备；
2. 掌握网络设备的部件和面板结构。

二、工作任务

图 4-1 所示为某中学的办公室网络设备，现在要求你能区分交换机、宽带路由器、集线器网络设备，说出各网络设备的性能、部件组成和面板结构。

图 4-1　网络设备

三、相关知识点

（一）冲突域（collision domain）

冲突域表示在以太网上采用 CSMA/CD（Carrier Sense Multiple Access/Collision Detection，载波监听多路访问/冲突检测）的竞争机制竞争同一节点集合的带宽，就是说这个区域代表了冲突在其中发生并传播的范围，通常被称为共享网段（share segment）。在 OSI 模型中，冲突域被看作是第一层的概念，因此连接冲突域的设备是集线器（hub）和中继器（repeater），或者任何只简单复制以太网信号的设备。所以连接到同一个或一组中继器的所有设备都是同一个冲突域的成员。而第二层网桥和交换机及第三层的路由设备都可以对冲突域进行划分或分段。如图 4-2。

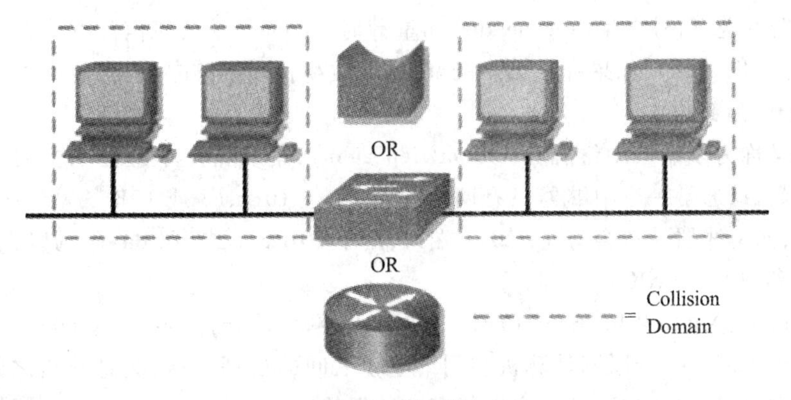

图 4-2　冲突域

第二层和第三层的设备都可以对冲突域进行分割（segmentation）。第二层设备对数据通信进行控制，这个功能同时让数据在局域网内的不同网段中传输而不会引起冲突，使网络变得更加高效。第三层设备也可以隔离冲突域,所以第二层和第三层设备在网络中将冲突域划分成更小的范围,而第三层设备同时可以对广播域进行控制,如图 4-2 所示。

(二)广播域(Broadcast Domain)

广播域是指由第二层设备所连接的一组冲突域,可以看作是能够接收同一个广播消息的节点集合。在该集合中的任何一个节点发送广播帧时,其他任何能够接收到该消息的所有节点被认为是处在同一个广播域中。第三层路由器可以将一个局域网划分多个冲突域,允许在独立的冲突域上同时进行数据传输,提高了网络的性能。如图 4-3 所示。

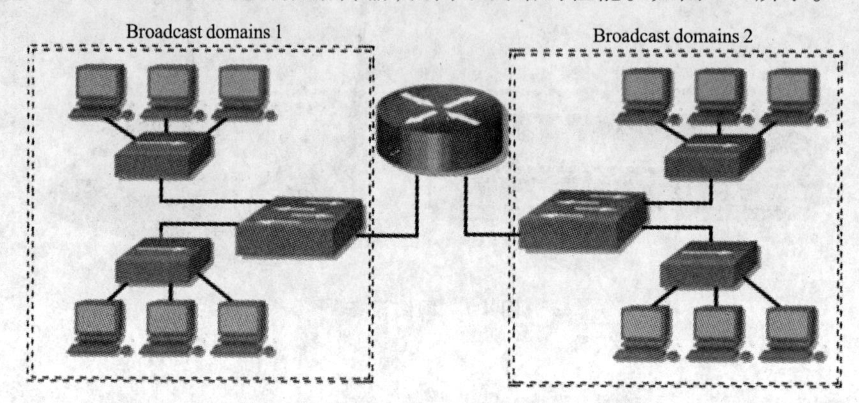

图 4-3　广播域

网桥和交换机设备通过转发所有的广播和组播来连接广播域,对于广播域的划分或分段则通过第三层设备完成。因为广播通过第二层设备时如果超过了设备的负载将会降低整个网的性能。第二层设备无法对广播进行控制,而第三层设备可以控制广播的转发。

(三)中继器(Repeater)

中继器源于早期的长距离通信(long distance communication)。电报(telegraph)、电话(telephone)、微波(microwave)和光通信(optical communications)都使用中继器在长距离传输中对信号进行增强。

采用中继器的目的是对接收(receives)到的比特级的网络信号(signal)进行再生(regenerates)并重新发送,信号再生(regenerate)和重计时(retime)可以使信号在介质上传输更长的距离(longer distance),如果存在太多的节点,或线缆长度不够时,通常使用中继器。

(四)集线器(Hub)

集线器又称为多端口中继器(multiport repeaters),集线器与中继器的主要区别是设备提供的端口数目,通常一个中继器只有两个端口,用于 10Base2 或 10Base5 或 10BaseT 的网段间的连接;而集线器一般会有 4 ~ 20 个端口,用于 10BaseT 或 100BaseT 的以太网的连接。

(五)网络接口卡(NIC)

网络接口卡(Network Interface Card, NIC)又称网络适配器(network interface adapter),简称网卡。主要用于实现联网计算机和网络电缆之间的物理连接,为计算机之间相互通信提供一条物理通道,并通过这条通道进行高速数据传输。

(六)交换机(Switch)

交换机也是属于第二层数据链路层设备,通常称为 LAN 交换机或工作组交换机,用于替代共享介质访问方式的集线器。交换机与网桥的功能相似,它们都具有 MAC 地址的学习功能,通过在数据帧的发送者和接收者之间建立端到端的交换路径,使数据帧能够更快速地从源主机到达目的主机。交换机通过利用专用集成电路(Application Specific Integrated Circuit,ASIC)以硬件的方式交换数据帧。ASIC 只用来执行特定的任务,所以交换机比网桥的处理能力和速度上具有更高的性能。

(七)宽带路由器

宽带路由器是近几年来新兴的一种网络产品,它伴随着宽带的普及应运而生。宽带路由器在一个紧凑的箱子中集成了路由器、防火墙、带宽控制和管理等功能,具备快速转发能力,灵活的网络管理和丰富的网络状态等特点。多数宽带路由器可满足不同的网络流量环境,集成 10/100Mbps 宽带以太网 WAN 接口,并内置多口 10/100Mbps 自适应交换机,方便多台机器连接内部网络与 Internet,可以广泛应用于家庭、学校、办公室、网吧、小区接入、政府、企业等场合。

四、实践操作

> 背景知识/准备工作
> 在本实验操作中,您将使用交换机和无线路由器。
> 本实验需要以下资源:
> ·1 台交换机
> ·1 台无线路由器

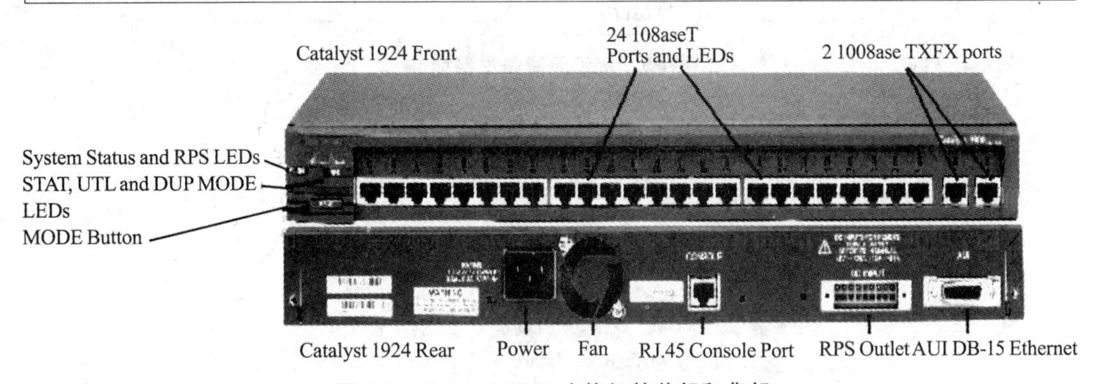

图 4-4　Catalyst 1924 交换机的前部和背部

(一)认识交换机

图 4-4 是 Catalyst 1924 交换机正面和背面的图片。机架的正面包括 MODE 按钮和 LED(在图片的上部左面有 LED 的图案),以及以太网端口;机架的背面可以看到 10Base5 以太网端口,它使用 DB-15 AUI 接口。还有一用于管理连接(management connections)的控制台端口(console port)。注意,交换机没有启动和关闭电源的开关,要启动交换机,可以将电源线的一端插入交换机的电源插口并将另一端插入电源插座;要关闭交换机,可以从任何一端拔去电源线。

交换机有一个 RJ-45 的控制台接口,对于控制台访问,连接(connectivity)终端(terminal)或终端仿真设备(terminal emulation device)时,使用 DB-9 to RJ-45 或 DB-25 to RJ-45 的转接

适配器，在控制台接口与 PC 串行接口间用翻转线缆连接。在机架的背面也可以看到一个非常非常小的复位按钮(reset button)，按这个按钮会使交换机重新启动(reboot)，这与拔出电源线然后再插进去的作用基本是相同的。在 1900 系列交换机机架的正面有四个 LED 指示灯，分别为系统、冗余电源、端口和模式。

(二)认识宽带无线路由器

图 4-5 是宽带无线路由器的正面面板，图 4-6 是宽带无线路由器的背面面板。宽带无线路由器的各部分功能说明可以详见图 4-5 和 4-6。

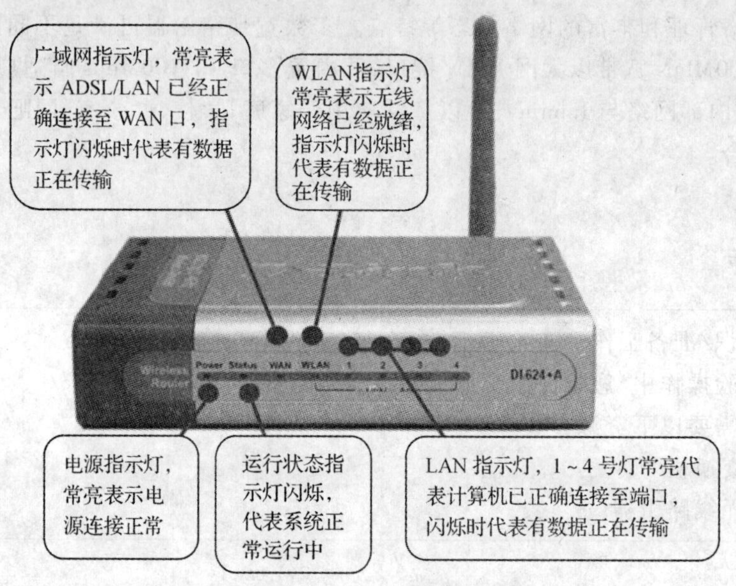

图 4-5 宽带无线路由器前部

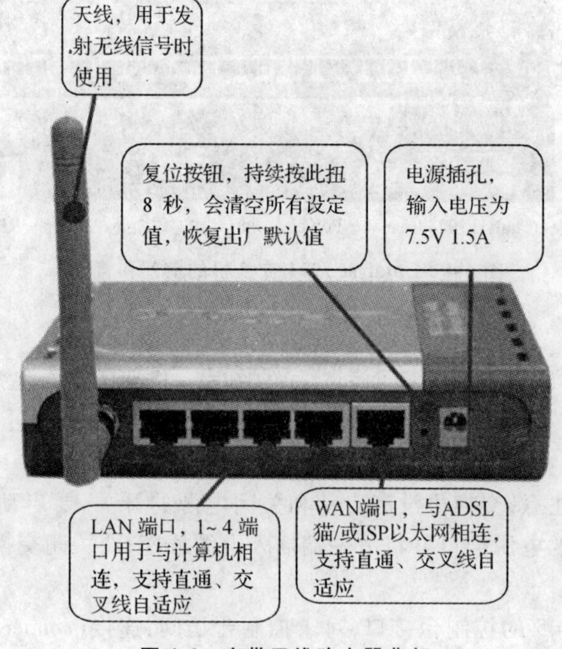

图 4-6 宽带无线路由器背部

模块2 连接局域网设备

一、教学目标

1. 连接交换机、路由器、集线器网络设备；
2. 掌握网络设备面板信号指示；
3. 物理连接的故障排错。

二、工作任务

图4-7所示为某中学的办公室网络拓扑，并已采购组建该局域网所需的网络设备，现在要求你能连接交换机、路由器、集线器网络设备，根据面板信号指示和一些简单的排错方法解决网络故障，保证网络连通。

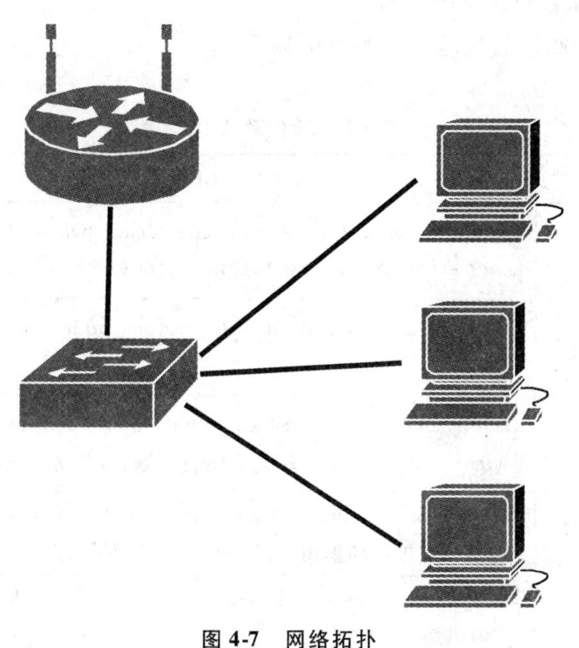

图4-7 网络拓扑

三、相关知识点

（一）1900系列交换机机架的系统和RPS LED的状态含义

1900系列交换系统和RPS LED的状态含义如表4-1所示。

表 4-1 1900 系列交换 SYSTEM 和 RPS LED 含义

LED	颜色	描述
SYSTEM（系统指示灯）	Green（绿色）	The system is up and operational.（系统已开机并可使用）
	Amber（橙色）	The system experienced a malfunction.（系统遇到故障）
	Off（关闭）	The system is powered down.（系统电源已关闭）
RPS（外部冗余电源指示灯）	Green(绿色)	The RPS is attached and operational.（RPS 已连接并可使用）
	Amber(橙色)	The RPS is installed, but is not operational. Check the RPS to make sure that it hasn't failed.（RPS 已安装,但不可用。检查 RPS 并确认它没有故障）
	Flashing amber（闪烁橙色）	Both the internal power supply and the external RPS are installed, but the RPS is providing power.（内部电源和外部电源都已安装,但电力由 RPS 提供）
	Off（关闭）	The RPS is not installed.（RPS 没有安装）

(二)LED 颜色和各种端口的状态

LED 颜色和各种端口的状态关系如表 4-2 所示。

表 4-2 LED 颜色含义

LED 颜色	LED 颜色含义
Green(绿色)	There is a powered-up physical layer connection to the device attached to the port.（端口所连接的设备物理层已加电）
Flashing green(闪烁绿色)	There is traffic entering and/or leaving the port.（在端口上有进入和/或离开的数据）
Flashing green and amber（闪烁绿色和橙色）	There is an operational problem with the port— perhaps excessive errors or a connection problem.（这个端口有运行问题,可能是过量的错误或连接问题）
Amber(橙色)	The port has been disabled manually (shut down) or because of a security issue.（此端口已被手动禁用或因为安全问题而被禁用）
Off(关闭)	There is no powered-up physical layer connection on the port.（此端口没有已加电的物理层连接）

(三)IP 地址

IP 地址是基于 Internet Protocol 的。每一个主机都有唯一的地址,作为该主机在 Internet 上的唯一标志。我们称为 IP 地址(Internet Protocol Address)。它是一串 4 组由圆点分割的数字组成的,其中每一组数字都在 0～256 之间,如:0～255.0～255.0～255.0～255.0～255;如:202.202.96.33 就是一个主机服务器的 IP 地址。

TCP/IP 协议把网络号分解成 5 类:A、B、C、D 和 E:

A 类地址的范围是从 1~126(00000001~01111111):0 是保留的并且表示所有 IP 地址;127 是保留的地址并且用于测试,如一个接口上的环回(loopback);

B 类地址的范围是从 128~191(10000000~10111111);

C 类地址的范围是从 192~223(11000000~11011111);

D 类地址的范围是从 224~239(11100000~11101111);

E 类地址的范围是从 240~254:255 是保留的地址并且用于广播。

(四)子网掩码

子网掩码不能单独存在,它必须结合 IP 地址一起使用。子网掩码只有一个作用,就是将某个 IP 地址划分成网络地址和主机地址两部分。子网掩码的设定必须遵循一定的规则。与 IP 地址相同,子网掩码的长度也是 32 位,左边是网络位,用二进制数字"1"表示;右边是主机位,用二进制数字"0"表示。只有通过子网掩码,才能表明一台主机所在的子网与其他子网的关系,使网络正常工作。其中 A 类地址的默认子网掩码为 255.0.0.0;B 类地址的默认子网掩码为 255.255.0.0;C 类地址的默认子网掩码为:255.255.255.0。

(五)内网保留地址

内网接入方式:上网的计算机得到的 IP 地址是 Inetnet 上的保留地址,保留地址有如下 3 种形式:

A 类:10.0.0.0~10.255.255.255(1 个 A 类网络);

B 类:172.16.0.0~172.31.255.255(16 个 B 类网络);

C 类:192.168.0.0~192.168.255.255(256 个 B 类网络)。

四、实践操作

> 背景知识/准备工作
> 在本实验操作中,您将使用 1 台交换机和 2 台 PC。
> 本实验需要以下资源:
> ·1 台交换机;
> ·2 台 PC。

(一)查看交换机面板指示

1. 模式按钮

操作步骤如下:

(1)按一次模式按钮,则模式 LED 将从 STAT 转换为 UTIL。UTIL LED 发光时表明以太网端口上方的 LED 正在起到使用率(utilization)计量条的作用(functioning)。这个计量条反映的是交换机目前在背板(backplane)上所使用的带宽(bandwidth)数量。

(2)如果再次按下这个模式按钮,LED 将从 UTL 转换为 FDUP。在 FDUP 模式下,与端口相关(represent)的 LED 表示端口的双工模式(duplexing)。如果 LED 是绿色的,则该端口被设定为全双工(full-duplex);如果端口LED是关闭的,则该端口被设定为半双工(half-duplex)。

(3)如果再次按下该模式按钮,这个模式LED将转回到STAT。可以看出,模式按钮允许在不同的模式设置之间转换,如果模式按钮既不是UTL也不是FDUP,它将自动转回到STAT。

2. POST诊断

Cisco的网络设备在启动时将通过硬件诊断(hardware diagnostics),也就是加电自测试(Power-On Self Test, POST)的过程。给1900系列交换机加电时,开始时所有的端口LED都是绿色的。在每个POST中的自测试(self-test)正在运行时,某个以太网端口上方的特定(specific)的LED将关闭而此时其余的LED保持绿色。测试结束后,该LED将变回绿色,且其他的低编号的端口LED将关闭,从而表示下一个POST测试正在进行。如果某个自测试失败(self-test fails),那么端口上方的LED将从关闭状态变为浅黄色,并且保持该状态。下表中所示的是1900交换机POST的结果说明。

表4-3 POST LED启动状态

Port LED	Test Performed	If the Test Fails
16	ECU DRAM(DRAM交换控制单元)	Switch will not boot(交换机将不启动)
15	No self-tests performed(没有执行自检)	
14	No self-tests performed(没有执行自检)	
13	No self-tests performed(没有执行自检)	
12	Forwarding Engine ASIC(ASIC转发引擎)	Switch will not boot(交换机将不启动)
11	Forwarding Engine memory(存储器转发引擎)	Switch will not boot(交换机将不启动)
10	RAM(内存)	Switch will not boot(交换机将不启动)
09	ISL ASIC(交换机间链路功能的ASIC)	Switch will not boot(交换机将不启动)
08	Port control and status(端口控制和状态)	Switch will not boot(交换机将不启动)
07	System timer interrupt(系统计时器不正确)	Switch will not boot(交换机将不启动)
06	Port address table RAM(端口地址表RAM)	Switch will not boot(交换机将不启动)
05	Real-time clock(实时时钟)	Switch will boot(交换机将启动)
04	Console port(控制台端口)	Switch will boot(交换机将启动)
03	Port address table(端口地址表)	Switch will not boot(交换机将不启动)
02	Switch's MAC address(交换机MAC地址)	Switch will not boot(交换机将不启动)
01	Port loopback test(端口环回测试)	A port might not function correctly(端口没有正常运行)

通常情况下,如果一个自测试失败,那么这对于交换机是毁灭性(fatal)的,而且交换机将不能启动。如果所有的自测试都是成功(successful)的,则所有 LED 都应该是闪烁的绿色,并且随后关闭。在这种状态下,模式按钮将默认为 STAT。

(二)Catalyst 2950 系列交换机模式按钮和 POST 诊断

2950 系列交换机是 Cisco 目前桌面(desktop)和工作组(workgroup)交换解决方案(solution),2950 系列交换机正在替代(replacing)1900 和 2820 系列交换机。2950 系列交换机附带的软件有两个不同的版本(different versions):标准版和加强版(standard and enhanced),同系列不同型号之间的主要区别是端口的数量和类型。与 1900 系列交换机相似,2950 系列交换机支持一个可选的外部 RPS,机架的正面有许多可用于监控(monitor)交换机活动(activity)和性能(performance)的 LED,机架的左上角的是 SYSTEM 和 RPS LED,在这两个 LED 的下方是 STAT、UTIL、DUPLX 和 SPEED 四个 LED,这些 LED 的颜色和它们的含义与 1900 系列交换机上的 LED 相同,它的功能与 1900 系列交换机上相应(corresponding)的 LED 相似(similar),由其下方的模式按钮控制。默认的模式是 STAT,每个端口上方的 LED 反映的是端口的状态。

操作步骤如下:

(1)按下模式按钮一次,可以将模式从 STAT 转换到 UTIL。在这个模式中,端口上方的每个 LED 反映的是交换机背板(backplane)带宽的使用率(utilization)。LED 将变成绿色,像一个计量条,如果某个 LED 是浅黄色的,表明从这台交换机启动之后交换机所使用的最大带宽量。这意味着该 LED 右面的端口 LED 将是关闭的,而且这个 LED 左面的端口 LED 将是绿色的或关闭的,从而表明目前的使用率(current utilization)。在读取计量条以衡量交换机背板上已使用的实际带宽(actual bandwidth)时,注意每台交换机读取 LED 时的过程有略微不同,因为每台交换机都有不同数量的端口。

(2)再次按下模式按钮,可以将模式从 UTIL 转换到 DUPLEX。激活 DUPLEX 模式时,端口上方的 LED 反映的是端口的双工模式。如果端口上方的 LED 是关闭的,表明该端口已被设定为半双工;如果 LED 是绿色的,表明该端口已被设定为全双工。

(3)再次按下模式按钮,模式将从 DUPLEX 转换到 SPEED。在 1900 系列交换机上不包含这个 LED,因为其端口只能以 10Mbit/s 或 100Mbit/s 的速度工作。2950 系列交换机支持 10/100 端口,甚至支持 10/100/1000 端口。当模式 LED 设定为 SPEED 时,端口上方的 LED 显示的是端口工作的速度(speed)。

(4)如果再次按下模式按钮,模式 LED 将变回 STAT。可以看出,通过模式按钮,允许交换机在不同的模式之间转换。如果模式按钮不是 UTL、DUPLX 或 SPEED,它将在一分钟后自动转回到 STAT。

在给 2950 系列交换机加电后,该交换机将开始它的 POST 过程。POST 用于验证交换机的不同组件是否可用。在 POST 开始时,SYSTEM LED 是关闭的。一旦 POST 结束所有的测试,并且通过了所有的测试,SYSTEM LED 就应该变为绿色。如果它是浅黄色的,那么在 POST 的过程中至少有一项测试失败了,交换机将不能启动。

(三)测试连通

1. 设置工作站的 IP 地址和子网掩码

操作步骤如下:

(1)打开本地连接。见图4-8。

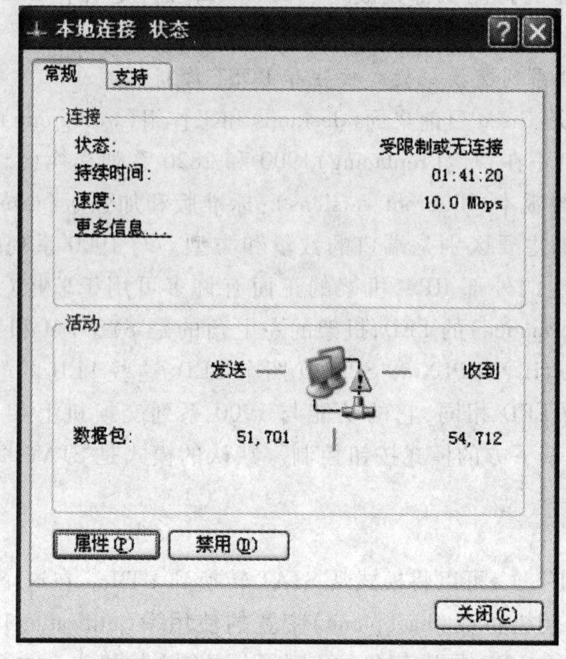

图4-8 打开本地连接

(2)选择“属性”。见图4-9。

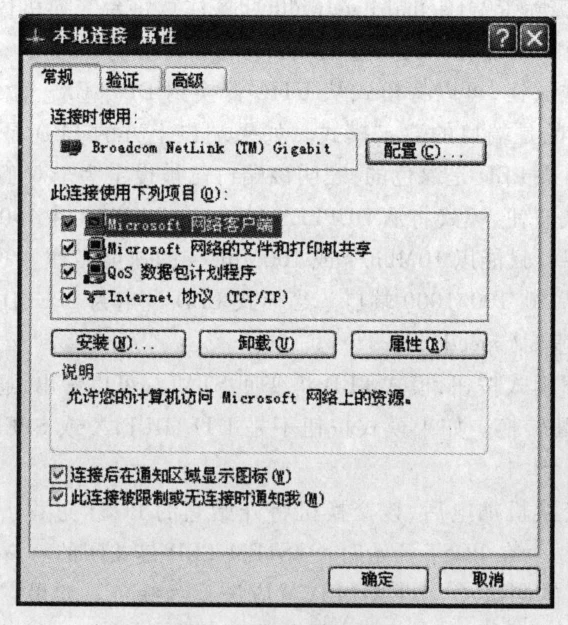

图4-9 本地连接属性

(3)选择“internet 协议(TCP/IP)”,点击“属性”。见图 4-10。

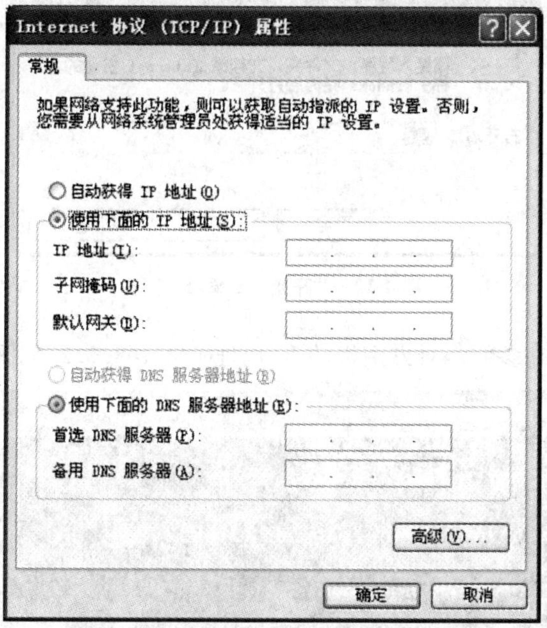

Internet 协议 (TCP/IP) 属性
常规
如果网络支持此功能，则可以获取自动指派的 IP 设置。否则，您需要从网络系统管理员处获得适当的 IP 设置。
自动获得 IP 地址(O)
使用下面的 IP 地址(S):
IP 地址(I):
子网掩码(U):
默认网关(D):
自动获得 DNS 服务器地址(B)
使用下面的 DNS 服务器地址(E):
首选 DNS 服务器(P):
备用 DNS 服务器(A):
高级(V)...
确定
取消

图 4-10　本地连接 TCP/IP 属性

(4)输入 IP 地址(192. 168. 2. 1)和子网掩码(255. 255. 255. 0),点击“确定”。见图 4-11。

Internet 协议 (TCP/IP) 属性
常规
如果网络支持此功能，则可以获取自动指派的 IP 设置。否则，您需要从网络系统管理员处获得适当的 IP 设置。
自动获得 IP 地址(O)
使用下面的 IP 地址(S):
IP 地址(I):
192 . 168 . 2 . 1
子网掩码(U):
255 . 255 . 255 . 0
默认网关(D):
自动获得 DNS 服务器地址(B)
使用下面的 DNS 服务器地址(E):
首选 DNS 服务器(P):
备用 DNS 服务器(A):
高级(V)...
确定
取消

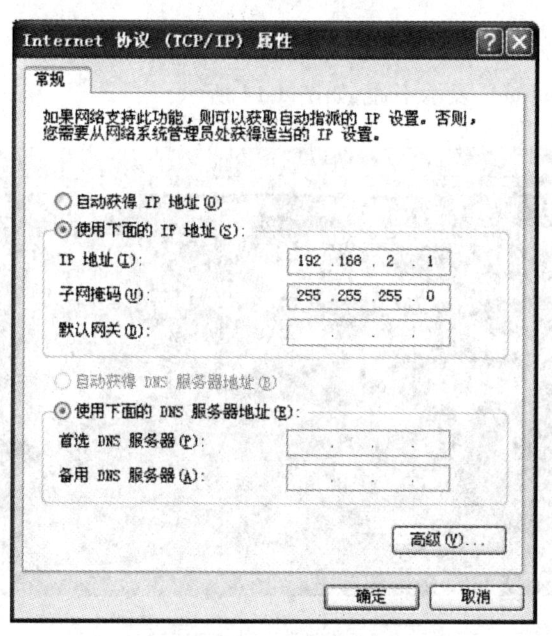

图 4-11　本地连接 IP 地址输入

2. 使用 Ping 命令测试网络连通性

操作步骤如下:

(1)点击“开始”菜单中的“运行”,输入“cmd”,点击“确定”,如图 4-12 所示。

图 4-12 “开始”菜单->运行

(2)输入 ping 命令,参数是对方主机的 IP 地址 192.168.2.2,如图 4-13 所示。

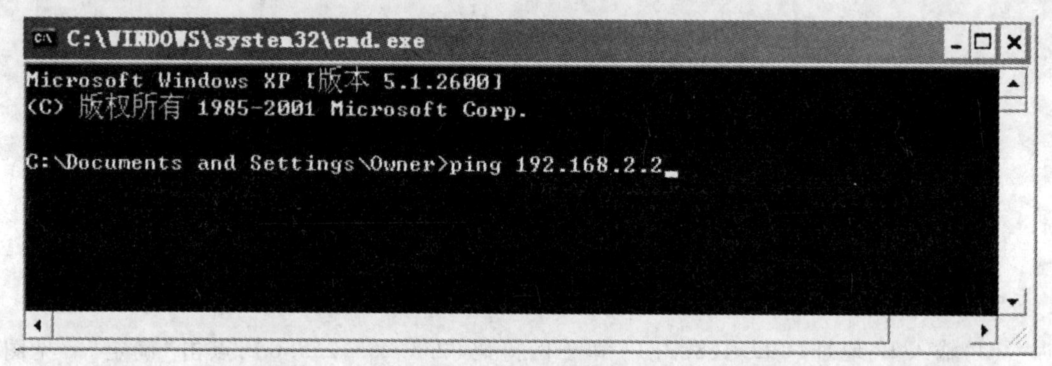

图 4-13 输入 ping 命令

(3)查看连通性

输出”Request timed out”表示不通,如图 4-14 所示。

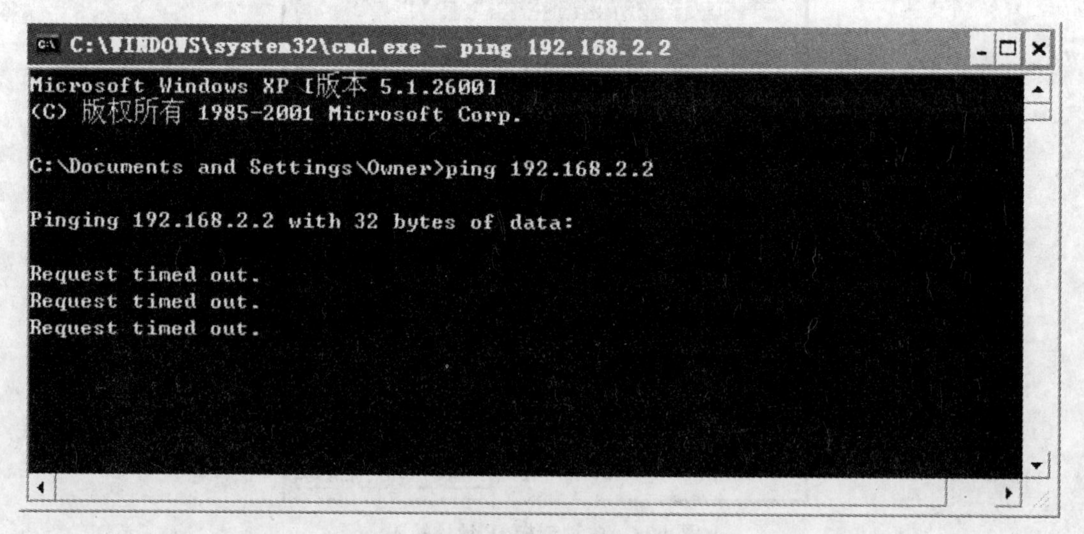

图 4-14 网络不通显示

输出“Reply from 192.168.2.2”表示连通,如图 4-15 所示。

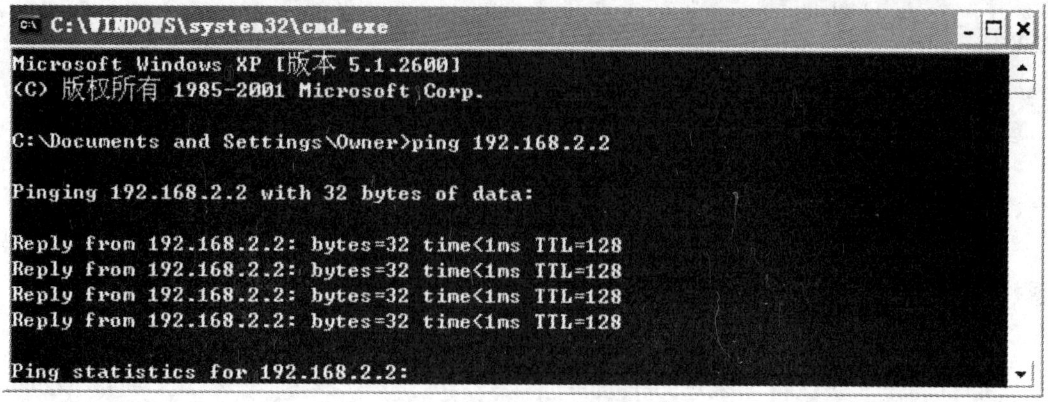

```
C:\WINDOWS\system32\cmd.exe
Microsoft Windows XP [版本 5.1.2600]
(C) 版权所有 1985-2001 Microsoft Corp.

C:\Documents and Settings\Owner>ping 192.168.2.2

Pinging 192.168.2.2 with 32 bytes of data:

Reply from 192.168.2.2: bytes=32 time<1ms TTL=128
Reply from 192.168.2.2: bytes=32 time<1ms TTL=128
Reply from 192.168.2.2: bytes=32 time<1ms TTL=128
Reply from 192.168.2.2: bytes=32 time<1ms TTL=128

Ping statistics for 192.168.2.2:
```

图 4-15 网络连通显示

知识点链接

1. Collosion domain 冲突域。在同一个网络上两个比特同时进行传输则会产生冲突；在网络内部数据分组所产生与发生冲突的这样一个区域称为冲突域。

2. Hub 集线器。集线器的主要功能是对接收到的信号进行再生整形放大，以扩大网络的传输距离，同时把所有节点集中在以它为中心的节点上。它工作于 OSI（开放系统互联参考模型）参考模型第一层，即“物理层”。

3. Repeater 中继器。是网络物理层上面的连接设备。适用于完全相同的两类网络的互联，主要功能是通过对数据信号的重新发送或者转发，来扩大网络传输的距离。

4. NIC 网络接口卡。是一个物理设备，类似于网关，通过它，网络中的任何设备都可以发送和接收数据帧。不同网络中，网络接口卡的名称是不同的。例如，以太网中称为以太网接口卡，令牌环网中称为令牌环网接口卡，等等。

5. Switch 交换机。一种网络设备，可以基于帧的目的地址对帧进行过滤、转发和泛洪操作、运行于 OSI 模型的数据链路层。

6. Duplex mode 双工模式。移动设备之间的通信链路会占用两个频率：从终端到网络（上行链路）的传输信道，以及一个反方向（下行链路）的信道。双工的含义是可以同时进行双向传输。

7. Half duplex 半双工模式。在半双工方式下工作时，在任何指定的瞬间可以进行发送或者接受，但不能同时进行发送和接受。

习 题

一、选择题

1. 下列哪些设备主要用于解决网络带宽和网络冲突,并可以根据目的 MAC 地址转发数据帧? (Select two)(　　)

A. Switch　　B. Bridge　　C. NIC　　D. hub

E. Repeater　　F. RJ-45 transceiver

2. 如图所示,在一个小型网络中使用交换机和集线器进行网络连接,哪些设备在数据传输时不会产生冲突? (　　)

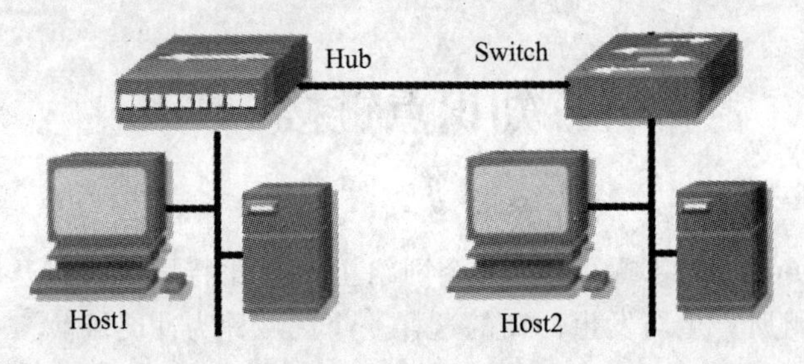

A. host 1 与 host 2

B. host 2 与 switch

C. host 1 与 hub, host 与 switch

D. host 1 与 switch, host 2 与 hub

3. 为交换机分配 IP 地址的目的是什么? (　　)

A. 提供本地主机以及默认网关地址

B. 允许交换机远程控制

C. 允许交换机对两台主机之间的 ARP 请求作出响应

D. 保证在同个 LAN 中的主机之间能相互通信

4. 以太网的全双工和半双工通信方式有什么不同? (多选题)(　　)

A. 半双工以太网工作在一个共享的冲突域

B. 全双工以太网容许能力较低

C. 半双工以太网工作在单独的冲突域

D. 全双工以太网允许双向通信

E. 半双工以太网工作在单独的广播域

5. 以下 IP 地址中,属于 B 类地址的是(　　)。

A. 112.213.12.23　　B. 210.123.23.12

C. 23.123.213.23　　D. 156.123.32.12

6. 以下 IP 地址中不可分配给计算机的地址是(　　)。

A. 157.213.12.213　　B. 213.123.23.12

C. 234.123.213.23　　D. 132.123.32.12

7. 逻辑地址202.112.108.158,用IPv4二进制表示32地址正确的是(　　)。

A. 11001010　01110000　01101100　10011110

B. 10111101　01101100　01101100　10011001

C. 10110011　11001110　10010001　00110110

D. 01110111　01111100　01110111　01110110

E. 以上都不对

8. IP地址分配需要注意一些问题,下面对IP地址分配中描述不正确的是(　　)。

A. 网络ID不能全为1

B. 网络ID不能全为0

C. 网络ID不能以127开头

D. 同一网络上的每台主机必须有不同的网络ID

E. 同一网络上的每台主机必须分配有唯一的主机ID

9. 下列IP地址有效的是(　　)。

A. 131.255.255.18　　B. 220.103.256.56

C. 240.9.12.12　　D. 192.5.91.255

E. 129.9.200.21

项目五 认识计算机网络——网络协议

本项目通过介绍网络互联参考模型、TCP/IP 协议等基本知识，通过项目训练让读者了解计算机网络的数据通信过程，熟悉基于 OSI 模型的网络检测及故障排除方法的框架性知识。

一、教学目标

最终目标：掌握网络互联参考模型与 TCP/IP 协议相关知识，熟悉通信网络的数据传输过程，熟悉基于 OSI 模型的网络检测及故障排除方法。

促成目标：

1. 熟悉 OSI 模型在网络通信中的作用和功能；
2. 基于层次化网络互联参考模型，理解和掌握各类网络组件的特性和功能；
3. 掌握 OSI 每一层的功能，熟悉各类网络组件与 OSI 模型的联系；
4. 掌握网络通信中的数据封装及解封装过程；
5. 掌握 TCP/IP 协议层次化模型；
6. 熟悉可靠或不可靠的网络数据传输过程；
7. 掌握网络层和数据链路层寻址；
8. 熟悉网络检测和故障排除方法。

二、工作任务

1. 熟悉网络通信参考模型，理解网络协议在网络中的作用；
2. 根据通信原理组建数据通信网络，熟悉网络通信过程；
3. 使用网络模拟软件 PacketTracer 分析协议数据封装；
4. 验证传输层可靠或不可靠的数据传输；
5. 验证网络层和数据链路层寻址过程；
6. 使用 Wireshark 网络协议分析软件分析网络；
7. 使用网络模拟软件 PacketTracer 实现网络设计、配置和故障排除；
8. 基于 OSI 模型或 TCP/IP 模型检测网络；
9. 选择网络故障检测及排除方法（自上而下、自下而上、拆分（分治）等）。

模块1　了解数据通信过程

一、教学目标

最终目标:掌握组建基本的数据通信网络所必需的组件。

促成目标:

1. 熟悉网络通信参考模型;
2. 理解网络协议在网络中的作用;
3. 连接网络组件和配置网络协议;
4. 熟悉网络通信过程。

二、工作任务

1. 熟悉 OSI 参考模型和 TCP/IP 协议在网络通信的作用;
2. 学习网络互联的组件,组建和配置简单的网络;
3. 熟悉网络原理及通信过程;
4. 通过 PacketTracer 实现网络设计、配置和协议分析。

三、相关知识点

(一)OSI/RM 参考模型

早期的网络发展在很多方面都缺乏组织性,80 年代初网络数目和大小已快速增长,很多公司意识到使用网络技术带来的好处,并产生了许多新的网络技术。一些公司开始意识到网络快速膨胀带来的问题,因为不同的公司使用不同通信规范和工具来交换信息,那些网络技术被少数公司所控制,它们严格遵守着网络技术的专用性,使不同的网络之间无法实现通信。

针对网络之间不兼容的问题,国际标准化组织(ISO)为了解决适用于所有网络技术的规范而开始研究网络模型,基于网络模型帮助网络厂商建立各种网络技术相兼容的网络。ISO 于 1984 发行了 OSI/RM(Open System Interconnection Basic Reference Model,开放式系统互联参考模型),它为厂商提供了一套标准,在全球各式各样的网络技术产品之间保证了最大的兼容性和互操作性。

OSI/RM 已成为当前最重要的网络通信模型,绝大部分网络厂商将他们的产品和 OSI 参考模型联系起来,将它看作在学习网络中发送和接收数据的最好工具。

在网络体系中的通信双方共同遵守许多约定和规范,这些约定和规范称为协议。网络协议是计算机通过网络通讯所使用的语言,是为网络通信中的数据交换制定的共同遵守的规范、标准和约定,是计算机网络软、硬件开发的依据。网络设备或终端之间必须使用相同协议(不同协议要经过转换)才能完成通讯。OSI 参考模型是研究如何把开放式系统连接起来的标准,将网络分成七个层次,从高到低分别为:应用层、表示层、会话层、传输层、网络层、数据链路层和物理层。

1. 第 7 层应用层(Application Layer)

应用层直接面向计算机终端用户。应用层的主要任务是为网络应用提供服务,例如文件服务、数据库服务、电子邮件等等。对于需要通信的不同应用来说,应用层的协议必须支持运行于不同计算机的进程进行通信,而这些进程则是为用户完成不同任务而设计的。由于每个应用有不同的要求,应用层的协议集在 OSI/RM 模型中并没有定义。应用层协议处理的 PDU(Protocol Data Unit,协议数据单元)为数据(Data)。

2. 第 6 层表示层(Presentation Layer)

表示层主要负责以某种方式表示和解释数据。表示层将计算机内部的表示形式转换成网络通信中标准的表示形式,表示层关心的是所传送的信息的语法和语义,并涉及数据压缩和解压、数据加密和解密等工作。网络上主机可能采用不同的数据表示格式,所以需要在数据传输时进行数据格式的转换。例如在不同的机器上常用不同的代码来表示字符串(ASCII 和 EBCDIC)、整型数以及机器码等等。管理这些抽象数据结构,并在发送方将机器的内部编码转换为适合网上传输的传送语法以及在接收方做相反的转换等工作都是由表示层来完成的。

3. 第 5 层会话层(Session Layer)

会话层主要任务是建立、管理和终止应用程序之间的会话和数据交换,使特定网络应用程序的多个实例得以共存。会话层是操作系统内核存在的主要的一层,它的会话层允许不同机器上的用户之间建立会话关系,允许进行类似传输层的普通数据的传送。会话层的管理对话控制服务允许信息同时双向传输,或任一时刻只能单向传输。会话层同步服务是在数据中插入同步点,每次网络出现故障后,仅仅重传最后一个同步点以后的数据。

4. 第 4 层传输层(Transport Layer)

传输层的主要功能为向用户提供端到端的连接服务,与主机之间的传输问题相关,建立、维护、终止虚拟电路以实现数据可靠的传输、信息错误检测和接收及流量控制功能。传输层是计算机通信体系结构中最关键的一层,它实现网络中不同主机上的用户进程之间的数据通信,处理数据报差错、数据报次序以及其他一些关键传输问题。传输层决定最终对网络用户提供什么样的服务,还必须管理网络连接的建立和拆除。传输层需要有一种机制来调节信息流,使高速主机不会过快地向低速主机传送数据。传输层处理的 PDU(Protocol Data Unit,协议数据单元)是段(Segments)。

5. 第 3 层网络层(Network Layer)

网络层的主要功能是实现互联网络中的不同主机间的逻辑寻址和选择最佳路径将数据分组从源主机准确地送到目标主机。它可以提供在不同的网络介质上实现尽可能的分组传送传输。网络层使用数据链路层的服务将每个报文从源主机传输到目标主机。在网络环境中网络层还提供从源主机到目标主机的路由路径的选择。当分组不得不跨越多个网络时,网络层解决了网络设备的逻辑寻址或不同分组长度以及网络中的不同协议互联等问题,使异构网络互联成为可能。网络层的 PDU 是数据分组(Packets)。

6. 第 2 层数据链路层(Data Link Layer)

数据链路层的主要功能是直接链路控制和介质访问。数据链路层提供了通过物理线路上实现数据的可靠传输,并在主机之间建立链路连接和路径选择。数据链路层完成了网络中相邻结点之间可靠的数据通信。在物理层提供的传输比特流服务的基础上通过传输以“帧”为单位的数据报,保持帧的有序以及发现检测到的各种错误,负责在结点间的线路上通过检测、流量控制等各种措施无差错地传送。使有差错的物理线路变成无差错的数据链路,保证可靠的数据传输。

为了保证数据的可靠传输,发送方把用户数据封装成帧,并按顺序传送各帧。由于物理线路的不可靠,因此发送方发出的数据帧有可能在线路上发生出错或丢失(所谓丢失实际上是数据帧的帧头或帧尾出错),从而导致接收方不能正确接收到数据帧。为了保证能让接收方对收到的数据进行正确的判断,发送方为每个数据块计算出循环冗余检验(CRC)并加入到帧中,这样接收方就可以通过重新计算 CRC 来判断数据接收的正确性。一旦接收方发现收到的数据有错,则发送方必须重传这一帧数据。然而,相同帧的多次传送也可能使接收方收到重复帧。比如,接收方给发送方的确认帧被破坏后,发送方也会重传上一帧,此时接收方就可能收到重复帧。因此,数据链路层必须解决由于帧的损坏、丢失和重复所带来的问题。数据链路层的传输单元为帧(Frames)。

7. 第 1 层物理层(Physical Layer)

物理层是参考模型的最低层,主要功能是在相邻结点之间实现比特流的传输。它定义了接口、连接器、线缆及通信介质的物理特性、过程和功能,并负责处理数据传输速率及监控数据出错率。物理层协议关心的典型问题是使用什么样的物理信号来表示数据“1”和“0”;一位持续的时间多长;数据传输是否可同时在两个方向上进行;最初的连接如何建立和完成通信后连接如何终止;物理接口(插头和插座)有多少针以及各针的用处。

物理层的设计主要涉及物理层接口的机械、电气、功能和过程特性,以及物理层接口连接的传输介质等问题。物理层的设计还涉及到通信工程领域内的一些问题。物理层的传输单元为比特(Bits)。

OSI 模型的七层又可以划分为上下两大区域:上层(第 7、6 、5 层)称为高层或应用高层,面向最终用户的软件程序或应用服务,主要用于处理应用程序问题,开发和设计网络程序和应用协议以利用网络资源。下层(第 4、3、2 和 1 层)称为数据流层或网络流层,主要包括网络联网的设备和线缆及通信协议等。OSI 模型的下层是处理数据传输的,物理层和数据链路层应用在硬件和软件上。物理层最接近物理网络媒介并负责在媒介上发送数据。

如果网络中一个主机需要发送数据到另一个主机,数据一旦被应用层的应用程序或服务创建并开始进行发送准备,它则开始从应用层向下传递到其他层。基于每一层实现的特定服务而改变数据的打包和数据流的交换方式。对应 OSI 模型的数据传输过程如图 5-1 所示。

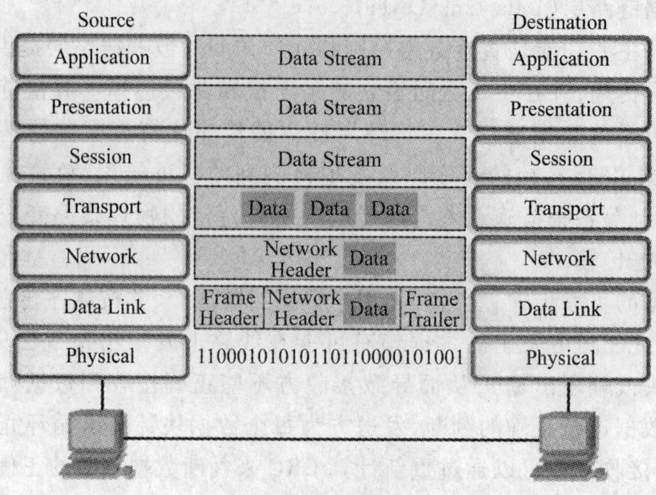

图 5-1 数据传输过程

(二)TCP/IP 参考模型

TCP/IP 是 Internet 网络使用的一种网络协议,TCP(Transmission Control Protocol,传输控制协议)规定了一种可靠的数据信息传输服务;IP(Internet Protocol,互联网协议)是支持网间互联的数据报协议。它提供了网间连接的完善功能,包括 IP 数据报规定互联网络范围内的地址格式。TCP/IP 协议把 Internet 网络系统描述成具有四层功能的网络模型:应用层、传输层、网络层和网络接口层,如图 5-2 所示。

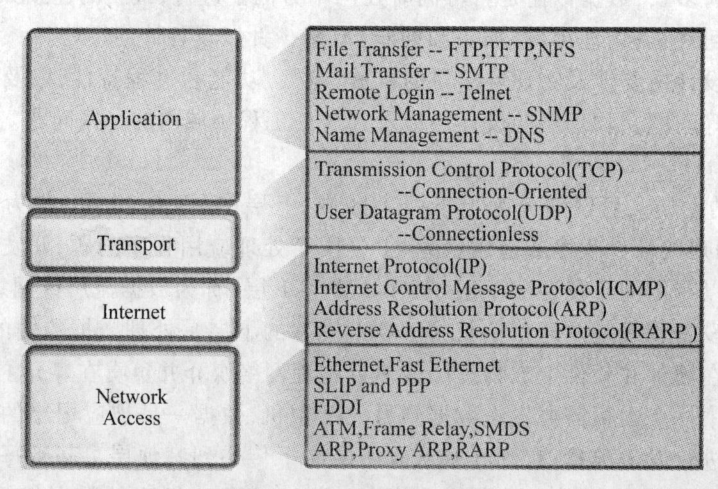

图 5-2 TCP/IP 参考模型

1. 应用层(Application Layer)

应用层对下层传上来的数据进行处理,许多应用程序都使用 TCP/IP 协议中的某个端口来实现应用程序进程之间的通信,如 IE、Outlook Express、CuteFTP 等。应用层中也有可以直接接入各种类型网络的服务程序。应用程序利用这些服务程序可以与其他设备或者远距离的应用程序交流。在应用层中有许多类似的服务程序,常见的应用层协议有:简单文件传输协议(Trivial File Transfer Protocol,TFTP)、远程终端协议(Telnet)、简单邮件传输协议(Simple Mail Transfer Protocol,SMTP)、简单网络管理协议(Simple Network Management Protocol,SNMP)、域名系统(Domain Name Service,DNS)。

2. 传输层(Transport Layer)

传输层介于应用层和网络层之间,在终端节点之间提供端到端的连接,实现主机到主机的通信。使得应用层可以忽略网络的复杂传输过程,而把工作重点放在它的主要工作上。在传输期间,它实现了重传机制、三次握手、校验和流量控制等功能。传输层由两个协议组成:TCP(Transmission Control Protocol,传输控制协议)和 UDP(User Datagram Protocol,用户数据报协议)。

3. 网络层(Internet Layer)

网络层用于对路径选择和包交换。它使用逻辑地址表来智能地决定路径的选择和实现包的交换。网络层使得从源网络发出的数据报可以高效地传送到目标网络,它的工作过程是打开每个数据报,找到数据报要传送的目标地址,根据一张路由表来决定数据报的下一步去向。路由表为数据报的传送建立了最好的传输路线。网络层常见的协议有:网际协议(Internet Protocol,IP)、地址解析协议(Address Resolution Protocol,ARP)、逆向地址解析协议(Reverse Address Resolution Protocol,RARP)、因特网控制报文协议(Internet Control Message Protocol,ICMP)。

4. 网络接口层(Network Interface Layer)

网络接口层(Network Interface Layer)是 TCP/IP 模型的底层,它负责将接收到的 IP 层数据报文封装成数据帧并按特定的线路编码方式将转换后的比特流通过网络介质发送出去,或者从网络介质上接收特定线路编码的比特流,按照数据链路层协议标准将一定长度的数据比特组合成数据帧,并解封装为 IP 数据报,交给 IP 层进行处理。常见的网络接口层协议有:以太网(Ethernet)、光纤分布式数据接口(FDDI)、点对点传输协议(Point to Point Protocol,PPP)、帧中继(Frame Relay)等。

四、实践操作

背景知识/准备工作

在本实验操作中,使用 PC 、交换机、路由器,规划并创建一个简单的网络。通过 Packet Tracer 软件分析网络通信过程,熟悉网络设备在通信中对数据的封装和解封装处理过程。

本实验需要以下资源:

· 安装有网卡的 Windows XP 系统的主机、Packet Tracer 模拟器软件;
· 交换机两台;
· 路由器两台;
· 以太网交叉电缆一根,直通线四根、反转线缆一根。

(一)数据封装和解封装过程

所有的通信都是从信源发起,并发送到目标,通信的内容通常被称为数据或数据包。假如一台主机发送数据给另一台主机,数据必须首先被封包,这样的处理过程称为封装。在传输到网络之前,使用必要的协议信息包装数据,因此,数据包在 OSI 模型的高层和低层之间传输时,会添加或删除相关的报头、报尾及其他信息。

1. 封装(encapsulated)过程

通信过程中的封装实例,如图 5-3 所示。

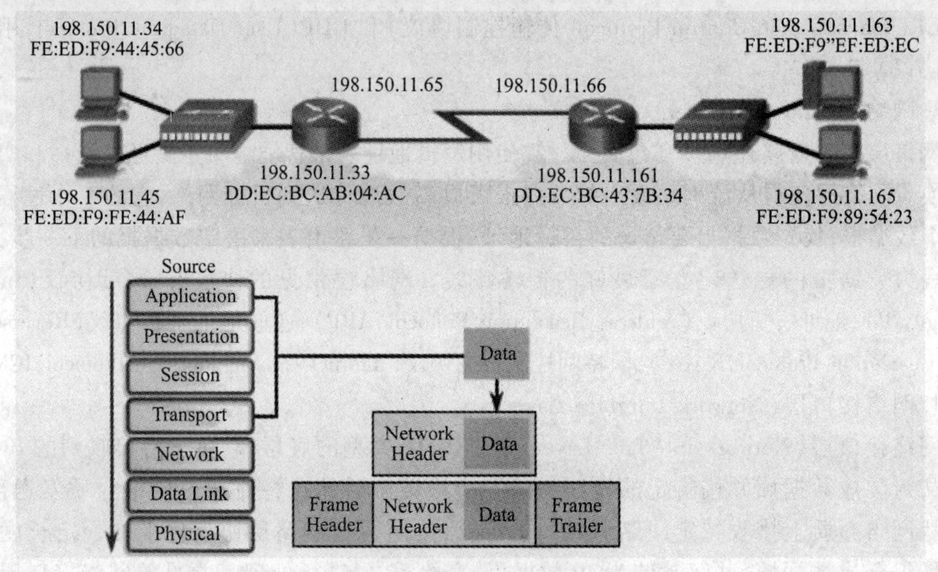

图 5-3 数据封装过程

本例中,源主机(Source:198.150.11.34/FE:ED:F9:44:45:66)上的用户正在执行一个 Telnet 连接目标主机(destination:198.150.11.163/FE:ED:F9:EF:ED:EC)。

首先,通过应用层收集要发送的数据信息(如用户输入内容或存储器的文件等),表示层则将收集的信息指定表示格式(如字符、数字、位图等)。会话层由程序或操作系统确定数据所指向的接收端是本地主机还是远程位置上的主机。一旦确定那是远程位置上的主机,则开始传递到传输层来处理此信息。

传输层把这个来自于较高层的数据封装到一个数据段中,并添加报头信息,数据段的报头包含如源端口号和目标端口号等信息。Telnet 连接使用 TCP/IP 和传输层的可靠连接(TCP),源端口号是源主机当前没有使用的一个大于 1023 的随机号码。目标端口号是接收站将会知道并利用其将数据转发到恰当的应用程序的熟知端口号,此例中端口号为 23。传输层把此数据段向下传送到网络层。

网络层将数据段封装到一个数据分组中。分组的报头包含源和目标等第 3 层逻辑寻址信息及上层数据段等信息。源主机将自己的 IP 地址(198.150.11.34)作为分组中源地址,将目标主机的地址(198.150.11.163)作为目标地址。网络层将把分组向下传送到数据链路层。

数据链路层把网络层的分组封装到一个数据帧中。数据链路层包括两个子层:LLC(Logical Link Control,逻辑链路控制)子层和 MAC(Media/Medium Access Control,介质访问控制)子层。IEEE 的以太网 LLC 子层采用 IEEE 802.2 SAP 帧,将创建此分组的网络层协议信息封装到帧头中,并向下传送给 MAC 子层,封装到 IEEE 802.3 帧中。802.3 的数据帧包含帧头、上层的分组和帧尾三个部分,其中帧头中包含源 MAC 地址和目标 MAC 地址。此例中,源主机将自己的 MAC 地址(FE:ED:F9:44:45:66)添加到帧头的源地址字段中,并且把目标主机的 MAC 地址(FE:ED:F9:EF:ED:EC)添加目标地址字段中。帧尾 FCS(Frame Check Sequence,帧校验序列)字段中添加 CRC(Cyclic Redundancy Check,循环冗余校验)信息,用于校验帧的正确性和完整性。

数据链路层帧向下传送到物理层,物理层根据不同的线缆或连接的类型完成线路编码,并将数字比特转换为物理信号在线路上发送。

2. 解封装(de-encapsulation)过程

通信过程中的解封装实例,如图 5-4 所示。

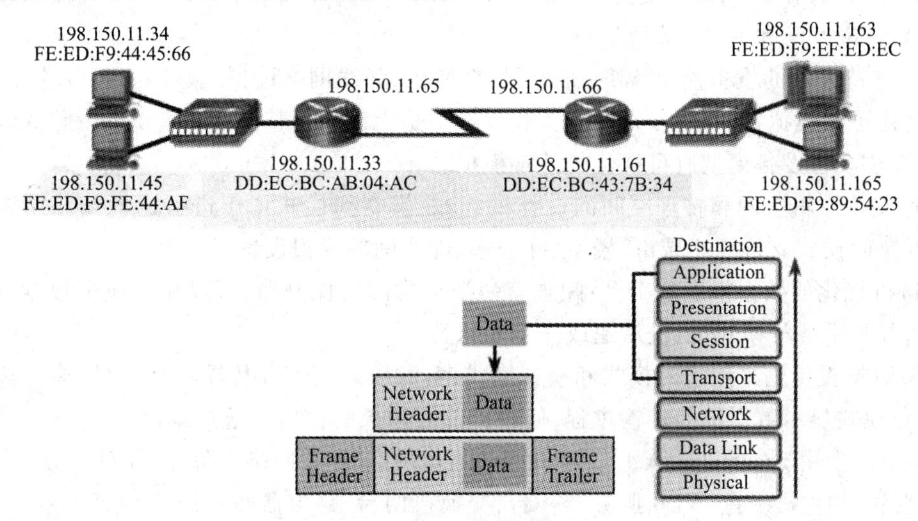

图 5-4 数据解封装过程

目标主机(destination:198.150.11.163/FE:ED:F9:EF:ED:EC)收到物理层信号后将电平转换成 0 和 1 的比特,并将特定长度的比特向上传送给数据链路层。数据链路层接收到这些比特值,并将其重组为原来的 IEEE802.3 帧。首先,MAC 子层的网络接口卡校验帧尾的 FCS 以确保此帧的正确性和完整性,并且验证帧头中的目标 MAC 地址与自己的 MAC 地址是否匹配,如果帧的目标 MAC 地址与自己的 MAC 地址不匹配且不是组播地址或广播地址,目标主机会丢弃此帧。如果匹配,网络接口卡将剥离(解封装)MAC 帧信息后的802.2 SAP 帧并向上传送到 LLC 子层。LLC 子层会检验 SAP 值以确定网络层的上层协议,LLC 剥离(解封装)LLC 帧信息,并且将此分组向上传送到网络层指定协议,本例中为 IP 协议。

网络层会检验分组报头中的逻辑目标地址(198.150.11.163),如果目标逻辑地址与接收站自己的地址不匹配且不是组播地址或广播地址,则网络层会丢弃此分组。如果匹配则接收站会检验分组报头中的协议信息,并确定哪种上层协议应该处理此分组。本例中,发送端采用的是 TCP 协议。因此,网络层剥离分组信息并将所封装的数据段向上传送到传输层的 TCP 协议。

传输层收到数据段时,根据一个可靠的或不可靠的连接需要执行不同功能操作。并检验数据段报头中的目标端口号。本实例中,因为源主机的用户正在使用 Telnet 向目标主机传送信息,所以此数据段中的目标端口号是23。传输层检查到此端口号,将数据转发到对应此端口的 Telnet 应用或服务程序。如果目标主机没有提供 Telnet 服务,传输层会丢弃此数据段。如果目标主机提供 Telnet 服务,传输层会剥离数据段信息,并且将数据传送到应用层的 Telnet 服务。

(二)网络通信的过程分析

Packet Tracer 是 Cisco 公司开发的一个用于网络设计、配置和故障排除的模拟软件,允许使用者创建网络拓扑,通过一个图形接口对该拓扑中的设备实现配置。同时可以实现分组传输模拟功能让使用者观察分组在网络中的传输过程。Packet Tracer 具有下列特点:

(1)支持多协议模型:支持常用协议 HTTP, DNS, TFTP, Telnet, TCP, UDP, Single Area OSPF, DTP, VTP 和 STP,同时支持 IP, Ethernet, ARP, wireless, CDP, Frame Relay, PPP, HDLC, inter-VLAN routing 和 ICMP 等协议模型。

(2)支持大量的设备模拟模型:路由器,交换机,无线网络设备,服务器,各种连接电缆,终端等,还可以模拟各种模块,在实际实验设备中是无法配置整齐的。提供图形化和终端两种配置方法。各设备模型有可视化的外观模拟。

(3)支持逻辑空间和物理空间的设计模式:逻辑空间模式用于进行逻辑拓扑结构的实现;物理空间模式支持构建城市、楼宇、办公室、配线间等虚拟设置。

(4)可视化的数据报表示工具:配置有一个全局网络探测器,可以显示模拟数据报的传送路线,并显示各种模式,前进后退或一步步执行。

(5)数据报传输采用实时模式和模拟模式,实时模式与实际传输过程一样,模拟模式通过可视化模式显示数据报的传输过程,使用户能对抽象的数据传送具体化。

本例中,使用 Packet Tracer 4.11 实现组建通信网络、配置网络设备,配置网络协议。网络环境需要:终端主机一台,WEB 服务器一台,交换机两台,路由器两台;5 类直通双绞线四根,V.35 线缆一根;采用 TCP/IP 协议,使用 192.168.0.0/24, 192.168.1.0/24, 192.168.2.0/24 三个网段;需要在终端主机上使用 WEB 浏览器,服务器上正确配置 WEB 服务以实现网络应用及服务。

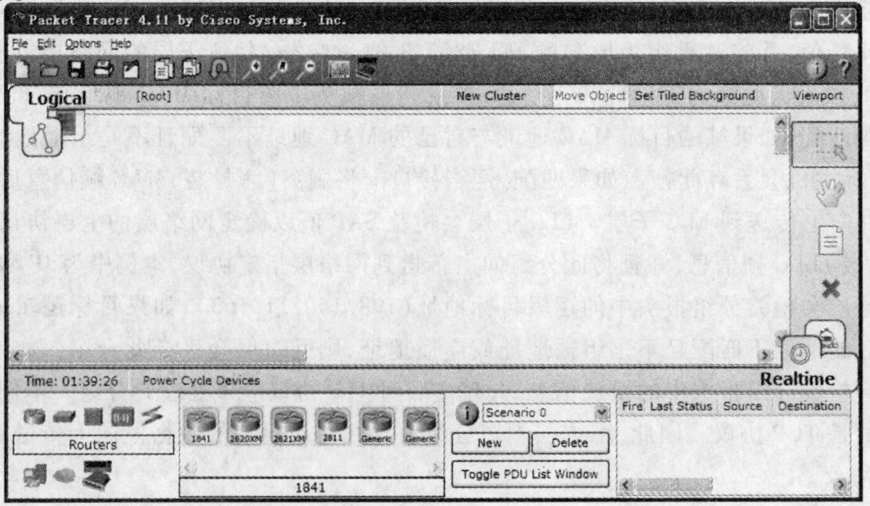

图 5-5 Packet Tracer 4.11 主界面

1. 启动 Packet Tracer 模拟器。可以使用网络学院账号访问 Cisco 网络技术学院网站并下载最新版本，下载之后双击运行安装程序，程序会在桌面上创建快捷方式【Packet Tracer 4.11】。双击桌面上的快捷方式，出现 Packet Tracer 4.11 主界面，如图 5-5 所示。

2. 创建网络拓扑。点击窗口左下角路由器图标，用鼠标拖放右侧路由器图标添加两台路由器到工作区；点击左下角交换机图标，用鼠标拖放右侧交换机图标添加两台交换机到工作区；点击左下角终端设备图标，用鼠标拖放右侧主机图标和服务器图标到工作区；点击左下角连接图标，用鼠标拖放点击自动连接图标，将主机连接到交换机，服务器连接到交换机，将交换机连接到路由器，将路由器之间互联（也可以使用其他的图标选择线缆和设备的接口实现手工连接）。网络拓扑如图 5-6 所示。

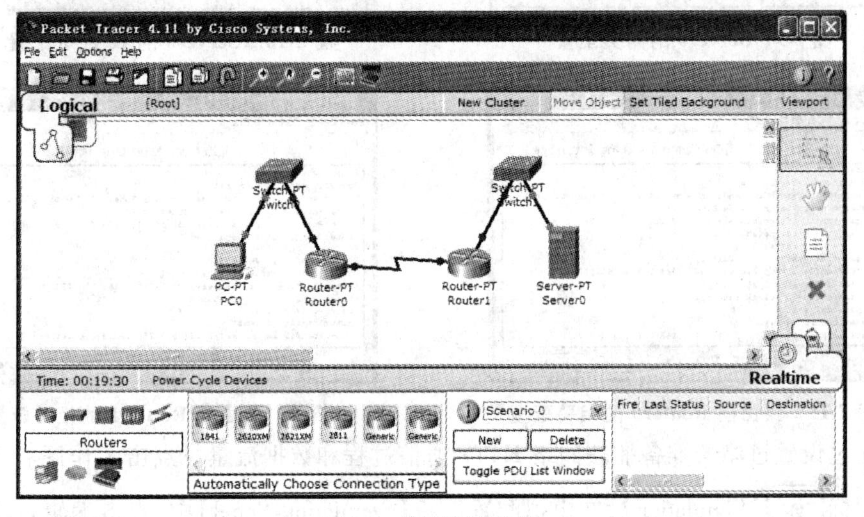

图 5-6　创建网络拓扑

3. 完成网络配置。点击拓扑中的每个设备，完成逻辑连接中的协议配置，如 IP 寻址、接口配置，路由协议等。对于主机 PC0 可以通过 DHCP 或静态手工指定方式配置 IP 地址和默认网关的配置实例，如图 5-7、图 5-8 所示；

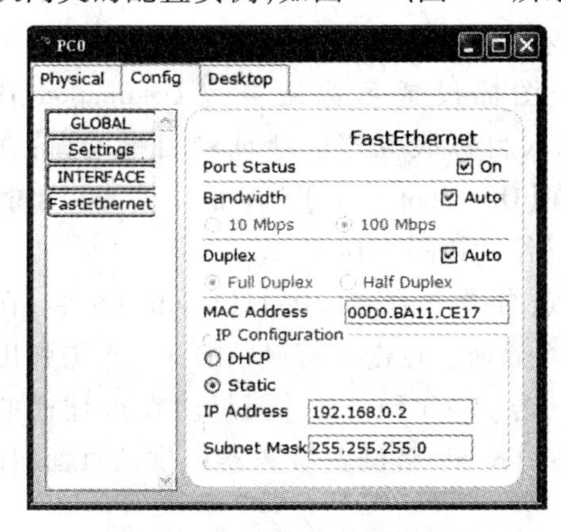

图 5-7　PC0 的 IP 地址配置

图 5-8　PC0 的网关配置

服务器 Server0 的 IP 地址、默认网关的配置实例，如图 5-9、图 5-10 所示，在服务器 Server0 上配置并启用 HTTP 服务；在路由器 Router0、Router1 上分别使用相关的 IOS 命令完成的 IP 地址及路由配置，如图 5-11、图 5-12 所示。

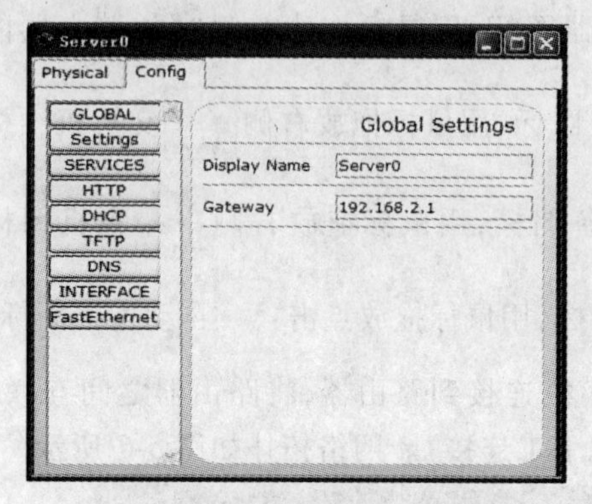

图 5-9　Server0 的网关配置

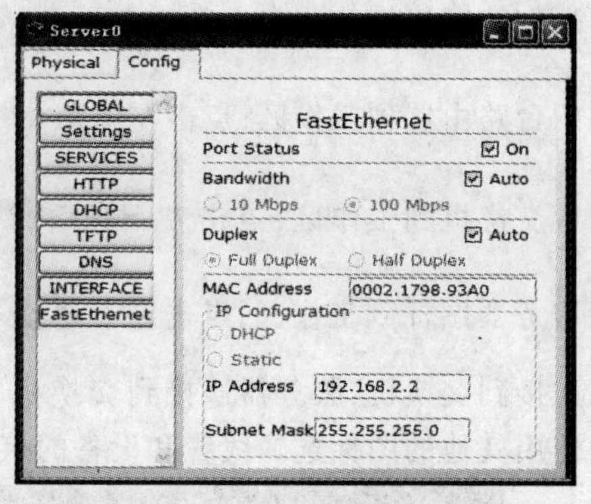

图 5-10　Server0 的 IP 地址配置

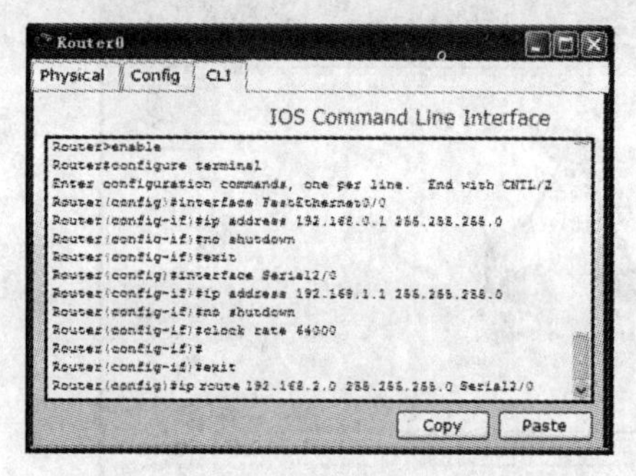

图 5-11　路由器 Router0 的相关配置

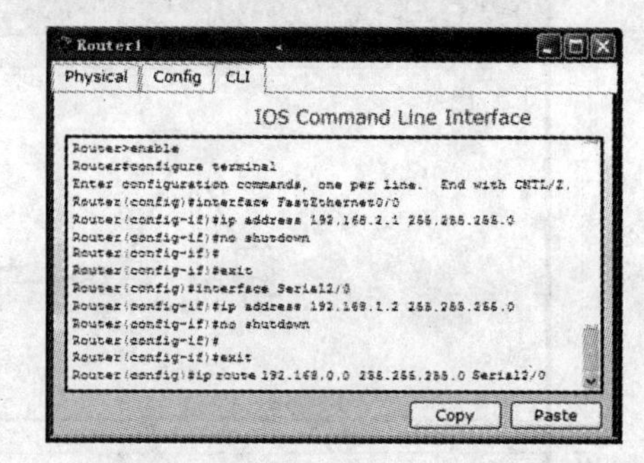

图 5-12　路由器 Router1 的相关配置

4. 通过设置过滤器准备捕获网络 HTTP 通信过程和数据流量。点击工作区右下角的模拟模式图标【Simulation】，在模拟配置面板【Simulation Panel】中，点击编辑过滤器按钮【Edit Filters】，点击【Show All/None】清除所有选择的选项，并点击【HTTP】。如图 5-13 所示。

5. 创建 HTTP 通信的 PDU。点击窗口的右侧工具按钮添加一个 PDU，并点击拓扑图中主机 PC0 图标选择源主机则出现图 5-14 窗口，在【Select Application】的下拉框中选择 PDU 数据类型为 HTTP 服务，点击拓扑图 Server 图标设置目标服务，【Destination IP Address】和【Destination Port】的文本框中将自动填入目标服务器的地址和目标端口；在【Source Port】的文本框输入一个大于 1024 的端口，在【One Shot Time】文本框中输入一个时间参数，最后点击【Create PDU】按钮完成创建 PDU 操作。如图 5-14 所示。

6. 访问应用和服务。点击主窗口中的 Server0，点击弹出的窗口中的【Config】标签，在【Config】标签中，点击左边【HTTP】工具将出现图 5-15 界面。点击主窗口中的 PC，点击弹出的窗口中的【Desktop】标签，在【Desktop】标签中，点击【Web Browser】图标。在地址栏的 URL 文本框中输入“http://192.168.2.2”，并点击【Go】按钮，将浏览服务器提供的页面，如图 5-16 所示。

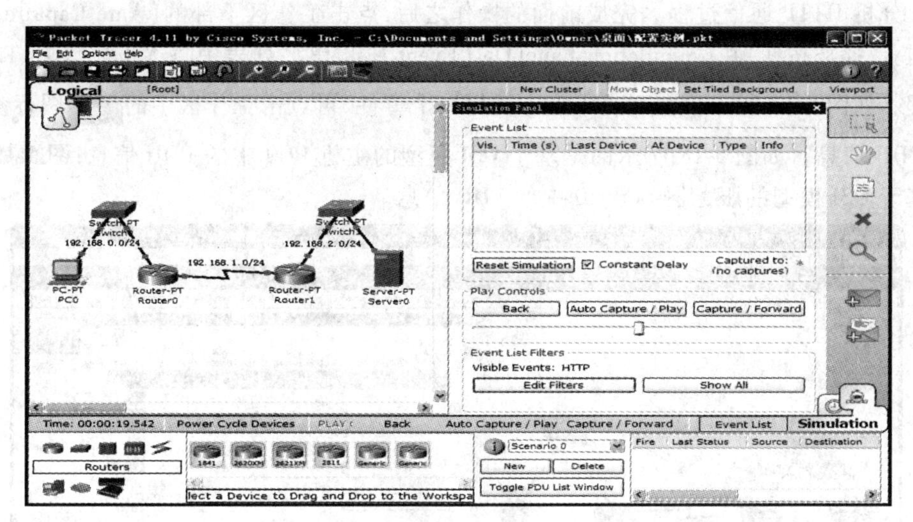

图 5-13　准备捕获 HTTP 的网络通信

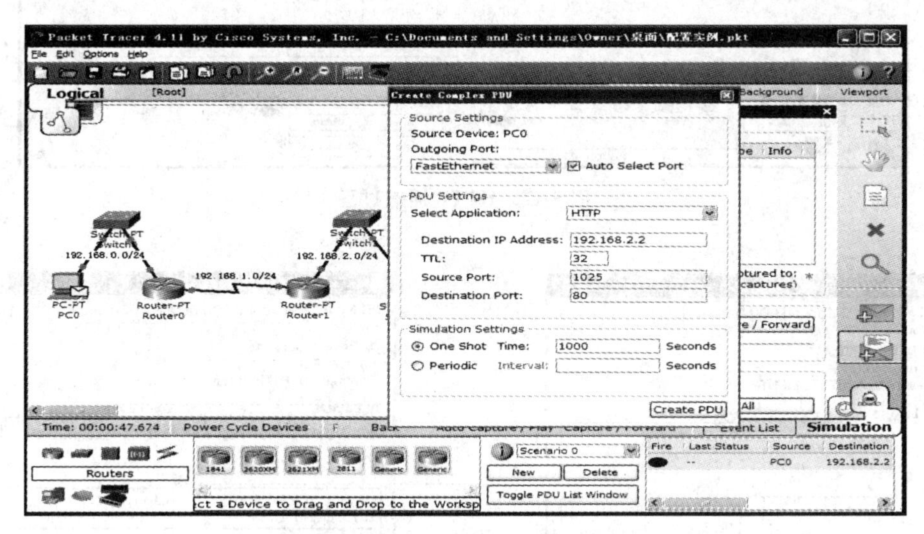

图 5-14　创建 HTTP 通信 PDU

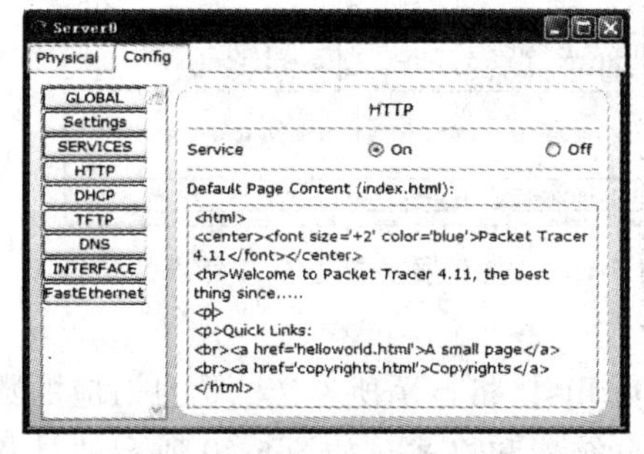

图 5-15　Server0 模拟 WEB 服务器

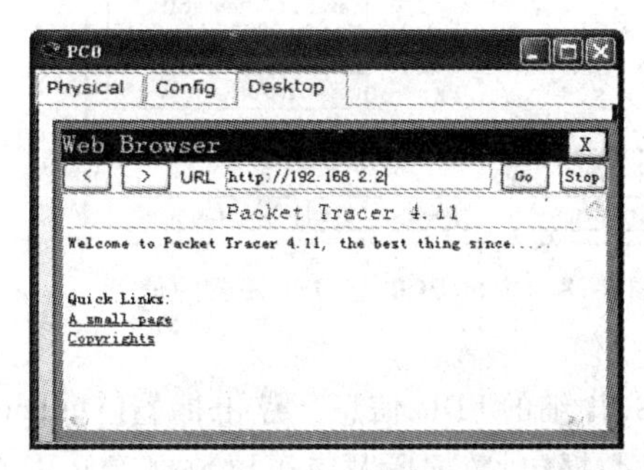

图 5-16　PC 通过浏览器访问 WEB 服务器

7. 分析 HTTP 通信过程。完成前面的操作之后，点击工作区下部的【Auto Capture/Play】自动捕获/播放按钮，在【Simulation Panel】的【Event List】事件列表中将逐步显示 HTTP 通信的过程。如图 5-17 所示。在列表中点击任何一个事件，再点击工作区中的图标查看设备的 PDU 信息。如图 5-18 所示的是基于 OSI 模型的主机 PC0 中的 PDU 信息；图 5-19 所示的是基于 OSI 模型的服务器 Server0 中的 PDU 信息。

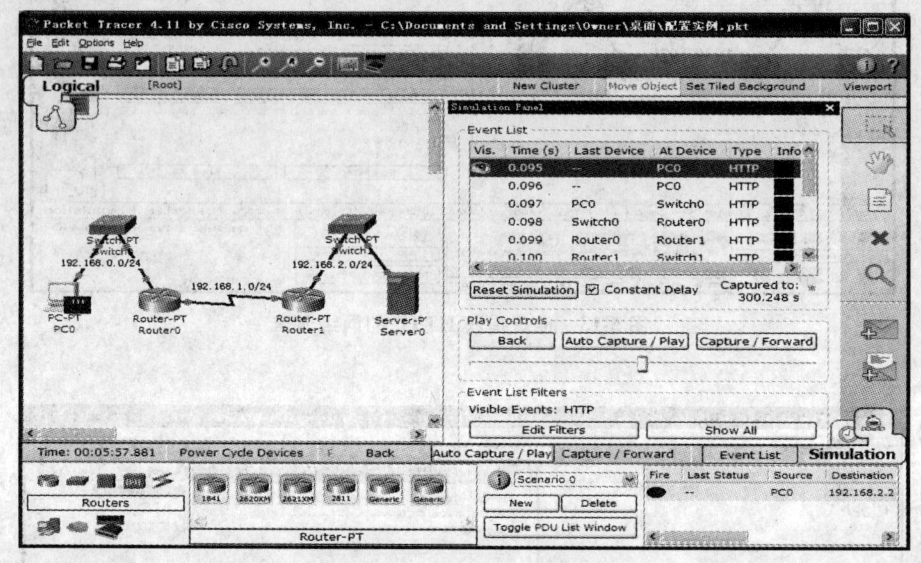

图 5-17 HTTP 通信过程

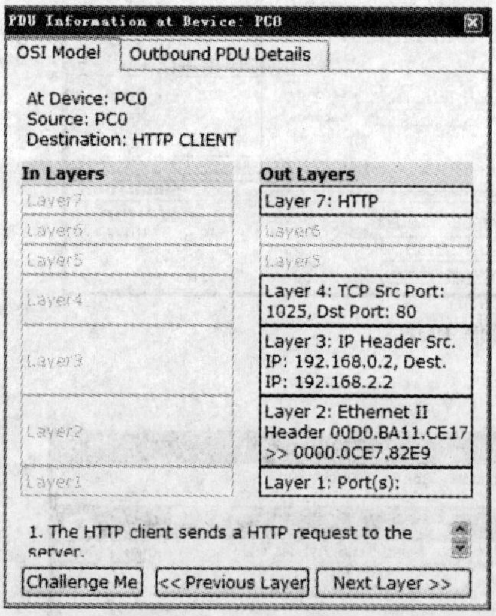

图 5-18 主机 PC0 上 OSI 每层的信息

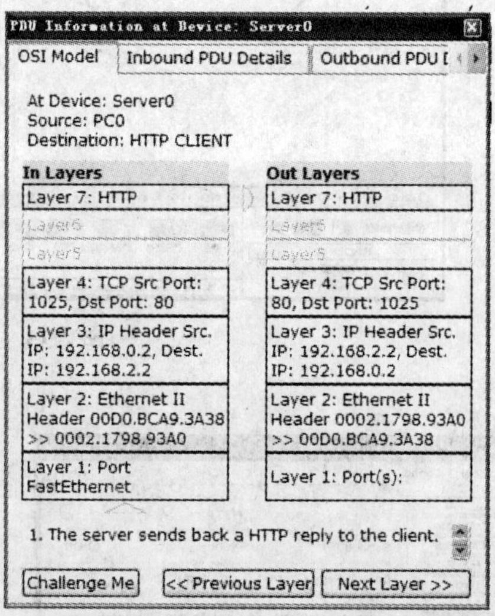

图 5-19 WEB 服务器上 OSI 每层的信息

8. 详细的 PDU 信息。点击标签【Outbound PDU Details】，将显示所发送的信息对应的数据帧、数据包、数据段及应用层数据等 PDU 的详细信息结构和格式。如图 5-20 所示的是基于 OSI 模型的主机 PC0 所发送的 PDU 详细的信息结构和信息格式；图 5-21 所示的是基于 OSI 模型的服务器 Server0 所发送的 PDU 详细的信息结构和信息格式。

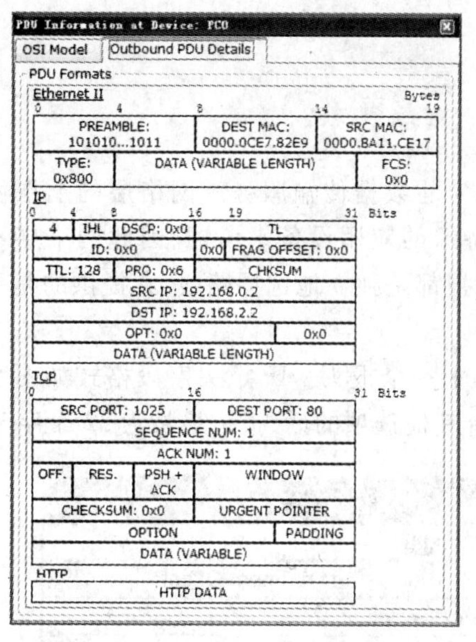

图 5-20　主机 PC0 上的 PDU 格式

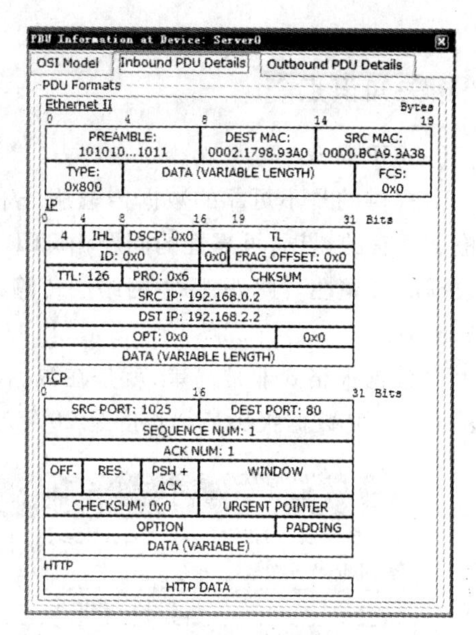

图 5-21　WEB 服务器上的 PDU 格式

模块 2　认识 IP 协议簇

一、教学目标

最终目标：配置 IP 寻址，实现网络连接，掌握 IP、ICMP 的工作原理。

促成目标：

1. 定义网络设备的逻辑寻址；
2. 掌握 IP 寻址信息（地址、掩码、网关等相关配置）；
3. 了解网络通信过程地址解析；
4. 了解不同网段间的通信过程实现；
5. 熟练完成简单的网络连接性检测，熟悉输出的测试信息。

二、工作任务

1. 实现网络设备连接；
2. 定义网络设备的逻辑寻址；
3. 掌握地址解析协议；
4. 网络控制报文协议；
5. 配置网络层寻址；
6. 验证网络层以下的连接。

三、相关知识点

(一)IP 协议

IP 提供的是不可靠的数据传输服务和尽力而为的数据传输服务。网络层的上层协议会检查所有的错误,可靠性的问题由 TCP 或某些特殊的应用设备来考虑,因此网络层不关心数据的可靠性。此外,因为网络层传输每个数据报都是独立地选择路线,它提供的是无连接的服务。

IP 数据报格式非常简单,就是在数据块前面加上一个报头。IP 报头字段格式如图 5-22 所示,所有 IP 数据报头最小长度是 20 字节,如果有其他选项的话,报头最长为 32 个字节。

0	4	8	16	19	24	31
VERS	HLEN	Service Type	Total Length			
Identification			Flags	Fragment Offset		
Time to Live		Protocol	Header Checksum			
Source IP Address						
Destination IP Address						
IP Options (if any)					Padding	
Data						
...						

图 5-22 IP 数据报格式

● 版本(version):这个 4 位字段指明当前使用的 IP 版本号,接收方必须了解如何解释报头中的其余部分。

● 头长度(IHL):IPv4 的头长度的范围从 5~15 个 4 字节字。头长度指明头中包含的 4 字节字的个数。可接受的最小值是 5,最大值是 15。

● 服务类型(type of service):8 位中只有前 4 位用来作为 IP 的服务类型(TOS)请求。一个 TOS 在请求中把延时位意味着需要最小的延时;把吞吐量位意味着需要最大的吞吐量;把可靠性位意味着需要最高的可靠性。

● 数据报长度(total length):指的是包括报头在内的整个数据报的长度。该字段为 16 位,限定了 IP 数据报的长度最大为 65,536 字节。网络主机使用数据报长度来确定一个数据报的结束和下一个数据报的开始。

● 数据报 ID(identification):这个唯一的 16 位标识符由产生它的主机指定给数据报。发送主机为它送出的每个数据报产生一个单独 ID,但数据报在传输的过程中可能会分段,并经过不同的网络而到达目的地。分段后的数据报都共享同一个数据报 ID,这将帮助接收主机对分段进行重装。

● 分段标志(flags):有个 3 位分段标志位,第一位未用,其他两位 DF 和 MF 用于控制数据报的分段方式。如果 DF(不能分段)位为 1,意味着数据报在选路到目的地的过程中不会分段传输。如果 MF(更多段)位为 1,意味着该数据报是某两个或多个分段中的一个,但不是最后一段。如果 MF 位设为 0,意味着后面没有其他分段或者是该数据报本来就没有分段。接收主机把标志位和分段偏移一起使用,以重组被分段的数据报。

● 分段偏移值(fragment offset):这个字段包含13位,它表示以8字节为单位,当前数据报相对于初始数据报的开头的位置。换句话说,数据报的第一个分段的偏移值为0;如果第二个分段中的数据从初始数据报开头的第800字节开始,该偏移值将是100。

● 生存周期(Time To Live,TTL):这个8位字段指明数据报在进入互联网后能够存在多长时间,它以秒为单位。生存期(TTL)用于测量数据报在穿越互联网时允许存在的秒数。其最大值是255,当TTL到达0时,数据报将被网络丢弃。TTL代表的是数据报在被丢弃前能够穿越的最大跳数。

● 协议(protocol):指明数据报中携带的协议类型,主要标识TCP连接或UDP数据报或其他的IP层协议。

● 头校验和(header checksum):IPv4中不提供任何可靠服务,校验和只针对报头,保证了头的正确性但并没有增加任何传输可靠性或对IP的差错检查。

● 源/目标IP地址(source /destination address):是源主机和目标主机的实际的32位(4个八位组)IPv4地址。

● IP选项(IP Option)是可选的且不经常使用,选项主要用于网络测试和调试。可用的选项大多与选路有关。有的选项要求中转路由器记录其IP地址为数据报打上时间戳。指定路由、记录路由器或增加时间戳等选项增加了IP头的长度。选项字段可以包括40字节以内的选项和选项数据。

(二)IP寻址

计算机可以连接到一个或多个网络上,任何两个系统间通信必须能够识别和查找另一个,每个系统必须提供一个或多个地址在网络中标识所连接的主机。每个设备的连接接口或网络适配器需要有一个地址,这将允许网络中主机间的互访。网络中存在两种寻址方法:MAC寻址和IP寻址。

TCP/IP网络中的每个设备使用网络地址和主机地址的组合成为网络中的唯一IP地址,IP寻址操作在第三层。如图5-23所示。同时所有的主机拥有一个唯一的物理地址,称为MAC地址,是由制造商分配网卡并固化到硬件中。MAC地址操作在OSI模型第二层。

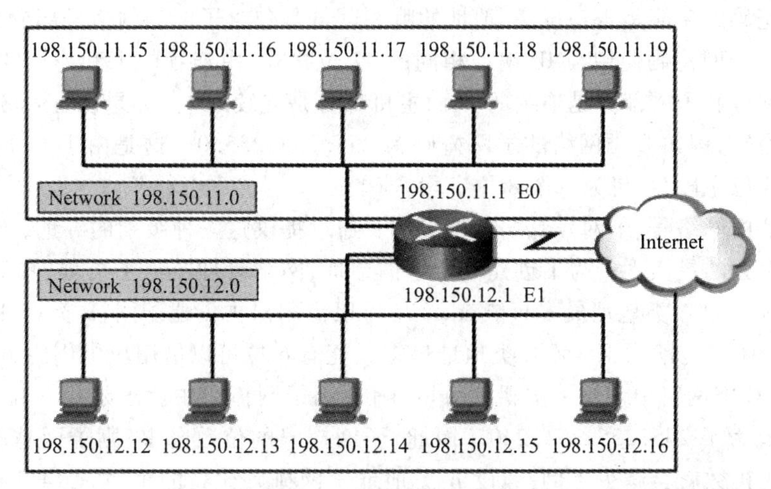

图5-23　网络中的IP地址

IP 地址是由国际互联网络信息中心根据申请分配给公司网络使用,每一个 IP 地址都包含两部分,即网络号和主机号。IP 地址的网络号用于标识网络中特定的网段,主机号用于标识特定网段上特定的主机或终端设备。IP 协议把网络号分解成 5 类:A、B、C、D 和 E,分法如下:

A 类地址的范围是从 1 ~ 126(00000001 ~ 01111111):0 是保留的并且表示所有 IP 地址;127 是保留的地址并且用于测试,如一个接口上的环回(loopback);

B 类地址的范围是从 128 ~ 191(10000000 ~ 10111111);

C 类地址的范围是从 192 ~ 223(11000000 ~ 11011111);

D 类地址的范围是从 224 ~ 239(11100000 ~ 11101111);

E 类地址的范围是从 240 ~ 254:255 是保留的地址并且用于广播。

IP 地址中有两个特殊的保留地址:0.0.0.0 用来表示所有的 IP 地址;255.255.255.255 表示本地广播地址。

IP 地址中网络地址是网络号中的第一个地址称为网络地址,用来保留给该网络本身;在网络地址和定向广播地址之间的所有地址都是这个网段的主机地址,这些地址可分配给网段上的主机设备,诸如 PC、服务器、路由器和交换机等;网络号中最后一个地址称为定向广播(directed broadcast)地址,用于表示此网段上的所有主机,在进行网络广播时使用。定向广播地址与本地广播地址类似:其主要差别是路由器不传播本地广播,但可以传播定向广播;另外私有地址(Private Addresses)主要是为了解决网络 IP 地址紧缺的问题,A 类、B 类和 C 类地址中有这样一些地址也称为保留地址。私有地址只能在内网中使用,如果要访问 Internet,必须拥有公有地址并通过地址转换(Network Address Translation,NAT)来实现 Internet 访问。下面是在 RFC 1918 中所指定的私有地址:

A 类:10.0.0.0 ~ 10.255.255.255(1 个 A 类网络);

B 类:172.16.0.0 ~ 172.31.255.255(16 个 B 类网络);

C 类:192.168.0.0 ~ 192.168.255.255(256 个 B 类网络)。

子网掩码使得外部网络能够区别网络号和主机号。使用子网可以把单个大网分成多个网络。子网掩码的功能是告知设备,地址的哪一部分是包含子网的网络号部分,哪一部分是主机号部分。子网掩码使用与 IP 编址相同的 32 位格式,由连续的 1 和连续的 0 组成。其中对应网络部分和子网部分是连续的 1,而主机部分是连续的 0。如果没有划分子网则使用默认的子网掩码,例如 C 类网络的子网掩码为 255.255.255.0。这是由于 C 类地址中网络地址为 3 个 8 位字段,主机为一个 8 位字段。

子网地址由网络号、子网号及主机号组成。通过提供这三种级别的寻址,子网为网络管理员提供了很大的灵活性。为了创建一个子网地址,网络管理员从主机域“借”位并把它们指定为子网域。如 A 类地址最多只能有 22 位可以借用出去创建子网;B 类地址最多只能有 14 位可以借用出去创建子网;而 C 类地址最多只能有 6 位可以借用出去创建子网。

例如,从 C 类网络中借用了主机部分的 4 位,则子网掩码中就增加了 4 位“1”。于是,子网掩码就成为了 255.255.255.240。因此,子网掩码的位数越多,则子网越多,但是每一个子网内的主机数就会越少。例:假设 A 类地址子网掩码比特的个数是 14,则子网掩码可以表示如下:11111111.11110000.00000000.00000000 ,子网掩码为 255.240.0.0,每个子网的主机数目为 $2^{20}-2=1048574$ 台。

IP 地址的分配方式有两种:网络管理员手工分配的静态地址配置方式和通过 DHCP 服务器自动分配的动态地址配置方式。

(三)地址解析协议

地址解析协议(Address Resolution Protocol,ARP)是用来将一个已知的 IP 地址转换成相应的物理地址(physical address)的协议。它的工作过程是,当一台主机想要知道另一台有 IP 地址的主机的 MAC 地址时,它就发出一条 ARP 请求信息广播(broadcast)到网络中。目标主机收到这个 ARP 请求信息后,将自己的 MAC 地址发回到源主机,这样就完成了一次从 IP 地址到物理地址的转换。

ARP 协议的作用就是在已知目标主机 IP 地址的情况下,把目标主机的 IP 地址解析为在同一数据链路层上的 MAC 地址。ARP 利用广播的形式在网段内寻找其他设备的物理地址。并将学习到的网络的 IP 地址和 MAC 地址的映射条目存储在 ARP 表中,如图 5-24 所示。

ARP Table

IP Address	MAC Address
176.10.16.3	FE:ED:31:22:AA:09
176.10.16.6	FE:ED:31:A2:22:F3
176.10.16.5	FE:ED:31:A2:22:77
176.10.16.2	FE:ED:31:A3:47:14
199.11.20.5	FE:ED:31:AF:49:67

图 5-24 ARP 表

如果源主机要发送一个数据给目标主机,它需要知道目标主机的 IP 地址。首先源主机将查看自己的 ARP 表以确定目标主机的 MAC 地址。如果 ARP 表中存在目标主机 IP 地址和 MAC 地址,源主机将目标主机的 IP 地址和 MAC 地址绑定在一起,封装到数据帧。然后将数据报送入网络,等待目标接收。

如果源主机知道目标主机的 IP 地址,但是自己的 ARP 表中不包含目标主机的 MAC 地址。因此,源主机将发送一个 ARP 请求的进程,以获取到目标主机的 MAC 地址。

ARP 请求包是以广播方式发送的,局域网中所有设备都会接收到这个报文并传送给网络层检验。如果某个设备的 IP 地址和 ARP 请求中包含的目标 IP 地址相同,设备会做出反应,将发送一个包含自己 MAC 地址的 ARP 应答报文。一旦发出 ARP 请求的设备接收到 ARP 应答,它会从应答报文中提取出 MAC 地址,更新自己的 ARP 表。在将数据发送之前,源设备用这些新信息将数据封装。

当数据报到达目标时,在数据链路层就能够完成传输了。数据链路层去除 MAC 头,将数据转发给网络层。网络层检查数据,发现自身的 IP 地址与数据 IP 报头所携带的目标 IP 地址相匹配。网络层去除 IP 报头,将数据转发给 OSI 模型中下一个更高层——传输层(第 4 层)。这个过程会一直重复,直到剩余数据分组到达应用层,数据被读出为止。

设备中的 ARP 表往往由网络系统自动维护,很少需要网络管理员手动修改表项。ARP 表定期更新以保存最新信息,如果 ARP 表中某些信息超过了一定期限,设备会设置删除这些信息。由于 ARP 保证设备拥有当前最新的 ARP 表,这有助于限制局域网中的广播业务量。

反向地址解析协议(Reverse Address Resolution Protocol,RARP)通过已知的物理地址来

求 IP 地址。设备通过送出广播请求得到一个 IP 地址。RARP 请求包含一个 MAC 头、一个 IP 报头，还有一个 ARP 请求报文。RARP 请求包格式唯一不同的是目标和源 MAC 地址都必须填写。而源 IP 地址部分是空白的。因为它以广播方式发送给网络中所有的设备，目标 IP 地址将设置为全 1。

网络中所有设备都可以看到以该广播形式发送的 RARP 请求帧，但只有指定的 RARP 服务器才能对 RARP 请求做出应答。指定 RARP 服务器通过发送一个 RARP 应答包，应答包中包含了初始发送 RARP 请求的设备的 IP 地址。RARP 应答和 ARP 应答有同样的结构。RARP 应答包含 RARP 应答消息，并被封装上 MAC 头和 IP 报头。当初始发送 RARP 请求的设备接收到 RARP 应答时，就会得到自己的 IP 地址。

(四)网络控制报文协议

ICMP(Internet Control Message Protocol，因特网控制报文协议)用于在 TCP/IP 设备之间发送差错和控制信息。IP 是一个实现网络数据传递不可靠的方法，它采用尽可能努力传送机制，如果网络通信存在问题它就不能确保数据被传递，假如一个中间设备如路由器工作失效或目标设备从网络断开，数据就不能被正确传递。

此外，在基本设计中允许 IP 通知发送者数据传送已失败，ICMP 是 TCP/IP 协议栈的 IP 基本功能的一个组件。ICMP 没有解决 IP 的不可靠性问题，可靠性由上层协议提供。当数据报文在传送出现错误时，ICMP 被用于向数据报文的源设备传送这个报告错误，许多设备可以生成或回应不同的信息。下列是这些消息的清单：地址应答(Address Reply)、地址请求(Address Request)、目标不可达(Destination Unreachable)、回送(Echo)、回送应答(Echo Reply)、信息应答(Information Reply)、信息请求(Information Request)、参数问题(Parameter Problem)、重定向(Redirect)、子网掩码请求(Subnet Mask Request)、超时(Time Exceeded)、时间戳(Timestamp)和时间戳应答(Timestamp Reply)。

Ping(Packet Internet or Inter-Network Groper，网间报文触摸者)是 ICMP 最为常见的实施方案之一。Ping 使用的 ICMP 消息，包括回送、回送请求和目标不可达。Ping 用于测试目标是否可用。发送站生成一个 ICMP 回送分组。如果目标可达，目标将以一个回送应答作为回应；如果目标不可达，路由器将以一个目标不可达信息作为回应。

四、实践操作

背景知识/准备工作

在本实验操作中，使用 PC 、交换机、路由器，规划并创建一个简单的 TCP/IP 网络。通过 Packet Tracer 软件分析网络设备在通信中的 IP、ARP、ICMP 协议网络通信过程。

本实验需要以下资源：

- 安装有网卡的 Windows XP 系统的主机、Packet Tracer 模拟器软件；
- 交换机两台；
- 路由器各两台；
- 以太网交叉电缆一根、直通线四根、反转线缆一根。

(一)IP 协议配置

Internet 地址能够唯一地确定 Internet 上每台计算机与每个用户的位置。Internet 地址有两种表示形式:IP 地址和域名地址。接入 Internet 的每台计算机或路由器都有一个由授权结构分配的号码称为 IP 地址。IP 地址由 4 个字节构成,每一个字节用一个 0 ~ 255 范围内的十进制数表示,例如 192.168.0.122。IP 地址采用分层结构,由网络号与主机号两部分组成。网络号用来标识一个逻辑网络;主机号用来标识网络中的一台主机。IP 地址分成五类:即 A 类到 E 类。常用的是 A 类、B 类和 C 类。

1. 局域网主机 IP 协议配置

单击【开始】→【控制面板】,打开控制面板窗口,双击【网络连接】,打开网络连接窗口,右键单击本地连接,在快捷菜单中选择【属性】,出现本地连接属性对话框,结果如图 5-25 所示。

在本地连接属性对话框中,选定【Internet 协议(TCP/IP)】,单击【属性】按钮,出现 Internet 协议(TCP/IP)属性对话框,根据所在场所的网段设置 IP 地址、子网掩码、默认网关等,如图 5-26 所示,单击【确定】按钮完成设置。

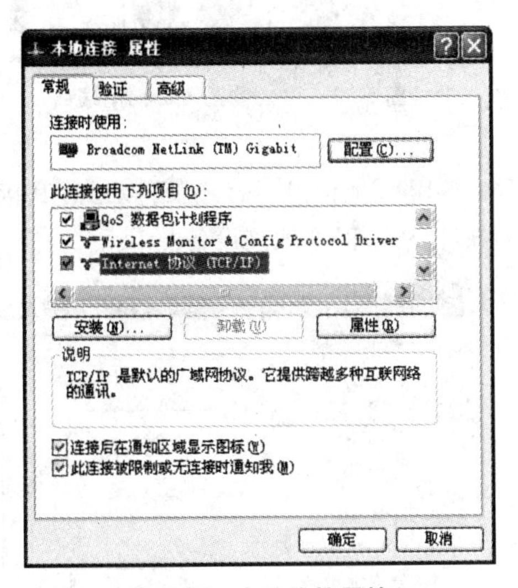

图 5-25 本地连接属性

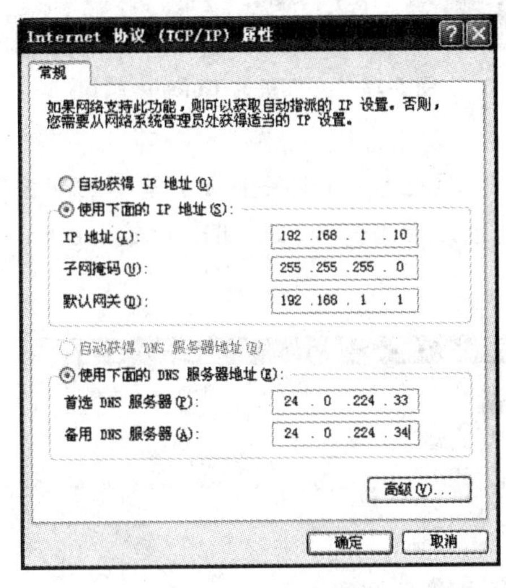

图 5-26 TCP/IP 地址设置

单击【开始】→【运行】,在运行对话框中输入命令"CMD"回车之后,将出现命令行界面。在提示符中输入"ipconfig"来显示 IP 的配置信息;或输入"ipconfig/all"显示详细的 IP 配置信息,如图 5-27 所示。

2. 路由和交换设备的 IP 地址配置

Cisco 的网络设备使用控制台端口实现管理目标,控制台使用 RJ-45 连接器通过反转线缆连接 RJ-45 to DB-9 的转换适配器并连接到计算机的 COM 通信端口上,提供一种带外访问控制方式。当网络设备首次投入使用时,没有配置任何的网络连接参数,需要通过控制台端口来对设备进行初始配置,图 5-28 中的 Console 标记是位于 Catalyst 2950 交换机背面的控制台端口; Cisco 2621 路由器的控制台端口在设备的正面,如图 5-29 所示。

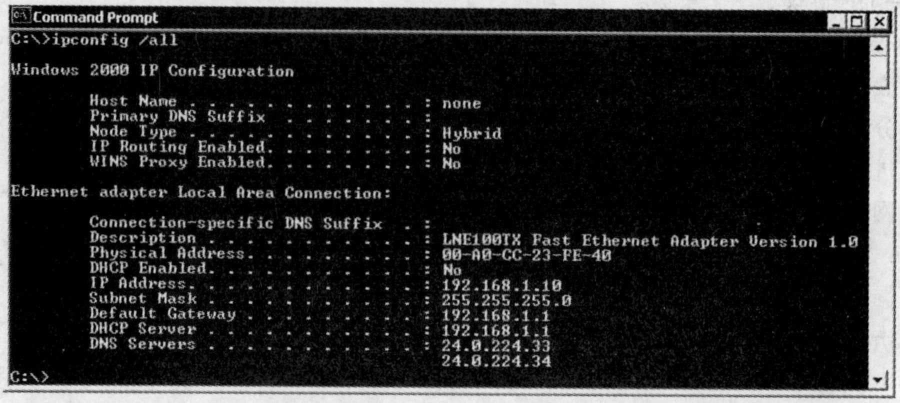
Command Prompt
C:\>ipconfig /all
Windows 2000 IP Configuration
Host Name . . . . : none
Primary DNS Suffix . . . . :
Node Type . . . . : Hybrid
IP Routing Enabled. . . . . : No
WINS Proxy Enabled. . . . . : No
Ethernet adapter Local Area Connection:
Connection-specific DNS Suffix . :
Description . . . . : LNE100TX Fast Ethernet Adapter Version 1.0
Physical Address. . . . . : 00-A0-CC-23-FE-40
DHCP Enabled. . . . . : No
IP Address. . . . . : 192.168.1.10
Subnet Mask . . . . : 255.255.255.0
Default Gateway . . . . : 192.168.1.1
DHCP Server . . . . : 192.168.1.1
DNS Servers . . . . : 24.0.224.33
24.0.224.34
C:\>

图 5-27　显示 IP 配置

CONSOLE

图 5-28　交换机的 Console 端口

CONSOLE
AUX

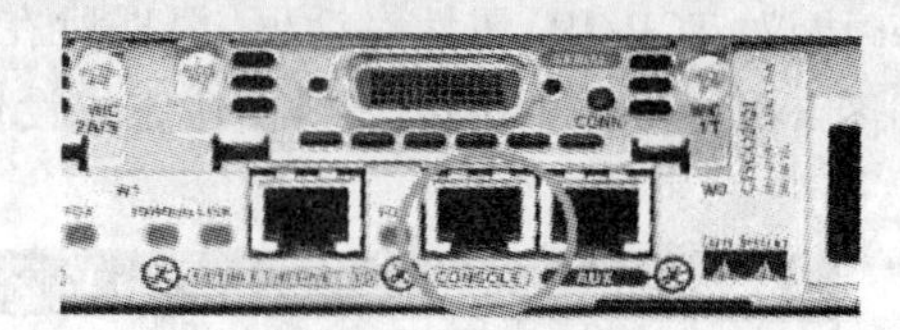

图 5-29　路由器的 Console 端口

一旦在 Cisco 设备上做了基本的配置，例如配置了 IP 寻址信息，然后就可以通过其接口的地址以带内连接（out-of-band connection）的方式访问，来远程管理该设备。

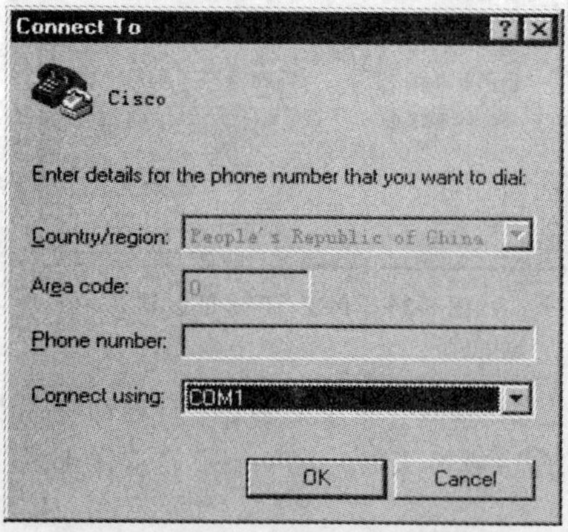
Connect To
Cisco
Enter details for the phone number that you want to dial:
Country/region: People's Republic of China
Area code: 0
Phone number:
Connect using: COM1
OK
Cancel

图 5-30　通过 COM1 连接到网络设备

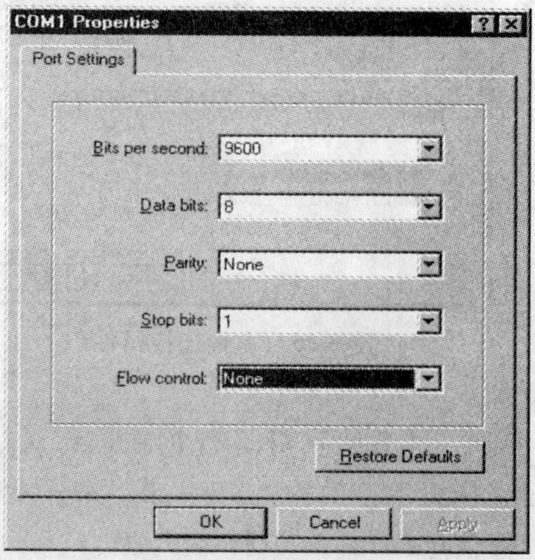
COM1 Properties
Port Settings
Bits per second: 9600
Data bits: 8
Parity: None
Stop bits: 1
Flow control: None
Restore Defaults
OK
Cancel
Apply

图 5-31　设置 COM 端口参数

在完成用于管理工作的主机与路由器或交换机的控制台端口连接之后，启动计算机系统。点击【开始 Start】→【程序（P） Programs】→【附件 Accessories】→【通讯 Communications】→【超级终端 HyperTerminal】启动超级终端，出现【新建控制台连接】对话框。在【名称 Name】文件框中输入新建的连接的名称，点击【确定 OK】，出现【连接到 Connect To】对话框，如图 5-30 所示，选择连接采用的通信端口，点击【确定 OK】。最后设置通信端口的相关参数，如图 5-31 所示，点击【确定 OK】后，进入超级终端的主窗口。

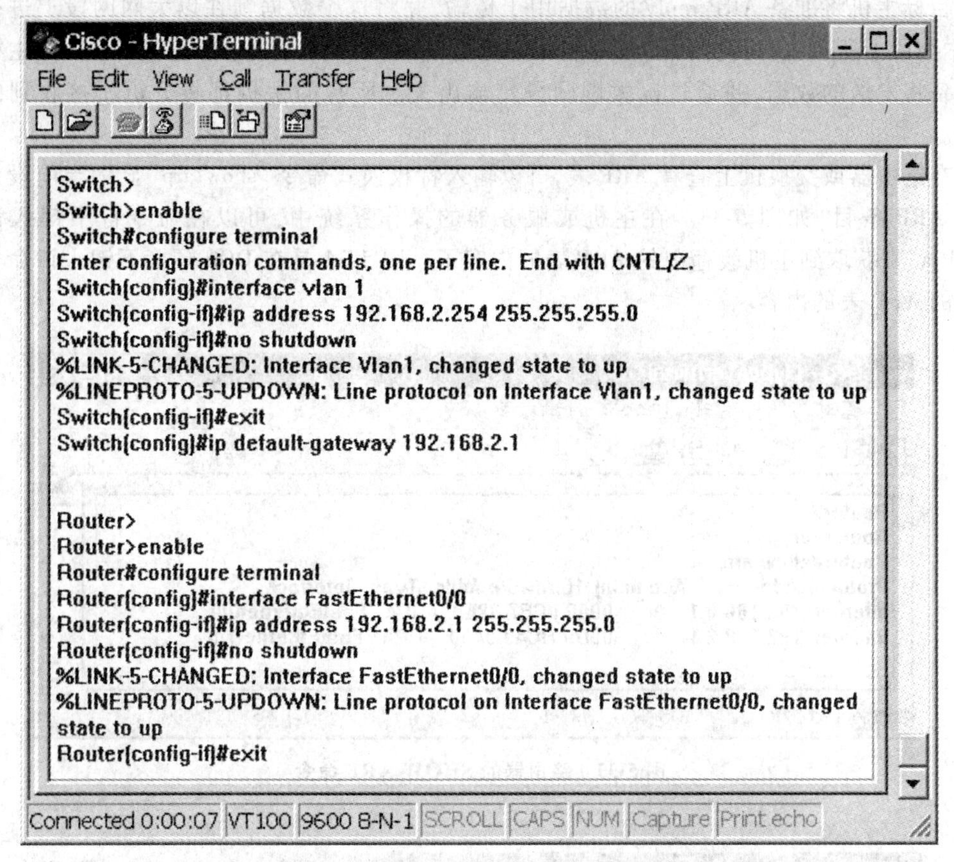

图 5-32 交换机和路由器的 IP 地址配置

Cisco Catalyst 2950 系列的交换机的 IP 地址配置是在 VLAN 1 的接口配置模式中，网关的地址配置是在全局配置模式中。交换机 IP 地址和默认网关的配置实例，如图 5-32 上半部分所示。

Cisco 路由器的 IP 地址分配与交换机不同，需要在路由 IP 流量的每一个接口上指定唯一的 IP 地址。路由器上的每个接口都是一个单独的网络或子网，因此需要适当地规划 IP 地址并为每个路由器网段指定一个网络号，然后从这个网段中选择一个未使用的主机地址，并且在路由器的接口上配置这个地址。在路由器上配置 IP 地址要求处于接口子配置模式中。图 5-32 下半部分是路由器快速以太网接口 0/0 的 IP 地址配置实例。

(二) ARP 协议

路由器和其他的网络层设备，在网络上发送和接收数据，会建立映射 IP 地址到 MAC 地址的 ARP 表。当网络中的一个主机需要发送一个数据到特定的 IP，为了传输数据，这台主机需要构建数据帧，如查自己的 ARP 表中没包含与目标 IP 地址相关联的 MAC 地址的 ARP 条目，需要发送 ARP Request 以获得目标主机的 MAC 地址。源主机将丢弃当前的数据封装处理，创建一个用于获得目标 MAC 地址的 ARP Request 消息，并通过广播的模式在介质上传输这个数据帧给局域网中的所有设备。此以太网网段上的所有主机将分析接收到的数据帧，以确定它是否是发送给自己。除了目标主机之外的所有主机都丢弃了这个数据帧，因为它们发现所接收的数据帧的目标 IP 地址与自己的不匹配。

目标主机将准备 ARP reply 的数据用于传输,并将这个数据帧在以太网网段上进行传输,本网段上所有主机都分析接收到的帧并且将 ARP 数据内容添加到 ARP 表。源主机开始准备将发送的数据,并通过以太网网段传输出去。所有的主机都将分析所接收到的数据帧。

在路由器或交换机上查看 ARP 表,可以输入特权模式命令"show arp"显示当前设备的所有 ARP 条目,如图 5-33。在主机或服务器的操作系统中,可以在命令行中键入命令"ARP-a"来获取到主机缓存中的 ARP 表的内容了。图 5-34 是在 DOS 环境下键入该命令所显示的 ARP 表的内容。

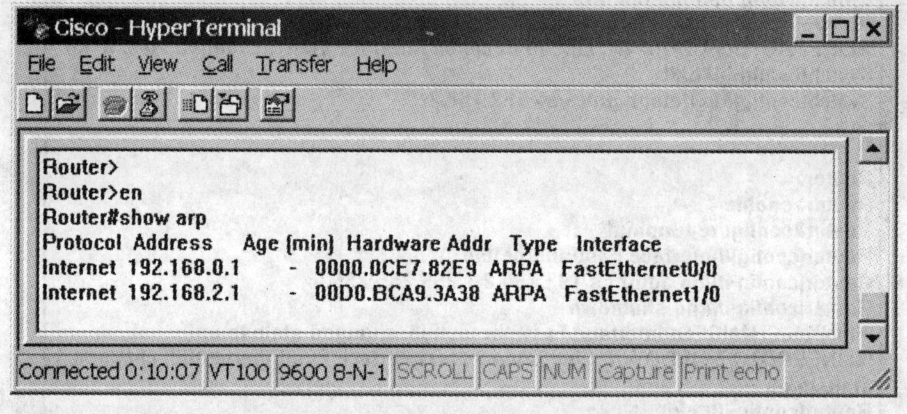

图 5-33 路由器的 SHOW ARP 命令

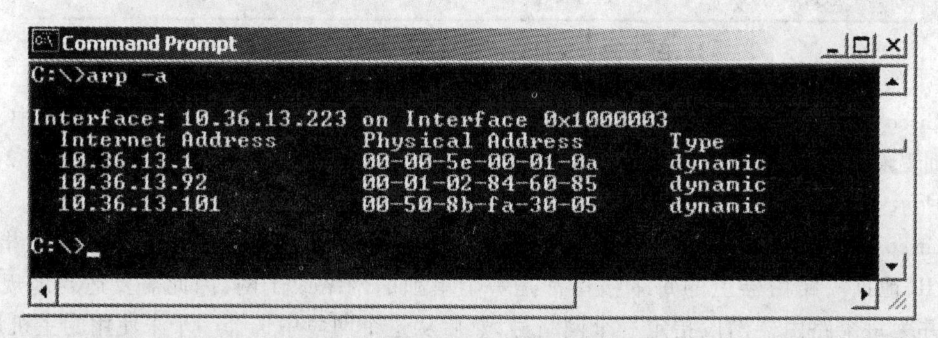

图 5-34 Windows 系统 ARP 命令

(三)ICMP 协议

ICMP 用于在 TCP/IP 设备之间发送差错和控制信息。Ping 是 ICMP 最为常见的实施方案之一。Ping 用于测试目标是否可连接,源主机生成一个 ICMP 请求回送分组。如果目标可达,目标将以一个回送应答作为回应。如果目标不可达,路由器将以一个目标不可达信息作为回应。以"模块一"中的"网络通信的过程分析"一节的实例来分析 ICMP 的工作过程。

(1)启动 Packet Tracer 4.11 模拟器。创建如图 5-35 左侧所示拓扑结构,接下来配置主机的 IP 地址、子网掩码、默认网关;配置路由器相关的接口 IP 地址、子网掩码、启用接口、配置路由等。

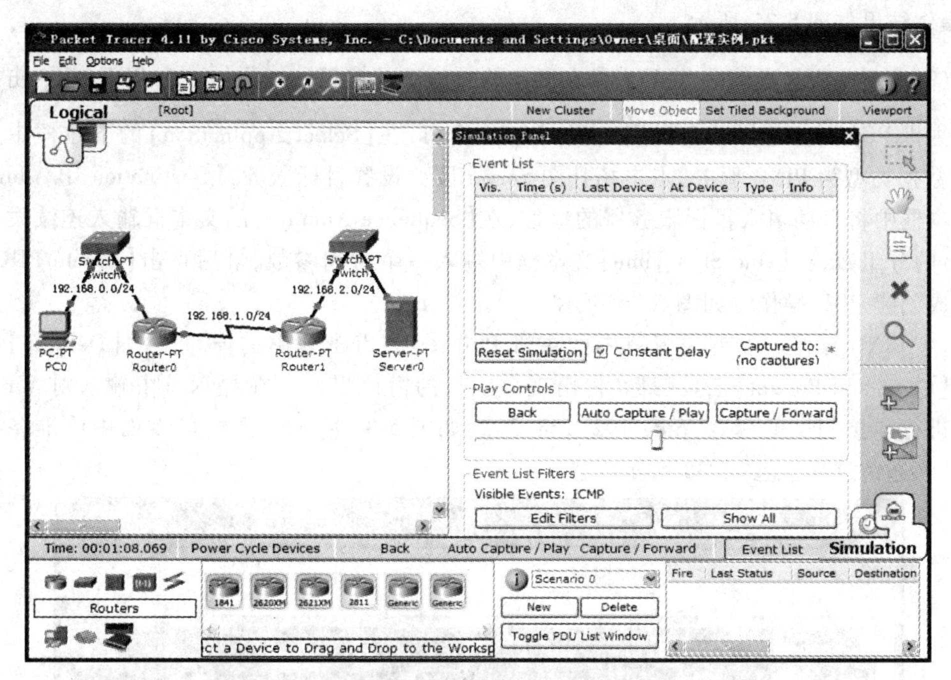

图 5-35 捕获 HTTP 的网络通信

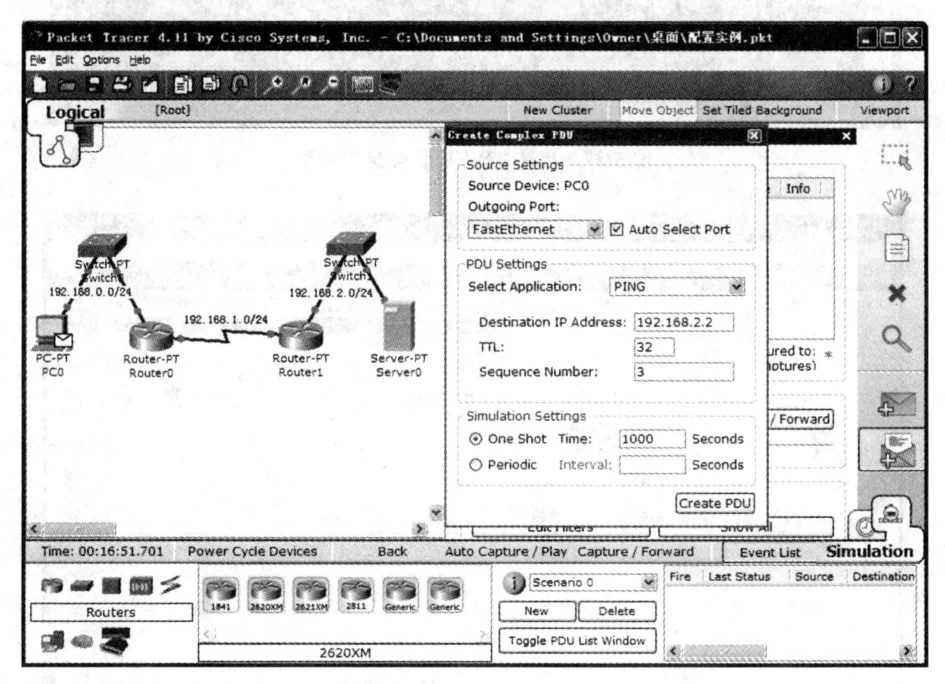

图 5-36 创建 HTTP 通信 PDU

(2)通过设置过滤器准备捕获网络 IMCP 通信过程和数据流量。点击工作区右下角的模拟模式图标【Simulation】,在模拟配置面板【Simulation Panel】中,点击编辑过滤器按钮【Edit Filters】,点击【Show All/None】清除选择,并选择【ICMP】选项,点击窗口其他空白位置，操作结果如图 5-35 所示。

(3)创建 ICMP 通信的 PDU。点击窗口的右侧工具按钮添加一个 PDU，并点击拓扑图中主机 PC0 图标选择源主机则出现图 5-36 窗口，在【Select Application】的下拉框中选择 PDU 数据类型为 PING 服务，点击拓扑图 Server 图标设置目标服务，【Destination IP Address】的文本框中将自动填入目标服务器的地址，在【Sequence Number】的文本框输入连续发送的 ICMP 的分组数，在【One Shot Time】文本框中输入一个时间参数，最后点击【Create PDU】按钮完成创建 PDU 操作。如图 5-36 所示。

(4)PING 操作。点击主窗口中的主机 PC0 图标，点击弹出的窗口中的【Desktop】标签中的【Command Prompt】工具图标，将出现命令行的窗口界面。在提示符中输入对 WEB 服务器进行连接测试的命令：ping 192.168.2.2，如图 5-37 所示。主窗口界面中将准备捕获 ICMP 的通信过程，如图 5-38 所示。

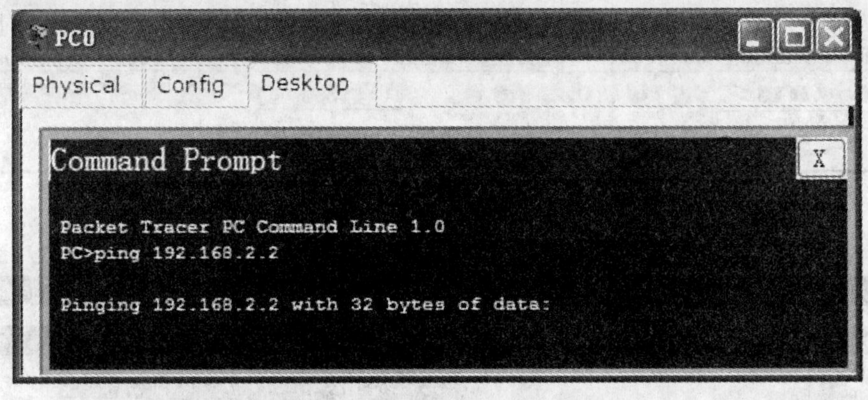

图 5-37 PING WEB 服务器的地址

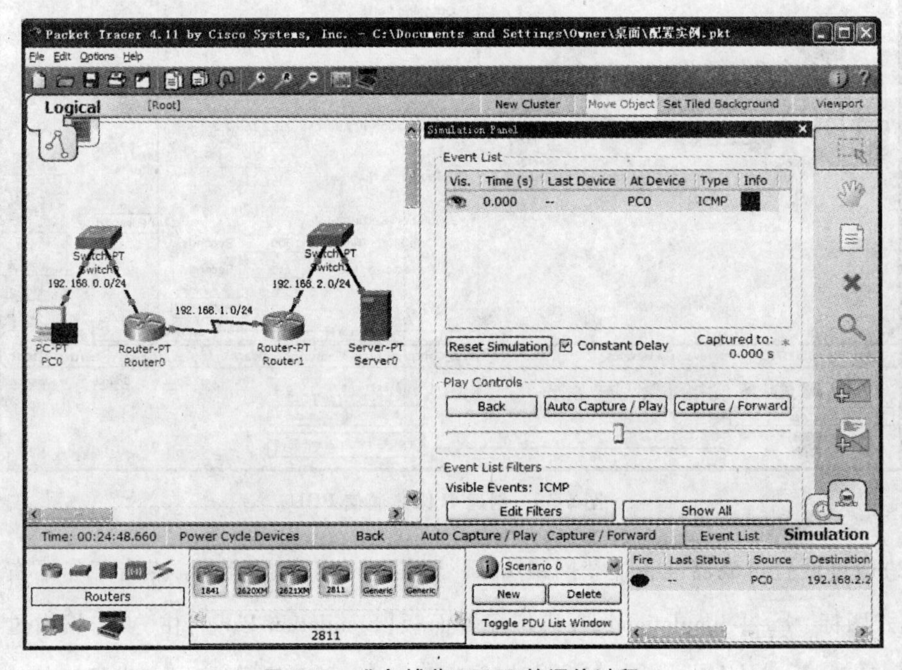

图 5-38 准备捕获 ICMP 的通信过程

(5)分析ICMP通信过程。点击主窗口工作区下部的【Auto Capture / Play】自动捕获/播放按钮之后，在【Simulation Panel】面板中的【Event List】事件列表中将逐步显示ICMP通信的过程如图5-39所示，同时在主机PC0的命令行中将显示PING的结果，如图5-40所示。

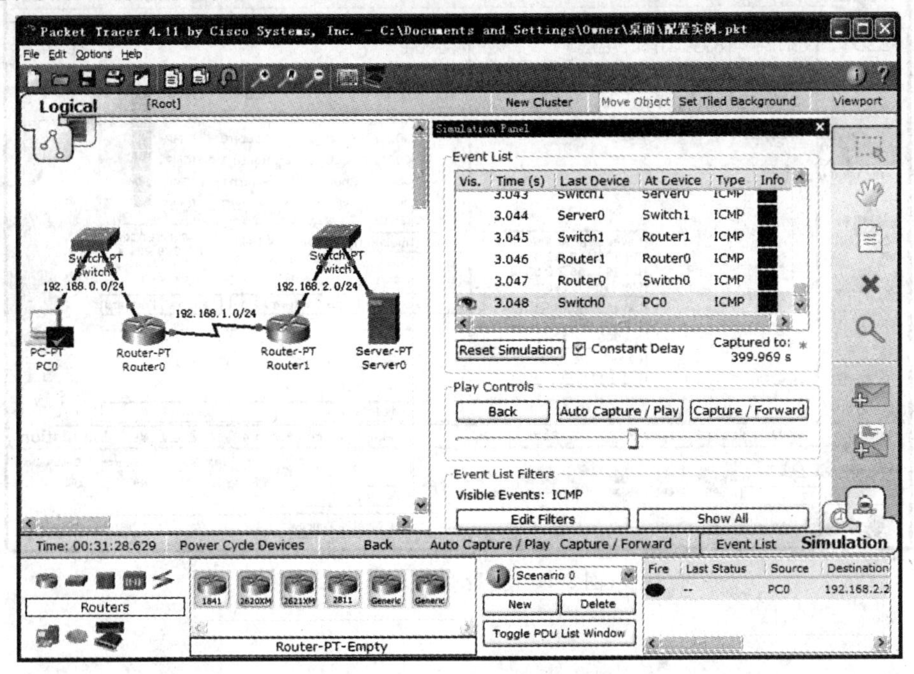

图5-39　ICMP的通信过程

```
PC0
Physical  Config  Desktop

Command Prompt

Packet Tracer PC Command Line 1.0
PC>ping 192.168.2.2

Pinging 192.168.2.2 with 32 bytes of data:

Reply from 192.168.2.2: bytes=32 time=10ms TTL=126
Reply from 192.168.2.2: bytes=32 time=10ms TTL=126
Reply from 192.168.2.2: bytes=32 time=10ms TTL=126
Reply from 192.168.2.2: bytes=32 time=10ms TTL=126

Ping statistics for 192.168.2.2:
    Packets: Sent = 4, Received = 4, Lost = 0 (0% loss),
Approximate round trip times in milli-seconds:
    Minimum = 10ms, Maximum = 10ms, Average = 10ms

PC>
```

图5-40　主机PC0的PING结果

(6)在【Simulation Panel】面板的【Event List】事件列表点击任何一个事件，再点击工作区中的图标查看设备的PDU信息。如图5-41所示的基于OSI模型的主机PC0执行PING操作时的PDU信息，点击【Outbound PDU Details】标签，将显示所发送的信息对应的数据帧、IP数据包及ICMP等PDU的详细信息结构和格式。

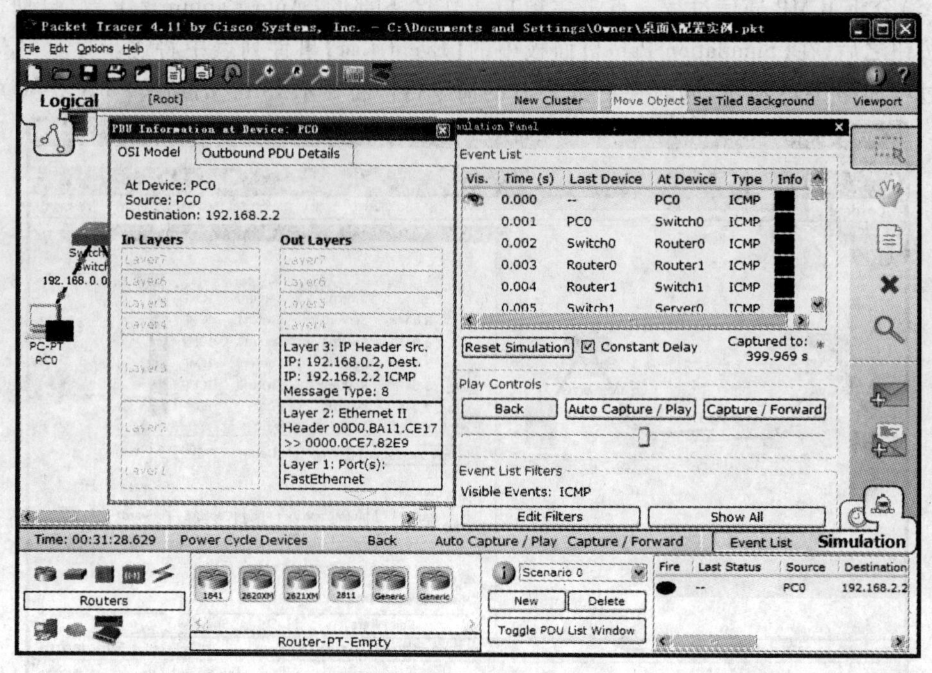

图 5-41　查看 ICMP 的 PDU

模块 3　TCP 与 UDP

一、教学目标

最终目标:掌握 TCP/IP 协议在网络通信过程的作用,如何保证数据传输的可靠性,区别 TCP 和 UDP 协议类型。

促成目标:

1. 掌握数据的封装和解封装过程;
2. 熟悉传输层寻址(业务类型和端口号);
3. 熟悉可靠的数据传输机制与无连接的数据传输机制。

二、工作任务

1. 实现网络物理连接;
2. 配置主机和联网设备的 IP 寻址;
3. 分析基于 TCP 和 UDP 不同应用层协议通信过程,比较两者的差别;
4. 熟悉网络应用程序和协议的数据传输过程;
5. 掌握数据传输原理通信操作。

三、相关知识点

(一)传输层协议概述

TCP/IP 协议的传输层对应 OSI 参考模型的第 4 层,主要负责对数据提供可靠或不可靠的传输。对于可靠的连接或称为面向连接服务,负责差错检测和差错校正。当发现差错时,传输层将重新发送这个数据,从而提供了差错的校正。TCP/IP 协议的可靠传输协议实例有传输控制协议(Transmission Control Protocol,TCP)。对于不可靠的连接或称为无连接的服务,传输层只提供差错检测——差错校正留给高层协议处理(通常是应用层)。不可靠的无连接协议的实例是用户数据报协议(User Datagram Protocol,UDP)。

传输层有 4 个主要功能:

(1)建立和维持两台设备之间的会话连接;

(2)为设备之间的连接提供可靠或不可靠的数据传输;

(3)通过滑动窗口实施流量控制,确保不会因发送过量的数据使另一台设备溢出;

(4)通过线路的多路复用允许多个应用程序同时收发数据。

传输层可以为联网设备间的数据提供可靠(或不可靠)的数据传输。那如何建立可靠的连接呢,这通常需要通过序号(sequence number)和确认(Acknowledgement,ACK)两种方法来实现。当数据发送到接收站时,接收站将向发送站确认收到了什么数据。同时,接收站通过检验序号可以确定是否缺少了部分数据,也可以检查数据到达的顺序。如果数据到达时是无序的,则接收站在将数据传送到上层应用程序之前,会把数据恢复到正确的顺序。而当发现丢失了一个或多个数据段时,接收站可以请求发送站重发丢失的信息。对于某些协议栈,接收站可能让发送站重发全部的信息或者信息的一部分,其中包括所丢失的部分。

面向连接服务(connection-oriented services)的问题之一是,在可以传送数据之前总是必须经过三次握手的过程。在某些情况下,例如文件传输,因为需要确保成功的传输此文件的所有数据,这时面向连接的服务才有意义。然而在其他情况下,例如只想传送一个信息并且得到回复,或者干脆不需要回复信息时,进行三次握手的过程会增加不必要的额外开销。例如对于 DNS 查询服务,为了将完全合格域名(Fully Qualified Domain Name,FQDN)解析为 IP 地址,DNS 客户端将会向 DNS 服务器发送单个查询并等待服务器的回应,在此过程中,只产生了两个消息:客户的查询消息和服务器的回应消息。由于两台设备之间的通信量很少,所以在发送查询消息之前建立可靠的连接没有意义。即使客户端没有收到回应消息,也可以由应用程序再次发送此查询信息,或者交由用户来处理。由于一开始没有建立连接,这种连接被称为无连接的服务。TCP/IP 协议栈中的 UDP 提供了这种不可靠的无连接的服务。

传输层通过窗口的操作减少数据因溢出而丢弃,窗口大小规定在发送站必须等待接收站的确认(ACK)之前可以发送的信息量。一旦收到 ACK,发送站就发出下一批信息(取决于窗口大小所定义的最大值)。例如,窗口大小是 4,而当前的确认号是 3,那么在下一个确认到达之前,发送站可以发送序号是 3、4、5、6 的数据段,而不需要得到确认。

窗口操作实现了两个功能,首先是基于窗口大小执行流量控制。窗口的大小是预先动态协商的,并且可在连接的使用期限内重新协商,这样就确保了在接收站不丢弃任何信息的情况下使用最佳的窗口大小来传送信息。其次,接收站可以通过窗口操作过程,通知发送站收到了什么信息。如向发送站表明在去往接收站的途中是否丢失了信息，并且允许发送站重发任何已经丢失的信息。这为连接提供了可靠性。

（二）TCP（Transmission Control Protocol，传输控制协议）

TCP/IP 是一个包含多个协议的标准。它定义在一个互联网络上的设备之间如何通信。TCP/IP 的传输层主要负责在两台设备之间建立逻辑连接，并且可以提供可靠的连接和流量控制。TCP/IP 包括两种传输层协议：TCP 和 UDP。

TCP 的主要职责是在两台设备之间提供可靠的端到端的面向连接的逻辑服务（logical service）。TCP 在网络层协议的基础上，向应用层进程提供可靠的、全双工的数据传输。它允许两个应用进程之间建立一个连接，应用进程通过该连接可以实现顺序、无差错、无重复和无报文丢失的流传输。

TCP 也可以利用滑动窗口操作来实现流量控制，这样发送方设备就不会因为发送过多的数据段而超出接收站的承受能力。TCP 协议的主要特点有以下几个方面：

1. 面向连接服务（connection-oriented service）

面向连接的传输服务对保证数据流传输可靠性非常重要。它在进行实际数据报传输之前必须在源进程与目标进程之间建立连接。一旦连接建立之后，通信的两个进程就可以在此连接上发送和接收数据。

2. 高可靠性（high reliability）

由于 TCP 协议是建立在不可靠的网络层协议的基础上的，在 IP 协议不提供任何保证分组数据传输可靠性机制的情况下，TCP 协议的可靠性需要协议自身来实现。TCP 协议支持数据可靠性的主要方法是序号、确认和超时重传。

TCP 协议 PDU 称为数据段或段，它将上层用户数据报分割成一定长度的数据段。TCP 将保持它头部和数据的校验和，目标是检测数据在传输过程中是否出现错误。在接收端，当 TCP 正确接收到报文时，它将发送确认。在发送端，当 TCP 发出一个报文后，将启动一个定时器，等待目标端确认收到这个报文。如果不能及时收到相应的确认，将重发这个报文。TCP 协议可以采用自适应的超时重传策略。

3. 可靠连接的建立和释放（establish and release reliable connection）

为了保证连接建立和释放的可靠性，TCP 协议使用三次握手（three-way handshake）机制。在连接建立阶段，防止出现因“失效的连接请求数据报”而造成连接错误。在释放连接时，保证在关闭连接时已经发送的数据报可以正确地到达目标端口。

4. 流量控制和拥塞控制（flow control and congestion control）

TCP 协议采用大小可变的滑动窗口方法进行流量控制。发送窗口在建立连接时由双方商定。在数据传输过程中，接收端可以根据自身资源的情况，随机、动态地调整发送窗口的大小，而接收端将跟随发送端调整接收窗口。

TCP 协议使用称为数据段的协议数据单元在设备间传输数据，其格式如图 5-42 所示。TCP 报头的固定部分长度为 20 字节，选项部分最多为 40 字节且必须是 0 或是 32 比特（bit）的整数倍。

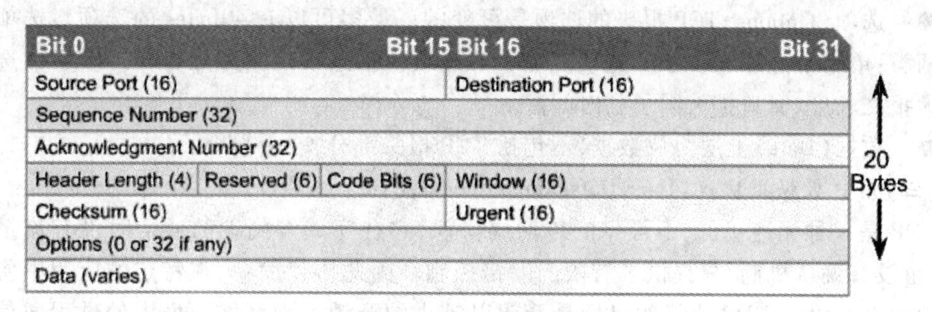

图 5-42　TCP 数据段的格式

下面我们分别介绍 TCP 数据段结构的主要部分：

- 端口号(Port number)包括源端口号和目标端口号。每个端口号字段长度为 16bits，分别表示发送该报文的应用进程的端口号和接收该报文的应用进程的端口号。
- 序号(Sequence number)字段长度为 32bits。由于 TCP 协议是面向数据流的，它所传送的报文可以看作是连续的数据流。因此需要给发送的每一个字节进行编号。序号字段中的“序号”是指本报文数据的第一个字节的顺序号。例如，某个报文的序号为“101”，大小为 100 字节，那么该报文的第一个字节的顺序号为 101，最后一个字节的顺序号是 200。通过该字段，我们可以维持数据的完整性和对数据进行排序。
- 确认号(Acknowledgement number)长度为 4bytes(32bits)，表明期望下次对方发送数据的第一个字节的序号(注意是字节而不是比特)，也就是期望收到的下一个报文的首部中的序号。从这里我们可以知道，确认号具有与数据链路层中帧的捎带确认相似的作用，表明在此序号之前的所有数据都已成功接收。由于序号字段有 32bits 长，可对 4GB 的数据进行编号，这样就保证了当序号重复使用时，旧序号的数据已经在网络中消失了。
- 报头长度(Header length)占 4bits，它指出数据开始的地方离 TCP 报文的长度有多远，因此也可称其为数据偏移字段。它表明了报头的长度。由于报头长度的不固定(报头的选项字段长度是不确定的)，因此报头长度字段是必需的。这里需要注意，报头长度的单位是 32bits(即 4bytes)，而不是字节和比特。
- 保留字段(Reserved field)的长度是 6bits，留做今后使用。目前使用全部为零。
- 编码位(Code bits)定义了 6 种不同的控制字段或标志，每种一位，使用时在同一时间可设置其中的一个或者多个。编码位用于 TCP 的流量控制、连接的建立和释放、数据传输的方式和控制。下面我们分别介绍每位的意义。
- 窗口大小(Window size)为 2bytes。窗口大小实际上是报文发送方的接收窗口，单位为字节。通过该窗口告诉对方：“在未收到我的确认时，你能发送的数据的字节数至多是此窗口的大小。”窗口所对应的最大数据长度为 65,535bytes。
- 校验和(Checksum)字段长度为 2bytes。校验和字段检验的范围包括报头和数据这两部分。在计算校验和时，需要在 TCP 头部增加一个 12 字节的伪头部，伪头部中包括源 IP 和目标 IP 地址，1 个 byte 的全 0 位，一个字节的 TCP 协议号(6)，以及两个字节的 TCP 长度。对于 TCP 来说，伪头部是必须采用的。
- 紧急字段(Urgent field)长度为 2bytes。它与紧急比特 URG 共同使用，表明该报文中存在紧急数据。

● 选项(Options)TCP 报头的选项是可变的。最多可以有 40bytes 的选项。选项包括以下两类:单字节选项和多字节选项。单字节选项包括选项结束和无操作。多字节选项包括最大报文长度、窗口扩大因子和时间戳。

● 数据(Data)上层协议数据,不包括 TCP 报头部分。

(三)用户数据报协议(User Datagram Protocol,UDP)

UDP 是一种无连接的、不可靠的传输层协议,它在完成端到端的通信时没有流量控制机制,也没有确认机制,只提供了有限的差错控制。因此协议简单,在特定的应用中协议运行的效率高。设计 UDP 协议的目标是希望以较小的开销实现网络环境中的进程通信的目标。UDP 适用于可靠性较高的局域网。如果进程需要发送一个很短的报文,同时对报文的可靠性要求不高,那就可以使用 UDP 协议。

某些实时应用,如 IP 电话、视频会议,它们要求主机以恒定的速度发送数据,在网络拥塞时可以丢失一些数据,并且不希望数据延时太大等特点,UDP 正好满足了这种需求。此外,域名系统(DNS)、路由选择协议(RIP)、简单网络管理协议(SNMP)、网络文件服务(NFS)和多播(Multicast)服务在传输层也使用 UDP 协议。UDP 数据报的格式如图 5-43 所示。

Bit 0	Bit 15 Bit 16 Bit 31	
Source Port (16)	Destination Port (16)	8 Bytes
Length (16)	Checksum (16)	
Data (if any)		

图 5-43 UDP 数据段的格式

UDP 用户数据报有固定的 8 字节报头,其字段分别为:

● 端口号(port number)

端口号包括源端口号和目标端口号,分别标识发送和接收数据的应用进程。端口号长度为 16 位。

● 长度字段(Length)

长度字段为 2bytes。它定义了包括报头在内的用户数据报的总长度。因此,用户数据报的总长度最大为 65,535bytes,最小为 8bytes。

● 校验和(Checksum)

校验和字段长度为 2bytes,用于提供整个 UDP 数据报的差错校验,使用循环冗余码校验 CRC。UDP 的校验范围包括 3 部分:伪头部(fake header)、UDP 报头和应用层数据。伪头部是 IP 分组的一部分,只在校验过程,临时与 UDP 数据报结合在一起,即不向低层传输,也不向高层传送。如果应用程序对通信效率的要求高于可靠性时,应用进程可以选择不进行校验。

(四)传输层端口与应用层协议

TCP/IP 的传输层提供了多路复用的功能,允许多个应用程序同时收发数据,并使用端口号来区别不同的连接。TCP 和 UDP 使用端口号把信息传给上层,端口号被用于解释同时通过网络的不同连接会话间的区别。端口号由 IANA(Internet Assigned Numbers Authority,因特网地址分配管理机构)分配,应用软件开发者同意使用 IANA 约定的端口号,如,约束

FTP 应用的连接会话使用标准的端口号:20 和 21。端口 20 用于数据传输,端口 21 用于连接控制。

某些特定范围的端口是不可以随便分配给网络应用或服务使用,端口号基本分为三类:熟知端口号、注册端口号和临时端口号。端口号的分配范围如下:

(1)0 ~ 1023 的端口号码被称为熟知端口号(或称为保留端口号)。

(2)1024 ~ 49151 是注册端口号,某些厂商用于特定的应用或服务,需要向 IANA 注册。

(3)49152 ~ 65535 是动态分配的端口号。这是由运行在客户端的应用程序随机选取的,可以被任何进程使用。

当发起一个远程应用程序连接时,操作系统(operating system)将选择一个系统中当前没有使用的大于 1023 的端口号,并将此号码指定为数据段的源端口号。根据所运行的应用程序,将其熟知端口号作为目标端口字段。接收站在接收到该数据段时,查看目标端口号,得知该数据应该定向到哪个应用程序中。

UDP 与 TCP 协议一样,也是通过端口号来标识进程,实现多路复用。然而某些特定的端口类型是 TCP 端口或 UDP 端口,而有些端口可能既是 TCP 端口,又是 UDP 端口,如 DNS 的端口号 53。表 5-1 给出了 TCP 常用的熟知端口号。表 5-2 给出了 UDP 的主要熟知端口号。

表 5-1 TCP 熟知端口

端口号	服务进程	说明
20	FTP(DATA)	文件传输协议(数据连接)
21	FTP	文件传输协议(控制连接)
23	TELNET	虚拟终端网络
25	SMTP	简单邮件传输协议
53	DNS	域名服务器
80	HTTP	超文本传输协议
111	RPC	远程过程调用

表 5-2 UDP 熟知端口

53	Name Server	域名服务
67	Bootps	引导协议服务器
68	Bootpc	引导协议客户
69	TFTP	简单文件传输协议
111	RPC	远程过程调用器
161	SNMP	简单网络管理协议
520	RIP	路由选择信息协议

应用层是网络体系结构(network system structure)中的最高层,在应用层之上不存在其他的层。因此,应用层的任务不是为上层提供服务,而是向最终用户提供服务。每一个应用层的服务都是为了解决某一类具体的应用问题,而问题的解决往往通过位于不同主机中的多个进程之间的通信和协作来完成。为了解决具体的应用问题而彼此通信的进程称为应用进程(application process)。应用层的具体内容就是规定应用进程在通信时所遵循的协议。

TCP/IP 应用层协议可以分为三种类型:一类依赖于提供可靠连接的 TCP 协议,如远程登陆协议(Telnet)、简单邮件传输协议(Simple Mail Transfer Protocol,SMTP)、文件传输协议(File Transfer Protocol,FTP)和超文本传输协议(Hyper Text Transfer Protocol,HTTP)等;第二类依赖于提供不可靠连接的 UDP 协议,如简单网络管理协议(Simple Network Management Protocol ,SNMP)、简单文件传输协议(Trivial File Transfer Protocol,TFTP)等;而另一类则是既依赖于 TCP 协议,也依赖于 UDP 协议,如域名系统(Domain Name System,DNS)等。

四、实践操作

背景知识/准备工作

在本实验操作中,使用 PC 、交换机、路由器,规划并创建一个简单的 TCP/IP 网络。通过 Packet Tracer 模拟器模拟 TCP 及 UDP 的通信过程,使用 Wireshark 网络协议分析软件分析网络设备在通信中的 TCP、UDP 协议网络通信过程。

本实验需要以下资源:

· 安装有网卡的 Windows XP 系统的主机、Packet Tracer 模拟器、Wireshark 网络协议分析软件;

· 交换机两台;

· 路由器各两台;

· 以太网交叉电缆一根,直通线四根、反转线缆一根。

(一)TCP 连接的建立和释放(Establish and Release TCP Connections)

TCP 是面向连接的协议,在数据传输前,首先要建立连接;在数据传输过程中需要维护连接;在数据传输结束时,需要释放连接。以“模块一”中的“网络通信的过程分析”一节的实例来分析 TCP 的通信过程。

(1)启动 Packet Tracer 4.11 模拟器。创建如图 5-44 左侧所示拓扑结构,接下来完成 IP 地址、接口配置、路由配置等操作。

(2)通过设置过滤器准备捕获网络 TCP 通信过程和数据流量。点击工作区右下角的模拟模式图标【Simulation】,在模拟配置面板【Simulation Panel】中,点击编辑过滤器按钮【Edit Filters】,点击【Show All/None】清除选择,并点击【TCP】。如图 5-44 所示。

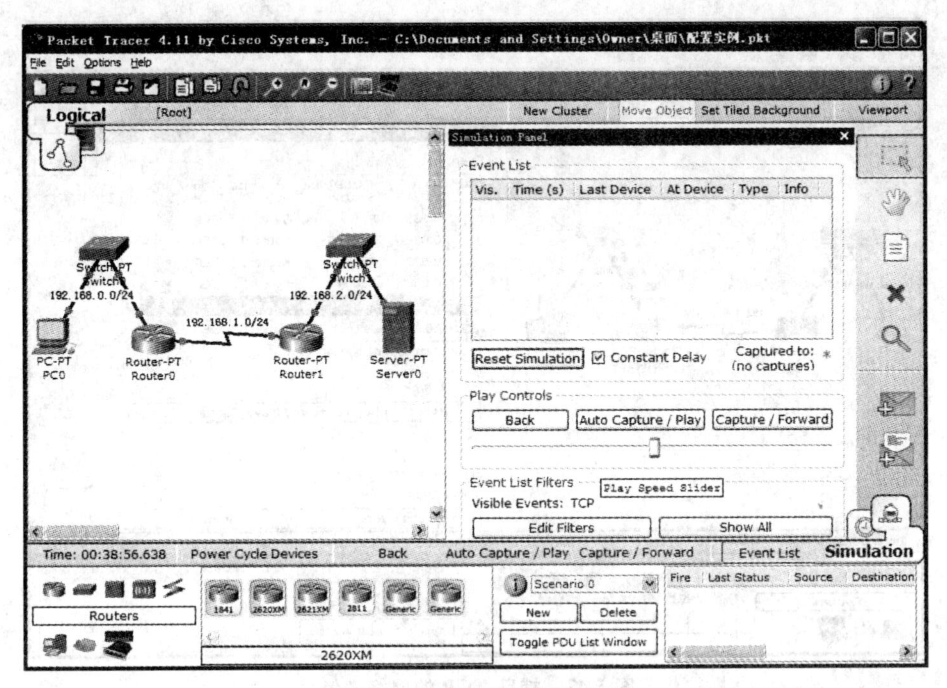

图 5-44　设置过滤器捕获 TCP

(3)访问应用和服务。点击主窗口中的 Server0,点击弹出的窗口中的【Config】标签,在【Config】标签中,点击左边【HTTP】工具将出现图 5-45 界面。点击主窗口中的 PC,点击弹出的窗口中的【Desktop】标签,在【Desktop】标签中,点击【Web Browser】图标。在地址栏的 URL 文本框中输入“http://192.168.2.2”,并点击【Go】按钮,将浏览服务器提供的页面,如图 5-46 所示。

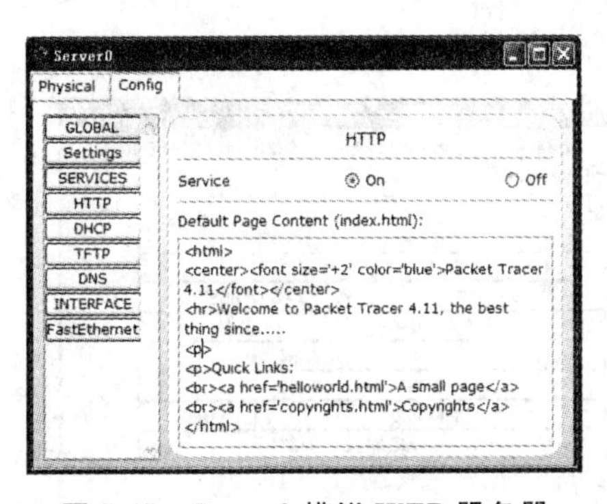

图 5-45　Server0 模拟 WEB 服务器

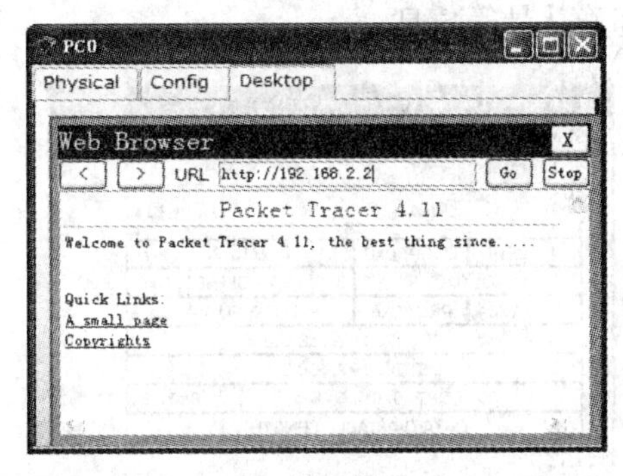

图 5-46　PC 通过浏览器访问 WEB 服务器

(4)捕获 TCP 通信过程。完成前面的操作之后,点击工作区下部的【Auto Capture/Play】自动捕获/播放按钮,在【Simulation Panel】的【Event List】事件列表中将逐步显示 TCP 通信的过程。如图 5-47 所示。

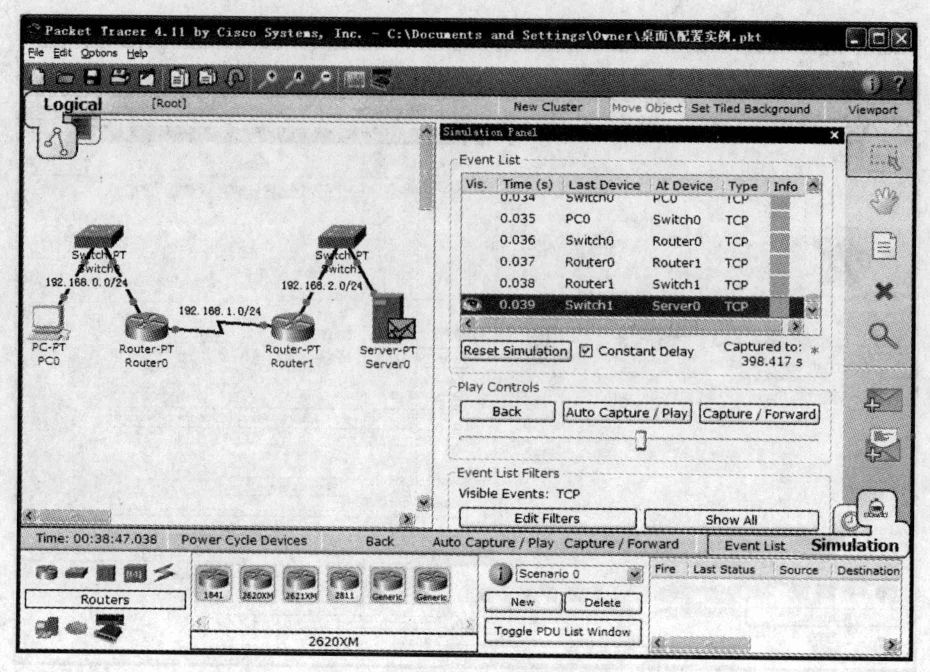

图 5-47 捕获 TCP 的网络通信

(5)分析 TCP 的通信。点击事件列表中任何一个事件,再点击工作区中的图标查看设备的 PDU 信息。如图 5-48 所示的是进入服务器 Server0 的数据 PDU 信息,图 5-49 所示的是服务器 Server0 发送出去的数据 PDU 信息,包含了源 IP、目标 IP、源端口和目标端口以及顺序号和确认号等信息;如图 5-50 所示的是进入主机 PC0 的数据 PDU 信息;图 5-51 所示的是主机 PC0 发送的数据 PDU 信息,包含了源 IP、目标 IP、源端口和目标端口以及顺序号和确认号等信息。

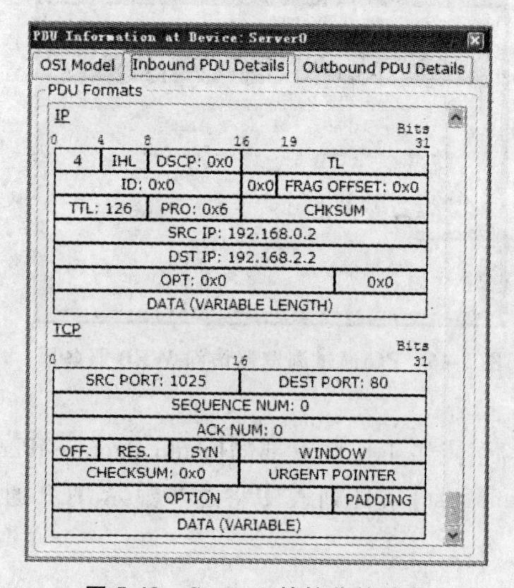

图 5-48 Server0 的接收的信息

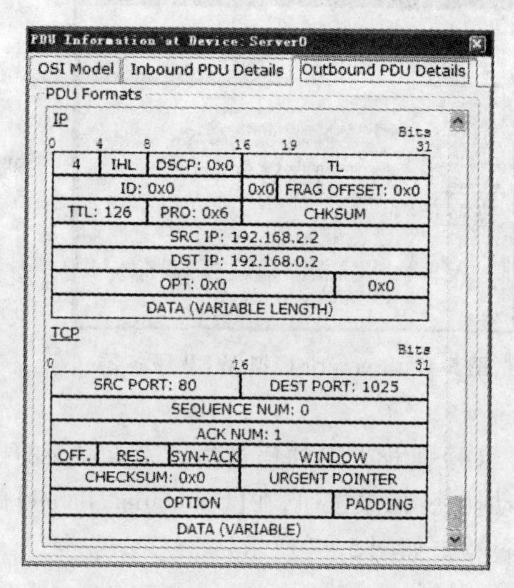

图 5-49 Server0 的发送的信息

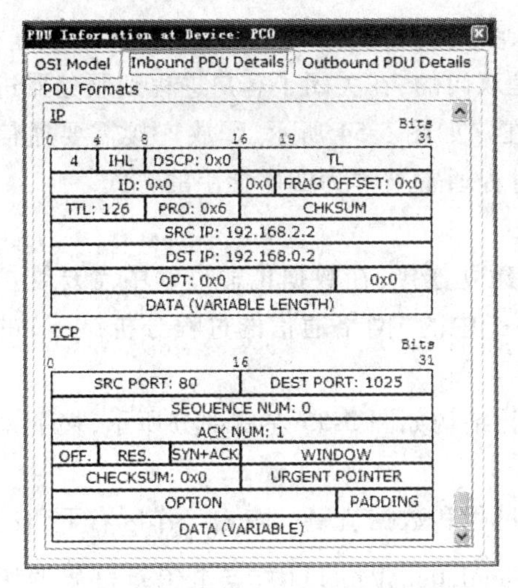

图 5-50　PC0 的接收的信息

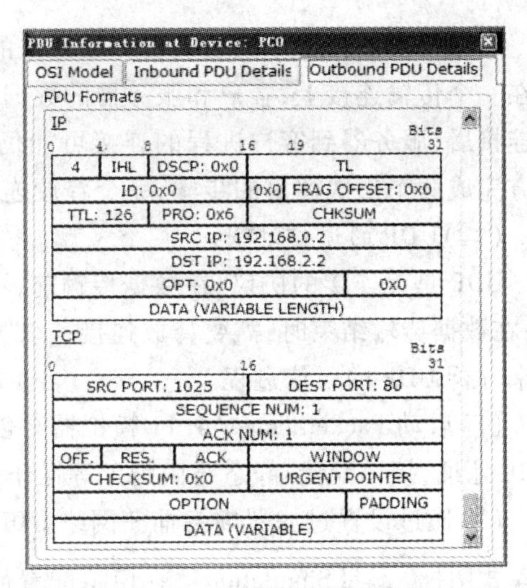

图 5-51　PC0 的发送的信息

TCP 开始建立连接时，源主机开始发送连接同步请求，包含了建立连接所需要的连接参数协商，接收方目标主机将在接收到请求之后向源主机发送确认和连接参数同步。接下来，发送方使用确认告诉接收者双方同意建立连接之后，数据开始传输，如图 5-52 所示。

源主机需要与目标主机建立 TCP 的可靠连接时需要经过以下几个过程：初始化报文中的顺序号和确认号，如果目标主机可以完成连接，则连接需要采用三次握手的过程来建立，如图 5-53 所示。

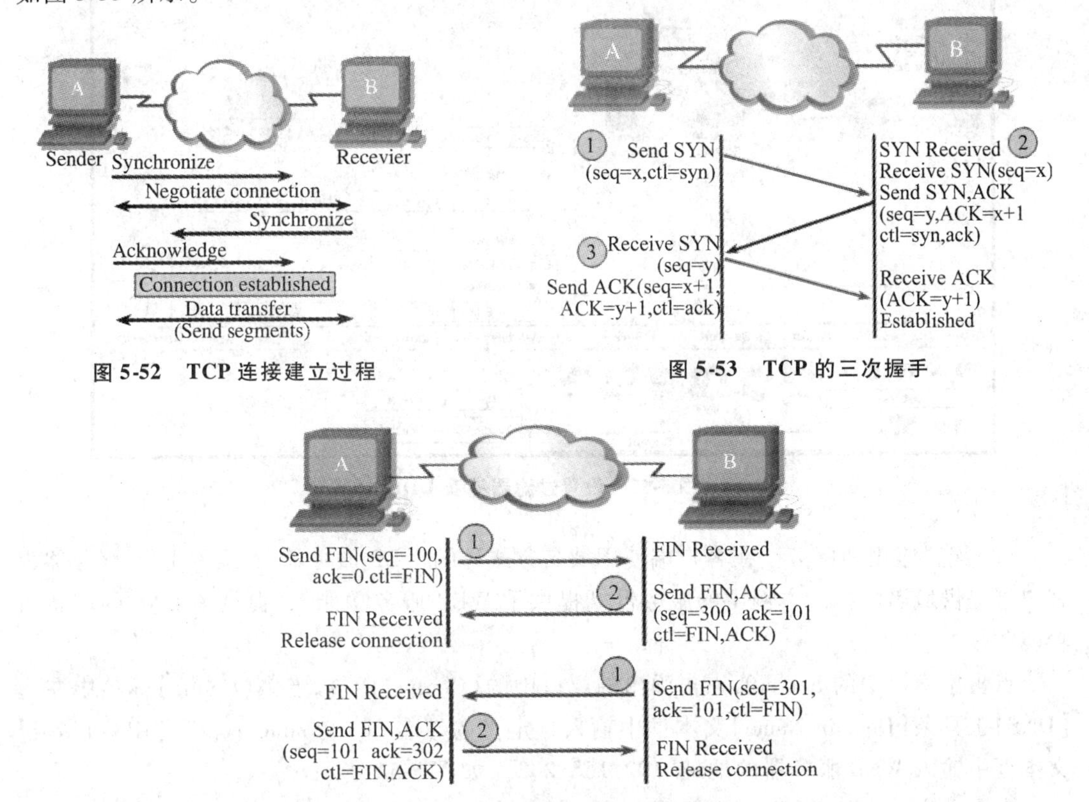

图 5-52　TCP 连接建立过程

图 5-53　TCP 的三次握手

图 5-54　TCP 释放连接的过程

在用户数据传输结束后需要释放建立的连接，参与传输的任何一方都可以释放该连接。但在一个传输连接上，客户和服务器的数据传输是双向的，在关闭了客户进程到服务器进程的连接后，服务器到客户进程的连接可能仍然存在。如图 5-54 所示，释放连接需要通信的双方完成两个二次握手的步骤，完全释放连接的过程通常被称为四次握手的方式。

（二）UDP 的通信过程

UDP 是无连接的协议，在数据传输前，不需要建立连接；在数据传输过程中需要维护连接；在数据传输结束时，需要释放连接。以“模块一”中的“网络通信的过程分析”一节的实例来分析 UDP 的通信过程。

（1）启动 Packet Tracer 4.11 模拟器。创建拓扑结构如图 5-55 左侧部分所示，接下来完成 IP 地址、接口配置、静态路由配置等操作。

（2）通过设置过滤器准备捕获网络 UDP 通信过程和数据流量。点击工作区右下角的模拟模式图标【Simulation】，在模拟配置面板【Simulation Panel】中，点击编辑过滤器按钮【Edit Filters】，点击【Show All/None】清除选择，并点击【UDP】。如图 5-55 所示。

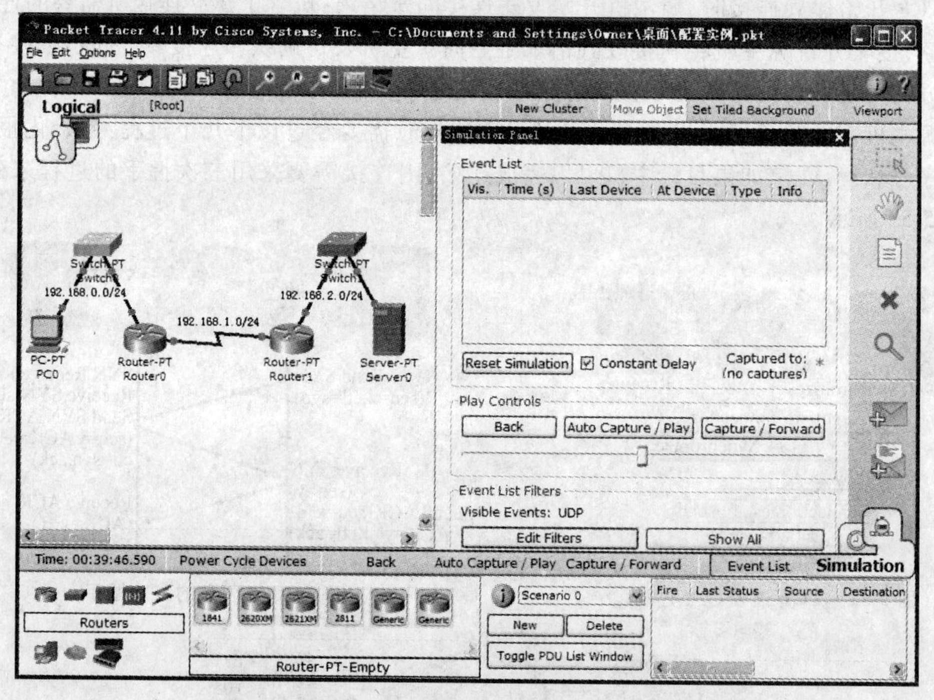

图 5-55　设置过滤器捕获 UDP

（3）配置应用和服务。在客户端使用域名方式访问 WEB 服务器时，需要 DNS 服务器为客户端提供域名解析。本例中的服务器既提供了 WEB 服务功能，又提供了 DNS 的域解析功能。

点击主窗口中的 Server0，点击弹出的窗口中的【Config】标签，点击【Config】标签中左边【DNS】工具条【Domain Name】文本框中输入自定义的域名“www.none.com”，【IP Address】文本框中输入 WEB 服务器的地址“192.168.2.2”，如图 5-56 所示。

点击主窗口中的 PC0，点击弹出的窗口中的【Desktop】标签，点击【IP Configuration】图标，配置 PC0 的 IP 地址、子网掩码、默认网关，在【DNS Server】文本框中输入 DNS 服务器的 IP 地址，关闭 IP Configuration 对话框，如图 5-57 所示。

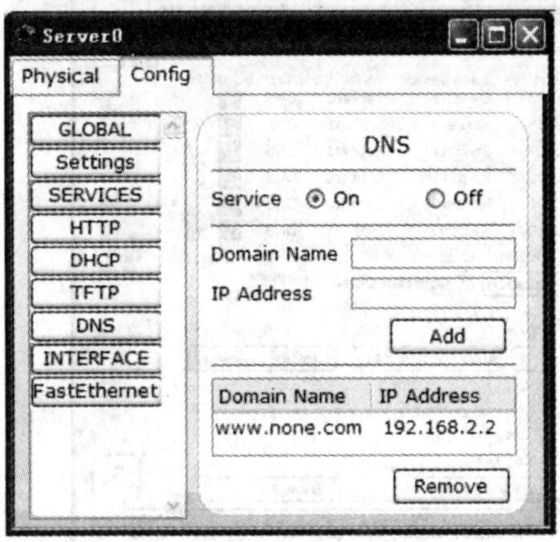

图 5-56 配置服务器的 DNS 功能

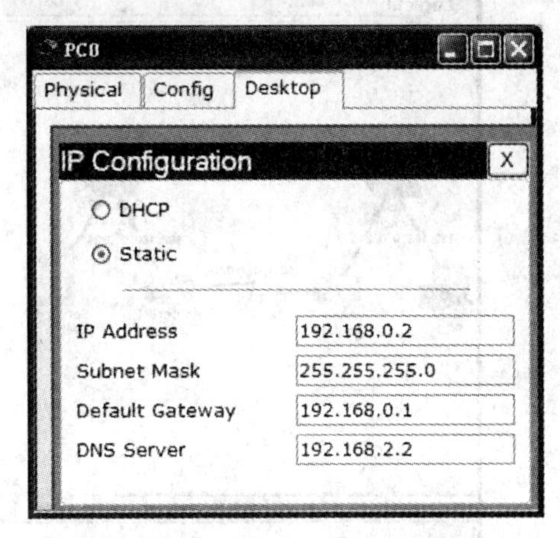

图 5-57 配置 PC0 的 IP 和 DNS 地址

点击【Web Browser】图标。在地址栏的 URL 文本框中输入“http:// www. none. com”，并点击【Go】按钮访问服务器提供的页面，如图 5-58 所示。主机 PC0 如果需要访问 www. none. com 站点，首先获取这个站点的 IP 地址。所以在进行 WEB 访问之前需要通过 DNS 查询所输入的域名的 IP 地址。通过 Packet Tracer 捕获 DNS 的通信过程来了解 UDP 的通信过程，如图 5-59 所示。

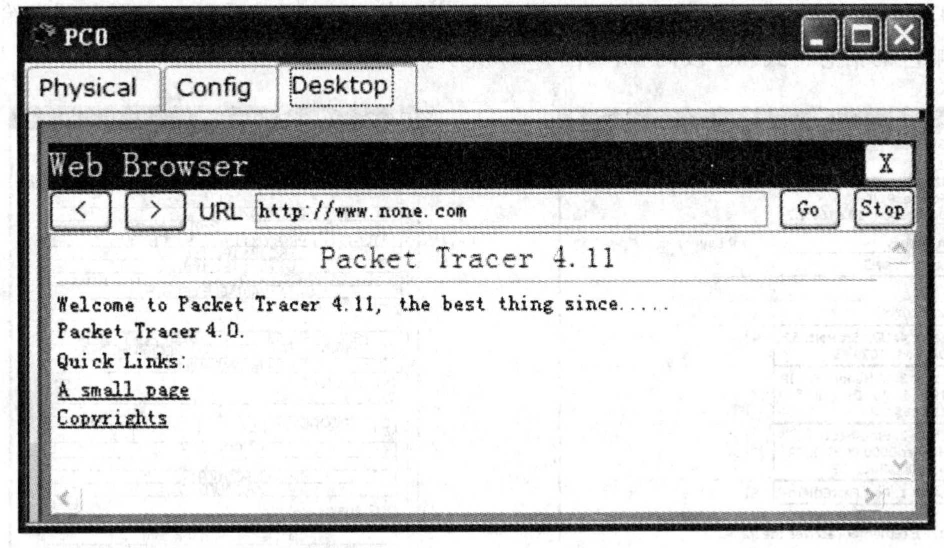

图 5-58 通过域名访问 WEB 服务器

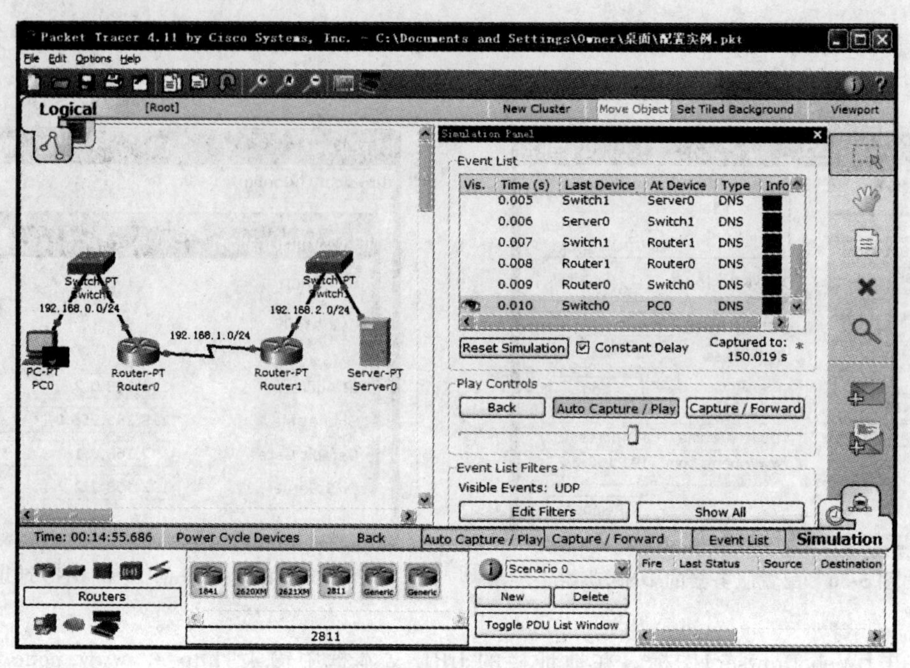

图 5-59　捕获到的 DNS 通信

如图 5-59 是捕获到的 UDP 的通讯过程列表，DNS 客户端主机 192.168.0.2 将一个 DNS 名字解析请求发送给位于 192.168.2.2 的 DNS 服务器。在 PC0 接收到的最后一个报文中，应用层的信息是：DNS；传输层的 UDP 端口是源服务器提供的端口 53，目标端口是本地的动态端口 1029，如图 5-60 所示。在接收到的 PDU 详细信息中，可以看到 DNS 服务器发给客户端的响应的信息格式和字段内容，如图 5-61 所示。

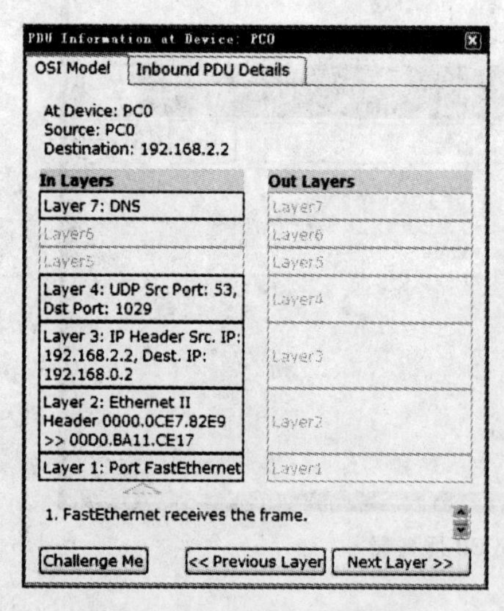

图 5-60　PC0 收到的 PDU 信息

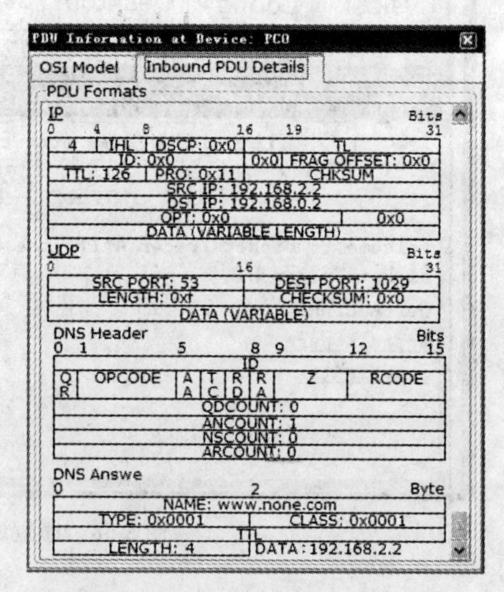

图 5-61　PC0 接收到的 DNS 应答信息

（三）分析数据通信协议

Wireshark 是一个免费的功能强大的图形用户界面的网络协议分析软件。它的主要作用是允许你从一个网络或曾经保存的捕获文件以交互方式浏览数据分组，并尝试显示数据包的尽可能详细的情况。Wireshark 可能算得上是当前最好的开源网络分析软件,网络管理员用来解决网络问题检测网络安全隐患;开发人员用来测试协议执行情况。它具有以下特点:

(1)可以实时捕捉数据包,能显示数据包的详细协议信息;

(2)支持多种不同类型的网络接口(包括无线局域网接口等);

(3)通过多种方式过滤数据包并以多种色彩显示数据包;

(4)支持多种网络分析软件数据包格式,可以将捕捉文件输出为其他分析软件支持的格式;

(5)对多种协议及通信编码提供支持;

(6)可以很容易在 Wireshark 上添加新的协议,或者将其作为插件整合到新的程序里。

(7)不是入侵检测系统,但可能对察看发生了什么会有所帮助。

(8)仅仅是监视网络,不会发送网络数据包或做其他交互性的事情。

以上这些特点可方便快捷地进行网络的组建、设备的配置、协议的测试等网络技术相关的学习。接下来使用 Wireshark 在通信过程中完成分析协议。

(1)可以访问官方网站 http://www.wireshark.org 下载最新的软件版本及相关文档。下载后直接双击安装 Wireshark,安装完成后,双击桌面上的快捷方式启动 Wireshark,启动界面如图 5-62 所示。

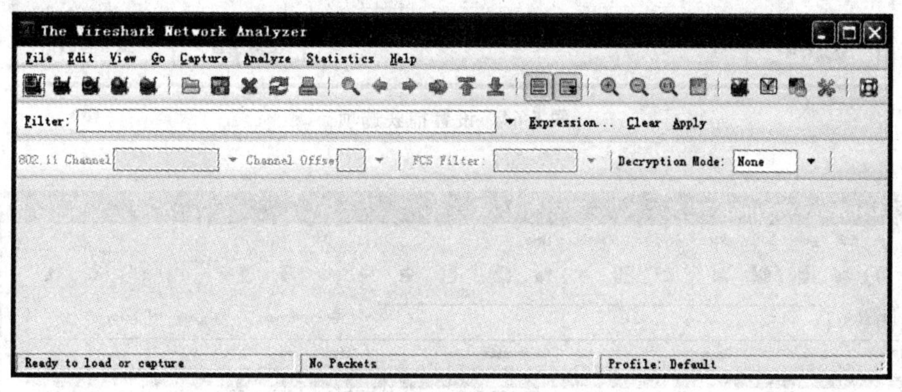

图 5-62　Wireshark 界面

点击工具栏上的第一个按钮【】打开捕获接口对话框,如图 5-63 所示。选择指定的网络适配器点击按钮【Start】开始捕获数据。点击工具栏上的第二个按钮【】打开捕获选项对话框,选择指定的网络适配器后,点击按钮【Start】开始捕获数据。如图 5-64 所示。

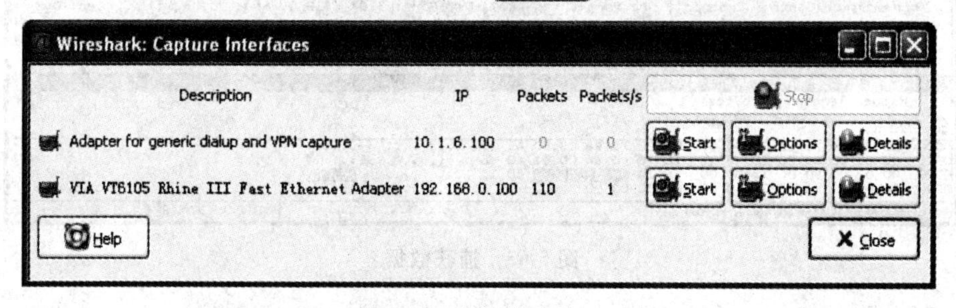

图 5-63　选择捕获接口

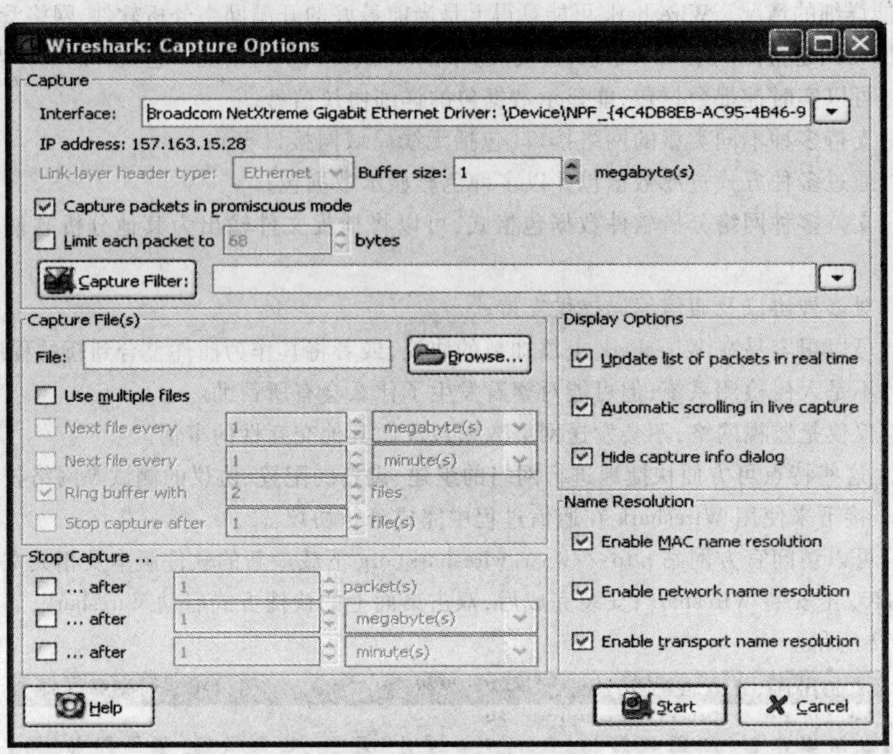

Wireshark: Capture Options
Capture
Interface: Broadcom NetXtreme Gigabit Ethernet Driver: \Device\NPF_{4C4DB8EB-AC95-4B46-9
IP address: 157.163.15.28
Link-layer header type: Ethernet
Buffer size: 1 megabyte(s)
Capture packets in promiscuous mode
Limit each packet to 68 bytes
Capture Filter:
Capture File(s)
File:
Browse...
Use multiple files
Next file every 1 megabyte(s)
Next file every 1 minute(s)
Ring buffer with 2 files
Stop capture after 1 file(s)
Display Options
Update list of packets in real time
Automatic scrolling in live capture
Hide capture info dialog
Name Resolution
Enable MAC name resolution
Enable network name resolution
Enable transport name resolution
Stop Capture ...
... after 1 packet(s)
... after 1 megabyte(s)
... after 1 minute(s)
Help
Start
Cancel

图 5-64 设置捕获选项

test.pcap - Wireshark
File Edit View Go Capture Analyze Statistics Help
Filter:
Expression... Clear Apply
No. Time Source Destination Protocol Info
31 1.266628 192.168.0.1 192.168.0.2 TCP 1025 > 5000 [PSH, ACK] Seq=1 Ack=
32 1.266819 192.168.0.2 192.168.0.1 TCP 5000 > 1025 [PSH, ACK] Seq=1 Ack=
33 1.267850 192.168.0.1 192.168.0.2 TCP 1025 > 5000 [ACK] Seq=510 Ack=20
34 1.274361 192.168.0.1 192.168.0.2 TCP http > 3197 [PSH, ACK] Seq=1 Ack=
35 1.274447 192.168.0.2 192.168.0.1 TCP 3197 > http [FIN, ACK] Seq=190 Ac
36 1.274987 192.168.0.1 192.168.0.2 TCP http > 3197 [FIN, ACK] Seq=20 Ack
37 1.275018 192.168.0.2 192.168.0.1 TCP 3197 > http [ACK] Seq=191 Ack=21
38 1.276019 192.168.0.1 192.168.0.2 TCP http > 3197 [FIN, ACK] Seq=26645
40 1.282181 192.168.0.1 192.168.0.2 TCP 1025 > 5000 [FIN, ACK] Seq=510 Ac
Frame 36 (60 bytes on wire, 60 bytes captured)
Ethernet II, Src: Netgear_2d:75:9a (00:09:5b:2d:75:9a), Dst: 192.168.0.2 (00:0b:5d:20:cd:02)
Internet Protocol, Src: 192.168.0.1 (192.168.0.1), Dst: 192.168.0.2 (192.168.0.2)
Transmission Control Protocol, Src Port: http (80), Dst Port: 3197 (3197), Seq: 20, Ack: 190, Len: 0
Source port: http (80)
Destination port: 3197 (3197)
Sequence number: 20 (relative sequence number)
Acknowledgement number: 190 (relative ack number)
Header length: 20 bytes
0000 00 0b 5d 20 cd 02 00 09 5b 2d 75 9a 08 00 45 00
0010 00 28 00 84 00 00 40 06 f8 f8 c0 a8 00 01 c0 a8
0020 00 02 00 50 0c 7d 00 00 68 14 3c 38 dd 9b 50 11
0030 0c 00 93 ca 00 00 00 00 00 00 00 00
Acknowledgement number (tcp.ack), 4 bytes
P: 120 D: 120 M: 0

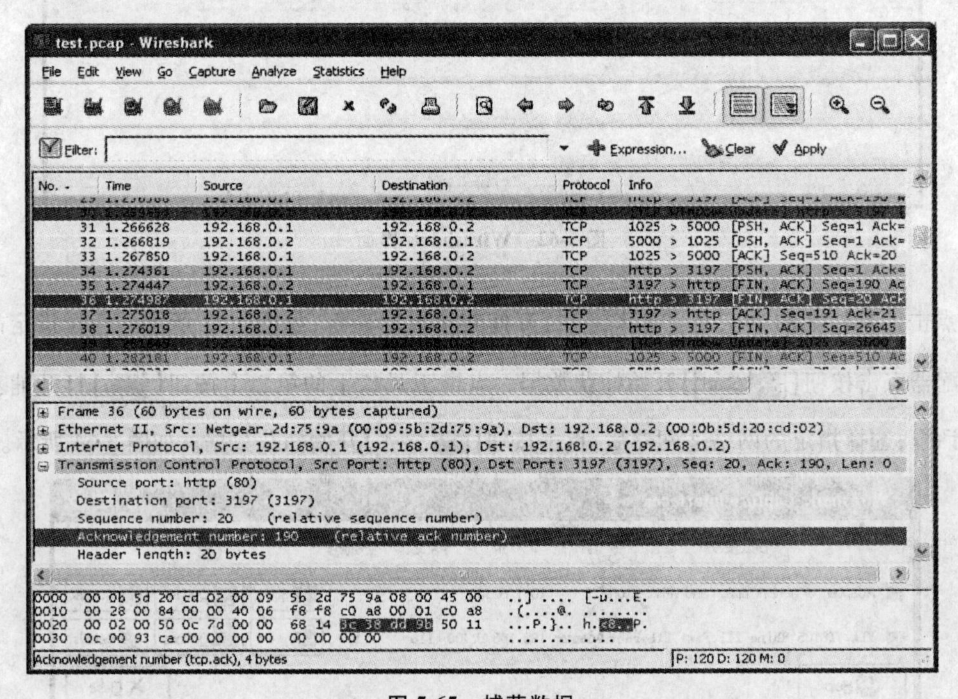

图 5-65 捕获数据

在开始数据捕获之后，所有流经本地网络接口的数据通信都被记录下来。在窗口工作区中列出了捕获后的数据，如图 5-65 所示。如果只需要捕获指定类型的数据可以使用图 5-64中的按钮 Capture Filter: 设置捕获的过滤条件。如果要捕获所有的数据而只是显示指定类型的协议，只需要在工具栏的 Filter: 输入过滤条件。本例中输入【TCP】后点击【Apply】，如图 5-66 所示。

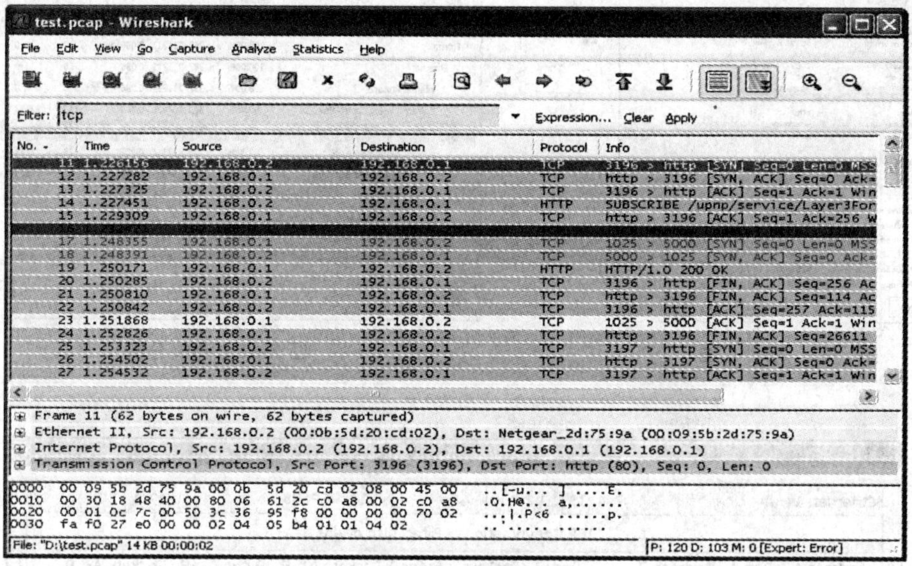

图 5-66　过滤数据

在捕获的数据中，可以查看到每一个数据报文的详细信息，捕获到的帧的类型、帧的源地址和目标地址；IP 协议的源地址和目标地址；TCP 的源端口和目标端口等内容，可以点击报文前的【Apply】显示更详细的报文信息。根据捕获的数据，可以了解 TCP 协议，理解捕获的 TCP 数据流中应用层的数据，甚至可以从数据流中查找到 Telnet 口令。点击【Analyze】菜单，选择【Following TCP streams】命令，可以查看如图 5-67 所示的窗口。

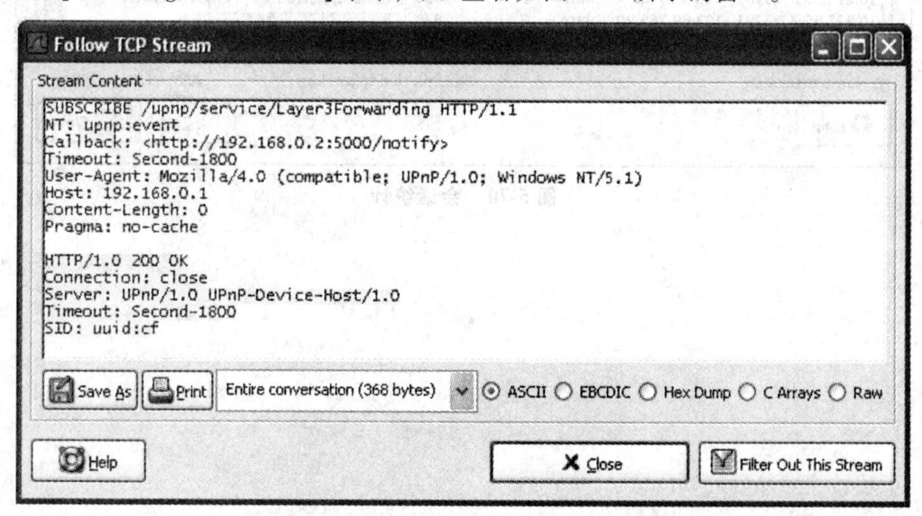

图 5-67　TCP 数据流中的应用层数据

网络会话是特定端点之间的数据流，如 IP 会话是指两个 IP 地址之间的所有流量，点击【Statistics】菜单，选择【Summary】命令，可以查看保存的捕获信息文件的概要，如图 5-68 所示的窗口。点击【Statistics】菜单，选择【Protocol Hierarchy】命令，可以根据协议分级查看捕获的信息统计，如图 5-69 所示的窗口。图 5-70 显示了捕获到的所有的 TCP 会话统计。

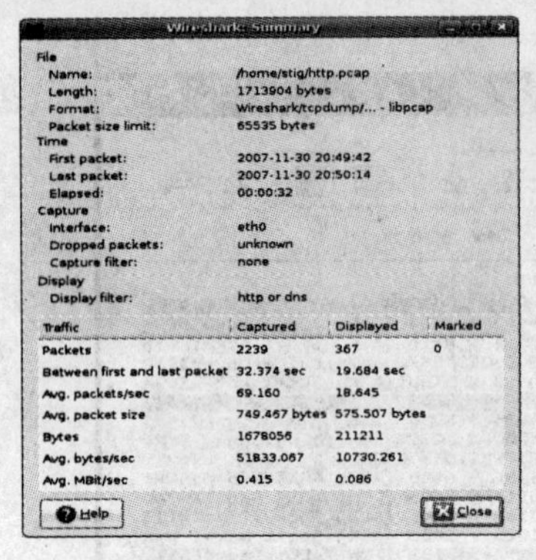

图 5-68 统计汇总

Wireshark: Protocol Hierarchy Statistics

Display filter: http or dns

Protocol	% Packets	Packets	Bytes	Mbit/s	End Packets	End Bytes	End Mbit/s
▽ Frame	100.00%	367	211211	0.086	0	0	0.000
▽ Ethernet	100.00%	367	211211	0.086	0	0	0.000
▽ Internet Protocol	100.00%	367	211211	0.086	0	0	0.000
▽ Transmission Control Protocol	93.46%	343	207029	0.084	113	82553	0.034
▽ Hypertext Transfer Protocol	62.67%	230	124476	0.051	189	93393	0.038
Compuserve GIF	7.36%	27	17114	0.007	27	17114	0.007
Line-based text data	3.27%	12	12265	0.005	12	12265	0.005
JPEG File Interchange Format	0.27%	1	990	0.000	1	990	0.000
eXtensible Markup Language	0.27%	1	714	0.000	1	714	0.000
▽ User Datagram Protocol	6.54%	24	4182	0.002	0	0	0.000
Domain Name Service	6.54%	24	4182	0.002	24	4182	0.002

Help Close

图 5-69 协议分级

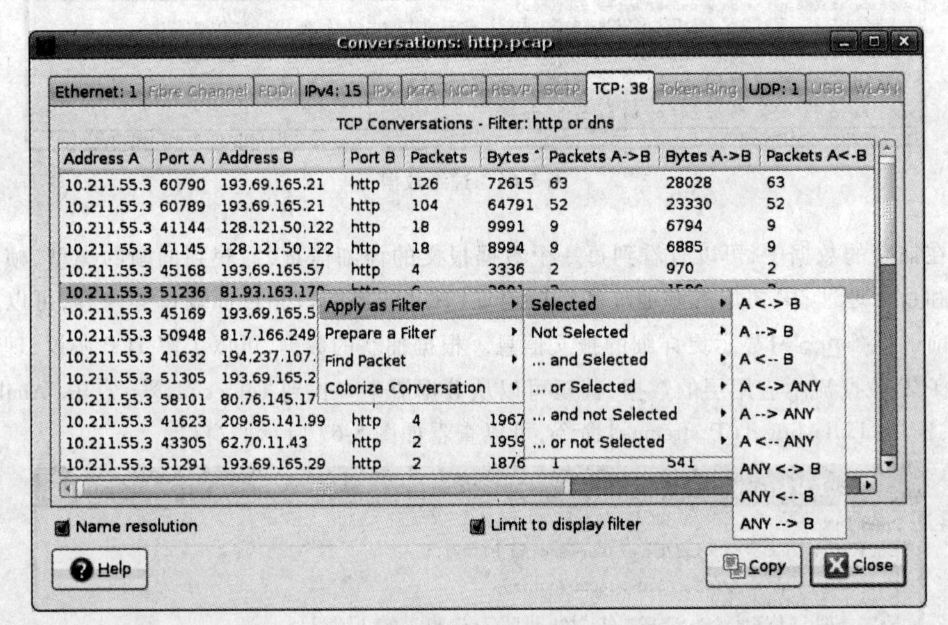

图 5-70 会话统计

模块4　网络检测及故障排除

一、教学目标

最终目标:熟练掌握通信过程;掌握网络检测及故障排除方法。

促成目标:

1. 基于OSI模型或TCP/IP模型检测网络;
2. 自上而下的网络故障检测和排除方法;
3. 自下而上的网络故障检测和排除方法;
4. 分治法实现网络故障检测和排除。

二、工作任务

1. 实现网络连接,完成协议配置;
2. 分析网络故障产生原因;
3. 根据故障现象收集故障特征;
4. 选择故障检测和排除方法;
5. 实现故障定位和排除。

三、相关知识点

(一)网络故障诊断概述

现代的网络规模越来越大,因此网络管理的问题也就日益突出。目前网络存在的最大问题就是无序管理,直接原因是网络的扩展速度越来越快,而适合网络管理的软件成本的高昂成为制约网络有效管理的重要因素。

故障管理是最基本的网络管理功能,主要包括故障诊断、故障隔离和故障排除3个方面,其中,故障诊断是网络故障管理的先决条件。在网络运行出现异常时负责检测网络中的各种故障,主要包括网络节点和通信线路两种故障。

网络故障现象可以说形形色色,没有一种检测方法或工具可以诊断出所有的网络问题。在大型网络系统中,出现故障时往往不能确定具体故障所在的具体位置。很多时候网络中出现的故障是随机性的,需要经过很长时间的跟踪和分析,才能找到其产生的原因。这就需要有一个故障管理系统,科学地管理网络所发现的所有故障,具体记录每一个故障的产生、跟踪分析、以至最后确定并排除故障的全过程。因此,发现问题、隔离问题、解决问题是故障管理系统的主要目标。

故障管理系统的主要功能有:故障告警、事件报告管理、运行日志控制、测试管理、确认和诊断测试。

（二）网络故障诊断策略

要顺利地诊断并排除网络故障，网络工程技术人员必须掌握基本的技能和策略，同时对网络技术和协议要有深入的理解。一个有效的故障排除策略能便于发现问题和根源、缩小问题的范围并解决问题。常规故障排除过程由以下三个主要阶段组成：收集症状、隔离问题、解决问题。

该故障排除模型的核心是收集症状和任何相关的数据，从而排除非问题所在，并找出问题所在。当问题被隔离之后，就可以着手解决问题。下图描述了常规故障排除过程中的每个阶段、执行顺序及经过数次反复后的解决结果。如图 5-71 所示。

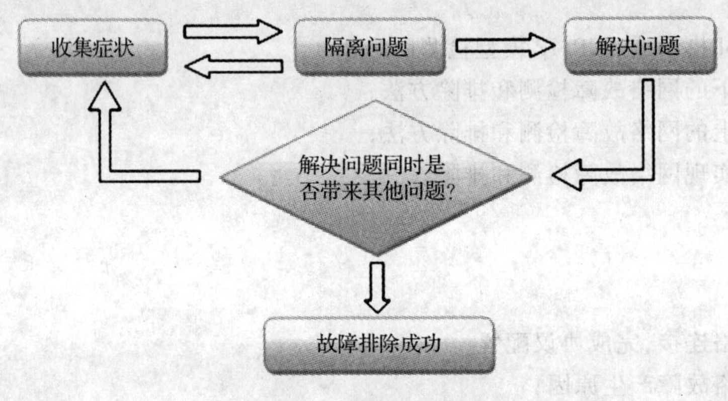

图 5-71　故障排除模型

（1）收集症状：收集一切有价值的信息，有助于认识和理解问题，有助于识别和分析故障的现象，对故障原因、位置进行初步判断。这部分主要包括收集和存档来自网络、用户、终端系统的症状。

（2）隔离问题：根据收集的症状，某些可能性已被排除而问题依然存在，接下来应进入隔离问题阶段。可能性测试、恢复和推翻方式是可以选择的收集故障现象的方法。通常可以采用故障排除方法用于快速排除故障的可能性并对其他可能性进行测试。三种主要的故障排除方法是：自上而下、自下而上和分而治之。通过进一步测试，以缩小故障范围，确认故障的位置。

（3）排除故障：当隔离了问题后，应该计划采取相关正确操作以排除故障，采取多种且相互独立的操作，每次做少许的改变进行细致的观察以及评估故障排除结果。通过执行、测试和存档解决方案来排除已明确的问题。排除故障并验证故障确实被排除，做好记录备用。

（三）故障排除方法

在网络环境中，必须通过特别有效的方法来解决问题。基于 ISO/OSI 层次网络模型的故障排除方法主要是：自上而下、自下而上和分而治之。故障排除方法用于快速排除故障的可能性并对其他可能性进行测试。

（1）自下而上（Bottom-Up troubleshooting）：总是从物理层开始逐层向上进行故障排查，直到发现故障所在的层次并解决问题。常用于怀疑问题发生在物理层，或在处理复杂网络问题时使用。比较适合复杂的案例，是相对较慢却可靠的方法，当问题是应用层或上层的问题时,需要花很长的时间。

(2)自上而下(Top-Down troubleshooting):总是从应用层沿着OSI模型向下开始排除故障直到发现故障层次并解决问题,适合简单的或应用层或上层问题,当问题在低层相关时,将会在应用层花费大量时间和精力。选择此方法是因为可以判断问题最有可能发生在应用层或OSI模型高层部分。

(3)分而治之(Divide-and-Conquer troubleshooting):根据反映的问题的情况和经验,选择OSI模型的特定层(数据链路层、网络层、传输层)开始故障处理,可以决定在任何一次开始并沿OSI某一层向上或向下。比较适合经历过的问题或有着明显的症状的问题,确定问题是在该层、上层还是下层,它可以比其他方法更快地找出故障层次。具有丰富经验的人员才可以有效地使用这种方法。

(四)层次化故障诊断

1. 物理层故障诊断

物理层是建立在通信媒体的基础上,实现系统和通信媒体的物理接口,为数据链路实体之间进行透明传输,为建立、保持和拆除计算机和网络之间的物理连接提供服务。

物理层故障指的是设备或线路损坏、插头松动、线路受到严重电磁干扰等情况。故障主要表现在设备的物理连接方式是否恰当;连接电缆是否正确;MODEM、CSU/DSU等设备的配置及操作是否正确。

物理层故障诊断内容主要有以下几个方面:在线缆方面,如电缆测试中存在不连通、开路、短路、衰减等问题,如光缆测试中存在熔接或光缆弯曲等问题;在端口设置方面,存在两端设备对应的端口类型不统一问题;在端口自身或中间设备方面;集中器等硬件设备的故障等;在电源方面,故障现象表现为掉电、超载、欠压等。

2. 数据链路层故障诊断

数据链路层的主要任务是使网络层无须了解物理层的特征而获得可靠的传输。数据链路层为通过链路层的数据进行封装和解封装、差错检测和一定的校正,并协调共享介质。在数据链路层交换数据之前,协议关注的是形成帧和同步设备。

查找和排除数据链路层的故障,需要查看设备的配置,检查连接端口共享的同一数据链路层的封装情况。每对接口要和与其通信的其他设备有相同的封装。通过查看设备的配置检查其封装,或者使用相关命令查看相应接口的封装情况。

数据链路层故障诊断主要有数据帧的帧错发、帧重发、丢帧和帧碰撞等,流量控制问题,链路层地址的设置问题,链路协议建立的问题,同步通信的时钟问题,以及数据终端设备链路层驱动程序的加载问题。

3. 网络层故障诊断

网络层提供逻辑寻址、路由选择等服务。网络层故障主要有路由协议没有加载或路由设置错误,IP地址或子网掩码设置错误,以及IP和DNS不正确的绑定等。

排除网络层故障的基本方法是:沿着从源到目标的路径,查看路由器路由表,同时检查路由器接口的IP地址。如果路由没有在路由表中出现,应该通过检查来确定是否已经输入适当的静态路由、默认路由或者动态路由。然后手工配置一些丢失的路由,或者排除一些动态路由选择过程的故障,包括RIP或者IGRP路由协议出现的故障。例如,对于IGRP路由选择信息只在同一自治系统号(AS)的系统之间交换数据,查看路由器配置的自治系统号的匹配情况。

4. 传输层和应用层故障诊断

传输层故障诊断主要有数据包的重发、流量控制、传输确认、通信拥塞或上层协议在网络层协议上的捆绑问题或防火墙、路由器访问列表配置有误,过滤限制了服务连接等。

在传输层包括 TCP 和 UDP。其中 TCP 提供面向连接的服务,UDP 则提供面向无连接的服务。当传输层的连接失败,首先确定传输协议是 TCP 还是 UDP。如果是 UDP 应确定无连接的服务是否能适应该应用程序的执行。如果可以,则诸如多次重发之类的问题可能是考虑了传输的机制所导致。如果是 TCP,除了要校验端口号之外,还要查找 TCP 连接过程中出现的事件。

应用层故障诊断主要考虑操作系统的系统资源,如 CPU、内存、I/O、核心进程等的运行状况是否正常;应用服务是否开启,服务器配置是否合理;安全管理、用户管理是否存在问题等。

在应用层上,用户通过与主机间的交互操作来完成用户的工作。如果应用层出现故障,检查所使用的应用程序。因为应用层为了适应各种不同用户的需求而提供了大量的选择项,包括不同的文件类型或数据传输参数。首先确定此次端到端的连接操作是否能使数据到达所需的目的地。如果不能则应该确定问题出在网络接口层、网络层或者是传输层的哪一处,并对故障进行检测和修复。

目前,有许多应用程序来监视和分析应用层中出现的问题。如 netstat 可以报告 TCP 连接和统计数据;nslookup 用于检测 DNS 服务器或域名解析。简而言之,应当通过参考包含在操作系统中的应用软件和管理工具来诊断高层协议中出现的问题。

(五)故障排除与网络管理

在管理员进行网络诊断和排除时,通常使用包括局域网或广域网分析仪在内的多种工具。如,路由器诊断工具;网络管理工具和其他故障诊断工具。大量的网络诊断工具可以实现绝大多数网络故障排除,ipconfig、arp、ping、tracert、nslookup 等命令及 Cisco IOS 提供的 show、debug、ping、traceroute、telnet 等命令都是获取故障诊断有用信息的网络工具。

通常可以使用相关的命令以收集相应的信息,而在特定情况下,需要确定使用什么命令获取相关的信息。譬如,通过 IP 协议来测定设备是否可达到的常用方法是使用 ping 命令。ping 从源点向目标发出 ICMP 信息包,如果成功的话,返回的 ping 信息包就证实从源点到目标之间所有物理层、数据链路层和网络层的功能都运行正常。

然而在大型网络中,应该如何在网络运行后了解它的信息,了解网络是否正常运行,监视和了解网络在正常条件下运行细节,了解出现故障的情况。这种环境下,通常需要使用网络管理协议,它主要是由构成网络的硬件所组成。包括工作站、服务器、网卡、路由器、网桥和集线器等等。这些设备具有网络管理的功能,通过远程轮询以获得设备的运行状态,同样能够让它们在有一种特定类型的事件发生时能够向你发出警告。

当前具有代表性的简单网络管理协议(SNMP)首先是由 IETF 研究小组为了解决 Internet 上的路由器管理问题而提出的。SNMP 被设计成与协议无关,所以它可以在 IP、IPX、AppleTalk、OSI 以及其他用到的传输协议上被使用。SNMP 是一系列协议组和规范,它们提供了一种从网络上的设备中收集网络管理信息的方法。SNMP 也为设备向网络管理工作站报告问题和错误提供了一种方法。

四、实践操作

背景知识/准备工作

在本实验操作中,使用 PC、交换机、路由器,规划并创建一个简单的 TCP/IP 网络。通过 PacketTracer 模拟器模拟 TCP/IP 的通信过程中的故障类型,使用 PING、TRACERT 网络连接性测试软件,结合路由器及交换机中的 SHOW、DEBUG 命令实现简单的网络故障检测及故障排除。验证故障排除方法。本实验需要以下资源:

- 安装有网卡的 Windows XP 系统的主机、PacketTracer 模拟器软件;
- 交换机两台;
- 路由器两台;
- 以太网交叉电缆一根,直通线四根、反转线缆一根。

(一)故障排除实例

网络故障诊断以网络原理、网络配置和网络运行的知识为基础。根据网络故障的现象通过网络诊断工具为手段获取诊断信息,确定网络故障点,查找问题的根源,排除故障,恢复网络正常运行。

网络故障通常有以下几种可能:物理层中物理设备相互连接失败或者硬件及线路本身的问题;数据链路层的网络设备的接口配置问题;网络层网络协议配置或操作错误;传输层的设备性能或通信拥塞问题;网络应用程序错误。

网络故障以某种症状表现出来,故障症状包括一般性的(如用户不能接入某个服务器)和较特殊的(如路由器不在路由表中)。对每一个症状使用特定的故障诊断工具和方法都能查找出一个或多个故障原因。一般故障排除模式可以有以下几点:

(1)分析网络故障时,首先要清楚故障现象。应该详细说明故障的症状和潜在的原因。因此,要确定故障的具体现象,然后确定造成这种故障现象的原因的类型。例如,主机不响应客户请求服务,可能的故障原因是主机配置问题、接口卡故障或路由器配置命令丢失等。

(2)收集需要的信息,用于帮助隔离可能的故障。通过向用户、网络管理员、管理者和其他关键人员询问一些和故障相关的问题,广泛地从网络管理系统、协议分析跟踪、路由器诊断命令的输出报告或软件说明书中收集有用的信息。

(3)根据收集到的信息,考虑可能的故障原因。根据有关的信息排除某些故障原因,设法减少可能产生故障的原因,尽快的设计出有效的故障诊断计划。

(4)根据最终可能产生故障的原因,建立一个诊断计划。开始仅用一个最可能的故障原因进行诊断,这样可以容易恢复到故障的原始状态。如果一次同时考虑一个以上的故障原因,试图恢复故障原始状态就困难的多。

(5)执行诊断计划,认真做好每一步测试和观察,直到故障症状消失。

(6)每改变一个参数都要确认其结果。分析结果确定问题是否解决,如果没有解决,继续下去,直到解决。

(二)网络连接性测试

Ping 是一个用于验证指定的 IP 地址是否存在以及是否可以接受连接请求的基础程序。PING 是一个 Internet 标准,通过向目标主机发送数据报文,请求目标主机应答接收到回复,以确认目标主机的存在。

ping 命令的工作是发送一个特定的 IP 协议数据报文,这个报文被称为 ICMP(Internet Control Message Protocol 因特网络控制信息协议)请求回显,到一个特定的目标主机。

每个数据报文发送是一个请求一个应答,发送一个包含到达目标主机并返回的总时间的回复报文,假如可以连接到目标主机从而判断出可能存在连接。ping 命令可以用于测试 NIC 传输和接收功能、TCP/IP 的配置以及网络的可连接性。可以使用下面几个 ping 命令的类型用于确定问题所在:

ping 127.0.0.1 被称为内部环回测试,主要用于检验 TCP/IP 协议的网络配置是否正确。如图 5-72 所示。

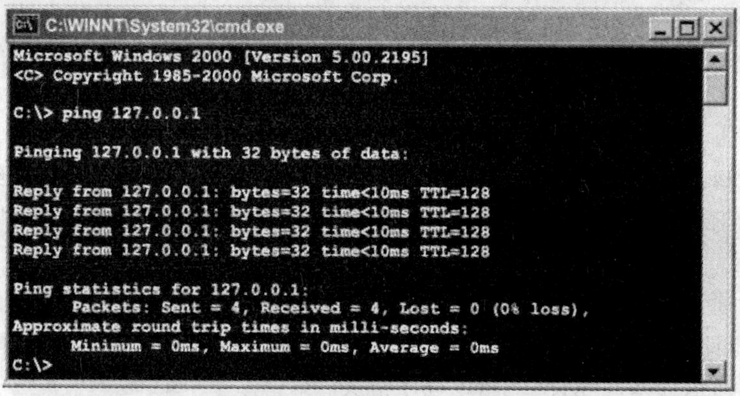

```
C:\WINNT\System32\cmd.exe
Microsoft Windows 2000 [Version 5.00.2195]
<C> Copyright 1985-2000 Microsoft Corp.

C:\> ping 127.0.0.1

Pinging 127.0.0.1 with 32 bytes of data:

Reply from 127.0.0.1: bytes=32 time<10ms TTL=128
Reply from 127.0.0.1: bytes=32 time<10ms TTL=128
Reply from 127.0.0.1: bytes=32 time<10ms TTL=128
Reply from 127.0.0.1: bytes=32 time<10ms TTL=128

Ping statistics for 127.0.0.1:
      Packets: Sent = 4, Received = 4, Lost = 0 (0% loss),
Approximate round trip times in milli-seconds:
      Minimum = 0ms, Maximum = 0ms, Average = 0ms
C:\>
```

图 5-72 环回测试

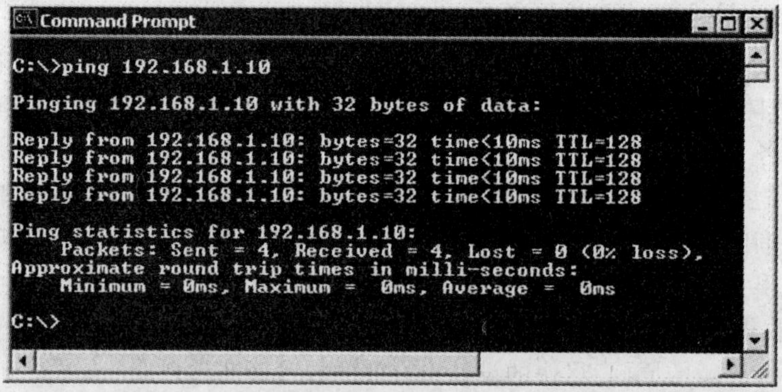

```
Command Prompt
C:\>ping 192.168.1.10

Pinging 192.168.1.10 with 32 bytes of data:

Reply from 192.168.1.10: bytes=32 time<10ms TTL=128
Reply from 192.168.1.10: bytes=32 time<10ms TTL=128
Reply from 192.168.1.10: bytes=32 time<10ms TTL=128
Reply from 192.168.1.10: bytes=32 time<10ms TTL=128

Ping statistics for 192.168.1.10:
    Packets: Sent = 4, Received = 4, Lost = 0 (0% loss),
Approximate round trip times in milli-seconds:
    Minimum = 0ms, Maximum =  0ms, Average =  0ms

C:\>
```

图 5-73 验证本地的主机

ping *IP address of host computer*-ping 一个 PC 主机地址,用于验证本地的主机的 TCP/IP 地址配置是否正确,是否可连接。如图 5-73 所示。

ping *default-gateway IP address*-ping 一个默认网关的 IP 地址,通常是一台路由器或一台 Internet 共享服务器的地址,将测试本地网络的连接是否可以延伸到其他网络。

ping *host name or domain*-ping 一个本地的主机名或域名，用于测试 DNS 服务器是否可以连接或能否完成名称解析。如图 5-74 所示。

```
C:\>ping m450

Pinging m450 [192.168.1.11] with 32 bytes of data:

Reply from 192.168.1.11: bytes=32 time<10ms TTL=128
Reply from 192.168.1.11: bytes=32 time<10ms TTL=128
Reply from 192.168.1.11: bytes=32 time<10ms TTL=128
Reply from 192.168.1.11: bytes=32 time<10ms TTL=128

Ping statistics for 192.168.1.11:
    Packets: Sent = 4, Received = 4, Lost = 0 (0% loss),
Approximate round trip times in milli-seconds:
    Minimum = 0ms, Maximum =  0ms, Average =  0ms

C:\>_
```

图 5-74 测试 DNS 服务器

ping *remote destination IP address*-ping 一个远程目标主机的 IP 地址主要用于检验远程网络中的主机是否可以连接。可以进行多个不同的远程主机的连接性测试，如图 5-75、5-76 所示，以确定问题出现在本地或连接链路或远程主机。

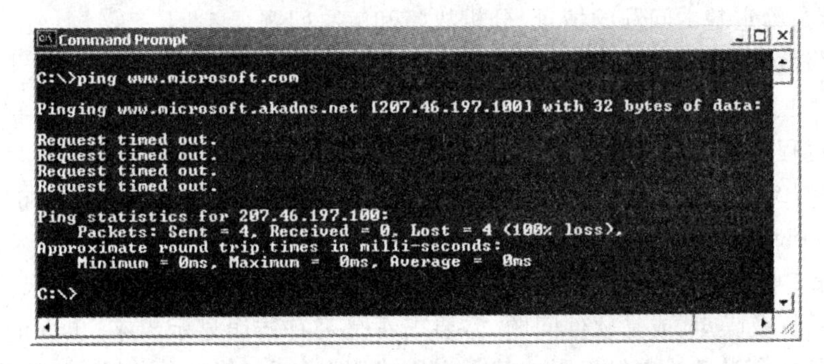

图 5-75 远程连接性测试一

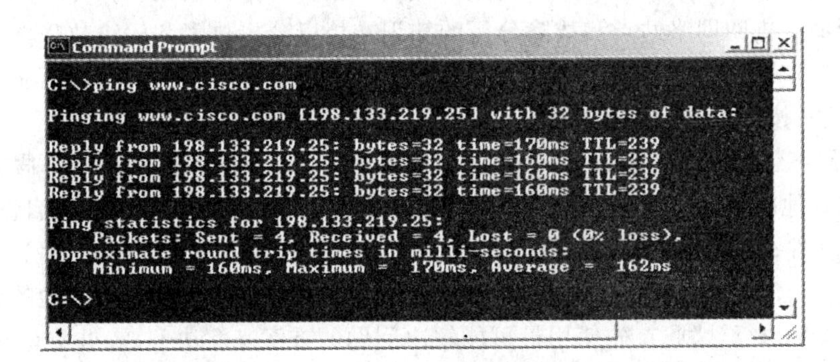

图 5-76 远程连接性测试二

tracert *remote destination IP address* -tracert 用于测试从当前主机到远程目标主机所经过的链路，在网络链路出现连接故障时，可以测试出故障出现的位置。ping 命令只能测试从源主机到目标主机之间的网络是否连接；tracert 命令可以测试连接源主机到目标主机的链路上的所有路由器,以及测试该链路连接性故障的位置所在。如图 5-77 所示。

```
Command Prompt
C:\>tracert www.cisco.com

Tracing route to www.cisco.com [198.133.219.25]
over a maximum of 30 hops:

  1   <10 ms    10 ms   <10 ms  10-37-00-1.internal.alp.dillingen.de [10.37.0.1]
  2   <10 ms   <10 ms   <10 ms  194.95.207.11
  3    20 ms   <10 ms    10 ms  ar-augsburg2.g-win.dfn.de [188.1.37.145]
  4   <10 ms   <10 ms    10 ms  ar-augsburg1.g-win.dfn.de [188.1.74.193]
  5   <10 ms   <10 ms    10 ms  cr-muenchen1.g-win.dfn.de [188.1.74.33]
  6    10 ms    10 ms    10 ms  cr-frankfurt1.g-win.dfn.de [188.1.18.81]
  7    10 ms    10 ms    10 ms  so-6-0-0.ar2.FRA2.gblx.net [208.48.23.141]
  8    10 ms    10 ms    10 ms  pos3-0-622M.cr1.FRA2.gblx.net [62.16.32.73]
  9    30 ms    30 ms    20 ms  so0-0-0-2488M.cr2.LON3.gblx.net [195.8.96.174]
 10    30 ms    30 ms    20 ms  pos1-0-622M.br1.LON3.gblx.net [195.8.96.189]
 11    30 ms    30 ms    31 ms  sl-bb21-lon-5-0.sprintlink.net [213.206.131.25]
 12   100 ms   100 ms    90 ms  sl-bb20-msq-10-0.sprintlink.net [144.232.19.69]
 13   110 ms   110 ms   110 ms  sl-bb20-rly-15-1.sprintlink.net [144.232.19.94]
 14   171 ms   160 ms   170 ms  sl-bb22-sj-5-1.sprintlink.net [144.232.9.125]
 15   161 ms   160 ms   170 ms  sl-bb25-sj-12-0.sprintlink.net [144.232.3.210]
 16   160 ms   181 ms   160 ms  sl-gw11-sj-10-0.sprintlink.net [144.232.3.134]
 17   170 ms   151 ms   160 ms  sl-ciscopsn2-11-0-0.sprintlink.net [144.228.44.14]
 18   170 ms   151 ms   160 ms  sjck-dirty-gw1.cisco.com [128.107.239.5]
 19   160 ms   160 ms   161 ms  sjck-sdf-ciod-gw1.cisco.com [128.107.239.106]
 20   160 ms   150 ms   161 ms  www.cisco.com [198.133.219.25]

Trace complete.
```

图 5-77 测试出故障出现的位置

(三)网络故障分析过程

网络故障分析是一个进行有效地计算机和网络相关的故障分析的重要技术和专业技能,问题识别过程中需要使用逐步逼近法来解决问题。本节将介绍如何解决基础硬件和软件等相关网络故障:学习计算机和网络问题故障分析的正确顺序;尽可能熟悉更多常用的硬件和软件问题;给定基本问题的情景,分析故障和解决问题。

排除网络故障的一个好的建议是当一个系统或网络出现复杂的问题时应提供一个收集问题、隔离问题、排除问题的框架和指导方针,并且必须首先解决基础硬件和软件问题。网络故障分析过程的八个基本步骤:

(1)步骤 1 定义问题:使用恰当的术语描述什么是期望的和不期望发生的。如主机不能连接到 Internet 或主机不能访问本地的服务器。

(2)步骤 2 收集细节:观察症状并且尝试进行故障源的识别和特征:如果是硬件问题,需要检查指示灯及噪声,或是软件问题,需要查看是否有错误显示出来,出现的故障是影响一台设备还是多台设备?它仅仅影响某个应用或服务,还是影响较多应用或服务?它是第一次出现问题还是以前曾出现过?近期主机或网络设备有任何改变吗?尽可能去获得更有经验者的帮助。查阅网络站点和故障分析的知识文档以分析故障和解决故障。

(3)步骤 3 考虑可能性:主要用于收集问题细节,识别一个或多个问题可能的原因和可能的解决方法,按照最有可能解决的问题,到最不可能解决的问题进行排序。

(4)步骤 4 创建一个行动方案:设计一个涉及最有可能解决问题的计划,假如初始方案失败再考虑其他的选择。首先从最简单的可能的问题着手,如打开电源或重启设备;软件检验测试先于硬件;如果是网络问题,可以从第一层向上层检查,因为很多问题是发生在第一层;最后,可以使用替代法隔离问题,如使用可以使用的网络设备替换掉可能出问题的设备。

(5)步骤 5 执行计划:首先使用最可能解决问题的方案来解决问题,并测试执行结果。

(6)步骤 6 观察结果:假如问题解决,则使用文档记录解决方法,并确认所有的设备和应用都可以正常工作;假如问题没有解决,则恢复所有改变并返回计划到下一个解决方案,如果改变不可恢复,则需要区别是否产生了新的问题。

(7)步骤 7 使用文档记录解决方法:总是使用文档记录故障解决方法,可帮助你尽可能快地解决相同问题,并对相关的故障解决提供帮助参考。

知识点链接

1. OSI/RM 开放式系统互联参考模型。它为厂商提供了一套标准,在全球各式各样的网络技术产品之间保证了最大的兼容性和互操作性。OSI/RM 已成为当前最重要的网络通信模型,绝大部分网络厂商将他们的产品和 OSI 参考模型联系起来,将它看作在学习网络中发送和接收数据的最好工具。

2. Encapsulated 封装。所有的通信都是从信源发起并被传送到目标,通信内容通常被称为数据或报文。报文从 OSI 模型高层依次向下层传递,并在相应层上添加报头及报尾,这样的数据处理过程称为封装。

3. De-encapsulation 解封装。当信息被传送到目标,报文被接收及重组后,验证报头及报尾,并从 OSI 模型低层依次向上层传递,最后将数据传递给相应层,这样的数据处理过程称为解封装。

4. PDU 协议数据单元。数据在 OSI 不同层上被处理的报文格式、报头的格式的定义等。为了让数据更易于理解,在数据的发送站和接收站按照相同的协议数据的格式传递报文。

习　题

一、选择题

1. OSI 参考模型是研究如何把开放式系统连接起来的标准。将网络分成七个层次,从高到低顺序排列正确的是(　　)。

A. 应用层、会话层、表示层、传输层、网络层、数据链路层、物理层

B. 物理层、数据链路层、网络层、传输层、表示层、会话层、应用层

C. 应用层、表示层、会话层、传输层、网络层、数据链路层、物理层

D. 物理层、网络层、数据链路层、传输层、会话层、表示层、应用层

2. 关于应用层的基本概念描述正确的是(　　)。

A. 应用层的主要任务是建立、管理和终止应用程序之间的会话和数据交换,使特定网络应用程序的多个实例得以共存。支持运行于不同计算机的进程进行通信,而这些进程则是为用户完成不同任务而设计的

B. 应用层的主要任务是为网络应用提供服务,OSI/RM 模型中定义了支持运行于不同计算机的进程进行通信并为用户完成不同任务而设计的协议集

C. 应用层的主要任务是为网络应用提供服务,支持运行于不同计算机的进程进行通信,而这些进程则是为用户完成不同任务而设计的。OSI 模型中并没有定义应用层的协议集

D. 应用层的主要任务是为网络应用提供服务，它允许不同机器上的用户之间建立连接关系，允许不同的应用层的应用和服务之间的通信

3. 关于传输层滑动窗口描述正确的是(　　)。

A. 窗口的大小是预先动态协商的，并且可在连接的使用期限内重新协商，这样就确保了在接收站不丢弃任何信息的情况下使用最佳的窗口大小来传送信息

B. 通过窗口操作过程，发送站通知接收站在信息被发送往接收站的途中是否丢失了，使用上层协议重发任何已经丢失的信息

C. 窗口的大小是在连接前协商的，并且在连接使用期限内窗口大小是固定，这样就确保了在接收站一直会接收到相同数量的窗口大小来传送信息

D. 通过窗口操作过程，发送站通知接收站将收到什么信息，向接收站表明在数据发送的途中是否丢失了信息，并且允许发送站重发任何已经丢失的信息

4. 关于 TCP/IP 协议栈，下列选项中正确的是(　　)。

A. TCP:HTTP、Telnet、SMTP、DNS、FTP

B. IP:IP、RARP、ICMP、Frame Relay

C. UDP:TFTP、DNS、SNMP、FTP

D. IP:IP、Ethernet、FDDI、ARP、PPP

5. 关于网络通信过程中的数据封装，正确的选项是(　　)。

A. Bits → Frames → Segments → Packets →Data

B. Data → Segments → Frames → Packets → Bits

C. Bits → Frames → Packets → Segments → Data

D. Data → Segments → Packets → Frames → Bits

6. 应用层协议通过特定传输层端口号进行进程标识，实现端到端的连接和多路复用。既是 TCP 端口又是 UDP 端口的协议和端口是(　　)。

A. TFTP(69)　　B. FTP(20,21)　　C. DNS(53)　　D. HTTP(80)

7. 在以太网中的使用 FTP 或 TFTP 传输文件，传输层需要为应用层的数据进行分段，请选择分段后数据的最大长度是(　　)字节。

A. TFTP(1500)/ FTP(1500)　　B. TFTP(1492)/ FTP(1480)

C. TFTP(1472)/ FTP(1460)　　D. TFTP(1460)/ FTP(1472)

8. 关于 IP 协议描述正确的选项是(　　)。

A. IP 提供了可靠的数据传输服务和尽力而为数据传输服务

B. 网络层的上层协议会检查所有的错误，可靠性的问题由 TCP 或特定的应用来考虑，因此网络层不关心数据的可靠性

C. 因为网络层传输每个数据报都是独立地选择路线，它提供的是面向连接的服务

D. IP 协议使用逻辑地址表来智能地决定路径的选择和实现包的交换，使数据可以高效地传送到目标网络

二、判断题

1. 网络层的主要功能是实现互联网络中的不同主机间的逻辑寻址和选择最佳路径将数据分组从源主机准确地送到目标主机。它可以提供在不同的网络介质上实现尽可能的分组传送传输。　　(　　)

2. UDP是一种无连接的、不可靠的传输层协议,它在完成端到端的通信时没有流量控制机制,也没有确认机制,没有提供差错校验功能。因此协议简单,在特定的应用中协议运行的效率高。 ( )

3. 传输层通过窗口的操作实施流量控制,用于减少数据因溢出而丢弃,确保联网设备不会向接收站发送过多的数据,导致接收站的接收缓存空间溢出而丢弃数据。 ( )

4. 应用层主要负责以某种方式表示和解释数据,它将计算机内部的表示形式转换成网络通信中标准的表示形式,如图像、文本、视频等数据显示给用户。 ( )

5. 故障排除方法中的分治法比较适合经历过的问题或有着明显的症状的问题,确定问题是在该层、还是上层或下层,它可以比其他方法更快地找出故障层次。 ( )

6. Ping是一个用于验证指定的IP地址是否存在以及是否可以接受连接请求的基础程序。通过向目标主机发送数据报文,请求目标主机应答接收回复,以确认目标主机存在。 ( )

7. Tracert与ping命令的区别是:ping命令只能测试从源到目标主机之间的网络是否连接;Tracert命令可以测试连接源主机到目标主机的链路上的所有路由器,以及测试该链路连接性故障的位置所在。 ( )

8. 在用户数据传输结束后需要释放建立的连接,参与传输的任何一方都可以释放该连接。因为客户和服务器的数据传输是双向的,释放连接需要通过三次握手来实现。 ( )

三、项目设计题

1. 使用Packet Tracer 4.11软件,设计捕获并分析HTTP的通信过程。

2. 使用Packet Tracer 4.11软件,设计捕获并分析DNS的通信过程。

3. 使用Wireshark软件监视网络,设计捕获并分析TCP的三次握手的过程。

4. 使用Wireshark软件监视网络,设计捕捉到的数据包,显示数据包的详细协议信息。

5. 使用基于ICMP协议的相关命令,设计完成连接性测试操作。

项目六 连接网络——网络寻址

在网络中,存在两种寻址方法:MAC 寻址和 IP 寻址。正如它的名字所隐含的意思一样,IP 地址是基于 Internet Protocol 的。每一个 LAN 上的主机必须有自己唯一的 IP 地址。IP 地址对于 WAN 上的互联网连接来说,是非常必需的。

IP 地址是如同电话号码或邮政区号的分级地址。它提供了一种比 MAC 地址更好的组织计算机地址的方式。此外,IP 地址可以由软件设定,从而具有更大的灵活性。而 MAC 地址却是固化到硬件中。举例来说,IP 地址就像邮件地址一样,邮件地址描述了收发者的位置,包括邮政编码、国家、省、城市、街道、门牌号,最后还要有收件人名字。IP 寻址使得数据可以通过 Internet 的网络介质找到其目的端。

一、教学目标

最终目标:掌握 IP 地址的基本使用

促成目标:

1. 掌握 IP 地址的概念和分类;
2. 掌握子网的划分;
3. 掌握查看和使用 MAC 地址的方法;
4. 掌握解决 IP 地址冲突的方法。

二、工作任务

1. 通过配置两台 PC 机的 IP 地址,测试网络连通性;
2. 通过修改两台 PC 机的子网掩码,测试网络连通性,掌握子网掩码的作用;
3. 通过 ipconfig 命令获得本机和远程电脑的 MAC 地址;
4. 通过 arp 命令实现 IP 地址和 MAC 地址的捆绑,解决 IP 地址冲突。

模块1　认识IP地址

一、教学目标

1. 掌握IP地址的概念及分类；
2. 掌握IP地址的配置方法。

二、工作任务

1. 通过调研了解学校各部门的主机所处的位置及数量；
2. 通过调查各部门的IP地址，形成表格。

三、相关知识点

(一)IP地址

IP地址也可以称为Internet地址，用来标识Internet上每台计算机一个唯一的逻辑地址。人们给Internet中每台主机分配了一个专门的地址，每台联网计算机都依靠IP地址来标识自己，类似于电话号码，通过电话号码可以找到相应的电话，电话号码没有重复的，IP地址也是一样的。

(二)IP地址表示

IP地址由32位二进制数组成，为了使用方便，一般把二进制数地址转变为人们更熟悉的十进制数地址，十进制数地址由四部分组成，每部分数字对应于一组8位二进制数，各部分之间用小数点分开，也称为点分十进制数。

点分十进制数表示的某一台主机IP地址可以书写为：192.168.0.1，见表6-1。

表6-1　IP地址两种表示方法

第一字节	第二字节	第三字节	第四字节
11000000	10101000	00000000	00000001
192	168	0	1

和电话号码一样，一个IP地址主要由两部分组成，一部分用来标识该地址所属的网络；另一部分用来指明网络中某台设备的主机号，见表6-2。网络号由Internet管理机构分配，目的是保证网络地址的全球唯一性。主机地址由各个网络的管理员统一分配，这样通过网络地址的唯一性与网络内主机地址的唯一性，确保了IP地址的全球唯一性。

表 6-2 IP 地址的组成

	IP 地址			
	第一字节	第二字节	第三字节	第四字节
	192 11000000	168 10101000	0 00000000	1 00000001
网络掩码	255 11111111	255 11111111	255 11111111	0 00000000
	192	168	0	1
	网络地址			主机地址

(三)IP 地址分类

为了给不同规模的网络提供必要的灵活性,点分十进制数的 IPV4 地址分成几类,以适应大型、中型的不同的网络。这些不同类的地址不同之处在于,用于表示网络的位数与用于表示主机的位数之间的差别。

IP 地址的设计者,将 IP 地址的空间划分为五个不同的地址类别,即 A、B、C、D、E。其中的 A、B、C 三类是可供主机使用的 IP 地址,而 D、E 类是特殊用途的 IP 地址,见图 6-1。

A 类地址以 0 开头,前一个字节表示网络地址,后三个字节表示主机地址。

B 类地址以 10 开头,前两个字节表示网络地址,后两个字节表示主机地址。

C 类地址以 110 开头,前三个字节表示网络地址,后一个字节表示主机地址。

D 类地址以 1110 开头,是组播地址,不能分配给主机使用。

E 类地址以 11110 开头,作为保留地址,供实验室研究使用,没有分配使用。

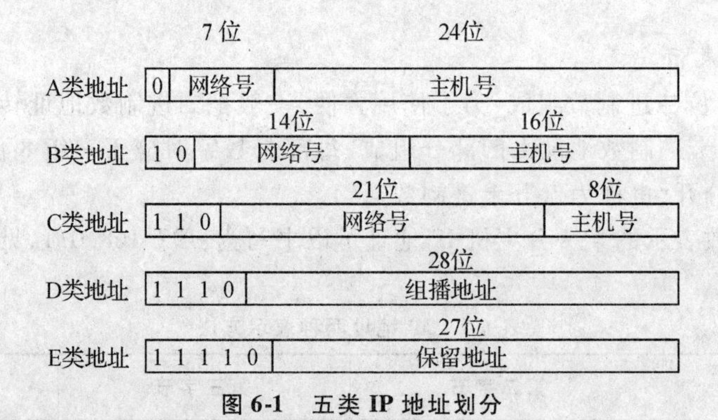

图 6-1 五类 IP 地址划分

(四)子网掩码(Subnet Mask)

IP 地址是一组二进制数,那么如何确定哪部分是网络地址,哪部分是主机地址呢?也即 IP 地址的网络号和主机号是如何划分的。在一个 IP 地址中,计算机是通过子网掩码来决定 IP 地址中网络地址和主机地址。地址规划组织委员会规定,“1”代表网络部分,“0”代表主机部分。

确定网络号的方法就是将 IP 地址与子网掩码按位进行逻辑“与”,产生的结果就是网络号,见表 6-3。

表 6-3　网络号的计算

	第一字节	第二字节	第三字节	第四字节
IP 地址	192 11000000	168 10101000	0 00000000	1 00000001
子网掩码	255 11111111	255 11111111	255 11111111	0 00000000
网络号	11000000 192	10101000 168	00000000 0	00000000 0

确定主机号的方法将子网掩码取反再与 IP 地址逻辑与(AND)后得到的结果即为主机号,见表 6-4。

表 6-4　主机号的计算

	第一字节	第二字节	第三字节	第四字节
IP 地址	192 11000000	168 10101000	0 00000000	1 00000001
子网掩码	255 11111111	255 11111111	255 11111111	0 00000000
子网掩码取反	00000000	00000000	00000000	11111111
主机号	00000000 0	00000000 0	00000000 0	00000001 1

(五)特殊含义的地址

1. 广播地址

TCP/IP 协议规定,主机部分各位全为 1 的 IP 地址用于广播。所谓广播地址指同时向网上所有的主机发送报文的地址。如 136.78.255.255 就是 B 类地址中的一个广播部分,将信息送到此地址,就是将信息送给网络地址为 136.78.0.0 的所有主机。

2. 回送地址

A 类网络地址的第一段十进制数为 127 是一个保留地址,用于网络测试和本地机进程间通信,称为回送地址(Loopback Address)。一旦使用回送地址发送数据,协议软件立即返回信息,不进行任何网络传输。网络地址为 127 的分组不能出现在任何网络上,只用于本地机进程间测试通信。

3. 网络地址

TCP/IP 协议规定,主机位全为“0”的网络地址被解释成“本网络”,如 192.168.1.0 地址。

4. 私有地址

IP 地址中规划出一组地址,Internet 管理委员会规定,私有地址只能自己组网使用,不能在 Internet 上使用,Internet 没有这些地址的路由,使用这些地址的计算机要接入 Internet 必须转换为合法的 IP 地址,也称为公网地址,才能进行和外部网络的计算机通信。

以下列出留用的私有网络地址：

A类 10.0.0.0～10.255.255.255

B类 172.16.0.0～172.31.255.255

C类 192.168.0.0～192.168.255.255

（六）网关（Gateway）

网关在TCP/IP网络中扮演着重要的角色。

在同一个网络ID内的主机可以直接通信，而不在同一个网络ID内的主机，必须通过路由器才能通信。网关是一个IP地址，是连接本子网路由器的IP地址。当发送方计算机和接收方计算机不在同一子网时，TCP/IP协议就将IP数据包发往缺省网关，由缺省网关将数据包路由到目的地。

当用户的网络只由一个网络段组成时，不需要配置缺省网关。

四、实践操作

背景知识/准备工作

在本实验操作中，您将使用两台PC和一根以太网交叉电缆规划并创建一个简单的点对点网络。

本实验需要以下资源：

· 两台Windows XP Professional PC，各自安装有可以正常运行的网卡（NIC）；

· 一根以太网交叉电缆。

组建一个简单的家庭SOHO网络

操作步骤如下：

（1）准备一条制作好的交叉线，使用测线仪测试连通性完好。

（2）摆放好两台PC，注意设备的网卡工作状态是否良好，在windows操作系统中打开“我的电脑”→“属性”→“硬件”→“设备管理器”→网络适配器。如果其下面的以太网控制器没有出现问号和叹号，表明工作正常。

（3）将双绞线两端水晶头插入双方网卡的RJ-45接口中，即可连接好网络。

（4）双机互连完成接线以后，还需要对每台计算机进行一些协议软件设置（以windows XP操作系统为例）。为连接的计算机配置IP地址，具体地址内容见表6-5。

表6-5 PC1和PC2的地址信息

	PC1	PC2
IP地址	172.16.1.1	172.16.1.2
子网掩码	255.255.255.0	255.255.255.0

(5)打开“网络连接”,选择“本地连接”,按右键,选择快捷菜单中的“属性”选项。选择“本地连接属性”中的“Internet 协议(TCP/IP)”选项,再按“属性”按钮,设置 TCP/IP 协议属性,为计算机配置 IP 地址。

(6)测试网络的连通性

①使用 ping 命令测试 127.0.0.1 地址来反映本地主机连通状态,观察测试结果,说出 127.0.0.1 地址的功能和作用。

②观察测试过程中,通信双方发送数据包的过程。

③使用 ping 测试命令测试 172.16.1.2 地址来反映远程主机连通状态,观察测试结果。

【备注】如果在网络配置都正确的情况下,测试网络仍然无法连通,那么应该看对方计算机上的防火墙是否开启,如果开启把其关闭即可。关闭防火墙的过程:在 windows 操作系统中,打开“开始”菜单→“设备”→“网络连接”,在“网络连接”图标上单击右键,在弹出的快捷菜单中选择“属性”→“高级”→“windows 防火墙”,设置“关闭”防火墙。

模块 2　设置 IP 地址及子网划分

一、教学目标

1. 掌握配置 IP 地址的方法;
2. 掌握子网划分的方法;
3. 掌握用 ping 命令测试网络的连通性。

二、工作任务

1. 制作网线若干,连接成网络,配置 PC 机 IP 地址,测试网络连通性;
2. 进行子网划分,修改 PC 机的子网掩码,测试网络连通性。

三、相关知识点

(一)子网划分(Subnetting Consideration)

一个大的网络中所有的设备都处于一个广播域中,随着设备的增多,网络的干扰也会越来越大。

以 B 类网络为例:一个 B 类网络,如果不进行网络细分,整个网络中将有 65534 台主机,这么多的设备不便于管理,而且网络中大量的广播信息将会导致网络效率下降,甚至网络瘫痪。

为了合理配置系统,减少资源浪费,人们经常把一个大的网络,划分成若干小的网络,把网络中设备之间的互相广播范围尽量减少,这种把一个大的网络划分变小的过程称为子网划分。

(二)子网划分的优点

把大的网络中划分成小的子网络,有利于系统维护,使 IP 地址的应用更加有效,无论是在网络管理还是网络信息流量的控制,都表现出很多优点。

具体来说子网划分的优点表现在:

☑ 减少网络信息流量。

☑ 提高网络性能。

☑ 简化网络管理。

☑ 易于扩大地理范围。

(三)划分子网的表示方法

划分子网前,网络中的地址由网络部分和主机部分组成。划分子网后,网络中的地址由网络部分、子网部分和主机部分组成,相应的地址为网络地址、子网地址和主机地址。划分子网时,原来主机部分中的高位变为子网部分,主机部分中的低位保持不变,变换的过程见表 6-6。

表 6-6　子网络划分时网络地址的变换

<table>
<tr><td colspan="4">划分子网前</td></tr>
<tr><td>142</td><td>14</td><td>192</td><td>2</td></tr>
<tr><td colspan="2">网络部分</td><td colspan="2">主机部分</td></tr>
<tr><td colspan="4">划分子网后</td></tr>
<tr><td>142</td><td>14</td><td>192</td><td>2</td></tr>
<tr><td colspan="2">划分前网络部分</td><td>子网部分</td><td>主机部分</td></tr>
<tr><td colspan="3">划分后网络部分</td><td>主机部分</td></tr>
</table>

子网技术使得网络地址的层次结构更加合理,便于 IP 地址分配和管理,既能适应各种现实的物理网络规模,又能充分利用 IP 地址空间。

(四)确定划分子网后的子网掩码的方法

子网掩码的位数决定于可能的子网数目和每个子网的主机数目。在求子网掩码之前,必须先搞清楚要划分子网数目,以及每个子网内的所需主机数目,定义子网掩码的步骤为:

(1)将子网数转化为二进制数来表示。

(2)计算该二进制数的位数 N。

(3)取得该 IP 地址的子网掩码,将其主机地址部分的前 N 位置 1 即得出该 IP 地址划分子网的子网掩码。

例如欲将 B 类 IP 地址 168.195.0.0 划分成 27 个子网,步骤如下:

(1)27 = 11011B。

(2)二进制数 11011 的位数为 5。

(3)将 B 类地址的子网掩码为 255.255.0.0 的主机地址前 5 位置 1,得到 255.255.248.0,即划分成 27 个子网。

四、实践操作

背景知识/准备工作

在本实验操作中,您将使用两台 PC 和四个路由器,规划并创建一个简单的星型网络。

本实验需要以下资源:

· 两台 Windows XP Professional PC,各自安装有可以正常运行的网卡(NIC);

· 两台 PC 和四个路由器;

· 网线若干。

(一)划分子网

操作步骤如下:

1.设计要求现在把 172.16.12.0/22 分配给 route A,B,C,D 四个路由器,要求如下:

(1)D 需要 2 个子网,并且每个子网容纳 200 台计算机。

(2)A,B 和 C 连接 3 个以太网,分别用 1 个 24 口的交换机相连,也就是说 A,B,C 要容纳 24 台计算机。

2.确定主机位数

我们先从 D 来划分(因为 D 所需的主机数最大),如果主机位为 8 位,$2^8-2=254$,如果主机位为 7 位,$2^7-2=126$,而 D 要求的是 200 台计算机,所以主机位数为 8 位,才能满足 200 台的需要。

3.确定子网号

172.16.12.0/22 在没规划前的主机位为 10 位($10=32-22$),而在步骤 2 中我们发现 D 的主机位数只要 8 位,所以要借走 2 位主机位为子网号。

4.确定 IP 地址范围

如表 6-7 所示。

表 6-7 IP 地址范围

网络地址		主机号	IP 地址范围
网络号	子网号		
10101100.00010000.000011 (172.16.12/22)	00	00000000 ~ 11111111	从 172.16.12.0 到 172.16.12.255
10101100.00010000.000011 (172.16.12/22)	01	00000000 ~ 11111111	从 172.16.13.0 到 172.16.13.255
10101100.00010000.000011 (172.16.12/22)	10	00000000 ~ 11111111	从 172.16.14.0 到 172.16.14.255
10101100.00010000.000011 (172.16.12/22)	11	00000000 ~ 11111111	从 172.16.15.0 到 172.16.15.255

5.进一步细分

经过以上的划分,我们把 172.16.12/24、172.16.13.24 分给了 router D 的两个子网。接

下来我们把 172.16.14.0/24、172.16.15.0/24 分给 router A,B,C。

A,B,C 支持的主机数为 24 台电脑,所以选择的主机位数为 5($2^5-2=32$)。则网络位又要从主机位上又借走 3 位。原先 172.16.14.0/24 的主机位为 8 位,而现在主机位只要 5 位,所以网络位为 27 位了。进一步细分的 IP 地址分配如表 6-8。

表 6-8 进一步细分 IP 地址范围

网络地址		主机号	IP 地址
网络号	子网号		
10101100.00010000.00001110 (172.16.14/24)	000	00000 ~ 11111	从 172.16.14.0 到 172.16.14.31
10101100.00010000.00001110 (172.16.14/24)	001	00000 ~ 11111	从 172.16.14.32 到 172.16.14.63
10101100.00010000.00001110 (172.16.14/24)	010	00000 ~ 11111	从 172.16.14.64 到 172.16.14.95
10101100.00010000.00001110 (172.16.14/24)	011	00000 ~ 11111	从 172.16.14.96 到 172.16.14.127
10101100.00010000.00001110 (172.16.14/24)	100	00000 ~ 11111	从 172.16.14.128 到 172.16.14.159
10101100.00010000.00001110 (172.16.14/24)	101	00000 ~ 11111	从 172.16.14.160 到 172.16.14.191
10101100.00010000.00001110 (172.16.14/24)	110	00000 ~ 11111	从 172.16.14.192 到 172.16.14.223
10101100.00010000.00001110 (172.16.14/24)	111	00000 ~ 11111	从 172.16.14.224 到 172.16.14.255

我们把 172.16.14.0/27、172.16.14.32/27、172.16.14.64/24 分别给 A,B,C 这三个网络。

6. 给 A,B,C 和 D 的点到点的串行接口分配 IP 地址

我们就把 172.16.14.224/27 子网再次划分一下,每一对串行接口需要 2 个 IP 地址,因此需要 6 个 IP 也就是 $2^3-2=6$ 即可满足要求。划分好的网段如下:172.16.14.224/30;172.16.14.228/30;172.16.14.232/30;172.16.14.236/30;172.16.14.240/30;172.16.14.244/30;172.16.14.248/30;172.16.14.252/30。取其中三个网段地址即可作为串行接口的 IP 地址。

7. 验证

重新打开测试计算机,为两台计算机分别重新配置表 6-9 所示的 IP 地址,然后再使用 ping 命令测试一下,看看测试的结果是什么?想想为什么?

表 6-9 PC1 和 PC2 的地址信息

	PC1	PC2
IP 地址	172.16.14.225	172.16.14.226
子网掩码	255.255.255.252	255.255.255.252

【备注】修改各自的网关,分别指向对方地址,观察网络的变化。

模块3　查看和使用MAC地址

一、教学目标

1. 掌握用命令获得本机和远程电脑的MAC地址；
2. 掌握arp命令的使用；
3. 掌握解决IP地址冲突的方法。

二、工作任务

1. 制作网线若干，连接成网络，配置PC机IP地址，测试网络连通性；
2. 通过使用ipconfig和arp命令来获得本机和远程电脑的MAC地址；
3. 在服务器上，使用电子表格软件excel和mac扫描器实现IP地址与MAC的批量化绑定。

三、相关知识点

(一) MAC地址

在网络中，如果一台计算机没有网卡，或者没有安装驱动程序，那么这台计算机将不能和其他计算机通信。

每个网卡由唯一的MAC地址进行标识，就像家中的地址一样，用于区别不同的计算机。MAC地址由48位二进制数组成，通常分为6段，一般用十六进制表示，如00-D0-09-A1-D7-B7，MAC地址具有唯一性，因此可以标识网卡。

(二) 查看MAC地址

(1) 使用ipconfig/all命令来查询本地计算机的MAC地址信息，格式如下：

```
c:\>ipconfig/all
```

(2) 使用ARP命令和PING命令来查看远程计算机的MAC地址信息，格式如下：

```
c:\>ping  远程主机的IP地址
c:\>arp  -a
```

只要能ping通远程主机，就能在本地计算机的ARP缓存表中查看远程主机的MAC地址信息。

(三) 实现MAC地址与IP地址的绑定

使用ARP命令来绑定。

使用该命令,能够检查 MAC 地址,并进行 MAC 地址与 IP 地址的绑定。

ARP 是一个重要的 TCP/IP 协议,可用于确定对应 IP 地址的网卡物理地址。使用 ARP 命令,能够查看本地计算机或另一台计算机的 ARP 高速缓存中的当前内容。此外,使用 ARP 命令,也可以用人工方式输入静态的网卡物理地址,可以使用这种方式为缺省网关和本地服务器等常用主机进行此操作,有助于减少网络上的信息量。

常用的 ARP 命令举例

举例 1:使用 ARP 命令查看地址解析协议(ARP)缓存。

格式:arp -a

例如,c:\>arp -a

举例 2:使用 ARP 命令添加一个静态 ARP 缓存项。

格式:arp -s IP 地址 MAC 地址

例如,要添加一个 IP 地址为 192.168.50.200 的静态缓存项,可执行如下的操作:

```
c:\>arp  -s  192.168.50.200  00-58-4c-5a-38-c0
c:\>arp  -a
```

举例 3:使用 ARP 命令删除一个静态 ARP 缓存项。

格式:arp -d IP 地址

例如,要删除刚刚添加的那个静态缓存项,可执行如下的操作:

```
c:\>arp  -d  192.168.50.200
c:\>arp  -a
```

四、实践操作

> 背景知识/准备工作
>
> 在本实验操作中,您将使用两台 PC 和一根以太网交叉电缆规划并创建一个简单的点对点网络。
>
> 本实验需要以下资源:
>
> · 两台 Windows XP Professional PC,各自安装有可以正常运行的网卡(NIC);
>
> · 一根以太网交叉电缆;
>
> · 其中一台电脑安装"MAC 扫描器"和 Excel 2000。

(一)用 ipconfig 和 arp 命令获得本机和远程电脑的 MAC 地址

操作步骤如下:

1. 准备一条制作好的交叉线,使用测线仪测试连通性完好。

2. 摆放好两台 PC,注意设备的网卡工作状态是否良好,在 windows 操作系统中打开“我的电脑”→“属性”→“硬件”→“设备管理器”→“网络适配器”。如果其下面的以太网控制器没有出现问号和叹号,表明工作正常。

3. 将双绞线两端水晶头插入双方网卡的 RJ-45 接口中,即可连接好网络。

4. 双机互连完成接线以后,还需要对每台计算机进行一些协议软件设置(以 windows XP 操作系统为例)。为连接的计算机配置 IP 地址,具体地址内容见表 6-10。

表 6-10　PC1 和 PC2 的地址信息

	PC1	PC2
IP 地址	172.16.1.1	172.16.1.2
子网掩码	255.255.255.0	255.255.255.0

5. 打开“网络连接”,选择“本地连接”,按右键,选择快捷菜单中的“属性”选项。选择“本地连接属性”中的“Internet 协议(TCP/IP)”选项,再按“属性”按钮,设置 TCP/IP 协议属性,为计算机配置 IP 地址。

6. 测试网络的连通性

使用 ping 命令测试 127.0.0.1 地址来反映本地主机连通状态;使用 ping 测试命令测试 172.16.1.2 地址来反映远程主机连通状态。

7. 查看本地和远程电脑的 MAC 地址

(1)使用 ipconfig /all 命令来查询本地计算机的 MAC 地址信息,格式如下:

```
c:\>ipconfig /all
```

(2)使用 ARP 命令和 PING 命令来查看远程计算机的 MAC 地址信息,格式如下:

```
c:\>ping   172.16.1.2
c:\>arp   -a
```

只要能 ping 通远程主机,就能在本地计算机的 ARP 缓存表中查看远程主机的 MAC 地址信息。

(二)实现 IP 地址与 MAC 的批量化绑定

操作步骤如下:

1. 首先要确保计算机上都安装“MAC 扫描器”和 Excel 2000。

2. 运行“MAC 扫描器”,扫描完成后,点击保存按钮,将扫描的结果保存为文本文件,如 Mac.txt。如图 6-2 所示。

```
mac.txt - 记事本
文件(F) 编辑(E) 格式(O) 查看(V) 帮助(H)
192.168.1.13    0050BAF0978E    A3    KD
192.168.1.14    0050BAF082E8    A4    KD
192.168.1.15    0050BAF0C49A    A5    KD
192.168.1.19    0050BAF0D3B6    A9    KD
192.168.1.23    0050BA682CF1    B3    KD
192.168.1.25    0050BA686F7A    B5    KD
192.168.1.31    0050BAF0BCAF    C1    KD
192.168.1.37    0050BAF0D715    C7    KD
192.168.1.41    0050BAF068A1    D1    KD
192.168.1.45    0050BAF068A8    D5    KD
192.168.1.46    0050BAF0371D    D6    KD
192.168.1.47    0050BAF0CAFC    D7    KD
192.168.1.54    0050BAF06A29    E4    KD
```

图 6-2 mac. txt 中内容

3. 利用 Excel 强大的数据处理功能,将文本文件中的 MAC 地址转换成 ARP 命令要求的格式后,把数据复制粘贴到记事本,保存为批处理文件 mac. bat,最后的结果如图 6-3 所示。

```
MAC.BAT - 记事本
文件(F) 编辑(E) 格式(O) 查看(V) 帮助(H)
ARP -S  192.168.1.13   00-50-BA-F0-97-8E
ARP -S  192.168.1.14   00-50-BA-F0-82-E8
ARP -S  192.168.1.15   00-50-BA-F0-C4-9A
ARP -S  192.168.1.19   00-50-BA-F0-D3-B6
ARP -S  192.168.1.23   00-50-BA-68-2C-F1
ARP -S  192.168.1.25   00-50-BA-68-6F-7A
ARP -S  192.168.1.31   00-50-BA-F0-BC-AF
ARP -S  192.168.1.37   00-50-BA-F0-D7-15
ARP -S  192.168.1.41   00-50-BA-F0-68-A1
ARP -S  192.168.1.45   00-50-BA-F0-68-A8
ARP -S  192.168.1.46   00-50-BA-F0-37-1D
ARP -S  192.168.1.47   00-50-BA-F0-CA-FC
ARP -S  192.168.1.54   00-50-BA-F0-6A-29
```

图 6-3 mac. bat 中的内容

(1)将 Mac. txt 导入 Excel 工作簿

①启动 Excel 2000,新建一个工作簿,保存为"MAC 地址表. xls"。单击"数据"→"获取外部数据"→"导入文本文件",在弹出的对话框中,选择用"MAC 扫描器"获得的文本文件"Mac. txt",单击[导入]按钮,弹出"文本导入向导"对话框。

②在"文本导入向导——3 步骤之 1"中点击"原始数据类型",在"请选择最合适的文件类型"单选项下,修改默认的"固定宽度"为"分隔符号",然后单击[下一步]按钮;进入"文本导入向导——3 步骤之 2",在"分隔符号"多选项下,取消"Tab 键",只选中"空格"项,再单击[下一步]按钮;进入"文本导入向导——3 步骤之 3",单击[完成]按钮,弹出"导入数据"对话框时,单击[确定],完成数据导入。导入后的工作表如图 6-4 所示。

	A	B	C	D
1	192.168.1.13	0050BAF0978E	A3	KD
2	192.168.1.14	0050BAF082E8	A4	KD
3	192.168.1.15	0050BAF0C49A	A5	KD
4	192.168.1.19	0050BAF0D3B6	A9	KD
5	192.168.1.23	0050BA682CF1	B3	KD
6	192.168.1.25	0050BA686F7A	B5	KD
7	192.168.1.31	0050BAF0BCAF	C1	KD
8	192.168.1.37	0050BAF0D715	C7	KD
9	192.168.1.41	0050BAF068A1	D1	KD
10	192.168.1.45	0050BAF068A8	D5	KD
11	192.168.1.46	0050BAF0371D	D6	KD
12	192.168.1.47	0050BAF0CAFC	D7	KD
13	192.168.1.54	0050BAF06A29	E4	KD

图 6-4　导入文本文件后的工作表

(2)利用 Excel 处理数据

①在 A 列前插入一列,在 A1 单元格内输入绑定 MAC 地址的命令和参数"ARP-S"。

②在 MAC 地址和计算机名两列之间插入 7 列,列号依次为 D、E、F、G、H、I、J。

③利用字符串函数分割 12 位 MAC 地址为两两一组:

在 D1 单元格输入" = left(C1,2)";

在 E1 单元格输入" = mid(C1,3,2)";

在 F1 单元格输入" = mid(C1,5,2)";

在 G1 单元格输入" = mid(C1,7,2)";

在 H1 单元格输入" = mid(C1,9,2)";

在 I1 单元格输入" = right(C1,2)"。

④在 J1 单元格内把 D1 ~ I1 单元格的内容合并起来,中间用减号分隔。合并方法:在 J1 内输入" = D1&&" -" &&E1&&" -" &&F1&&" -" &&G1&&" -" &&H1&&" -" &&I1"。

⑤利用填充法完成 A 列和 D ~ J 列的数据处理,如图 6-5 所示。

	A	B	C	D	E	F	G	H	I	J	K	L
1	ARP -S	192.168.1.13	0050BAF0978E	00	50	BA	F0	97	8E	00-50-BA-F0-97-8E	A3	KD
2	ARP -S	192.168.1.14	0050BAF082E8	00	50	BA	F0	82	E8	00-50-BA-F0-82-E8	A4	KD
3	ARP -S	192.168.1.15	0050BAF0C49A	00	50	BA	F0	C4	9A	00-50-BA-F0-C4-9A	A5	KD
4	ARP -S	192.168.1.19	0050BAF0D3B6	00	50	BA	F0	D3	B6	00-50-BA-F0-D3-B6	A9	KD
5	ARP -S	192.168.1.23	0050BA682CF1	00	50	BA	68	2C	F1	00-50-BA-68-2C-F1	B3	KD
6	ARP -S	192.168.1.25	0050BA686F7A	00	50	BA	68	6F	7A	00-50-BA-68-6F-7A	B5	KD
7	ARP -S	192.168.1.31	0050BAF0BCAF	00	50	BA	F0	BC	AF	00-50-BA-F0-BC-AF	C1	KD
8	ARP -S	192.168.1.37	0050BAF0D715	00	50	BA	F0	D7	15	00-50-BA-F0-D7-15	C7	KD
9	ARP -S	192.168.1.41	0050BAF068A1	00	50	BA	F0	68	A1	00-50-BA-F0-68-A1	D1	KD
10	ARP -S	192.168.1.45	0050BAF068A8	00	50	BA	F0	68	A8	00-50-BA-F0-68-A8	D5	KD
11	ARP -S	192.168.1.46	0050BAF0371D	00	50	BA	F0	37	1D	00-50-BA-F0-37-1D	D6	KD
12	ARP -S	192.168.1.47	0050BAF0CAFC	00	50	BA	F0	CA	FC	00-50-BA-F0-CA-FC	D7	KD
13	ARP -S	192.168.1.54	0050BAF06A29	00	50	BA	F0	6A	29	00-50-BA-F0-6A-29	E4	KD

图 6-5　填充数据后的数据表

⑥隐藏 C ~ I 列。

(3)制作批处理文件

①复制 Excel 工作表 A、B、J 列的数据,粘贴到记事本中。保存工作簿"MAC 地址表.

xls”,退出 Excel。

②保存记事本文件为 Mac. bat。

a. 在服务器端 DOS 模式下运行 Mac. bat,即可完成批量 MAC 地址和 IP 地址的绑定。

b. 在服务器端 DOS 模式下运行 arp-a,即可看到绑定的效果。

知识点链接

1. Subnet Mask 子网掩码。子网掩码是一个 32 位地址,用于屏蔽 IP 地址的一部分以区别网络标识和主机标识,并说明该 IP 地址是在局域网上,还是在远程网上。

2. Gateway 网关。网关(Gateway)就是一个网络连接到另一个网络的“关口”。在 Internet 网中,网关是一种连接内部网与 Internet 上其他网的中间设备,也称“路由器”。网关地址是可以理解为内部网与 Internet 网信息传输的通道地址。

3. Arp(Address Resolution Protocol)地址解析协议。arp 是一种将 ip 转化成以 ip 对应的网卡的物理地址的一种协议,或者说 ARP 协议是一种将 ip 地址转化成 MAC 地址的一种协议。它靠维持在内存中保存的一张表来使 ip 得以在网络上被目标机器应答。

4. MAC(Media Access Control)媒体访问控制。MAC 地址是烧录在 Network Interface Card(网卡,NIC)里的。MAC 地址,也叫硬件地址,是由 48 比特长(6 字节),16 进制的数字组成。0 - 23 位是由厂家自己分配。24 - 47 位,叫做组织唯一标志符(organizationally unique,是识别 LAN(局域网)节点的标识)。其中第 40 位是组播地址标志位。网卡的物理地址通常是由网卡生产厂家烧入网卡的 EPROM(一种闪存芯片,通常可以通过程序擦写),它存储的是传输数据时真正赖以标识发出数据的电脑和接收数据的主机的地址。

5. Subnetting Consideration 子网划分。子网划分是通过借用 IP 地址的若干位主机位来充当子网地址从而将原网络划分为若干子网而实现的。划分子网时,随着子网地址借用主机位数的增多,子网的数目随之增加,而每个子网中的可用主机数逐渐减少。

习 题

一、选择题

1. 如果一台主机的 IP 地址为 192.168.0.10,子网掩码为 255.255.255.224,那么主机所在网络的网络号占了 IP 地址的多少位?(　　)

A. 24　　B. 25　　C. 27　　D. 28

2. 以下 IP 地址中,属于 B 类地址的是(　　)。

A. 112.213.12.23　　B. 210.123.23.12

C. 23.123.213.23　　D. 156.123.32.12

3. 10.56.81.0/23 的主机范围为(　　)。

A. 10.56.81.0 ~ 10.56.82.255　　B. 10.56.81.0 ~ 10.56.83.0
C. 10.56.78.0 ~ 10.56.84.255　　D. 10.56.80.0 ~ 10.56.81.255

4. 哪个地址是网络172.16.0.0,子网掩码255.255.0.0中的广播地址?(　　)
A. 172.255.255.255　　B. 172.16.255.255
C. 172.16.0.255　　D. 172.16.255.0

5. 逻辑地址202.112.108.158,用IPv4二进制表示32地址,正确的是(　　)。
A. 11001010 01110000 01101100 10011110
B. 10111101 01101100 01101100 10011001
C. 10110011 11001110 10010001 00110110
D. 01110111 01111110 01110111 01110110
E. 以上都不对

6. 下面哪一个是192.168.10.32/28网络中的有效的主机地址?(　　)
A. 192.168.10.39　　B. 192.168.10.47
C. 192.168.10.14　　D. 192.168.10.54

7. 192.168.10.22/30的网络地址为(　　)。
A. 192.168.10.0　　B. 192.168.10.16
C. 192.168.10.20　　D. 192.168.0.0

8. 一个C类网络192.168.10.0/28,其可用的子网数目和主机数各为(　　)。
A. 16,16　　B. 14,14　　C. 30,6　　D. 62,2

9. 一个C类网络分成12个子网,你将使用下列哪一个作为子网掩码?(　　)
A. 255.255.255.252　　B. 255.255.255.248
C. 255.255.255.240　　D. 255.255.255.255

10. 192.168.10.33/28的广播地址为(　　)。
A. 192.168.10.40　　B. 192.168.10.255
C. 192.168.255.255　　D. 192.168.10.39

11. 以下关于MAC的说法中错误的是(　　)。
A. MAC地址在每次启动后都会改变
B. MAC地址总共有48比特,它从出厂时就固化在网卡中
C. MAC地址也称做物理地址,或通常所说的计算机的硬件地址

12. 地址解析协议(ARP)用于(　　)。
A. 把IP地址映射为MAC地址　　B. 把MAC地址映射为IP地址

13. 删除arp表项可以通过(　　)命令进行。
A. arp　-a　　B. arp　-s　　C. arp　-t　　D. arp　-d

14. 在Window 2000中,查看高速cache中IP地址和MAC地址的映射表的命令是(　　)。
A. arp　-a　　B. tracert　　C. ping　　D. ipconfig

二、判断题

1. 一般来说,IP地址划分为5类:A,B,C,D,E。(　　)
2. 私有地址的出现是为了解决网络IP地址紧缺的问题。(　　)

3. 把一个B类网络地址,分成510个子网,其所用的子网掩码为255.255.255.128。 ( )

4. 以太网利用rarp协议获得目的主机IP地址与MAC地址的映射关系。 ( )

三、项目设计题

1. 现在一个网络,采用的是一个C类的IP地址192.168.10.0/24。现在这个网络的管理员由于工作上的需要,想把这个网络分成2个网段。请你帮其进行分配,并根据分配的结果组建网络,测试其连通性。

2. 在一个连通的局域网络里,完成如下的要求:

(1)查看本地和远程电脑的MAC地址。

(2)在服务器上完成IP地址与MAC地址的批量化绑定。

项目七　组建小型交换网络——配置交换机

如今网络应用越来越广泛，作为局域网的主要连接设备，交换机在网络中发挥了越来越大的纽带作用。交换机实现了用户与计算机的相连，完成了各个计算机之间的数据交换。本项目要让大家了解交换机的主要分类与性能特点，并通过多个模块的实际练习让大家掌握交换网络的组建与配置管理方法。

一、教学目标

最终目标：掌握交换机的基本使用。

促成目标：

1. 掌握交换网络的连接方法；
2. 掌握 IOS 的基本命令的使用；
3. 掌握交换机常用命令的配置方法；
4. 养成良好的操作习惯。

二、工作任务

1. 了解交换机工作原理及作用；
2. 选择合适的交换机并组建网络；
3. 配置 PC 机 IP 地址，测试网络连通性；
4. 进入控制台熟悉交换机 IOS；
5. 配置常见交换机的配置命令；
6. 测试网络性能。

模块1　组建小型交换网络

一、教学目标

最终目标：掌握交换机的基本使用理论及模拟器的使用，能识别不同类型交换机并连接真实交换网络。

促成目标：

1. 掌握PC机IP地址的配置方法；
2. 掌握PC机的测试方法；
3. 能通过分析现象理解交换机工作原理；
4. 熟悉不同类型交换机区别；
5. 熟练交换网络的连接与测试方法；
6. 养成良好的操作规范。

二、工作任务

利用模拟器选择合适的交换机，选择PC机绘制交换网络，为PC配置IP地址观察数据包传送情况，通过网络通断情况了解交换机工作原理及作用；识别不同类型交换机，制作网线若干，连接成网络；配置PC机IP地址，测试网络连通性，分析网络变化。

三、相关知识点

（一）以太网技术

以太网由共享传输媒体，如双绞线电缆或同轴电缆或多端口集线器、网桥或交换机构成。在星型或总线型配置结构中，集线器、交换机、网桥通过线缆使得计算机、打印机和工作站彼此之间相互连接。

以太网是当今现有局域网采用的最通用的通信协议标准，组建于七十年代早期。最初的以太网是由Digital、Intel和Xerox（简称为DIX）三家公司在二十世纪八十年代早期开发的并共同制订的局域网技术标准，目前的版本称为Ethernet II。IEEE（Institute of Electrical and Electronics Engineers，电气与电子工程师协会）根据以太网技术制订了IEEE 802.3的以太网标准。在以太网中，所有计算机被连接在一条线缆上，采用具有的载波监听多路访问/冲突检测（Carrier Sense Multiple Access/Collision Detection，CSMA/CD）方法，使用竞争机制和总线拓扑结构。

一般意义上认为传输速率为10Mbps的以太网称为传统以太网，而传输速率为100Mbps甚至更高的以太网称为快速以太网。1993年10月，Grand Junction公司推出了世界上第一台快速以太网集线器Fast Switch10/100和网卡FastNIC100，随后Intel、SynOptics、3COM、Bay

Networks等公司亦相继推出自己的快速以太网装置，与此同时，IEEE802工程组亦对100Mbps以太网（如100BaseTX、100BaseT4、MII、中继器、全双工等）标准进行了研究。1995年3月IEEE宣布了IEEE802.3u规范，开始了快速以太网的时代。

在快速以太网中，可以完成站点到站点、交换机到交换机、站点到交换机之间的全双工自动协商方式的连接，这样允许站点或交换机以全双工或半双工模式进行更快速高效地数据传输。目前快速以太网技术的发展已从目前的10Mbps、100Mbps发展到了1Gbps、10Gbps，甚至更快。

（二）局域网交换机

局域网交换机应用于局域网络，用于连接终端设备，如服务器、工作站、集线器、路由器、网络打印机等网络设备，提供高速独立通信通道。局域网交换机具有MAC地址的学习功能，通过在数据帧的发送者和接收者之间建立端到端的交换路径，使数据帧能够更快速地从源主机到达目的主机。交换机通过利用专用集成电路（Application Specific Integrated Circuit，ASIC）以硬件的方式交换数据帧。ASIC只用来执行特定的任务，所以交换机比网桥的处理能力和速度上具有更高的性能。交换机具有学习功能、转发功能、清除环路三个主要功能。下面分几个方面介绍交换机。

1.交换机的分类

在局域网交换机中又可以划分为多种不同类型的交换机。

（1）根据应用领域划分

根据应用领域，我们可以将交换机划分为企业级交换机、工作组级交换机和桌面型交换机三种。

①企业级交换机

企业级交换机属于一类高端交换机，一般认为支持500个信息点以上的大型企业的交换机为企业级交换机。它一般采用模块化的结构，可作为企业网络骨干构建高速局域网，所以它通常用于企业网络的最顶层。

企业级交换机一般都是千兆以上以太网交换机。企业级交换机所采用的端口一般都为光纤接口，这主要是为了保证交换机较高的传输速率，如图7-1所示的是思科的一款模块化千兆企业级以太网交换机。

图7-1　思科Catalyst 6500系列企业级交换机

②部门级交换机

部门级交换机是面向部门级网络使用的交换机,一般认为支持300个信息点以下的中型企业的交换机为部门级交换机。这类交换机可以是固定配置,也可以是模块配置。支持网络管理的功能。图7-2所示是思科的一款部门级交换机。

图7-2 思科 Catalyst 3560 系列部门级交换机

③工作组交换机

工作组级交换机是面向工作环境网络使用的交换机,配有一定数目的10Base-T或100Base-TX以太网口。它一般是固定配置。有一定网络管理功能,可通过PC机的控制口或经过网络对交换机进行配置、监控和测试。如图7-3所示是思科工作组级交换机产品示意图。

图7-3 思科 Catalyst 2950 系列工作组级交换机

④桌面型交换机

桌面型交换机，这是最常见的一种最低档交换机，它区别于其他交换机的一个特点是支持的每端口 MAC 地址很少，通常端口数也较少（一般小于 12 口），只具备最基本的交换机特性，当然价格也是最便宜的。

这类交换机主要应用于小型企业或中型以上企业办公桌面。在传输速度上，目前桌面型交换机大都提供多个具有 10/100Mbps 自适应能力的端口。图 7-4 是思科的桌面型交换机产品示意图。

图 7-4 思科 Catalyst Express 500 系列桌面型交换机

(2)根据交换机的结构划分

如果按交换机的端口结构来分，交换机大致可分为：固定端口交换机和模块化交换机两种不同的结构。

①固定端口交换机

固定端口顾名思义就是它所带有的端口是固定的，如果出厂时是 8 端口的，就只能有 8 个端口，再不能添加。这种固定端口的交换机比较常见，端口数量没有明确的规定，一般的端口标准是 8 端口、16 端口和 24 端口。固定端口交换机虽然相对来说价格便宜一些，但由于它只能提供有限的端口和固定类型的接口，因此，无论从可连接的用户数量上，还是从可使用的传输介质上来讲都具有一定的局限性，但这种交换机在工作组中应用较多，一般适用于小型网络、桌面交换环境。图 7-2、7-3、7-4 都是固定端口交换机。

②模块化交换机

模块化交换机可任意选择不同数量、不同速率和不同接口类型的模块，以适应千变万化的网络需求。一般来说，企业级交换机应考虑其扩充性，应当选用机箱式交换机；而工作组级交换机和桌面型交换机则由于任务较为单一，可采用固定式交换机。如图 7-1 所示的就是模块化交换机。

(3)根据交换机工作的层次划分

随着交换技术的发展，交换机由原来工作在 OSI/RM 的第二层，发展到现在有可以工作在第四层的交换机出现，所以根据工作的层次交换机可分二层交换机、三层交换机等类型。

一般目前桌面型交换机和工作组级交换机属于二层交换机类型；部门级交换机往往是三层交换机。在大中型网络中，三层交换机已经成为基本配置设备。

(4)根据是否支持网管功能划分

交换机分为可网管交换机和不可网管交换机。可网管是指通过管理端口执行监控交换机端口、划分 VLAN、设置 Trunk 端口等管理功能。从交换机的外观上可以分辨得出来一台交换机是否是可网管交换机。可网管交换机的正面或背面一般有一个控制口(console),通过控制线缆可以把交换机和计算机连接起来,这样便于设置。而不可网管的交换机是不能被管理的。

可网管交换机可以通过以下几种途径进行管理:通过控制口管理、通过网络浏览器管理和通过网络管理软件管理。

①通过控制口管理

可网管交换机附带了一条串口电缆,供交换机管理使用。先把串口电缆的一端插在交换机背面的串口里,另一端插在普通电脑的串口里。然后接通交换机和电脑电源。在 Windows 98 和 Windows 2000 里都提供了"超级终端"程序。打开"超级终端",在设定好连接参数后,就可以通过串口电缆与交换机交互了。这种方式并不占用交换机的带宽,因此称为"带外管理"(Out of band)。

②通过 Web 管理

可网管交换机可以通过 Web(网络浏览器)管理,但是必须给交换机指定一个 IP 地址。这个 IP 地址除了供管理交换机使用之外,并没有其他用途。在默认状态下,交换机没有 IP 地址,必须通过串口或其他方式指定一个 IP 地址之后,才能启用这种管理方式。

使用网络浏览器管理交换机时,交换机相当于一台 Web 服务器,只是网页并不储存在硬盘里面,而是在交换机的 NVRAM 里面,通过程序可以把 NVRAM 里面的 Web 程序升级。当管理员在浏览器中输入交换机的 IP 地址时,交换机就像一台服务器一样把网页传递给电脑,此时给你的感觉就像在访问一个网站一样。这种方式占用交换机的带宽,因此称为"带内管理"(In band)。

③通过网管软件管理

可网管交换机均遵循 SNMP 协议(简单网络管理协议),SNMP 协议是一整套的符合国际标准的网络设备管理规范。凡是遵循 SNMP 协议的设备,均可以通过网管软件来管理。你只需要在一台网管工作站上安装一套 SNMP 网络管理软件,通过局域网就可以很方便地管理网络上的交换机、路由器、服务器等。它也是一种带内管理方式。

本书重点介绍可网管的交换机,主要以思科 Catalyst 系列工作组级别的交换机为学习对象。

2. 交换机的交换方式

交换机可以支持三种交换方式:存储转发交换、直通交换、碎片隔离。

(1)存储转发(Store-and-Forward)

存储转发交换是最基本的交换方式。第二层设备必须将完整的帧接收到端口的缓存(buffer)中,并做循环冗余校验(Cyclic Redundancy Check,CRC)计算 CRC 值,并与帧中所包含的值相比较(compare)。如果相同,则表明这个帧是完好的,设备可以开始处理这个帧,包括将这个帧从恰当的目的端口(destination port)转发出去。如果不同,设备将丢弃(drop)该帧。网桥只支持存储转发的交换方式,所有的交换机都支持存储转发。

(2)直通交换(Cut-Through)

某些如 1900 系列的交换机,支持(support)直通转发交换。交换机在做出交换决策(switching decision)之前,只读取帧的第一部分(first part)。一旦交换机读取了目的 MAC 地址(destination MAC address),包括 8 字节的前导符(preamble)和 6 字节的 MAC 地址,它就开始转发帧。与存储转发相比，直通转发的优点（advantage）是速度快，缺点（biggest problem）是交换机可能转发已损坏的帧。

（3）碎片隔离（Fragment-Free）

1900 系列交换机的默认交换方式（default switching method）是碎片隔离交换。碎片隔离交换是直通转发交换的改进形式。直通转发交换在做出交换决策（switching decision）之前，读取帧的目的 MAC 地址字段，而碎片隔离交换在转发一个帧之前，能够确保帧至少是 64 字节，64 字节是以太网帧的最小合法值（minimum legal size）。

3. 交换机的功能

交换机具备学习、转发和清除环路三个网络功能：

①学习（learning）：网桥和交换机学习什么设备连接哪个端口上；

②转发（forward）：网桥和交换机根据目标 MAC 地址智能地（intelligently）将数据帧转发到指定的接收端口；

③清除第二层环路（remove layer-2 loops）：网桥和交换机利用生成树协议清除网络中的环路。

（1）学习功能（Learning Function）

网桥和交换机的 3 个功能之一是学习哪些设备连接到网桥的哪些接口上。当交换机在端口上接收（receives）到一个帧时，交换机将检查这个帧并将其源 MAC 地址（source MAC address）与交换表中的地址相比较，这个交换表通常称为 MAC 地址表或内容可寻址存储器（content addressable memory，CAM）表。如果在 MAC 地址表中没有找到相应的（corresponding）条目（entry），交换机将把这个 MAC 地址及其接收帧的入站端口号，即源端口号添加到 MAC 地址表中。如果这个帧的源 MAC 地址已经存在，则交换机将入站端口（incoming port）与已经存在于 MAC 地址表中的端口相比较（compares），如果不同，则交换机将用新端口信息更新 MAC 地址表。因为用户可能已经更换了设备的连接端口，而交换机要正确地学习到正在连接设备的那个端口。

当交换机更新 MAC 地址表中的条目时，会同时使用计时器（timers）以使 MAC 地址表中的过期条目（entry）失效。因为如果 MAC 地址表已满，交换机将不能学习任何新的地址，所以交换机使用计时器来清除已失效的条目以释放更多的空间用来学习新的地址。每台交换机都有不同的默认计时。当交换机发现接收到的帧的源 MAC 地址在 MAC 地址表中存在时，将那个条目的计时器重新计时。通过这种方式，那些经常发送信息的设备 MAC 地址总是保留在 MAC 地址表中，而那些不再发送流量的设备的 MAC 地址将在计时器归零后从表中清除。

MAC 地址表可以通过静态或动态（statically or dynamically）两种方式建立。默认情况下，开启交换机时，除非管理员已经配置了静态的条目，否则 MAC 地址表将是空的。随着数据帧通过这台交换机的传输，交换机将开始建立动态的 MAC 地址表。早期的桥接技术，包括学习网桥和非学习网桥。学习网桥通过检验以太网帧中的源 MAC 地址，动态地学习到设备连接端口的位置。非学习网桥没有动态学习功能，管理员必须静态地配置每台设备的 MAC 地址及与其相连的端口。如果在非学习桥接的网络中有几千台设备，对于管理员来说，构建和维护（building and maintaining）地址表将是一个艰巨的任务。而交换机同时支持这两种功能。通常情况下，配置静态 MAC 地址学习主要用于安全目的（security purposes）。

（2）转发功能（Forwarding Function）

交换机的第二个主要功能（major function）是智能地转发流量（forward traffic intelligently）。

当一个帧进入交换机上的端口时,交换机不但检验(examines)源 MAC 地址并执行学习功能,而且还根据目的 MAC 地址完成数据帧的转发功能。交换机检查目的 MAC 地址并且将其与 MAC 地址表中的地址相比较,以确定(determine)应该使用哪个端口将帧转发到接收端。交换机是智能地根据目的 MAC 地址来转发流量的。

如果在 MAC 地址表中找到了目的地址(destination address),转发的过程(forwarding process)是很简单的:交换机将此帧从 MAC 地址表的条目指定的端口转发出去。如果交换机发现此帧的接收端是与帧的发送端连接在相同的端口上,交换机将丢弃此帧(drop the frame)。在这种情况下,可能是发送端和接收端使用集线器相连并且集线器与交换机的这个端口相连接。因此,交换机不会将这个帧转发到交换机的其他网段上。如果网桥没有找到任何条目,或者目的 MAC 地址是广播地址或多播地址,则网桥将会把此帧从所有其他的端口泛洪(floods)出去。

(3)清除第二层环路(remove layer-2 loops)

在骨干(backbone)网络或者重要资源(resources)所在的网络位置,其网络设计方案中很可能加入了冗余(redundancy)链路连接。这种网络包含了利用第二层交换机实现冗余所产生的环路,可以避免因为一条链路或一个设备断开而产生的网络故障。而网络中的环路将产生多种问题(problem),例如,交换机总是泛洪(always floods)以未知单播(unicast)地址、广播(broadcast)地址或者组播(multicast)地址作为目的地址的流量。数据流量将在环路中不断地循环传送,直到交换机崩溃或重启。而数据泛洪产生的循环将严重地占用网络带宽,增加网络负载。

此外,对于未知的接收端,帧在环路中被循环传递的过程中,环路所涉及的交换机将使用那些帧的源 MAC 地址更新其 MAC 地址表,这样会错误地学习到发送端设备的位置,而造成 MAC 地址表的不稳定。

为了防止发生由于网络环路产生的问题,交换机采用了生成树协议(Spanning Tree Protocol,STP)来清除第二层环路。STP 仍然允许冗余却可以清除网络中的环路。实际上,STP 通过软件实现了网络环路的自动清除,用户不必亲自断开交换机之间的线缆以清除环路。

4. 交换机接口的命名(Switch Interface Nomenclature)

关于交换机的设备机架信息和交换机指示灯介绍在项目 4 的模块 2 的相关知识点已有介绍,这里就不再重复了,下面介绍下交换机端口的命名方法。

接口的命名方法是:type slot_#/port_#。

- “Type”接口的类型是指介质类型,如 Ethernet、Fastethernet 或 Gigabitethernet。
- “slot”是插槽号(slot number)。Catalyst 1900 和 2950 系列交换机只支持固定的接口(fixed interfaces),因此插槽号始终是 0。
- “port”是端口号,是特定插槽内的端口号。Cisco 的交换机端口号从 1 开始向上增加:号码会从第一个端口的 1 开始向上增加,即使端口的类型改变了也如此。

Catalyst 1900 和 Catalyst 2950 系列在标识接口时使用相同的命名方法,1900 系列交换机有两种接口类型:Ethernet 和 FastEthernet;2950 系列交换机也有两种接口类型:FastEthernet 和 GigabitEthernet。根据前面的命名规则,这两种交换机的第一个端口是 Ethernet0/1 通常简写为 e0/1;而 FastEthernet0/1 通常简写为 fa0/1。

因此,Catalyst 1912 交换机正面有 12 个 10BaseT 的端口(e0/1 ~ e0/12),两个 100BaseTX

或 100BaseFX 端口（fa0/26 ~ fa0/27），背面有一个 AUI（e0/25）端口。Catalyst 1924 交换机比 Catalyst 1912 只是多了 12 个 10BaseT 的端口。而 Catalyst 2950 系列交换机有多种型号。如最常使用的 Catalyst 2950T-24 交换机正面有 24 个 10/100BaseT 接口（fa0/1 ~ fa0/24）。

四、实践操作

我们连接一个真实的交换网络，来认识交换机的主要作用。

背景知识/准备工作

在本实验操作中，您将使用一台思科 Catalyst 2950 系列交换机（2950T-24）与两台以太网口的 PC 机构成一个交换网络。

本实验需要以下资源：

· Packet Tracer 5.0 软件，用来绘制拓扑图。

（一）绘制交换机拓扑图

1. 设备选择

交换机选择：工作组级交换机思科 Catalyst 2950 系列交换机（2950T-24）一台。

PC 机选择：有以太网口的 PC 机两台。

2. 绘制拓扑图利用 Packet Tracer 软件来绘制交换网络拓扑，绘制完成的拓扑图如下图 7-5 所示。

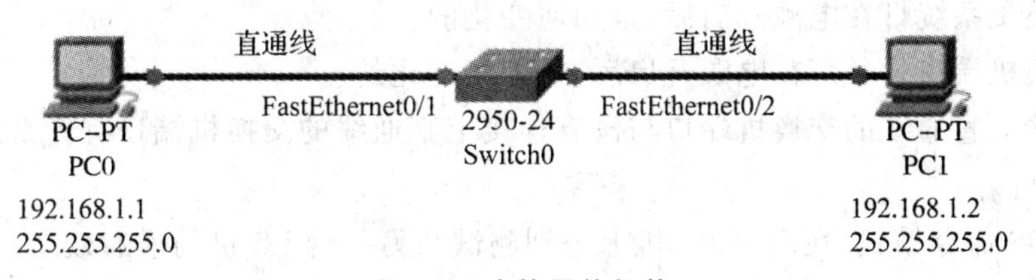

图 7-5 交换网络拓扑

3. IP 规划

根据项目 6 所学的地址分配知识，对交换网络进行 IP 规划，设定网段地址为一个 C 类地址段：192.168.1.0（255.255.255.0），

两台 PC 机规划 IP 地址分别为：

PC0：IP 地址：192.168.1.1　　子网掩码：255.255.255.0

PC1：IP 地址：192.168.1.2　　子网掩码：255.255.255.0

图 7-5 中所示的就是两台 PC 机的 IP 地址。

（二）组建交换网络

1. 制作直通线两根，选择好交换机及 PC 机，根据拓扑图完成交换网络的连接。

2. 连接交换机电源线，不开启电源

3. 分别配置两台主机的 IP 地址，PC0 的配置结果如图 7-6 所示，PC1 可以参照图 7-5 的内容来配置。

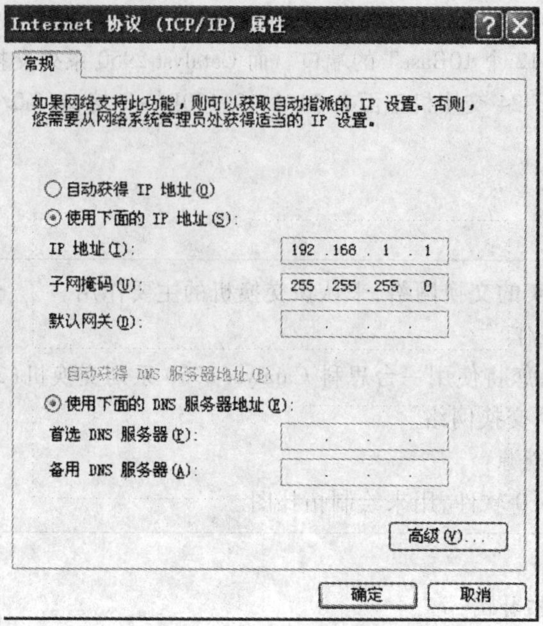

Internet 协议 (TCP/IP) 属性

常规

如果网络支持此功能，则可以获取自动指派的 IP 设置。否则，您需要从网络系统管理员处获得适当的 IP 设置。

○自动获得 IP 地址(O)

⊙使用下面的 IP 地址(S):

IP 地址(I): 192 .168 . 1 . 1

子网掩码(U): 255 .255 .255 . 0

默认网关(D):

自动获得 DNS 服务器地址(B)

⊙使用下面的 DNS 服务器地址(E):

首选 DNS 服务器(P):

备用 DNS 服务器(A):

高级(V)...

确定 取消

图 7-6 在 PC0 上的配置

（三）启用网络，测试性能

1. 开启交换机电源，观察交换机上电后指示灯的闪烁情况，请根据项目 4 中的相关知识来回答下列问题：

（1）交换机系统灯在电源开启后，是如何变化的？

（2）交换机端口指示灯在电源开启后，是如何变化的？

（3）连接上直通线的交换机端口与没有连接上直通线的交换机端口有什么差别？

2. 测试网络

进入 DOS 命令模式，在两台 PC 机上分别测试与另一台 PC 机的连通效果。

使用两条主要的测试命令：ipconfig 与 ping。图 7-7 所示的就是在 PC 机 PC1 上用 ping 命令测试 PC 机 PC0 的结果。

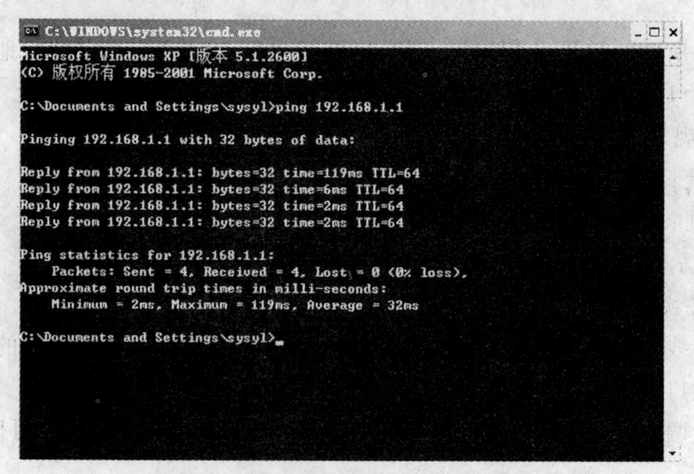

图 7-7 在 PC1 上 PC0 的测试结果

模块2 练习交换机 IOS

一、教学目标

最终目标：能熟练使用交换机 IOS 的基本命令。

促成目标：

1. 掌握控制台的连接方法；
2. 掌握 IOS 的基本命令的使用；
3. 养成良好的操作规范。

二、工作任务

1. 连接交换机网络；
2. 控制台连接；
3. 练习 IOS 命令。

三、相关知识点

(一)交换机控制台连接方法

思科的网络设备支持两种外部连接(external connections)方式：一种称为接口(interfaces)，另一种称为端口(ports)或线路(lines)。接口是提供局域网或广域网的帧分组传输所需要经过的网络连接，主要用于将不同的联网设备连接在一起，例如交换机到路由器或集线器到 PC。端口(physical ports)用于管理目的(management purposes)，进行网络设备的配置和故障排除。常用的管理端口是控制台端口(console port)和辅助(auxiliary)端口，它们都是 EIA-232 异步串行端口，用于连接计算机的通信端口，并且为管理 Cisco 产品提供一种带外(out-of-band)访问方式。带外的含义是在执行管理任务不影响设备中的流量(affect traffic)，一般端口专用于管理目的。对于管理目的(management purposes)也可以使用接口，但这样会占用接口的网络带宽，影响网络设备的性能(performance)，这些类型的连接称为带内连接(in-band connections)访问。

每台 Cisco 设备几乎都有一个控制台端口(console port)用于管理 Cisco 网络设备，当设备首次投入使用，没有配置任何的网络连接参数，需要通过管理端口来对设备进行初始配置。如图 7-8 所示。一旦在 Cisco 设备上做了基本的配置，例如配置了 IP 寻址信息，然后就可以通过其接口的地址以带内连接(out-of-band connection)的方式访问，进行远程管理该设备。带内管理的一些方法包括 telnet、网络浏览器、SNMP 和 CiscoWorks 2000。

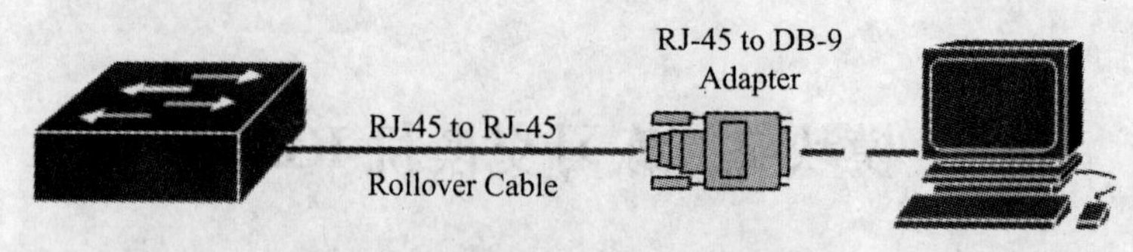

图 7-8 交换机的 console 口的连接

如果某台 Cisco 网络设备有一个 RJ-45 的控制台端口，为了从 PC 中管理这台 Cisco 设备，需要通过以下几个步骤(steps)使 PC 连接到网络设备的控制台端口：

(1)在 PC 上配置终端仿真程序的参数(Configure terminal emulation software on the PC for the following)；

(2)RJ-45 连接器使用翻转线缆连接到网络设备的控制台端口(Connect the RJ-45 connector of the rollover cable to the device console port)；

(3)连接翻转线缆的另一端到一个 RJ-45 到 DB-9 或者 RJ-45 到 DB-25 的终端适配器(Connect the other end of the rollover cable to the RJ-45 to DB-9 or RJ-45-to-DB-25 terminal adapter)；

(4)将 DB-9 或 DB-25 的终端适配器连接到 PC 的相应的端口上(Attach the female DB-9 or DB-25 terminal adapter to a COM port on the PC)。

如果 Cisco 网络设备有一个 DB-25 或 DB-9 控制台端口，则将需要一个 DB-25 到 RJ-45 或 DB-9 到 RJ-45 的适配器(adapter)，将它插入到设备的控制台端口中。

用于控制台连接的翻转线缆(rollover cable)看起来就像一条以太网 5 类线缆，但是这种线缆是 Cisco 专用(proprietary)的，并且不能用于其他类型(如以太网)的连接。翻转线缆在其塑料防护层内有 8 条导线以及位于每一端的两个 RJ-45 连接器。翻转线缆的每一端的针脚与另一端相比是颠倒的：一端的针脚 1 映射到另一端的针脚 8、针脚 2 映射到针脚 7、针脚 3 映射到针脚 6、针脚 4 映射到针脚 5、针脚 5 映射到针脚 4、针脚 6 映射到针脚 3、针脚 7 映射到针脚 2 和针脚 8 映射到针脚 1。

一旦将翻转线缆的一端连接到 Cisco 产品的控制台端口，并且将另一端连接到终端适配器(terminal adapter)，而终端适配器连接到 PC 或终端的 COM 端口，就已经准备好配置 PC 以进入 Cisco 产品了。要达到此目的，还需要终端仿真软件包，在实现中会介绍如何使用终端仿真软件包。

(二)思科 IOS 介绍

1. Cisco IOS 的主要特征(Main Characteristic of the Cisco IOS)

如所有的计算机都需要操作系统一样，Cisco 使用互联网络操作系统(Internetwork Operating System，IOS)来完成用户与交换机、路由器等网络设备间的交互，并对设备硬件进行操作。Cisco IOS 的主要特征是：

(1)Cisco IOS 是基于文本的命令行方式；

(2)Cisco IOS 是专用的，只能运行 Cisco 的认证或生产的硬件平台上；

(3)Cisco IOS 是为特殊目的而开发的，不运行用户程序；

(4)Cisco IOS 具有不同版本，不同硬件平台的 IOS 具有不同功能；

(5) Cisco IOS 支持大量的协议，如：TCP/IP、IPX/SPX、AppliTalk、DECNet、Banyan Vines 等；

(6)Cisco IOS 能够工作在不同类型的网络介质上,如以太网、快速以太网、ISDN、异步或同步串行端口、令牌环、Modem、ATM 等;

(7)Cisco IOS 可以使用访问控制列表、内容访问控制、终端访问控制及各种认证方式提供网络安全。

2. IOS 访问方法与命令行模式(Access Method of the IOS and CLI Mode)

通过以下几种方式可以提供对网络设备的访问:

(1)通过控制台的串行连接、利用 PC 的串口或并口、使用反转线连接到专用的 Console 端口中,然后使用超级终端程序通过串口访问 Cisco IOS 的命令行。首次配置网络设备采用的方式,通常称为带外访问控制。

(2)通过连接到路由器的 AUX 端口的 Modem 完成远程的带外访问控制。

(3)通过网络 Telnet 或超级终端程序方式连接,通过网络设备的 IP 地址远程访问 Cisco IOS 的命令行,这种方式通常称为带内访问控制。

(4)通过 Web 浏览器以 HTTP 方式连接,这种方式只能获得有限的功能配置,也是属于带外访问控制。

我们知道 Cisco IOS 是基于文本的命令行接口(Command-Line Interface,CLI)方式,作为网络设备的控制台环境,CLI 采用一种分级的命令行结构,而每一个 Cisco 设备都支持不同的访问模式(access modes),在不同的模式下可以完成各种特定的任务,每一种命令模式都使用独特的提示符显示,并且只允许使用适合该模式的命令。下面是 IOS 主要的命令模式:

(1)用户 EXEC 模式或称为用户模式(user mode)。

(2)特权执行模式(privileged EXEC mode)。

(3)全局配置模式(grobal configure mode)。

IOS 除了这三种主要模式用于 CLI 的交互操作之外还包括:接口配置模式(interface)、子接口配置模式(subinterface)、线路配置模式、路由配置模式(route)、VLAN 配置模式(vlan)等多种设备操作配置。

3. 用户 EXEC 模式(User EXEC Mode)

该模式提供(Provides)了基本 IOS 的访问,只允许有限(limited)数量的监视(monitoring)命令和故障分析(troubleshooting)命令,而不允许任何改变配置的命令。

用户 EXEC 模式是访问 CLI 的初始状态,并且只能执行(execute)有限数量的命令的,根据 Cisco 设备的配置决定是否提示输入密码,用户曾配置过的控制台密码则需要输入密码,输入密码时将不会得到任何显示,密码输入正确之后,将进入用户模式。如果没有提示密码,将会直接显示用户模式的提示符。这是用户用于网络问题的基本故障分析的典型的模式,用户模式用提示符“>”来识别。命令行中的提示符将提醒用户当前的 EXEC 模式,而“>”前的字符通常是指 Cisco 设备的主机名。

例如,2900 交换机的主机名默认是“Switch”,用户 EXEC 模式的提示符为:

```
User Access Verification
Password:
Switch >_
```

4. 特权 EXEC 模式(Privilege EXEC Mode)

特权 EXEC 模式(Privileged EXEC Mode)也称为特权模式,该模式提供了对 IOS 高级别访问的管理和配置命令,包括在用户 EXEC 模式中的所有可用(available)的命令,还提供了更多的对设备的高级管理(advanced management)和故障分析(troubleshooting)命令,这些命令包括 ping、Trace 和 Telnet 及配置文件和 IOS 镜像文件的管理、用于详细故障调试的 debug 命令。

特权模式只允许经过授权用户的访问,并且是可以通过特权 EXEC 模式进入其他的配置模式,特权模式的提示符为"#"标识。从用户 EXEC 模式进入特权 EXEC 模式需要在提示符" > "下输入"enable"命令,如果曾经配置了特权 EXEC 密码,此时将会提示输入密码,输入了正确的密码之后,将进入特权模式。如果没有提示密码,提示符将会改变为"#"。

```
User Access Verification

Password:
Switch > enable
Password:
Switch#
```

如果需要返回用户 EXEC 模式,可以使用 disable 命令:

```
Switch#disable
Switch >
```

如果需要退出 CLI,可以在特权 EXEC 模式中使用 logout 或 exit 命令:

```
Switch#logout
```

或

```
Switch#exit
```

5. 全局配置模式(global configure mode)

该模式提供了操作和变更设备运行参数的命令集合,出于网络设备的安全考虑,用户 EXEC 模式和特权 EXEC 模式可以根据用户需要使用密码保护(password-protect),这将允许用户限制那些未经授权的设备管理、配置以及故障调试等访问。

用户 EXEC 模式和特权 EXCE 模式中不能改变网络设备的配置,所以如果需要改变设备配置,首先必须进入特权 EXCE 模式。一旦处于特权 EXEC 模式,可以输入"configure terminal"命令进入到全局配置模式,提示符将改变为"(config)#"进入全局配置模式。在全局配置模式中可以对网络设备进行完全的操作和管理,如可以配置主机名、口令、端口、线路等。绝大多数可以影响整个设备运行的配置命令都必须在全局配置模式中输入。

```
User Access Verification

Password:
Switch > enable
Password:
Switch#configure terminal
Enter configuration commands, one per line. End with CNTL/Z.
Switch(config)#
```

如果需要从全局配置模式或其他配置模式中返回到特权 EXEC 模式中,可使用“exit”、“end”或组合键 Ctrl + Z:

```
Switch(config-if)#exit
Switch(config)#exit
Switch#
```

或

```
Switch(config-if)#end
Switch#
```

或

```
Switch(config-if)#^Z
Switch#
```

6. 基本的 IOS 配置(Basic IOS Configuration)

(1)键盘帮助命令(Keyboard Help)

Cisco IOS 的命令目前已经有几千条,即使对于一个相当有经验的用户来说,要记住数千条命令也是有些困难的,幸运的是,IOS 本身集成了一个帮助系统,用于快速而准确地帮助用户完成命令的检查和输入。

```
Switch#?
Exec commands:
  access-enable      Create a temporary Access-List entry
  access-template    Create a temporary Access-List entry
  archive            manage archive files
  cd                 Change current directory
  clear              Reset functions
```

```
  clock              Manage the system clock
  cns                CNS agents
  configure          Enter configuration mode
  connect            Open a terminal connection
  copy               Copy from one file to another
  debug              Debugging functions(see also undebug)
  delete             Delete a file
  dir                List files on a filesystem
  disable            Turn on privileged commands
  disconnect         Disconnect an existing network connection
  dot1x              Dot1x Exec Commands
  enable             Turn on privileged commands
  erase              Erase a filesystem
  exit               Exit from the EXEC
  format             Format a filesystem
  fack               Fsck a filesystem
 --More--
```

通过命令列表帮助,使用户能够快速查阅到相应的命令和子命令列表,如在任何命令行提示符中都可以输入"?"来获取相应的帮助。例如,在特权模式下输入"co?",则显示出所有以字母"co"开头的命令:

```
Switch#co?
configure connect copy

Switch#conf?
configure
```

当输入唯一的命令缩写之后,只要按 TAB 键可以将命令补充完整,在一个命令后使用空格和问号则可以显示出当前命令的所有子命令:

```
Switch#conf
Switch#configure ?
  memory             Configur from NV memory
  network            Configure from a TFTP network host
  overwrite-network  Overwrite NV memory from TFTP network host
  terminal           Configure from the terminal
  <cr>
Switch#configure t?
```

```
terminal
Switch#configure t
Switch#configure terminal
Enter configuration commands, one per line. Eng with CNTL/Z.
Switch(config)#
```

为了列出以某些字母开头的命令只需要在一些字母后输入一个"?",为了列出一些命令的所有子命令需要在命令后输入空格问号"　?",如下例所示,在特权 EXEC 模式下输入"co?"将显示当前模式中所有以"co"开头的命令,输入"configure　?"将显示出该命令的子命令。在输入命令的某一部分后,可以使用键盘上的 TAB 键来结束命令中剩余部分,如下例所示,在输入"co"之后按 TAB 键,是没有作用的,因为有多个可用的命令。如果输入了一个独特的字符串"conf"按 TAB 键之后显示出"configure",在"configure t"之后显示出"configure terminal"。

(2)Show version 命令(Show version command)

在登录到 1900 系列交换机时,用户已进入菜单系统。键入"K"以进入用户 EXEC 模式。在 2950 系列交换机上,用户直接进入该模式中。如果用户不能确定已经登录的交换机的型号,可以使用"show version"命令。下面是在 1900 系列交换机上,此命令的输出:

```
#show version
Cisco Catalyst 1900/2820 Enterprise Edition Software
Version V9.00.06
Copyright(C) Cisco Systems, Inc. 1993-1999
uptime is 0day(s) 02hour(s) 19minute(s) 09second(s)
cisco Catalyst 1900 (486sx1) processor with 2048K/1024K bytes of memory
Hardware board revision is 5
Upgrade Status: No upgrade currently in progress.
Config File Status: No upgrade currently in progress.
Config File Status: No configuration upload/download is in progress
27 Fixed Ethernet/IEEE 802.3 interface(s)
Base Ethernet Address:00-03-E3-11-C3-c0
#_
```

尽管看起来这些输出的信息有些散乱,但还是可以发现一些有用的信息:

(1)Software version 显示了当前的 IOS 是 V9.00.06 的企业版软件;

(2)Uptime 显示了当前交换机已经运行多少时间;

(3)Hardware model 显示了当前交换机的硬件类型,可以看出这是一台 Catalyst 1900 交换机,有 27 个以太网接口。

```
Switch#show version
Cisco Internetwork Operating System Software
```

```
IOS(tm) C2950 Software(C2950-I6Q4L2-M), Version 12.1(22)EA2, RELEASE SOFT-
WARE(fc1)
Copyright(c) 1986-2004 by cisco Systems, Inc.
Compiled Sun 07-Nov-04 23:14 by antonino
Image text-base: 0x80010000, data-base: 0x8055E000

ROM: Bootstrap program is C2950 bot loader
Switch uptime is 2 hours, 18 minutes
System returned to ROM by power-on
System image file is "flash:/c2950-i6q412-mz.121-22.EA2.bin"

cisco WS-C2950-24(RC32300)processor(revision CO) with 21055K bytes of memory.

Processor board ID F0C0917W1V2
Last reset from system-reset
Running Standard Image
24 FastEthernet/IEEE 802.3 interface(s)

32K bytes of flash-simulated non-volatile configuration memory.
Base ethernet MAC Address: 00:0C:85:A4:16:00
Motherboard assembly number: 73-5781-10
Power supply part number: 34-0965-01
Motherboard serial number: F0CO7291RLX
Power supply serial number: DAB06193J34
Model revision number: C0
Motherboard revision number: AO
Model number: WS-C2950-24
System serial number: F0C0917W1V2
Configuration register is 0xF

Switch#_
```

以上是在 2900 系列交换机上,“show version”命令的一个输出实例:

从输出的信息中,我们可以看到这是一台拥有 24 个快速以太网接口的 2950 系列交换机,除了显示出 IOS 的版本信息和运行时间以及接口类型及数量等信息外还显示了其他更多的信息。

- System returned 显示该交换机本次启动方式是通过加电方式启动;
- System image 显示该交换机 IOS 所在的位置以及 IOS 的名称;
- Model number 显示该交换机的型号。

四、实践操作

我们通过一个真实的交换网络，来掌握交换机 IOS 的主要特点。

背景知识/准备工作

在本实验操作中，您将使用一台思科 Catalyst 2950 系列交换机(2950T-24)与有两台以太网口的 PC 机构建一个交换网络，并在交换机上练习 IOS 相关基本命令。

本实验需要以下资源：

· Packet Tracer 5.0 软件，用来绘制拓扑图。

(一)绘制交换机拓扑图

1. 设备选择

交换机选择：工作组级交换机思科 Catalyst 2950 系列交换机(2950T-24)一台。

PC 机选择：有以太网口的 PC 机两台。

2. 绘制拓扑图

利用 Packet Tracer 软件来绘制交换网络拓扑图，绘制完成的拓扑图如下图 7-9 所示。

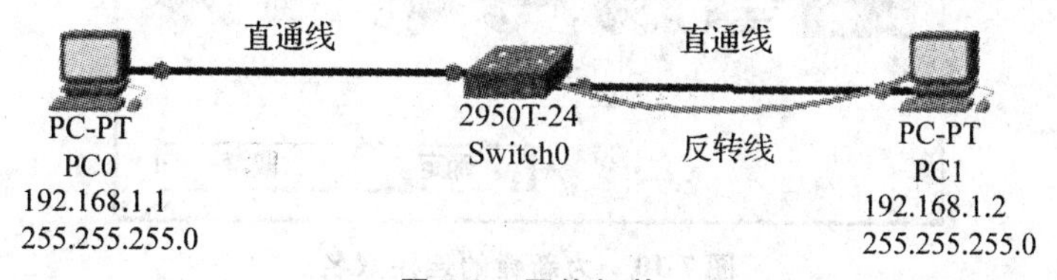

图 7-9　网络拓扑

3. IP 规划

根据项目 6 所学的地址分配知识，对交换网络进行 IP 规划，设定网段地址为一个 C 类地址段：192.168.1.0(255.255.255.0)。

两台 PC 机规划 IP 地址分别为：

PC0：IP 地址：192.168.1.1　　子网掩码：255.255.255.0

PC1：IP 地址：192.168.1.2　　子网掩码：255.255.255.0

图 7-9 中所示的就是两台 PC 机的 IP 地址。

(二)组建交换网络

1. 制作直通线两根，反转线一根，选择好交换机及 PC 机，根据拓扑图开机完成交换网络的连接。

在连接反转线的时候注意，先把线缆的一端插在交换机背面的 Console 口上，同时拧好螺钉，防止接触不良。线缆的另一端加上转换器后插在普通 PC 的串口上，要记住电缆插在 COM1 还是 COM2 口上，在下面的配置中会用到。

2. 连接交换机电源线，不开启电源。

3. 分别配置两台主机的 IP 地址，配置要求按图 7-9 所示。

4. 利用超级终端实现对交换机的管理。

思科 Catalyst 2950 系列交换机是可网管交换机,我们可以利用控制台连接来管理交换机。具体步骤如下:

1. 运行"超级终端"

Windows 2000/XP 都提供"超级终端"服务,如果没有可以在"添加/删除程序"中的"通讯"组内添加。在第一次运行"超级终端"时,系统默认为通过 Modem 连接,会要求用户输入连接的区号,随便输入一个即可。如果你的电脑中没有安装 Modem,则会提示"在连接之前必须安装调制解调器,现在就安装吗?",这里点击[否]按钮。

2. 配置超级终端

程序运行之后会提示你建立一个新的连接名称,我们在这里输入"Switch"。如图 7-10 所示。

连接描述
新建连接
输入名称并为该连接选择图标:
名称(N):
Switch
图标(I):
MCI
确定
取消

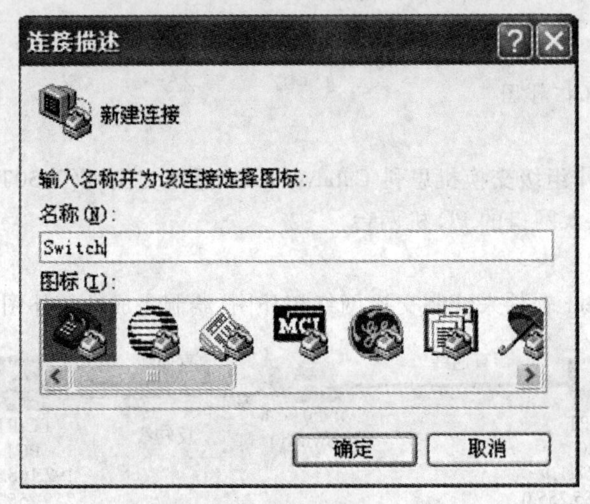

图 7-10　为新建的连接取名

点击[确定]按钮后,会出现一个窗口,要求用户选择连接时使用哪一个端口。这里一定要注意,应该选择你连接的 PC 串口的序号,如图 7-11。如果不太清楚,可以用"COM1"和"COM2"分别试试。

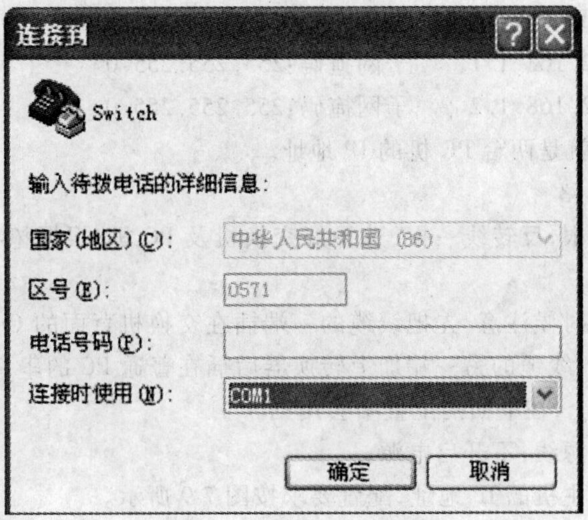

连接到
Switch
输入待拨电话的详细信息:
国家(地区)(C):
中华人民共和国 (86)
区号(E):
0571
电话号码(P):
连接时使用(N):
COM1
确定
取消

图 7-11　选择 PC 机端口

选择好串口号后,点击[确定]按钮,会出现一个COM口属性的窗口,里面有波特率、数据位、奇偶检验、停止位、流量控制等参数设置。只要点击一下[还原默认值]按钮,就会调用最保守的参数设置,见图7-12。默认参数在大多数的连接状况下都能适用。

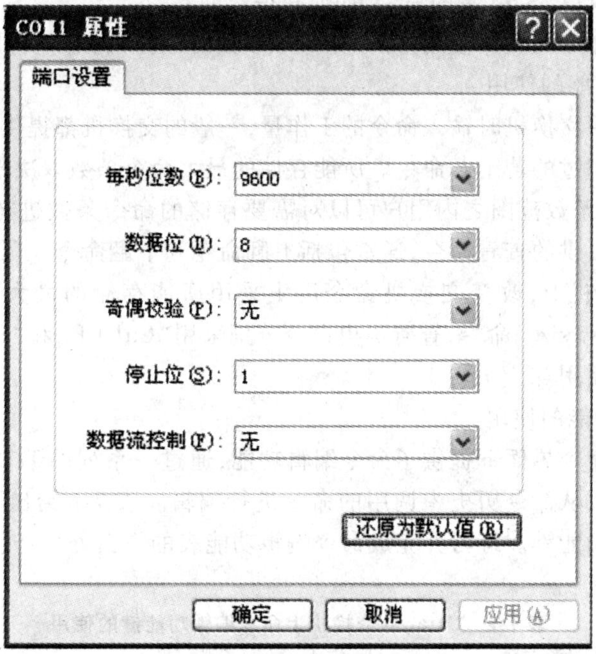

COM1 属性

端口设置

每秒位数(B):	9600
数据位(D):	8
奇偶校验(P):	无
停止位(S):	1
数据流控制(F):	无

还原为默认值(R)

确定 取消 应用(A)

图7-12 设置超级终端属性

设定好连接参数后,程序就会自动执行连接交换机的命令。按一下回车键之后,交换机管理界面就会出现了。

(三)启用网络、测试性能

1. 开机

开启交换机电源,观察超级终端上显示内容的变化,了解交换机启动过程的运行状况与显示结果。并记录开机启动过程中所显示的本交换机硬件与软件配置情况。

2. 了解用户访问模式

交换机开机后缺省提供的是用户执行模式,在该模式下的用户命令功能是受限制的,只能进行交换机状态显示或查看某些工作。记录下该模式下所给出的命令行的提示符,并查看该模式下所提供的命令集的功能。

3. 了解登录交换机的特权模式

要在交换机上进行更高级的配置与管理工作,必须首先进入交换机的特权模式。该模式要以特权用户身份登录进入,如在Catalyst交换机上,可在用户模式下输入“enable”命令,运行该命令后通常还要输入正确的密码后才可进入特权模式。观察进入特权模式后命令行提示符是否发生了变化。

4. 练习命令字符界面的使用

(1)在线帮助的使用

在Catalyst交换机上,在给定的命令提示符下输入“?”即可获得相应的在线帮助。请在交换机上任意选择一种用户访问模式，进入在线帮助功能后，练习不同的帮助使用方式，并回答以下问题（请在本模块的相关知识点中寻找答案）：

①若要得知当前命令行提示符下所能提供的全部命令集，如何获得帮助？

②若要查看所有以“S”开头的命令，如何获得帮助？

③若不知道某命令的具体使用方法（如命令参数的选择），如何获得帮助？

（2）命令历史功能的使用

为减少用户使用交换机时输入命令的工作量，一般的交换机都提供命令历史功能，可以为用户存储其刚刚用过的若干条命令。所能存储的最大命令条数取决于系统为此设定的最大存储空间，在最大条数范围之内用户可以对需要存储的命令条数进行配置。使用命令历史功能可采用系统提供的查看命令，通常包括上翻命令和下翻命令。

在 Catalyst 交换机上，改变交换机命令历史采用所能存储的最大命令条数，“terminal history size”或“history size”命令，查看历史命令分别采用“Ctrl + P”和“Ctrl + N”。练习并掌握命令历史功能的使用。

（3）命令编辑功能的使用

交换机在用户命令界面下提供了命令编辑功能，通过一系列的编辑功能键可以让用户对已经输入的命令或从命令历史中调用的命令进行编辑。表 7-1 给出了 Catalyst 交换机上所使用的命令编辑功能键。练习并完成命令编辑功能表的空白处。

表 7-1　Catalyst 交换机上命令编辑功能键的使用

功能键	作用
Ctrl + A	
Ctrl + E	
Ctrl + B	
Ctrl + F	
Esc + B	
Esc + F	

模块 3　配置局域网交换机

一、教学目标

最终目标：完成交换机的基本性能配置。

促成目标：

1. 完成简单交换网络的连接；
2. 掌握交换机常用命令的配置方法；
3. 掌握网络常用测试方法；
4. 熟悉并掌握交换机常见问题的排错过程与方法；
5. 养成良好的操作习惯。

二、工作任务

1. 连接交换网络，进入控制台配置；
2. 操作常见交换机的配置命令（管理 IP、端口描述、端口速度）；
3. 测试网络性能，设置简单故障进行排错。

三、相关知识点

（一）交换机的默认配置

为了使交换机进入配置操作，1900 系列交换机要求具备企业版（Enterprise Edition）的 IOS（Internetwork Operating System，互联网络操作系统）软件；否则，用户将只能使用基于菜单界面（menu-based interface）的方式配置交换机。某些型号的 1900 系列交换机可能或者不能升级，2950 系列交换机所提供的是 IOS CLI 配置方式。尽管如此，从 Cisco 获得全新的机器设备时，这两种交换机拥有相同的默认配置（default configuration）：

所有的端口都已启用。

1900 系列交换机上的 10BaseT 端口设定为半双工，而两个 100Mbps 的端口设定为自动协商的双工模式；

2950 系列交换机上的所有端口设定为自动侦测双工模式和速率；

1900 系列交换机的默认交换方法为碎片隔离，2950 系列交换机只支持存储转发交换方式；

在所有的端口上 CDP 已启用；

在所有的端口上 STP 已启用；

交换机没有口令保护；

交换机上没有配置 IP 寻址信息。

从此清单中可以看出，为了管理交换机以及优化其配置，需要用户配置某些内容。

（二）交换机的基本配置

1. 配置主机名和密码（Configure Hostname and Password）

通过“hostname”命令可以改变交换机的名字，从而改变提示符，当输入“hostname host_name”命令后，提示符立刻就改变了。该命令可以接受任何的字母数字字符，尽管也支持其他字符，但某些服务可能不支持，推荐使用字母、数字和连字符。如果需要清除主机名，可以使用“no hostname”命令来完成。

设置主机名与清除主机名的命令实例：

```
#config terminal
Enter configuration commands, one per line. End with CNTL/Z
(config)#
(config)#hostname sw1900
sw1900(config)#
sw1900(config)#no hostname
```

```
(config)#
```

2. 配置和显示交换机的 IP 协议(Configure and Display IP Protocol of the Switch)

下面将在交换机上配置 IP 协议寻址,配置 IP 协议的语法是:

```
(config)# ip address ip_address subnet_mask
(config)# ip default-gateway gateway's_IP_address
```

1900 系列交换机的 IP 寻址配置是在全局配置模式下完成的,其中"ip address"是用于分配 IP 地址的命令,"IP_address"是为交换机所分配的 IP 地址,subnet_mask 是子网掩码。

```
(config)#ip address?
  A.B.C.D  IP address
  <cr>
(config)#ip address 192.168.0.1?
  A.B.C.D  IP subnet mask
(config)#ip address 192.168.0.1 255.255.255.0
```

第二条使用 ip default-gateway 命令用于为交换机指定网关的 IP 地址。例:

```
(config)#ip default-gateway?
  A.B.C.D  Default gateway
(config)#ip default-gateway 192.168.0.254
```

2900 系列的交换机 IP 地址配置是在 VLAN1 的接口配置模式中,网关配置是在全局配置模式中。

```
Switch(config)# interface vlan1
Switch(config-vlan)# ip address IP_address subnet_mask
Switch(config-vlan)# exit
Switch(config)# ip default-gateway gateway's_IP_address
```

2950 交换机 IP 地址和默认网关的配置实例:

```
Switch#configure terminal
Enter configuration commands, one per line. End with CNTL/Z.
Switch(config)#interface vlan1
Switch(config-if)#ip address ?
  A.B.C.D IP address
```

```
Switch(config-if)#ip address 192.168.100.1 ?
  A.B.C.D IP subnet mask

Switch(config-if)#ip address 192.168.100.1 255.255.255.0
Switch(config-if)#no shutdown
02:47:03: %LINK-3-UPDOWN: Interface Vlanl, changed state to up
02:47:04: %LINEPROTO-5-UPDOWN: Line protocol on Interface Vlanl, changed state
to up
Swi tch(con fig-if)#exit
Switch(config)#ip default-gateway ?
  A.B.C.D IP address of default gateway

Switch(config)#ip default-gatew.ay 192.165.100.254
Switch(config)#
```

要验证所做的 IP 配置,在 1900 系列交换机上,可以使用"show ip"命令:

```
#show ip
IP Address: 192.168.0.1
Subnet Mask: 255.255.255.0
Default Gateway: 192.168.0.254
Management VLAN: 1
Domain name:
Name server 1:0.0.0.0
Name server 2:0.0.0.0
HTTP server: Enabled
HTTP port: 80
RIP: Enabled
#_
```

在 2950 系列交换机上,可以使用"show ip interface brief"命令验证所做的 IP 配置:

```
Switch#show ip inter brief vlan1
Interface      IP-Address       OK? Method Status      Protocol
Vlan1             192.168.100.1  YES manual up          up
```

3. 基本的接口配置(Basic Interface Configuration)

(1)访问接口(Access Interface)

要配置交换机的接口,可以在全局配置模式中使用"interface"命令,此命令与在 Cisco

路由器上所使用的命令相同,例如:

在 1900 交换机中:

```
#configure terminal
Enter configuration commands, one per line. End with CNTL/Z
(config)#interface ethernet 0/12
```

在 2900 交换机中:

```
Switch#configure terminal
Enter configuration commands, one per line. End with CNTL/Z.
Switch(config)#interface FastEthernet 0/24
```

或

```
Switch#conf t
Enter configuration commands, one per line. End with CNTL/Z.
Switch(config) int fa0/24
```

注意,此命令将用户带入接口配置模式,其中 type 在 1900 交换机有 Ethernet 和 FastEthernet 两种接口,2900 交换机只有 FastEthernet 一种接口或者某些型号 FastEthernet 和 GigabitEthernet 两种接口。在该模式中,在某个接口上所做的任何改动只影响那个特定的接口。此外,如果输入全局配置模式命令,交换机将通常在全局模式中执行那条命令,并且在执行完后返回接口子配置模式。

(2)配置双工模式(Configure Duplex Mode)

Catalyst 1900 和 2950 系列交换机的接口,Ethernet 端口默认双工配置是为半双工(half) FastEthernet 和 GigabitEthernet 端口默认为双工和速度自动协商(Auto-duplex, Auto Speed)。用户可以在接口配置模式中使用"duplex"命令手动配置其双工模式。在 1900 系列交换机上,Ethernet 只可以使用"full"或"half"命令参数设置端口,而 FastEthernet 端口可以使用全部命令中的任何一个参数。

```
(config)#interface ethernet 0/12
(config-if)#duplex?
  auto                  Enable auto duplex configuration
  full                  Force full duplex operation
  full-flow-control     Force full duplex with flow control
  half                  Force half duplex operation
```

需要记住 1900 系列交换机上端口的默认双工设置。其中 full-flow-control 的双工模式,将允许此接口及与其相连的设备共享拥塞信息以实施流控制。

在 2950 系列交换机上，要设定双工模式，可以使用下列命令语句：

```
Switch(config)#interface FastEthernet 0/2
Switch(config-if)#duplex?
  auto   Enable AUTO duplex configuration
  full   Force full duplex operation
  half   Force half-duplex operation
```

2950 系列不支持 1900 系列交换机所支持的流控制配置。只支持 full、half 和 auto 三种命令参数。与 1900 系列不同，2950 系列交换机可以自动侦测线路的速率（对于10/100Mbps 端口）。对于这些端口，用户可以用下列命令语句以输入代码的形式设置其速率：

```
Switch(config-if)#speed?
  10       Force 10 Mbps operation
  100      Force 100 Mbps operation
  auto     Enable AUTO speed configuration
```

建议用户不对接口使用自动检测。自动检测的问题是：自动检测功能试图协商线路的双工模式和/或速率时，在不同厂商的设备间可能产生冲突。有时，一端可能是 100Mbps 半双工，而另一端可能是 100Mbps 全双工，从而产生大量的冲突。用户需要大量的时间手动地配置其自动侦测接口的双工模式和速率。

（3）验证接口的配置（Verification Configuration of the Interface）

配置完接口的双工模式和/或速率之后，用户就可以使用下列命令验证其配置了：

```
# show interface port_type 0/port_#
```

例：1900 交换机验证接口配置命令 show interface ethernet 0/10 的输出信息：

```
#show interface ethernet 0/10
Ethernet 0/10 is Suspended-no-linkbeat
Hardware is Built-in 10Base-T
Rddress is 0003. E311. C3CR
MTU 1500 bytes, BW 10000 Kbits
802.1d STP State: Forwarding   Forward Transitions: 1
Port monitoring: Disabled
Unknown unicast flooding: Enabled
Unregistered multicast flooding: Enabled
Description:
```

```
Duplex setting: Half duplex
Back pressure: Disabled

    Receive Statistics                              Transmit Statistics
-------------------------------------------    ------------------------------------
Total good frames                        0    Total frames                       0
Total octets                             0    Total octets                       0
Broadcast/multicast frames               0    Broadcast/multicast frames         0
Broadcast/multicast octets               0    Broadcast/multicast octets         0
Good frames forwarded                    0    Deferrals                          0
Frames filtered                          0    Single collisions                  0
Runt frames                              0    Multiple collisions                0
No buffer discards                       0    Excessive collisions               0
                                              Queue full discards                0
Errors:                                       Errors:
  FCS errors                             0    Late collisions                    0
  Alignment errors                       0    Excessive deferrals                0
  Giant frames                           0    Jabber errors                      0
  Address violations                     0    Other transmit errors              0
```

利用此命令,可以看到双工模式的配置,STP 模式以及关于此接口的统计和错误信息。如果在交换机接口和与其相连的设备之间存在双工不匹配的情况,用户很可能看到大量的冲突,特别是 late 冲突,以及大量的 FCS 错误。

在 2950 系列交换机上验证双工模式和/或速率的配置:show interface FastEthernet 0/2 的输出信息:

```
Switch#show interface FastEthernet 0/2
FastEthernetO/2 is down, line protocol is down (notconnect)
  Hardware is Fast Ethernet, address is 000c.85a4.1602 (bia 000c.85a4.1602)
  MTU 1500 bytes, BW 100000 Kbit, DLV 100 usec,
    reliability 255/255, txload 1/255, rxload 1/255
  Encapsulation ARPA, loopback not set
  Keepalive set (10 sec)
  Auto-duplex, Auto-speed, media type is 100BaseTX
  input flow-control is unsupported output flow-control is unsupported
  ARP type: ARPA, REP Timeout 04:00:00
  Last input never, output 08:35:15, output hang never
  Last clearing of "show interface" counters never
  Input queue: 0/75/0/0 (size/max/drops/flushes); Total output drops: 0
```

```
Queueing strategy: fifo
Output queue: 0/40 (size/max)
5 minute input rate 0 bits/sec, 0 packets/sec
5 minute output rate 0 bits/sec, 0 packets/sec
   1 packets input, 64 bytes, 0 no buffer
   Received 0 broadcasts (0 multicast)
   0 runts, 0 giants, 0 throttles
   0 input errors, 0 CRC, 0 frame, 0 overrun, 0 ignored
   0 watchdog, 0 mu]ticast, 0 pause input
   0 input packets with dribble condition detected
   1 packets output, 64 bytes, 0 underruns
   0 output errors, 0 collisions, 2 interface resets
   0 babbles, 0 late collision, 0 deferred
   0 lost carrier, 0 no carrier, 0 PAUSE output
   0 output buffer failures, 0 output buffers swapped out
```

四、实践操作

我们连接一个真实的交换网络,来验证交换机基本配置命令。

背景知识/准备工作

在本实验操作中,您将使用一台思科 Catalyst 2950 系列交换机(2950T-24)与有两台以太网口的 PC 机构建一个交换网络,并在交换机上练习交换机基本配置命令。

本实验需要以下资源:

· Packet Tracer 5.0 软件,用来绘制拓扑图。

(一)绘制交换机拓扑图

1. 设备选择

交换机选择:工作组级交换机思科 Catalyst 2950 系列交换机(2950T-24)一台。

PC 机选择:有以太网口的 PC 机两台。

2. 绘制拓扑图

利用 Packet Tracer 软件来绘制交换网络拓扑图,绘制完成的拓扑图如下图 7-13 所示。

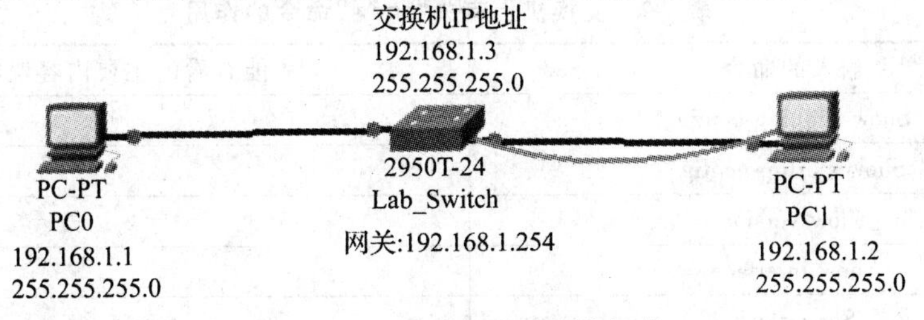

图 7-13　交换基本实验网络拓扑

3. IP 规划

根据项目 6 所学的地址分配知识,对交换网络进行 IP 规划,设定网段地址为一个 C 类地址段:192.168.1.0(255.255.255.0),

两台 PC 机规划 IP 地址分别为:

PC0:IP 地址:192.168.1.1　　子网掩码:255.255.255.0

PC1:IP 地址:192.168.1.2　　子网掩码:255.255.255.0

交换机的管理 IP 地址为:192.168.1.3　子网掩码:255.255.255.0

交换机的网关地址为:192.168.1.254

图 7-13 中所示的就是 IP 规划的情况。

(二)组建交换网络

1. 制作直通线两根,反转线一根,选择好交换机及 PC 机,根据拓扑图开机完成交换网络的连接。

在连接反转线的时候注意,先把线缆的一端插在交换机背面的 Console 口上,同时拧好螺钉,防止接触不良。线缆的另一端加上转换器后插在普通 PC 的串口上,要记住电缆插在 COM1 还是 COM2 口上,在下面的配置中会用到。

2. 连接交换机电源线,不开启电源。

3. 分别配置两台主机的 IP 地址,配置要求按图 7-13 所示。

4. 根据模块 2 的操作配置超级终端。

(三)配置交换机

1. 开启交换机电源,观察超级终端上显示内容的变化,了解交换机启动过程的运行状况与显示结果。并记录开机启动过程中所显示的本交换机硬件与软件配置情况。

2. 观察交换机的缺省配置

从交换机的用户执行模式转换到特权执行模式,然后在该模式下依次输入下列命令来观察交换机的缺省配置,并填写表 7-2。

输入"show running-config"命令观察交换机的当前配置信息,并记录交换机的端口数量与类型以及 VTY 值的范围。

输入"show startup-config"命令观察交换机所保存的配置信息。

输入"show version"命令观察交换机所使用的操作系统版本、系统文件名称和基本 MAC 地址信息。

输入"show interface"命令观察交换机各端口的信息。

输入"show flash"命令观察快速闪存中所保存的内容。

表 7-2　交换机上有关"show"命令的作用

输入的命令	能查看的主要内容说明
Show running-config	
Show startup-config	
Show version	
Show interface	
Show flash	

3. 使用相关命令,实现交换机的基本配置

(1)在特权模式下,查看交换机的默认配置(show running-config);

(2)在特权模式下,进入全局配置模式,配置交换机的名称为 Lab_Switch(hostname Lab_Switch);

(3)在全局配置模式下,指定控制台端口,配置交换机的终端密码为 cisco;

(4)在全局配置模式下,指定远程终端,配置交换机的虚拟终端密码为 cisco;

(5)在全局配置模式下,设置特权用户密码为 cisco;

(6)在全局配置模式下,配置交换机的网关(ip default-gateway 192.168.1.254);

(7)在全局配置模式下,进入 VLAN1 接口配置模式,配置交换机的 IP 地址(interface vlan 1 和 ip address 192.168.1.3 255.255.255.0);

(8)在特权模式下,保存所做的配置(copy running-config start-config)。

4. 测试配置效果

(1)PC0 ping PC1,验证 IP 地址的配置;

(2)PC0 远程登陆交换机,验证带内管理交换机的方式(telnet 192.168.1.3);

(3)PC1 ping 交换机网关,测试交换机网关的配置。

知识点链接

1. Broadcast domain 广播域。能够接收集合内任意设备发出的广播帧的设备集合。因为路由器不能转发数据链路广播帧,所以数据链路层广播域一般由路由器来设定边界。

2. Cisco IOS (Cisco Internetwork Operating System) Cisco Internet 操作系统。可为 Cisco 产品提供通用功能、可扩展性和安全性。Cisco IOS 可在确保支持多种协议、介质、业务和平台的同时,实现对 Internet 网络的集中化、综合化、自动化的安装和管理。

3. CLI(Command-Line Interface)命令行界面。一种具有相应语法功能的用户界面,可通过从键盘输入命令和相关参数的方式,实现与应用程序或操作系统的交互。Cisco IOS、UNIX 操作系统以及 DOS 都采用 CLI,而不是 GUI。

4. Collision domain 冲突域。在单个 CSMA/CD 网络中,如果两台设备同时传送数据就会产生冲突现象。以太网使用的就是 CSMA/CD 机制。中继器和集线器会延伸冲突域的范围,而 LAN 交换机、网桥和路由器则可以将冲突域限制在一定范围。

5. Switch 交换机。一种网络设备,可以基于帧的目的地址对帧进行过滤、转发和泛洪操作、运行于 OSI 模型的数据链路层。

6. Switched LAN 交换式以太网。用以太网交换机连接的以太网。

7. Switching 交换。是指将某端口接收到的帧从其他端口转发出去的过程。路由器通过三层交换技术来转发数据包,传统的以太网交换机用二层交换技术来转发帧。

习 题

一、选择题

1. 当系统指示灯(SYSTEM LED)显示为持续的绿色时,表明交换机正处于哪种情况下?( )

A. 交换机通过加电自检测(POST)过程,并且在正常的工作

B. 交换机加电自检测过程失败

C. 交换机正在初始化端口

D. 交换机正在进行加电自检测

E. 交换机正在发送和接收数据

2. 当一个新的 Catalyst 系列交换机通过交叉线连接到一个正在使用的交换机,则该交换机的端口状态指示灯显示为( )。

A. 两个交换机的端口状态指示灯将关闭表示该端口没有被连接

B. 一台交换机的端口状态指示灯将关闭,表示该端口上的 STP 树被禁用

C. 交换机的端口状态指示灯显示为闪烁的琥珀色,表示出现一个错误

D. 交换机的端口状态指示灯显示为绿色,表示设备运行正常

3. 对于 Catalyst 交换机的系统指示灯(SYSTEM LED)显示为持续的琥珀色,表示下面哪种情况?( )

A. 交换机正在通过加电自检测(POST)过程

B. 交换机处在端口初始化的过程中

C. 交换机加电自检测(POST)过程失败

D. 交换机通过加电自检测(POST)过程,正在正常的工作

4. 交换机查看 IOS 版本和寄存器的命令是( )。

A. Switch(config)# show startup-configuration

B. Switch(config)# show running-configuration

C. Switch(config)# show version

D. Switch(config)# show configuration-register

5. 通过配置下面哪个选项的 IP 地址和网关的属性,2950 系列交换机可以通过网络中的主机来进行管理?( )

A. console　　B. port1　　C. VLAN1　　D. AUX　　E. CLI

6. 下列哪些选项是最常用的第二层网络设备?(多选题)( )

A. 集线器　　B. 交换机　　C. PC 机　　D. 路由器

7. 在 Cisco IOS 中,为 Catalyst 交换机配置默认网关:192.168.12.1,使用命令是什么?( )

A. Switch(config)# ip default-network 192.168.12.1 255.255.255.0

B. Switch(config)# ip route-default 192.168.12.1

C. Switch(config)# ip default-gateway 192.168.12.1

D. Swicth(config)# ip route 192.168.12.1 0.0.0.0

8. 下面哪两个是IEEE吉比特以太网(Gigabit Ethernet)的标准?(　　)

A. 802.11　　B. 802.3ab　　C. 802.3ae　　D. 802.3z　　E. 802.3u

二、判断题

1. 为交换机分配IP地址的目的是可以保证在同一网段中的主机可以互相访问。(　　)

2. 计算机COM接口使用RJ-45到DB-9适配器通过直通线缆连接Catalyst 2950交换机的控制台接口。(　　)

3. 使用一条交叉线将两台Catalyst交换机连接,交换机端口的指示灯显示为黄色。(　　)

4. 交换机的三大功能是:存储转发、快速转发、地址学习。(　　)

5. Cisco 2950系列是企业级交换机。(　　)

6. 在交换机的接口命名中,端口号是从1开始向上增加的。(　　)

7. 采用远程登录可以对交换机进行带内管理。(　　)

8. 在思科的IOS用户模式下可以使用show version命令。(　　)

9. 交换机配置主机名的命令是hostname,是在特权模式下完成的。(　　)

10. 思科2950系列交换机的FastEthernet0/1接口通常简写为fa0/1。(　　)

三、项目设计题

利用交换机为一个有五人的办公室设计一个交换网络,要求实现办公室人员之间的互访,以及可以通过远程登陆实现对交换机的带内管理。请画出拓扑图并完成相关配置要求。

项目八 连接互联网——配置宽带路由器

每天,我们需要通过互联网(Internet)进行网上冲浪。Internet 服务提供商(ISP)是连接我们和 Internet 的桥梁。通过 ISP,我们能方便的接入互联网。对于家庭或小型企业网络,使用宽带路由器(Router)进行接入是最常见的方法。

一、教学目标

终极目标:能将局域网连接到互联网,掌握宽带路由器的配置。

促成教学目标:

1. 知道互联网接入的主要技术;
2. 知道宽带路由器的品牌和型号;
3. 能根据网络需求选择宽带路由器;
4. 熟悉宽带路由器的基本配置;
5. 熟悉宽带路由器的高级配置;
6. 会基本的排错和验证。

二、工作任务

1. 对网络作需求分析;
2. 确定宽带路由器的型号;
3. 配置宽带路由器;
4. 验证宽带路由器配置;
5. 排查网络连接和配置错误。

模块1　选择宽带路由器

一、教学目标

1. 知道 Internet 的基本概念；
2. 知道 Internet 接入的主要技术；
3. 知道宽带路由器的品牌和型号；
4. 能根据网络需求选择宽带路由器。

二、工作任务

1. 了解 Internet 和 ISP 的基本概念，以及互联网与 ISP 的关系；
2. 能根据用户需求，对网络作需求分析；
3. 确定宽带路由器的型号；
4. 完成网络设备的连接。

三、相关知识点

（一）Internet

Internet 是世界范围内计算机网络的集合，这些网络之间共同协作，使用通用标准来交换信息。Internet 用户可通过电话线、光缆、无线传输和卫星链路，以各种形式交换信息。Internet 是大量网络的聚合体，并不属于任何个人或组织。目前，它由多个主要的国际组织协助管理，以确保每个用户都使用相同的规则。

拓展知识——Internet 组织

1. ISOC（Internet 协会）：http://www.isoc.org/isoc2. IAB（Internet 基础架构委员会）：http://www.iab.org/

3. IETF（Internet 工程工作小组）：http://www.ietf.org/

4. IRTF（Internet 研究工作小组）：http://www.irtf.org/

5. IANA（Internet 编号指派机构）：http://www.iana.org/

（二）ISP（Internet 服务提供商）

ISP 是为 Internet 接入提供连接与支持的公司。单个计算机和本地网络从入网点（POP，Point of Presence）连接到 ISP。POP 是 ISP 的网络与 POP 所服务的特定地理区域之间的连接点。通过 POP 接入 ISP，用户便可接入 ISP 的服务和 Internet。

ISP 还会与其他 ISP 连接,以便将信息发送至其自有网络之外的地区。这些互联路径是大规模、高性能网络的一部分,称为 Internet 主干(Backbone),如图 8-1 所示。

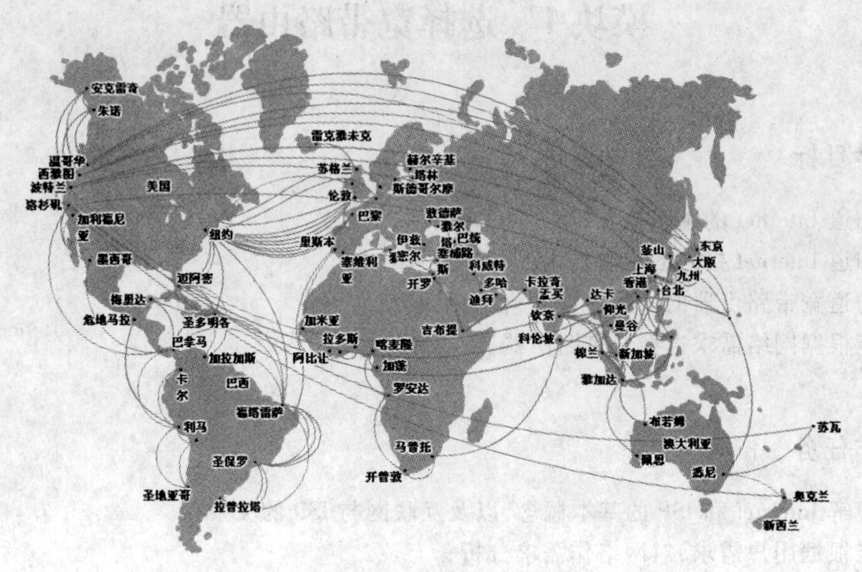

图 8-1 Internet 主干

(三)Internet 接入技术

Internet 接入技术包括基于传统电信网的有线接入、基于有线电视网接入、以太网接入、无线接入技术、光纤接入技术。这些技术既有窄带也有宽带,涵盖了目前所有的接入技术。其中,宽带无线接入和光纤接入将是未来的发展方向。

(四)宽带路由器

宽带路由器从准确的定义上并不能完全称之为路由器,这类产品只能实现部分传统路由器的功能,是一种专门为宽带接入用户提供共享访问的多物理端口 NAT 转换产品。宽带路由器是专门为宽带线路所特殊设计,采用独立的处理器芯片和软件技术,适用于家庭和小型企业网络的低成本多功能设备,又称为集成路由器(Intergrated Router)。集成路由器既有支持家庭办公室和小型企业应用的小型设备,也有功能更强大、可以支持企业多家分公司的设备。图 8-2 是常见的 SOHO 型集成路由器。

图 8-2 常用的 SOHO 型集成路由器

本项目中介绍的 Linksys 无线路由器就是典型的集成路由器。如图 8-3 所示,该设备提供集成的路由、交换、无线及安全功能,满足 SOHO 网络的接入需求。

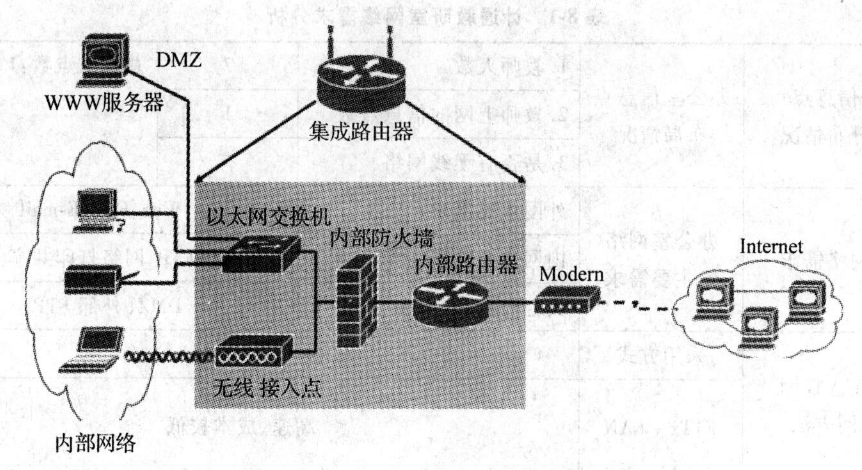

图 8-3 Linksys 无线路由器的内部组件

四、实践操作

> 背景知识/准备工作：
> 掌握用户需求的分析方法，准备好网络需求分析表。
> 本实验需要以下资源：
> · LinksysWRT54G 宽带路由器；
> · 一台带绘图软件的 PC，一台带无线网卡的笔记本或 PC；
> · 一根以太网交叉电缆。

(一)分析用户需求

我们通过分析计算机通信教研室的办公网络，整理了用户的需求，如表 8-1 所示。计算机通信教研室位于 1 号实验楼 1502 室，面积 30 平方米，只有一间办公室。办公室共有 7 台笔记本电脑(带无线网卡)、2 台 PC 机和 1 台网络打印机。其中笔记本为教师个人使用，带有 802.11 b/g无线网卡。1 台 PC 机为公用 PC，主要给外聘老师使用。另一台 PC 做 FTP 服务器，给内网和外网提供 FTP 文件服务。打印机服务主要提供给办公室内部使用，不对外提供打印服务。办公室已安装有 1 个信息点，使用 FTTx + LAN 方式接入，ISP 已经提供静态公网 IP 地址。网络拓扑见图 8-4。

表 8-1 计通教研室网络需求分析

<table>
<tr><td rowspan="25">(1号实验楼1502)办公室局域网需求分析</td><td rowspan="3">信息点分布情况</td><td rowspan="3">办公室信息点布局情况</td><td>1. 教师人数</td><td>7</td><td rowspan="3">总信息点数:1</td></tr>
<tr><td>2. 教师上网的信息点数</td><td>1</td></tr>
<tr><td>3. 是否有无线网络</td><td>有</td></tr>
<tr><td rowspan="3">网络需求</td><td rowspan="3">办公室网络的主要需求</td><td>外网主要需求</td><td colspan="2">Web、FTP、E-mail</td></tr>
<tr><td>内网主要需求</td><td colspan="2">FTP、网络打印共享</td></tr>
<tr><td>其他需求</td><td colspan="2">DMZ(外部 FTP)</td></tr>
<tr><td rowspan="2">接入校园网方法</td><td>采用方式</td><td colspan="3">主要特点</td></tr>
<tr><td>FTTx + LAN</td><td colspan="3">高速、成本较低</td></tr>
<tr><td rowspan="2">网络拓扑结构</td><td>拓扑结构</td><td>特点</td><td colspan="2">简要画出拓扑结构图</td></tr>
<tr><td>星型</td><td>结构简单,易于维护</td><td colspan="2">见图 8-4</td></tr>
<tr><td rowspan="8">网络硬件</td><td>设备名</td><td>型号</td><td colspan="2">局域网中的用途(角色)</td></tr>
<tr><td rowspan="3">计算机</td><td>Lenovo E660G</td><td colspan="2">教师笔记本</td></tr>
<tr><td>Lenovo M680E</td><td colspan="2">公用 PC</td></tr>
<tr><td>Lenovo M680E</td><td colspan="2">FTP 服务器</td></tr>
<tr><td>集线器</td><td></td><td colspan="2"></td></tr>
<tr><td>交换机</td><td></td><td colspan="2"></td></tr>
<tr><td>路由器</td><td></td><td colspan="2"></td></tr>
<tr><td>其他设备</td><td>Lenovo LJ2500N</td><td colspan="2">网络打印机</td></tr>
<tr><td rowspan="4">需要共享的资源</td><td rowspan="2">硬件</td><td colspan="3">Lenovo LJ2500N</td></tr>
<tr><td colspan="3"></td></tr>
<tr><td rowspan="2">软件</td><td colspan="3">FTP 服务器</td></tr>
<tr><td colspan="3"></td></tr>
<tr><td rowspan="3">成本核算</td><td>硬件</td><td colspan="2">宽带路由器(400 元)</td><td rowspan="3">总体成本价(元):
410</td></tr>
<tr><td>软件</td><td colspan="2"></td></tr>
<tr><td>其他成本</td><td colspan="2">双绞线(10 元)</td></tr>
</table>

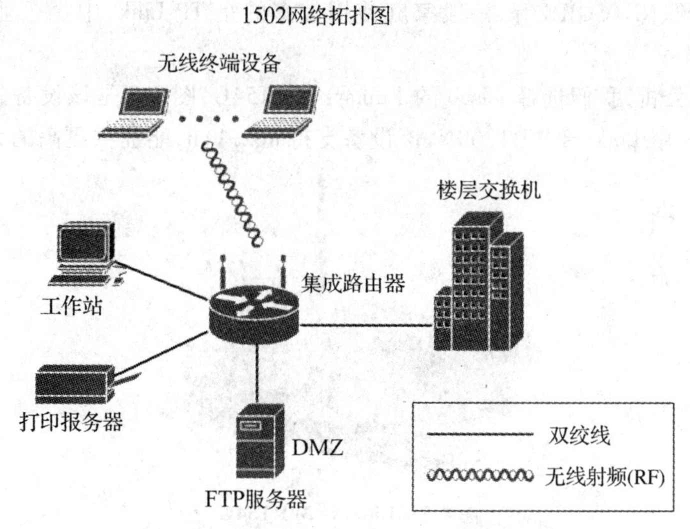

图 8-4 1502 办公室网络拓扑(逻辑拓扑)

(二)选择宽带路由器

宽带路由器是一种典型的 SOHO 型网络设备,集成了路由、交换、无线及安全等功能,市场上可选择的品牌和型号也比较多,价格相差不大,功能比较接近。用户可以根据自身需求选择相应的品牌和型号。下面,我们根据计算机通信教研室网络的需求,来选择相应的路由器。

1. 有线和无线

现在的宽带路由器分为有线和无线两大类。无线宽带路由器增加了无线 AP(Access Point),能满足无线设备的接入。计算机通信教研室网络中包括多台带无线网卡的笔记本电脑,因此,我们选择无线宽带路由器。同时,可以减少不必要的布线,对建筑物的破坏较小,也较美观。一般无线宽带路由器比有线设备高出 100 元左右,这个成本也是我们可以接受的。

2. 常用功能

对于宽带路由器,最基本的功能就是能够虚拟拨号和 WEB 界面的管理,这两个功能是每个厂家的设备都提供的。除此之外,宽带路由器还提供 DHCP、UPnP、防火墙、MAC 地址克隆(clone)、DMZ、DDNS、虚拟服务器、VPN 透传(Passthrough)、QOS、权限设置、网站过滤、打印服务器等功能。这里,DHCP、UPnP、防火墙、MAC 地址克隆(clone)、DMZ 这几个功能是本网络中需要的功能,所以,我们选择的设备时就要满足这些功能。

拓展知识——WEB 界面管理

与 Cisco 网络设备不同,作为 SOHO 型产品,使用 WEB 界面来管理设备,主要是方便用户的配置,毕竟大部分配置由用户自己完成。而 Cisco 设备使用的是 CLI 模式来配置和管理设备,相对比较专业。打个比方,就好比我们操作 Windows 视窗界面与操作 Linux 的文本界面。

3. 品牌与型号

宽带路由器的品牌较多,国外的品牌包括:Cisco-Linksys、Netgear 等,国内品牌包括 TP-

Link、D-Link、华硕、NETCORE 等，一般家庭使用较多的是 TP-Link，中小企业中使用较多的是 D-Link 和 Linksys。

根据前面的分析，我们选择 Cisco 的 Linksys WRT54G，图 8-5 是该设备的外观图。如果经费允许，建议采用 Linksys WRT300N，该设备支持 802.11n，能提供更高的无线传输速度和更大的传输距离。

图 8-5 Linksys WRT54G

拓展知识——Linksys WRT54G 功能简介

Linksys WRT54G 功能

· 符合 802.11g 和 802.11b(2.4GHz) 标准。
· 通过 Wi-Fi Protected Access(WPA) 和无线 MAC 地址过滤实现了无线安全性。
· 增强的互联网安全管理功能，包括带时间调度的互联网访问策略。
· 通过虚拟专用网(VPN) 远程访问您的公司网——支持 IPSec 和 PPTP Pass-Through。
· 支持动态域名系统(DDNS) 服务，静态和动态路由(RIP1 和 2) 以及 DMZ 托管。
· 基于 Web 的工具允许从任何 Web 浏览器进行轻松配置。
· 所有的 LAN 端口均支持自交叉(MDI/MDI-X) - 无需交叉电缆。

(三) 连接网络设备

Linksys WRT54G 共有 1 个 WAN 端口和 4 个 10/100M LAN 端口，如图 8-6 所示。根据网络拓扑图，我们将 WAN 接口与房间的信息面板相连(连接到楼层交换机)，使用双绞线将工作站、打印服务器和 FTP 服务器与 LAN 端口相连。

图 8-6 Linksys WRT54G 端口

拓展知识——选择双绞线

选择双绞线

· 宽带路由器的 LAN 端口支持自交叉，因此即使级联一个交换机，也不需要使用交叉线。

· 如果将房间信息面板与 LAN 端口相连接，则该宽带路由器则作为一个交换机使用。

无线终端设备只需开启无线网卡，即可接入无线网络。这里，我们以教师的联想 E660G 笔记本为例，完成网络接入。

操作步骤如下：

①点击【开始】，打开【控制面板】，选择【管理工具】，点击【服务】快捷方式，查看 Wireless Zero Configuration 服务是否启用，如图 8-7 所示。如果没有启用，则将其开启，为 802.11 适配器提供自动配置。

图 8-7　启用 Wireless Zero Configuration 服务

②选择【无线网络连接】图标，打开【无线网络连接】窗口，选择无线网络，如图 8-8 所示，单击【连接】按钮。完成连接后，查看任务栏图标，如图 8-9 表示连接成功。

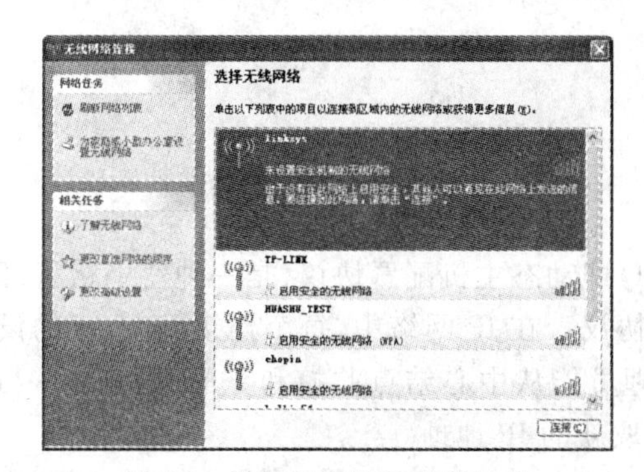

图 8-8　选择要连接的无线网络

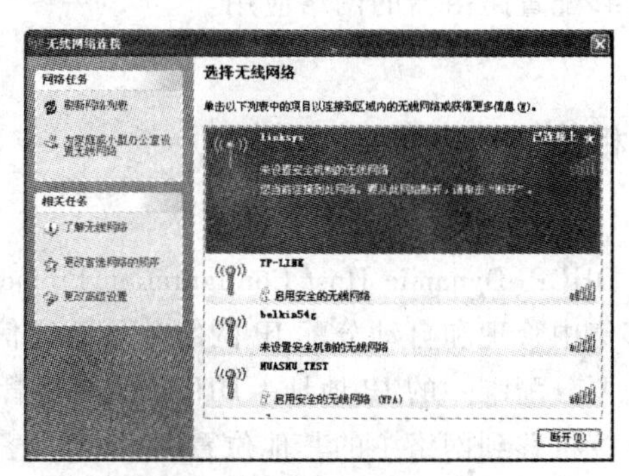

图 8-9　连接成功默认无线网络

（四）测试连通性

完成设备连接后，我们通过 Ping 命令测试设备之间的连通性。如图 8-10 所示，表明设备连接正常。

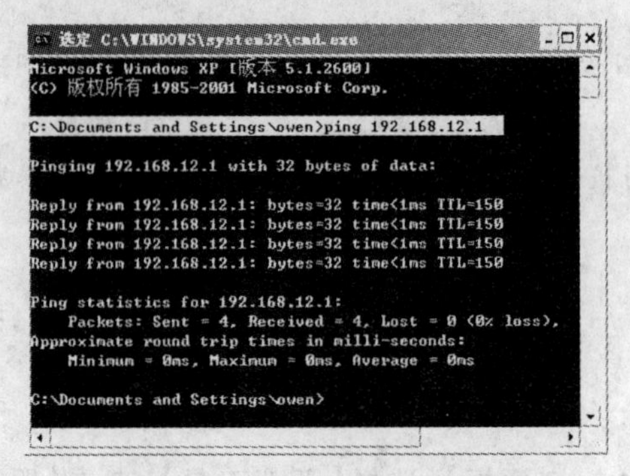

图 8-10 设备与宽带路由器连接正常

模块 2 配置宽带路由器

一、教学目标

1. 会配置宽带路由器；
2. 熟悉宽带路由器的高级配置。

二、工作任务

1. 登陆路由器的配置界面；
2. 配置路由器的网络连接；
3. 配置路由器的无线网络；
4. 配置路由器的网络应用。

三、相关知识点

（一）DHCP

DHCP（Dynamic Host Configuration Protocol）即动态主机配置协议，是一种使网络管理员能够集中管理和自动分配 IP 网络地址的通信协议。在 IP 网络中，每个连接 Internet 的设备都需要分配唯一的 IP 地址。DHCP 使网络管理员能从中心结点监控和分配 IP 地址。当某台计算机移到网络中的其他位置时，能自动获取新的 IP 地址。

DHCP 使用了租约（lease）的概念，或称为计算机 IP 地址的有效期。租用时间是不定的，主要取决于用户在某地连接 Internet 需要多久，这对于用户频繁改变环境是很实用的

(老师在教室上课,在办公室办公,不需要重新设置网络配置)。通过较短的租期,DHCP 能够在一个计算机比可用 IP 地址多的环境中动态地重新配置网络。

DHCP 支持为计算机分配静态地址,如需要永久性 IP 地址的 Web 服务器、打印服务器等。

DHCP 服务器还可以连接不同的操作系统设备,如使用 Linux 的操作系统与 Windows 系统设备之间的 IP 地址分配。

DHCP 服务器使用广播方式与客户端(client)通信,完成 IP 地址的分配。其过程包括 5 个步骤,如图 8-11 所示。

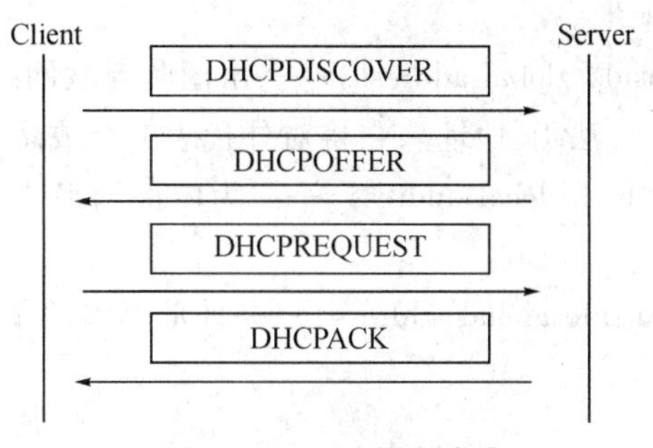

图 8-11 DHCP 操作步骤

(1)客户向所有节点发送一个 DHCPDISCOVER 广播——一个客户预先设置使用 DHCP,该客户向一台服务器发送一个请求来要求得到一个 IP 配置(通常在启动时)。客户通过在本地网段内发送一个被称为 DHCPDISCOVER 的广播(255.255.255.255)来查找 DHCP 服务器。

(2)服务器向客户发送一个 DHCPOFFER 单播——当服务器接收到广播时,它将确定是否可以用自己的数据库来为该请求提供服务。如果它不能为该请求提供服务,该服务器会将这个请求转发给其他 DHCP 服务器,这取决于它的配置。如果它可以为该请求提供服务,DHCP 服务器就以单播 DHCPOFFER 的形式为客户提供 IP 配置信息。DHCPOFFER 是一个提议配置,可能包括 IP 地址、DNS 服务器地址和租期。

(3)客户向所有节点发送一个 DHCPREQUEST 广播——如果客户发现适合的提议,它将发送另一个广播 DHCPREQUEST,明确地请求那些特殊的 IP 参数。为什么客户广播请求而不是向服务器单播请求?使用广播是因为第一个消息(DHCPDISCOVER),也许到达了多台 DHCP 服务器。如果有多台服务器产生提议,那么广播的 DHCPREQUEST 就可以让大家知道接受的是谁的提议。被接受的提议通常是第一个收到的提议。

(4)服务器向客户发送一个 DHCPACK 单播——收到 DHCPREQUEST 的服务器通过发送一个单播确认 DHCPACK,来进行正式的配置。注意,服务器可能但也未必不发送 DHCPACK,因为它可能已经临时将信息租借给了另外一个客户。收到 DHCPACK 消息后,客户立刻开始使用所分配的地址。

如果客户检测到该地址已经在本地网段中使用,它就会发送一个 DHCPDECLINE 消息,并重新开始申请过程。如果客户在发送 DHCPREQUEST 之后从服务器收到一个 DHCPNACK,它也会重新开始申请过程。

(5)客户释放 IP 地址——如果客户不再需要它的 IP 地址,客户会向服务器发送一个 DHCPRELEASE 消息。

宽带路由器只实现了部分的 DHCP 服务功能,如分配 IP 地址、子网掩码、DNS 服务器地址,设置 IP 地址租期等,能够满足用户的基本需求。

(二)NAT

NAT(Network Address Translation)即网络地址转换,是将一组 IP 地址映射(mapping)到另一组 IP 地址的技术,即将内网的私有 IP 地址转换成公网的公有 IP 地址,使得内部网络能够访问外部网络。这样有效的对外部世界隐藏了内部网络,并提高了安全性。

1. NAT 术语

(1)内部本地地址(Inside local address)——分配给内部网络中一台主机的 IP 地址,可以是一个 RFC 1918 私有地址。

(2)内部全球地址(Inside global address)——由国际互联网络信息中心(InterNIC)或服务提供商(SP)分配的一个合法 IP 地址。它将对外代表一个或多个内部本地 IP 地址。

(3)外部本地地址(Outside local address)——为内部网络主机所知的一台外部主机的 IP 地址。

(4)外部全球地址(Outside global address)——外部网络的某台主机拥有者分配给该主机的 IP 地址。

2. NAT 类型

(1)静态 NAT——将一个特定的内部本地地址映射到内部全球地址上。内部本地和内部全球地址被静态的一对一映射起来。这意味着对于每一个内部本地地址,静态 NAT 都需要一个内部全球地址。

(2)动态 NAT——在路由器收到需要转换的通信之前,NAT 表中不存在转换。动态转换是临时的,它们最终会超时。

(3)PAT——称为"多对一"NAT 或者叫地址超载(address overloading)。使用地址超载,数以百计的私有地址节点可以使用一个全球地址访问互联网。NAT 路由器通过对转换表中的 TCP 和 UDP 端口号进行映射来区分不同的会话(session)。

3. NAT 优点

(1)消除了重新寻址的开销——需要外部访问时不再需要重新分配所有主机的地址,节省了时间和金钱。

(2)通过端口级的复用节约了地址——使用 NAT,内部主机可以共享一个注册 IP 有的外部通信。在这种配置方式下,只需要相对较少的外部地址就可以支持大量的内部 IP 地址。

(3)保护网络安全——因为私有网络并不通告它们的地址或内部拓扑,所以当他们与用以获取受约束的外部访问时,仍然保持了相当的安全。

4. NAT 的缺点

(1)增加了延迟——交换路径延迟的引入是因为需要转换分组头中的 IP 地址。由于 NAT 普遍使用处理变换来实现,因此需要考虑性能。CPU 必须查看每个分组以决定是否需要转换,然后改变 IP 报头(可能还有 TCP 报头)。这一过程不太容易进行高速缓存。

(2)丧失了端到端的 IP 追踪能力——当分组在多个 NAT 上经历许多次的分组地址转换后,要跟踪该分组是非常困难的。当然这种情况也导致了更安全的链路,因为电脑黑客将很难确定分组的源,甚至不可能跟踪或获得初始的源或目的地址。

(3)使用 IP 寻址的应用无法工作——因为它隐藏了端到端的 IP 地址,那些使用物理地址而不符合要求的域名的应用将无法到达那些经过 NAT 路由器转换的目的地。有时,可以通过实现静态 NAT 映射来避免这一问题。

（三）DMZ

DMZ（DeMilitarized Zone in Networks）即非军事区，又称非保护区，指的是通过防火墙而独立于其他系统的部分网络，为了实现在保护内部网络的安全同时，又可以保证需要放置在 Internet 上的服务器的安全，防火墙只允许部分类型的网络流量进入或离开。

非军事区安全性高于外部网络，低于内部网络。它是由一个或多个防火墙创建的，这些防火墙起到分隔内部、非军事区和外部网络的作用。用于公开访问的 Web 服务器、邮件服务器等通常位于非军事区中。

单个防火墙，如图 8-12 所示，包含三个区域，分别用于外部网络、内部网络和非军事区。来自外部网络的所有通信量都被发送到防火墙。然后防火墙会监控通信量，决定哪些通信量应传送到非军事区，哪些应传送到内部，以及哪些应予以拒绝。

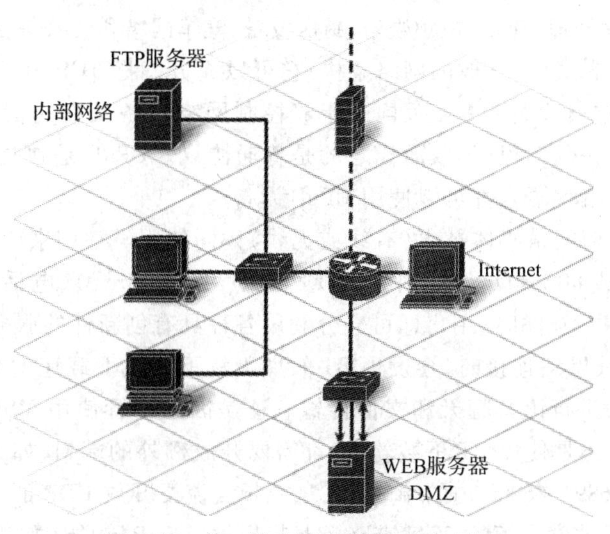

图 8-12　单一防火墙配置的 DMZ 网络

如图 8-13 所示，在双防火墙配置中，防火墙分为内部防火墙和外部防火墙，其间则是非军事区。外部防火墙限制较少，允许 Internet 用户访问非军事区中的服务，而且允许任何内部用户请求的通信量通过。内部防火墙限制较多，用于保护内部网络免遭未授权的用户访问。

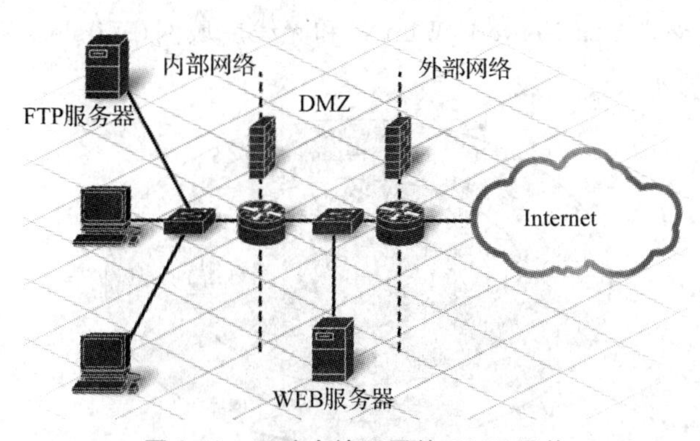

图 8-13　双防火墙配置的 DMZ 网络

单一防火墙配置适用于规模较小、通信量较少的网络。但是单一防火墙配置存在一个故障点，可能发生过载。双防火墙配置更适合处理通信量较大的大型复杂网络。

（四）MAC address clone

MAC 地址克隆，也称 MAC 地址映射。有些学校对内部网络的管理比较严格，使用 MAC-IP 绑定方式进行限制，这样宽带路由器是无法直接使用校园网络的。这时，开启地址 MAC 克隆，把被绑定的网卡 MAC 地址映射到宽带路由器的 WAN 端口，让监控系统把这台路由器认定为是被绑定的网卡，就可以正常连接到网络。

（五）UPnP

UPnP（Universal Plug and Play），中文意思是通用即插即用。UPnP 是各种各样的智能设备、无线设备和个人电脑等实现遍布全球的对等网络连接（P2P）的结构。

UPnP 的应用范围非常大，以致足够可以实现许多现成的、新的及令人兴奋的方案，包括家庭自动化、打印、图片处理、音频/视频娱乐、厨房设备、汽车网络和公共集会场所的类似网络。

UPnP 是一种分布式的，开放的网络架构，它可以充分发挥 TCP/IP 和网络技术的功能，不但能对类似网络进行无缝连接，而且还能够控制网络设备及在它们之间传输信息。在 UPnP 架构中没有设备驱动程序，取而代之的是普通协议。UPnP 是独立的媒介。在任何操作系统中，利用任何编程语言都可以使用 UPnP 设备。

UPnP 可以和任何网络媒体技术（有线或无线）协同使用。举例来说，这包括：Category 5 以太网电缆、Wi-Fi 或 802.11b 无线网络、IEEE 1394（“Firewire”）、电话线网络或电源线网络。当这些设备与 PC 互联时，用户即可充分利用各种具有创新性的服务和应用程序。

当我们使用无线网络连接时，会发现 BT 软件无法下载或下载速度很慢，即时通信软件 MSN Messenger 无法进行语音聊天和文件传输。这是因为不管使用 MSN Messenger 进行语音聊天和文件传输，还是使用 BT 下载软件，都需要开放额外的端口，如 MSN Messenger 文件传输要开放 TCP 的 6891 ~ 6900 内的端口，语音、视频交流要开放 UDP 的 5004 - 65535 间的端口。手工映射端口是非常麻烦的，而宽带路由器都提供“UPnP”功能（默认设置为关闭），我们只需要启动该功能，就能自动完成端口映射，这样 MSN Messenger、BT 等软件就能正常工作了。

（六）WLAN

1. WLAN

无线网络分为三个主要类别：无线个域网（Wireless Personal Area networks，WPAN）、无线局域网（Wireless Local Area Network，WLAN）和无线广域网（Wireless Wide Area networks，WWAN），如图 8-14 所示。

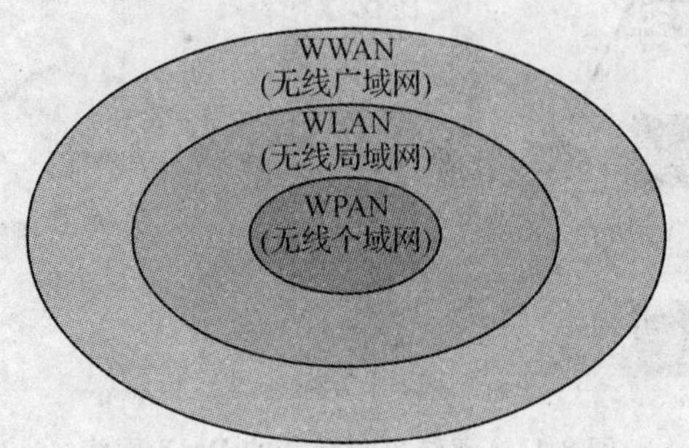

图 8-14　无线网络的范围划分

(1)WPAN

这是最小的无线网络,用于连接各种外围设备到计算机,例如鼠标、键盘和 PDA 等。所有这些设备专属于通常使用红外(IR)或蓝牙(Bluetooth)技术的一台主机。

(2)WLAN

WLAN 通常用于延伸本地有线网络的覆盖范围。WLAN 使用无线电射频(Radio Frequency,RF)技术并遵守 IEEE 802.11 标准。它们可以让许多用户通过称为“接入点”(AP)的设备连接到有线网络。接入点用于连接无线主机和有线以太网络中的主机。

(3)WWAN

WWAN 网络覆盖非常广大的区域。移动电话网络就是一种非常典型的 WWAN。这些网络使用码分多址(CDMA)或全球移动通信系统(GSM)等技术,通常受政府机构的管制。

2. Wi-Fi

Wi-Fi(Wireless Fidelity),中文翻译无线保真,与蓝牙、红外(IR)技术一样,同属于在办公室和家庭中使用的短距离无线技术。相对与蓝牙和红外,Wi-Fi 采用无线电射频(RF),具有传输距离长,速率快的特点。

Wi-Fi 遵守 IEEE802.11 标准,目前可用的标准包括 802.11a、802.11b、802.11g 和 802.11n。

(1)802.11a

①使用 5GHz RF 频谱;

②与 2.4GHz 频谱(即 802.11b/g/n 设备)不兼容;

③范围大约是 802.11b/g 的 33%;

④与其他技术相比,实施此技术非常昂贵;

⑤802.11a 标准的设备越来越少。

(2)802.11b

①首次采用 2.4GHz 的技术;

②最大数据速率为 11Mbps;

③范围大约是室内 46 米(150 英尺)/室外 96 米(300 英尺)。

(3)802.11g

①2.4GHz 技术;

②最大数据速率增至 54Mbps;

③范围与 802.11b 相同;

④与 802.11b 向下兼容。

(4)802.11n:

①正在开发中的最新标准

②2.4GHz 技术(草案标准规定了对 5GHz 的支持)

③扩大范围和数据吞吐量

④与现有的 802.11g 和 802.11b 设备向下兼容(草案标准规定了对 802.11a 的支持)

3. WLAN 组件

WLAN 组件包括无线网桥(Bridge)、接入点(Access Point,AP)、无线客户端和天线(Antennas)。其中,无线网桥通过无线链路连接两个有线网络,最大传输距离可达 40 公里。

接入点控制有线与无线网络的接入,例如让无线客户端接入有线网络。AP 支持有限区域内的无线连接,称为蜂窝(Cell)或基本服务集(Basic Service Set, BSS)。无线客户端即能够加入到无线网络的主机设备。通常称为 STA(Station 的缩写),简称站点。天线包括定向天线(Directional antennas)和全向天线(Omni-directional antennas)。定向天线通过将所有信号集中到一个方向,可以实现远距离传输。定向天线常用于桥接某些应用,而全向天线则常用于 AP。

在构建无线网络时,需要将无线组件连接到适当的 WLAN。这可以通过使用服务集标识符(SSID)来完成。服务集标识符是一个区分大小写的字母数字字符串,最多可以包含 32 个字符。它包含在所有帧的报头中,并通过 WLAN 传输。SSID 用于标识无线设备所属的 WLAN 以及能与其相互通信的设备。无论是哪种类型的 WLAN,同一个 WLAN 中的所有设备必须使用相同的 SSID 配置才能进行通信。

拓展知识——宽带路由器的默认 SSID

每个厂家都有其默认的 SSID 号,例如 Linksys 的路由器的默认 SSID 号是 linksys,而 TP-Link 的默认 SSID 号是 TP-LINK,D-Link 的默认 SSID 号是 dlink,用户可以根据自己的需求来修改 SSID。

4. WLAN 架构

WLAN 有两种基本形式:对等模式(Ad-hoc)和基础架构模式(Infrastructure Mode),如图 8-15 所示。

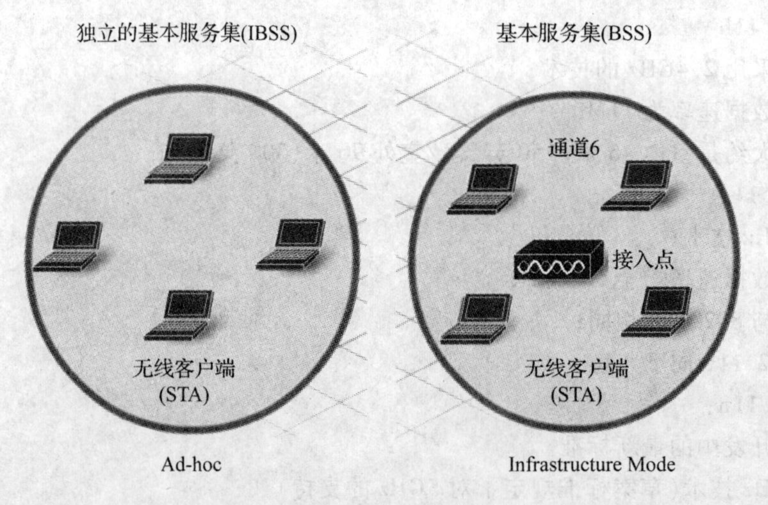

图 8-15 WLAN 两种基本形式

(1)对等模式

在点对点网络中,将两台或以上的客户端连接到一起,就可以创建最简单的无线网络。以这种方式建立的无线网络称为对等网络,其中不含 AP。一个对等网络中的所有客户端是平等的。此网络覆盖的区域称为独立的基本服务集(Independent Basic Service Set,IBSS)。简单的对等网络可用于在设备之间交换文件和信息,而免除了购买和配置 AP 的成本与麻烦。

(2)基础架构模式

对等模式适用于小型网络,而大型网络需要一台设备来控制无线单元中的通信。如果存在 AP,则 AP 将会承担此角色,控制可以通信的用户及通信时间。这就称为基础架构模式,它是家庭和企业环境中最常用的无线通信模式。在这种形式的 WLAN 中,不同 STA 之间无法直接通信。为了进行通信,每台设备都必须从 AP 获取许可。AP 控制所有通信,确保所有 STA 都能平等访问介质。单个 AP 覆盖的区域称为基本服务集(BSS)或单元。

5. ESS

基本服务集(BSS)是 WLAN 最小的构成单位。单个 AP 的覆盖区域有限。要扩大覆盖区域,可以通过分布系统(Distribution System,DS)连接多个 BSS,从而形成扩展服务集(Extended Service Set,ESS)。ESS 使用了多个 AP。每个 AP 都位于一个独立的 BSS 中。

为了在单元之间移动时不至于丢失信号,BSS 必须具有大约 10% 的重叠量,以允许客户端在与第一个 AP 断开之前连接到第二个 AP。图 8-16 就是一个多 BSS 的分布系统。

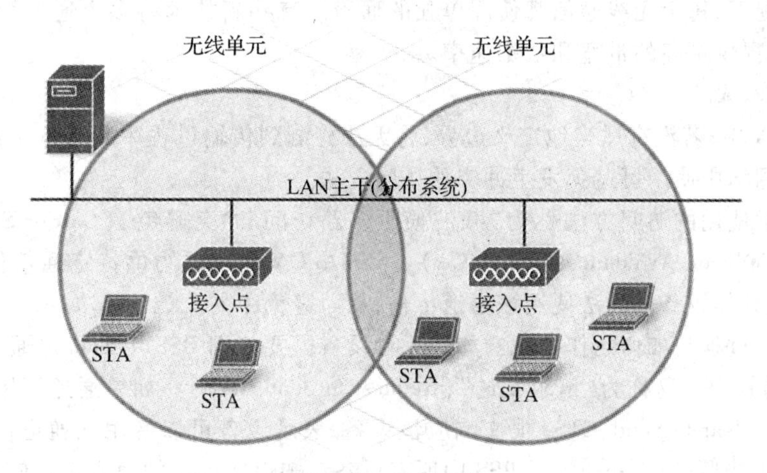

图 8-16 分布系统

大多数家庭和小型企业环境都只有一个 BSS。但是,当覆盖范围需要扩大以及需要连接更多主机时,就必须创建 ESS。

6. 通道(Channel)

无论无线客户端是在 IBSS、BSS 还是 ESS 中通信,发送方与接收方之间的通信必须受到控制。控制方法之一是使用通道。

对可用的 RF 频谱进一步划分即形成通道。每个通道都可以传送不同的通信。此方式类似于多个电视频道通过一个介质传输。多个 AP 若使用不同的通道进行通信,就可以彼此靠近运作。如图 8-17 所示,两个 AP 之间使用的是不同的通道。

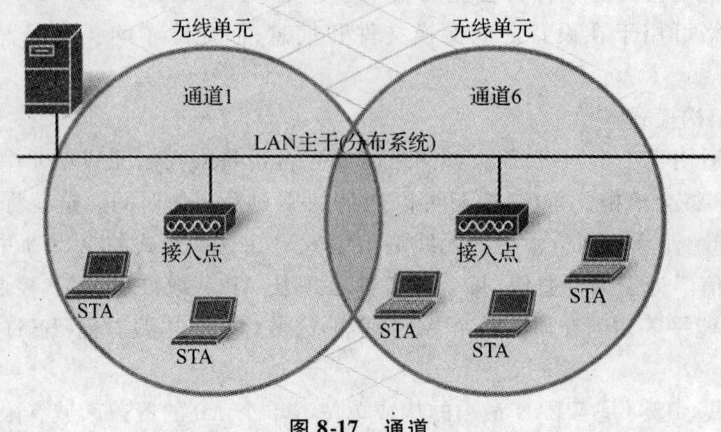

图 8-17　通道

但是,不同通道使用的频率可能会存在重叠,因而不同的通信必须在不重叠的通道中传输。通道的数量和分配方式取决于区域和技术。可以根据当前用途及可用的吞吐量,手动或自动选择用于特定通信的通道。

一般情况下,每个无线通信都使用单独的通道。有些新技术将多个通道合并成一个较宽通道,从而提供更高的带宽和数据速率。

7. CSMA/CA

在 WLAN 中,若没有适当地定义边界,将无法检测到传输过程中是否发生冲突。因此,必须在无线网络中使用可避免发生冲突的访问方法。

无线技术使用的访问方法称为"载波侦听多路访问/冲突避免"(Carrier Sense Multiple Access with Collision Avoidance,CSMA/CA)。CSMA/CA 可以预约供特定通信使用的通道。在预约之后,其他设备就无法使用该通道传输,从而避免冲突。

这种预约过程是如何运作的呢？如果一台设备需要使用 BSS 中的特定通信通道,就必须向 AP 申请权限。这称为"请求发送"(Request to Send,RTS)。如果通道可用,AP 将使用"允许发送"(Clear to Send,CTS)报文响应该设备,表示设备可以使用该通道传输。CTS 将广播到 BSS 中的所有设备。因此,BSS 中所有设备都知道所申请的通道正在使用中。

通信完成之后,请求该通道的设备将给 AP 发送另一条消息,称为"确认"(Acknowledgement,ACK)。ACK 告知 AP 可以释放该通道。此消息也会广播到 WLAN 中的所有设备。BSS 中所有设备都会收到 ACK,并知道该通道重新可用。

8. WLAN 身份认证(Authentication)

身份验证是根据一组证书允许登录网络的过程,用于验证尝试连接网络的设备是否可以信赖。

使用用户名和密码是最常见的身份验证形式。在无线环境中,身份验证同样用于确保连接的主机已经过验证,但处理验证过程的方式稍有不同。如果启用身份验证,必须在允许客户端连接到 WLAN 之前完成。无线身份验证方法有三种:开放式身份验证(Open Authentication)、预共享密钥 PSK 和可扩展身份验证协议 EAP。

(1)开放式身份验证

默认情况下,无线设备不要求身份验证。任何身份的客户端都可以关联。这称为开放式身份验证。开放式身份验证应只用于公共无线网络,例如为数众多的学校和酒店的无线网络。如果网络在客户端连接之后通过其他方式进行身份验证,则也可以使用开放式身份验证。

(2)预共享密钥(Pre-shared keys,PSK)

使用PSK时,AP和客户端必须配置相同的密钥(key)或加密密码。AP发送一个随机字符串到客户端。客户端接受该字符串,根据密钥对其进行加密(或编码),然后发送回AP。AP获取加密的字符串,并使用其密钥解密(或解码)。如果从客户收到的字符串在解密后与原来发送给客户端的字符串匹配,就允许该客户端连接。

PSK执行单向身份验证,即向AP验证主机身份。PSK不向主机验证AP的身份,也不验证主机的实际用户。

(3)可扩展身份验证协议(Extensible Authentication Protocol,EAP)

EAP提供相互或双向的身份验证以及用户身份验证。在客户端安装EAP软件时,客户端将与后端身份验证服务器[例如远程身份验证拨号用户服务(RADIUS)]通信。该后端服务器的运行独立于AP,并负责维护有权访问网络的合法用户数据库。使用EAP时,用户和主机都必须提供用户名和密码,以便对照RADIUS数据库检查其合法性。如果合法,该用户即通过了身份验证。

9. WLAN上的加密

身份验证和MAC过滤可以阻止攻击者连接无线网络,但无法阻止他们拦截传输的数据。因为无线网络没有单独的边界,并且所有通信量都通过空间传输,所以攻击者很容易拦截或窃听无线帧。而经过加密之后,攻击者即使拦截了传输的数据,也无法使用它们。

(1)有线等效协议(Wired Equivalency Protocol,WEP)

有线等效协议(WEP)是一项高级安全功能,用于加密通过空间传送的网络通信量。WEP使用预配置的密钥加密和解密数据。

WEP密钥是一个由数字和英文字母组成的字符串,长度一般为64位或128位。有时WEP也支持256位的密钥。为简化这些密钥的创建和输入,许多设备都有密码短语(Passphrase)选项。密码短语是方便记忆自动生成密钥所用字词或短语的一种方法。

为使WEP生效,AP以及每台可以访问网络的无线设备都必须输入相同的WEP密钥。若没有此密钥,设备将无法理解无线传输的内容。

(2)Wi-Fi保护访问(Wi-Fi Protected Access,WPA)

WEP是一种防范攻击者拦截数据的极佳方式。但WEP也有缺陷,例如,所有启用WEP的设备都使用静态密钥。攻击者可以使用一些应用程序来破解WEP密钥。这些应用程序在Internet上很容易获得。攻击者一旦获取密钥,便可访问所有传输的信息。

填补此漏洞的一种方法是频繁更改密钥。另一种方法是使用形式更高级、更安全的加密,称为Wi-Fi保护访问(WPA)。

WPA也使用加密密钥,其长度在64位到256位之间。但与WEP不同的是,每当客户端与AP建立连接时,WPA都会生成新的动态密钥。因此,WPA比WEP更安全,其破解难度也要大很多。

(七)PPPoE

PPPoE(Point-to-Point Protocol over Ethernet),即以太网上点对点协议(RFC2516),由Redback、RouterWare和UUNET Technologies联合开发的。通过把最经济的局域网技术——

以太网和点对点协议的可扩展性及管理控制功能结合在一起,网络服务提供商和电信运营商便可利用可靠和熟悉的技术来加速部署高速互联网业务。它使服务提供商在通过数字用户线、电缆调制解调器或无线连接等方式,提供支持多用户的宽带接入服务时更加简便易行。同时该技术亦简化了最终用户在动态地选择这些服务时的操作。

PPPoE 基于以太网的点对点协议,当前的 PPPOE 主要被 ISP 用于 xDSL 和 Cable Modems与用户端的连接,他们几乎与以太网一样。PPPoE 是一种标准的点对点协议(PPP),他们之间只是传输上的差异:PPPoE 使用 Modem 连接来代替普通的以太网。一般来说,PPPoE是基于与用户认证和通过分发 IP 地址给客户端。一个 PPPoE 连接由客户端和一个访问集线服务器组成,客户端可以是一个安装了 PPPoE 协议的 Windows 电脑。PPPoE 客户端和服务器能工作在任何以太网等级的路由器接口上。

四、实践操作

背景知识/准备工作:

准备好网络设备的连接。

本实验需要以下资源:

- LinksysWRT54G 宽带路由器;
- 一台带无线网卡的笔记本或 PC;
- 一根以太网交叉电缆。

(一)登录宽带路由器

操作步骤如下:

(1)打开 IE 浏览器,在地址栏输入宽带路由器的地址"HTTP://192.168.1.1",然后回车。注意,每个厂家的初始管理地址可能有所不同,如 TP-Link 的默认管理地址为"192.168.1.1",大家可以查看配置说明书。

(2)在弹出对话框中,输入用户名和密码,均为"admin",然后回车,如图 8-18 所示。

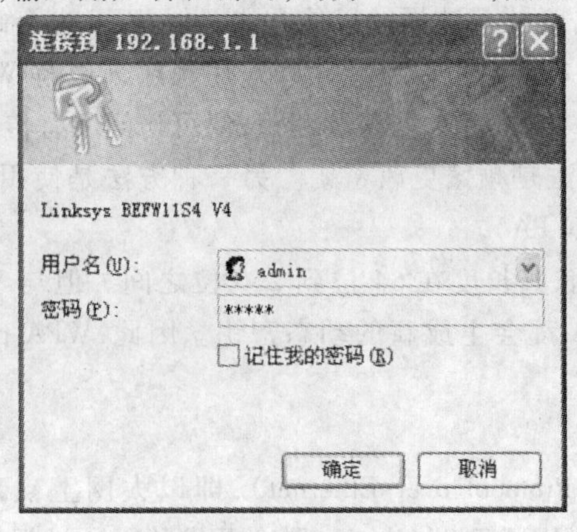

图 8-18 登陆路由器

(二)修改登陆密码

为保证路由器的配置不被随意修改,我们可以修改登陆的密码。

操作步骤如下:

(1)在管理界面菜单栏上,点击【Administration】菜单,进入【Management】子菜单。如图8-19所示。

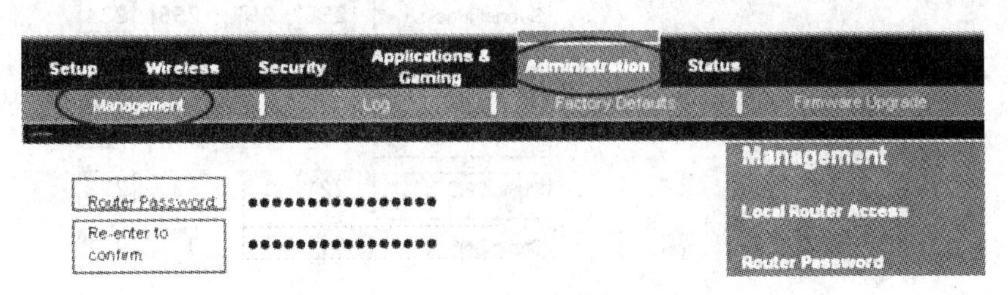

图 8-19　修改登陆的密码

(2)在【Router Password】中输入密码,【在 Re-enter to confirm】中确认输入的密码,在设置密码过程中,最好能够使用字母、数字加特殊符号的方式,保证密码的安全性。最后,单击【Save Setting】按钮保存更改,如图 8-20 所示。

图 8-20　保存修改

(三)配置 WAN 属性

操作步骤如下:

(1)在管理界面菜单栏上,点击【Setup】菜单,进入【Basic setup】子菜单。

(2)点击下拉菜单,选择网络连接方式,如图 8-21 所示。常用的方式有静态 IP、DHCP 和 PPPoE 三种。根据现有网络的情况,我们选择【Static IP】选项。

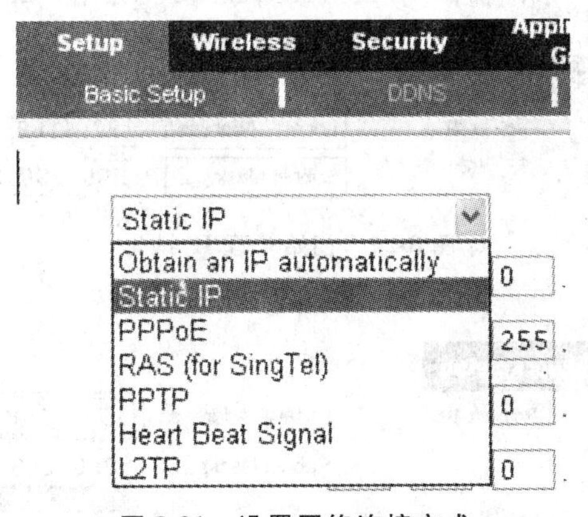

图 8-21　设置网络连接方式

(3)根据 ISP 提供的地址,我们设置【IP Address】为“120.160.43.224”,【Subnet Mask】子网掩码为“255.255.255.224”,因为 ISP 只提供了“120.160.43.224/27”的公网 IP 网段。【Default Gateway】默认网关为“120.160.43.254”。DNS 服务器地址为“221.12.1.228”和“221.

12.33.228”。配置完成后,如图 8-22 所示。最后保存设置,即完成了与外部网络的连接。

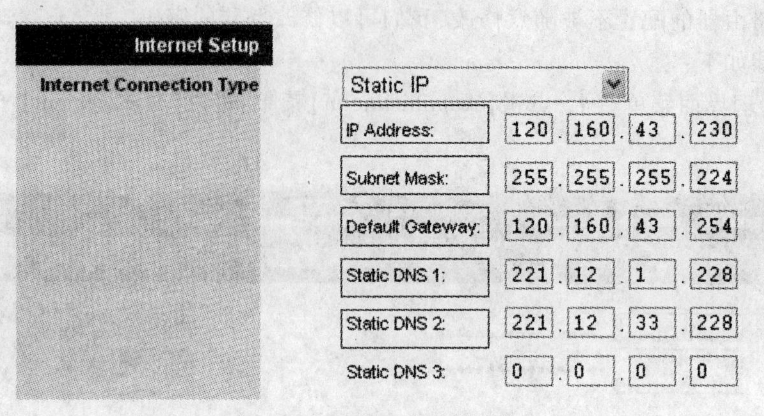

图 8-22 设置网络连接参数

(4)如图 8-23 所示,部分 ISP 需要用户输入主机名、域名(Domain name)以及设置相应的 MTU 大小,包括端口的速率(Speed)和双工(Duplex)模式。这里我们不进行配置。

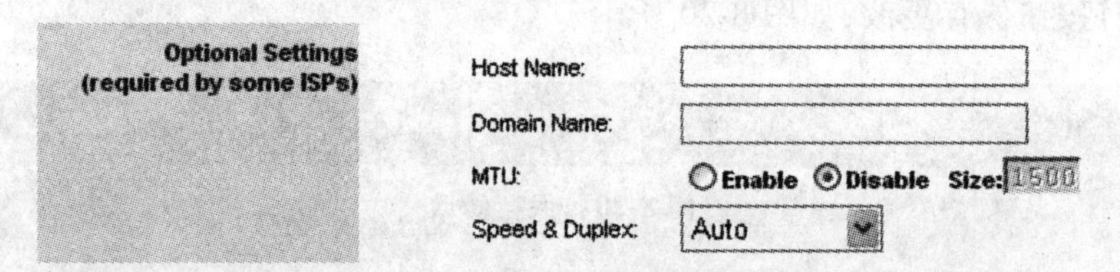

图 8-23 设置可选的网络连接参数

(四)配置 LAN 属性

操作步骤如下:

(1)如图 8-24 所示,默认路由器的管理 IP 为“192.168.1.1/24”。这里我们修改路由器的管理 IP 为“192.168.12.1”,子网掩码为“255.255.255.0”,如图 8-25 所示。设置完成后保存。

图 8-24 初始管理 IP 地址

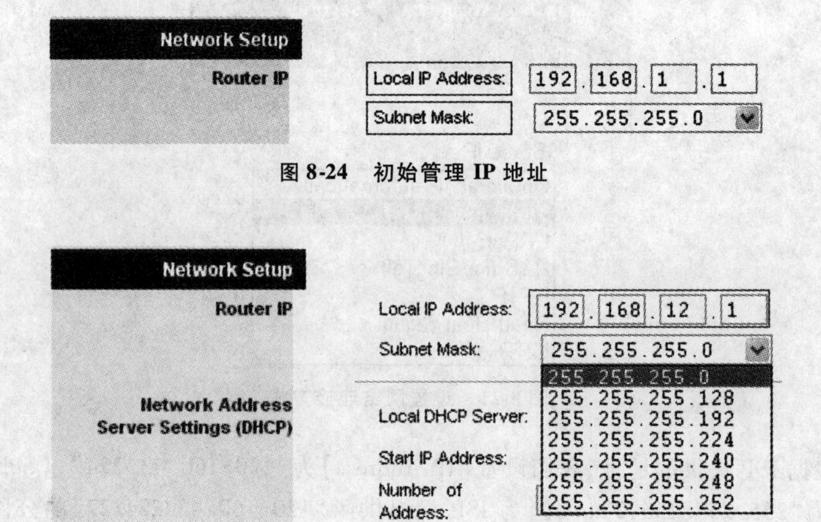

图 8-25 设置管理 IP 地址

(2)在 IE 浏览器中输入新的管理 IP,重新登陆路由器。

(3)设置 DHCP 服务器的属性。点击【Enable】按钮则启用了本地 DHCP 服务,设置起始 IP 地址为“192.168.12.100”,IP 地址数为“50”个。DHCP 客户端的租约为默认的“0”,表示 2 天。如图 8-26 所示。

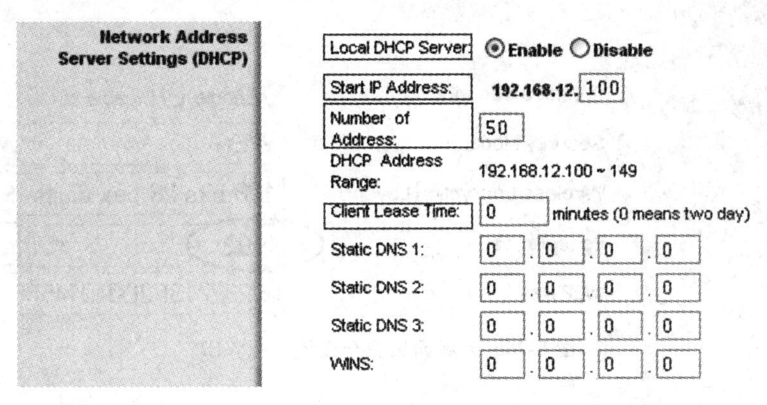

图 8-26　“DHCP”配置

(五)配置 WLAN 属性

操作步骤如下:

(1)在管理界面菜单栏上,点击【Wireless】菜单,进入【Basic Wireless Setting】子菜单。

(2)【Wireless】参数,选择“Enable”,启用无线 AP。将【SSID】修改为“1502”,【Wireless Channel】参数设为通道“1”,防止与其他 AP 信号的相互干扰。禁用(Disabled)SSID 广播(Broadcast),提高无线网络的安全,但对于用户比较麻烦,需要手工设置 SSID。配置结果如图 8-27 所示。

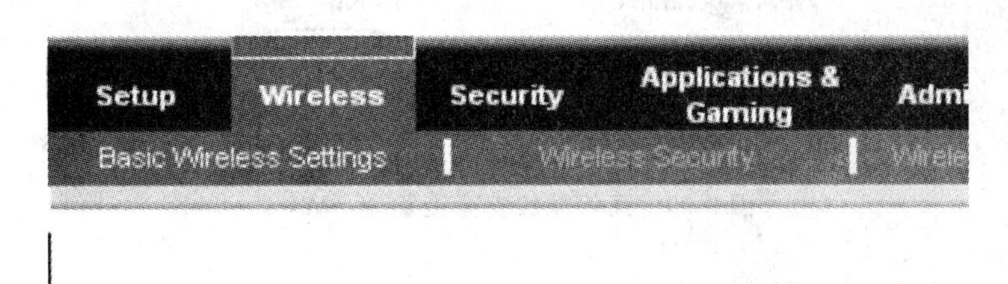

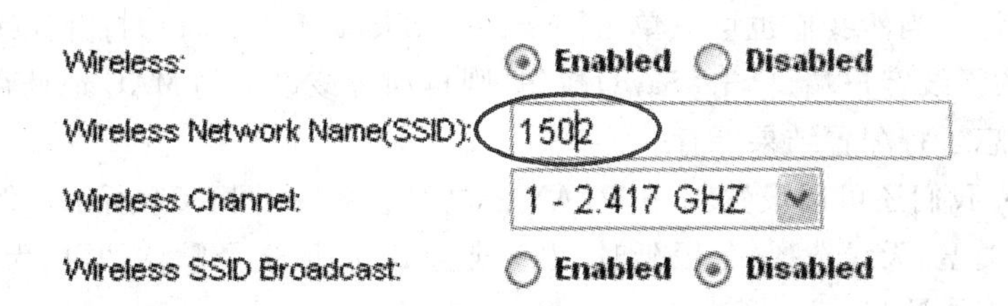

图 8-27　无线网络的基本设置

(3)安全设置。点击【Wireless Security】子菜单,启用身份认证,并选择加密算法。这里,我们选择 WEP 模式,加密级别是 128 位,密码参数是“1502”。点击【Generate】按钮,生成 WEP 密钥。配置结果如图 8-28 所示,最后将配置结果保存。这样只有知道密钥的用户才能连接到网络。

图 8-28　无线网络安全设置——WEP

当然,对于家庭网络的用户,也可以选用 WPA Pre-Shared Key 方式进行身份认证,如图 8-29 所示。不过该方法的密钥容易被强行破解,因此安全性较低。

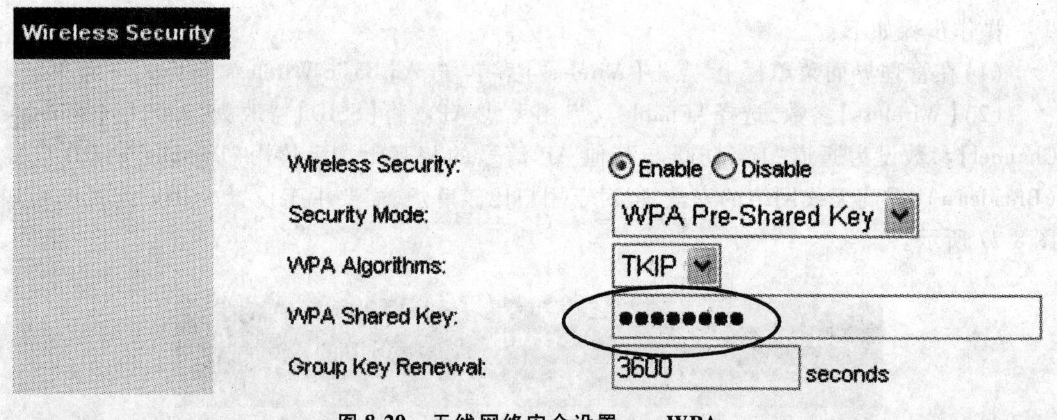

图 8-29　无线网络安全设置——WPA

(4)默认情况下,允许所有的设备接入无线网络。通过设置 Access List,来过滤非授权的用户访问网络。如图 8-30 所示,选择【Restrict Access】,可以录入 20 个允许访问的网络设备的 MAC 地址。当然我们也可以单击【Wireless Client MAC List】,打开无线客户端列表,选择想要添加的无线客户端,单击【Save】按钮,则自动将该设备的 MAC 地址存入 MAC 访问列表。最后,别忘了将配置结果保存。

(5)此外,我们还可以设置一些 WLAN 的高级参数,如图 8-31 所示。例如,数据传输速率、身份认证类型、天线选择、分段延时、报头类型等,一般选择默认即可,无需修改。

(六)DMZ 设置

操作步骤如下:

(1)在管理界面菜单栏上,点击【Applications & Gaming】菜单,点击进入【DMZ】子菜单。

(2)启用 DMZ 功能,并将 FTP 服务器的 IP 地址"192.168.12.140"填入【DMZ Host IP Address】选项,如图 8-32 所示。

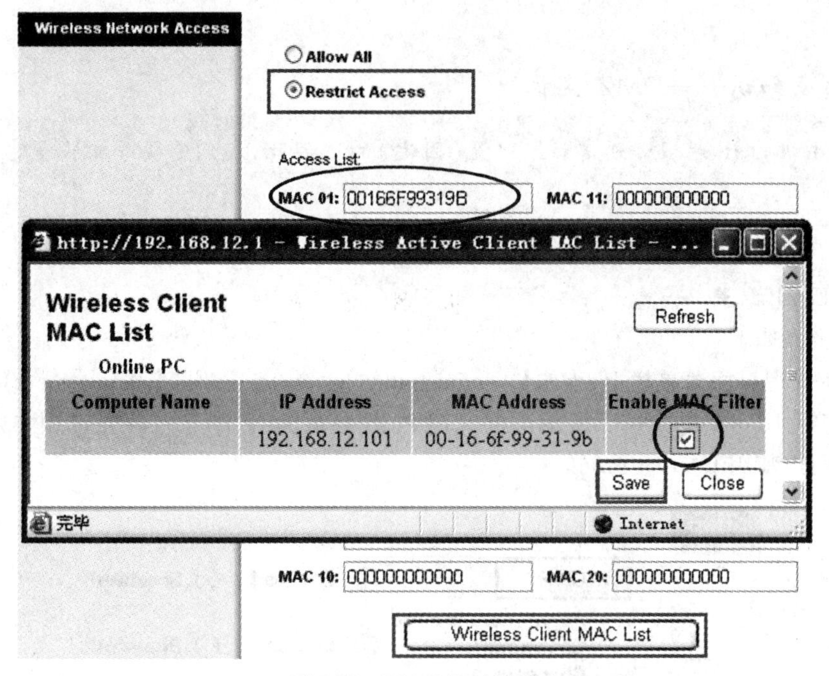

图 8-30 MAC 地址过滤

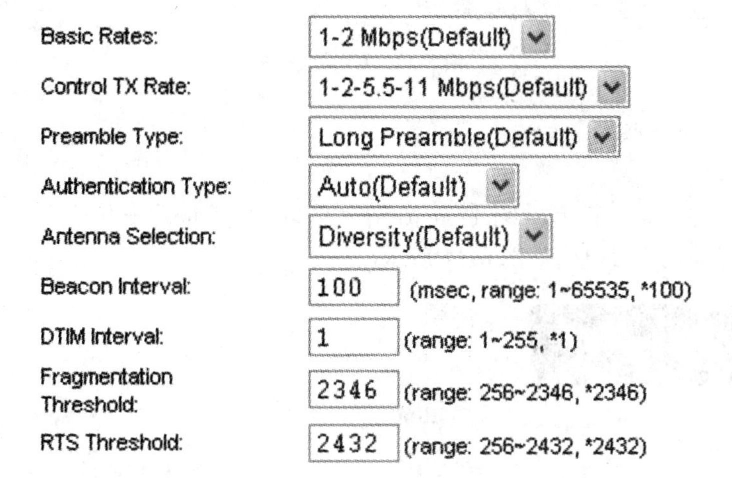

图 8-31 无线高级参数设置

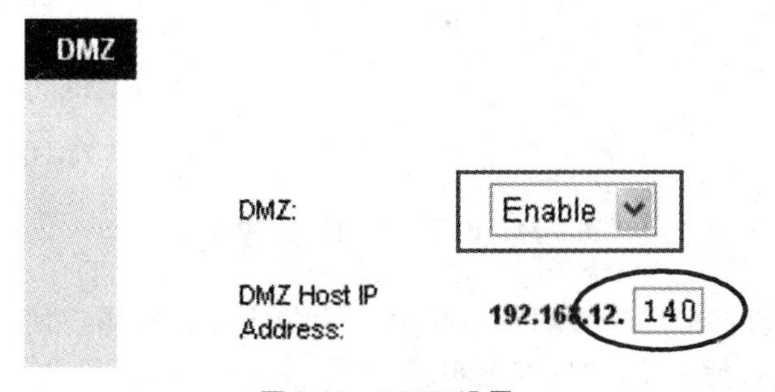

图 8-32 DMZ 设置

拓展知识——DMZ 主机

DMZ 主机的 IP 地址必须是静态配置(固定)的。因此,我们需要手工设置该 FTP 服务器的 IP 地址。

(七)UPnP 配置

操作步骤如下:

(1)在管理界面菜单栏上,点击【Administration】菜单,点击进入【Management】子菜单。

(2)启用 UPnP,如图 8-33 所示。设置【UPnP】参数为“Enable”,并允许用户改变配置,但不允许用户禁用 Internet 访问。

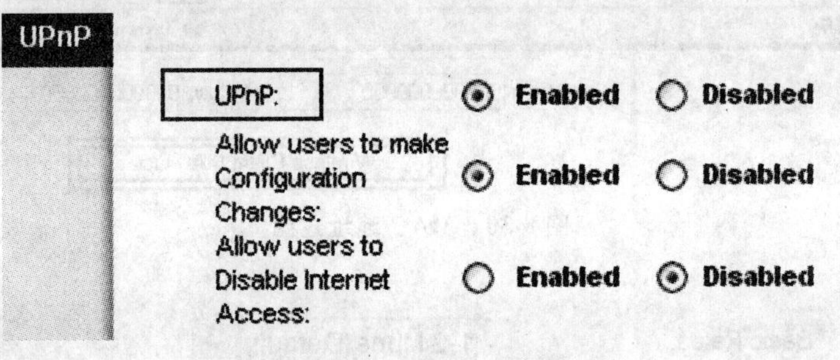

图 8-33 UPnP 设置

(八)配置安全属性

操作步骤如下:

(1)在管理界面菜单栏上,点击【Security】菜单,进入【Filter】子菜单。

(2)设置过滤的 IP 地址,如图 8-34 所示。

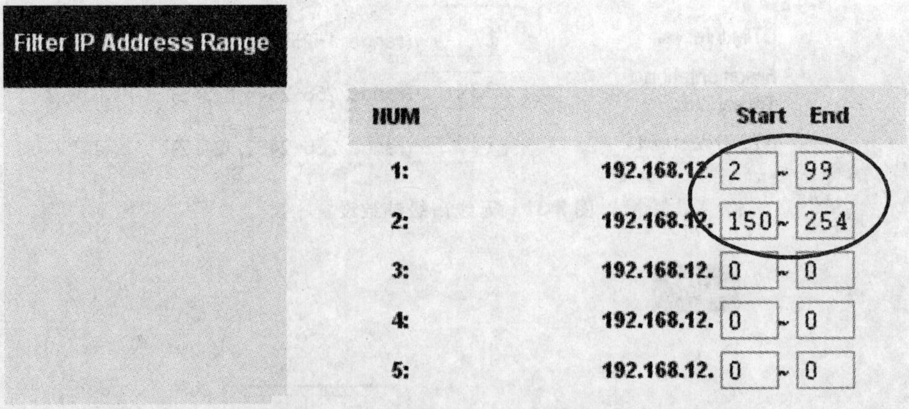

Filter IP Address Range

NUM		Start	End
1:	192.168.12.	2	99
2:	192.168.12.	150	254
3:	192.168.12.	0	0
4:	192.168.12.	0	0
5:	192.168.12.	0	0

图 8-34 设置不可使用的 IP 地址

(3)一般 BT 软件的端口号为 6881 – 6889。为防止办公室用户使用 BT 导致正常应用无法使用,可以设置过滤的端口号,如图 8-35 所示。

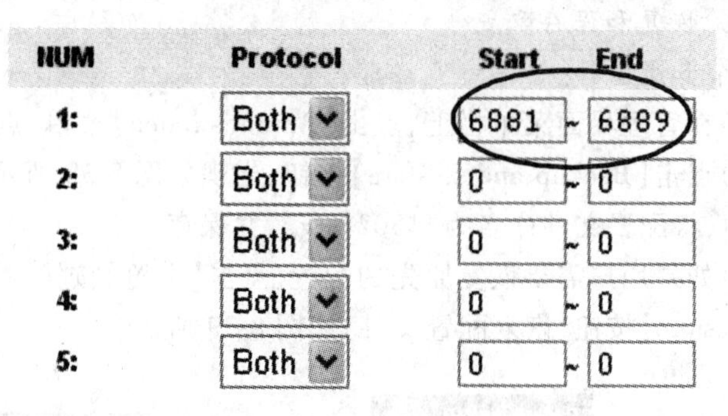

图 8-35 过滤 BT 端口号

(4)本网络中,打印服务器只为内部网络使用,不需访问 Internet。故将其 MAC 地址放置在 MAC 地址过滤表中。如图 8-36 所示,点击【Edit MAC Filter Setting】按钮,将打印服务器的 MAC 地址“01-C6-36-59-0F-E2”输入 MAC 地址过滤表,点击【Apply】按钮,保存该 MAC 地址。最多可以存放 50 个 MAC 地址,如图 8-37 所示。

图 8-36 过滤 MAC 地址

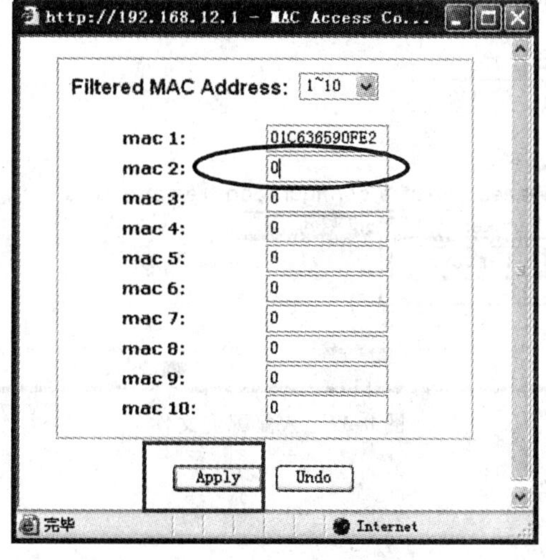

图 8-37 设置过滤 MAC 地址

(5)此外,还可以通过阻塞广域网请求,提高网络安全性。例如,启用【Block Anonymous Internet Requests】功能,防止外部网络的未授权的 TCP 和 ICMP 数据。

(九)恢复和保存配置

操作步骤如下:

(1)在管理界面菜单栏上,点击【Administration】菜单,点击进入【Management】子菜单。

(2)点击【Backup and Restore】按钮,出现如图 8-38 所示的备份配置界面。点击【Backup】按钮,将配置文件命名为"1502. cfg",并保存。

(3)如果用户需要恢复原先的配置,点击【浏览】按钮,选择需要恢复的配置文件。然后点击【Restore】按钮,恢复配置文件,如图 8-39 所示。

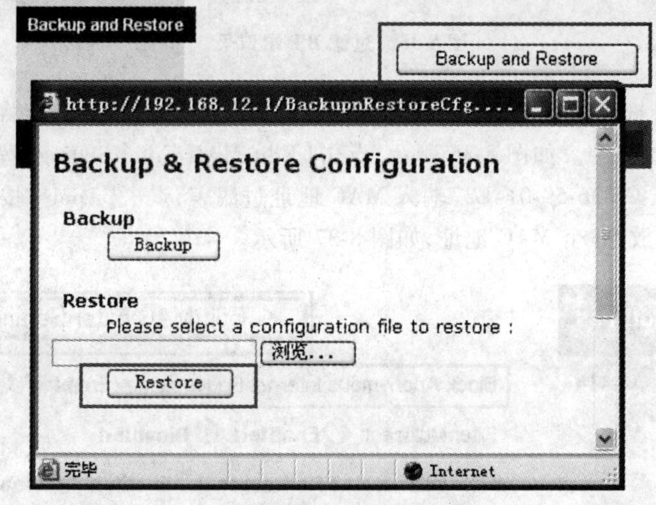

图 8-38 备份配置文件

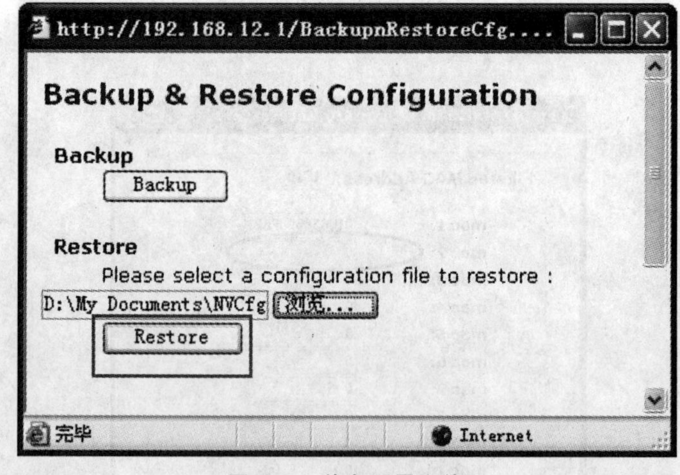

图 8-39 恢复配置文件

(十)恢复出厂设置

操作步骤如下:

(1)在管理界面菜单栏上,点击【Administration】菜单,点击进入【Factory Defaults】子菜

单。如图 8-40 所示，选择【Yes】按钮，并保存，完成恢复出厂设置。

(2)此外，如果用户忘记了登录密码，不能登录进行配置。这时可以直接按下路由器 WAN 端口旁的【Reset】按钮，等待几秒钟后，再松开按钮。

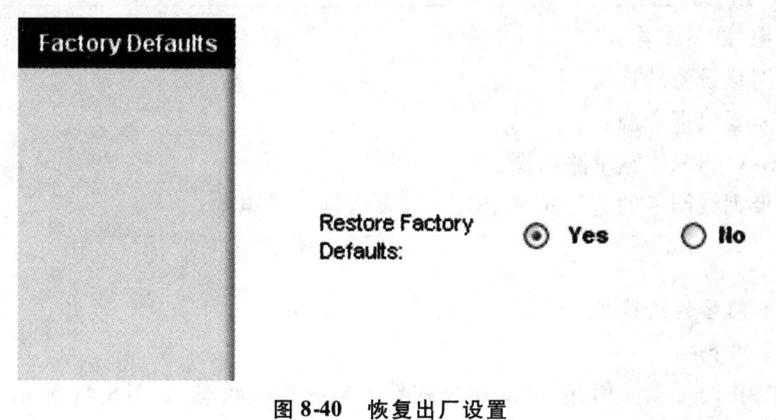

图 8-40　恢复出厂设置

模块 3　验证路由器配置

一、教学目标

1. 会基本的连接验证；
2. 能发现网络错误的原因；
3. 会基本的网络排错。

二、工作任务

1. 测试网络连通性；
2. 排除 LAN 接口配置错误；
3. 排除 WAN 接口配置错误；
4. 排除无线配置错误。

三、相关知识点

1. 测试命令

常用的网络测试命令：ipconfig，ping，tracert。

2. 测试方法

目前存在多种不同的结构化故障排除技术，包括：自上而下、自下而上和分治法。此外，还有试错法和替换法。

四、实践操作

背景知识/准备工作：
准备好网络设备的连接。
本实验需要以下资源：
· LinksysWRT54G 宽带路由器；
· 一台带无线网卡的笔记本或 PC，一根以太网交叉电缆。

(一)测试网络的连通性

操作步骤如下：

(1)首先，我们可以使用 ipconfig 命令查看本地的连接状态，如图 8-41 所示。当然，也可以使用 ipconfig/all 命令查看所有的 IP 配置。

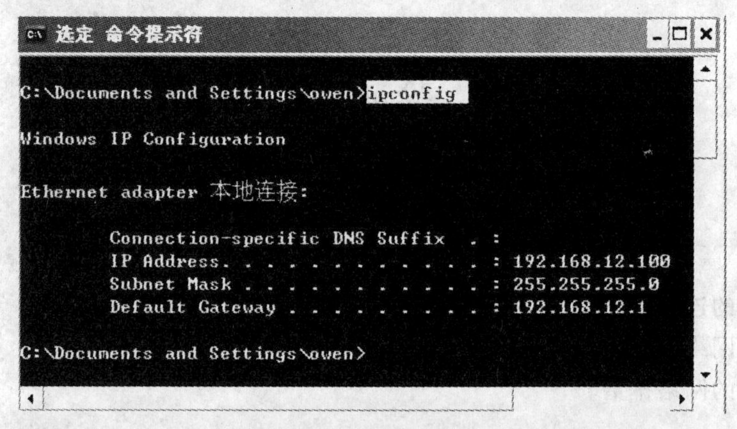

图 8-41 查看网络连接

(2)其次，使用 ping 命令测试能否连接到外网，如图 8-42 所示，说明网络连接成功。

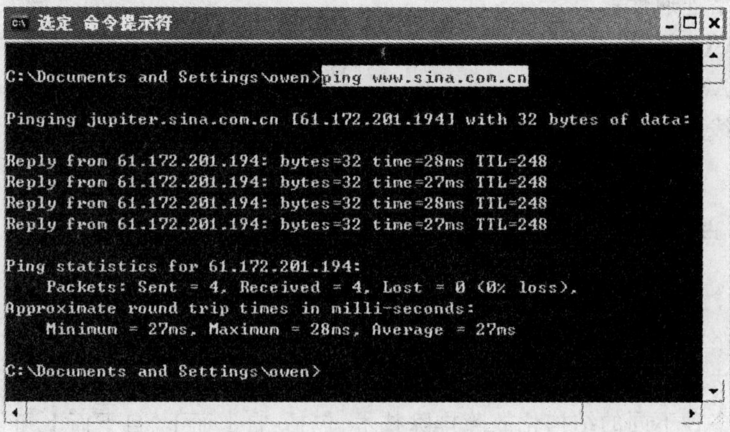

```
选定 命令提示符

C:\Documents and Settings\owen>ping www.sina.com.cn

Pinging jupiter.sina.com.cn [61.172.201.194] with 32 bytes of data:

Reply from 61.172.201.194: bytes=32 time=28ms TTL=248
Reply from 61.172.201.194: bytes=32 time=27ms TTL=248
Reply from 61.172.201.194: bytes=32 time=28ms TTL=248
Reply from 61.172.201.194: bytes=32 time=27ms TTL=248

Ping statistics for 61.172.201.194:
    Packets: Sent = 4, Received = 4, Lost = 0 (0% loss),
Approximate round trip times in milli-seconds:
    Minimum = 27ms, Maximum = 28ms, Average = 27ms

C:\Documents and Settings\owen>
```

图 8-42 测试网络连通性

(3)如果不能 ping 通,则说明我们的物理设备或者逻辑配置存在问题。对于物理问题,我们可以使用看、嗅、触和听等手段来排查问题。通过替换、拔插、重启等方法,发现并处理问题。

对于逻辑配置,我们可以使用分治法来进行排错。通过“ping 127.0.0.1”,测试本机 TCP/IP 协议栈是否正常运行;接着“ping 192.168.12.100”,即本机 IP 地址,查看网卡是否正常运行;然后“ping 192.168.12.1”,测试客户端与 LAN 网关地址是否正常连接;最后“ping 120.160.43.230”,测试客户端与 WAN 接口地址是否正常连接。通过这个过程确定那个部分出现问题。

(二)LAN 接口排错

如果出现如图 8-43 的错误,说明 LAN 接口配置有问题。

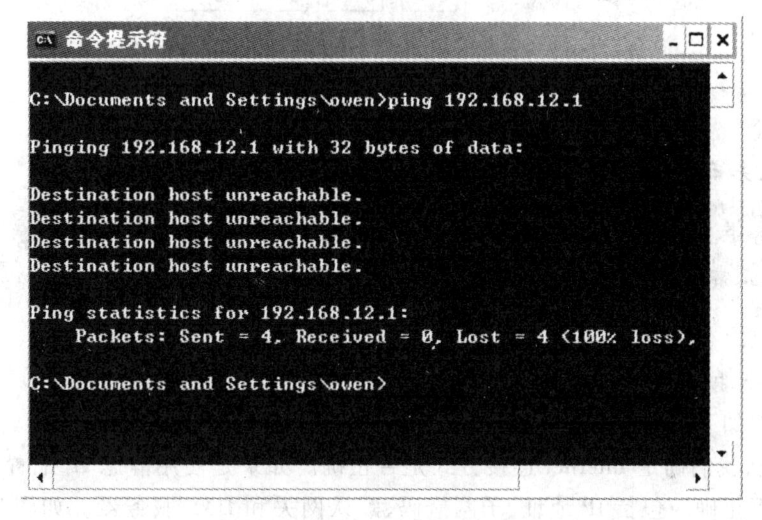

图 8-43　LAN 接口配置错误

操作步骤如下:

(1)首先,登录宽带路由器的配置界面。

(2)查看 LAN 配置中,网关 IP 地址是否正确,子网掩码是否一致,如图 8-44 所示。

路由器端配置

Local IP Address: 192 . 168 . 12 . 1

Subnet Mask: 255.255.255.0

客户端配置

```
Connection-specific DNS Suffix  . :
IP Address. . . . . . . . . . . . : 192.168.12.100
Subnet Mask . . . . . . . . . . . : 255.255.255.0
Default Gateway . . . . . . . . . : 192.168.12.1
```

图 8-44　网关配置

(3)查看 DHCP 服务器的配置,查看 IP 地址是否足够多,以及租期是否设置太短,如图 8-45 所示。

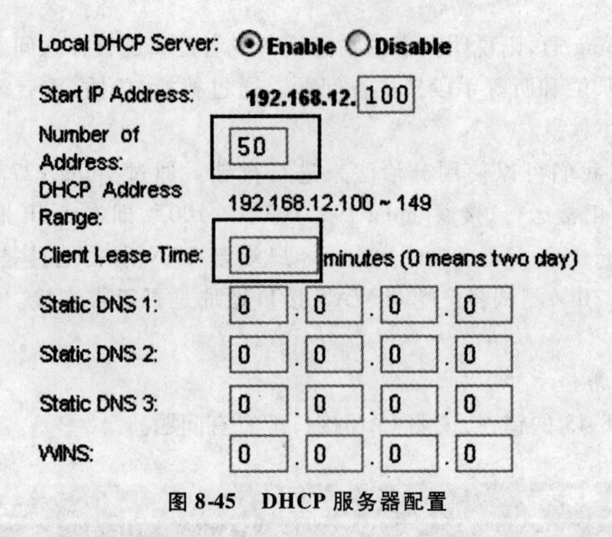

图 8-45 DHCP 服务器配置

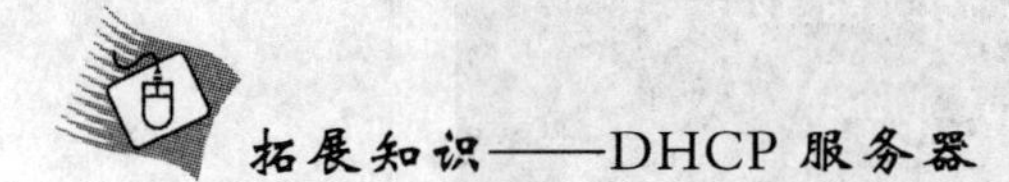

拓展知识——DHCP 服务器

如果网络中存在多个 DHCP 服务器时,有时客户端会收到其他 DHCP 服务器的 IP 配置,导致不能正常上网。如果遇到这样的问题,请关闭多余的 DHCP 服务器。

(三)WAN 接口排错

操作步骤如下:

(1)首先,我们确定 Internet 连接方式是否正确。如果是使用静态 IP 配置,则需要检查配置参数是否正确。包括 IP 地址、子网掩码、默认网关和 DNS 服务器。如图 8-46 所示,如果我们将子网掩码设置为"255.255.255.0",则不能正常连接到网络中。

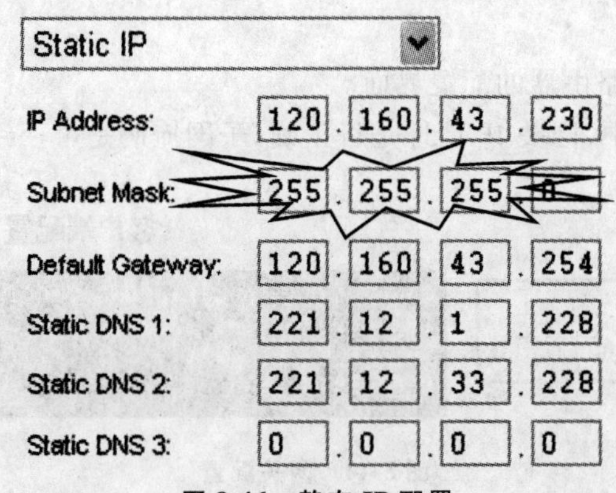

图 8-46 静态 IP 配置

(2)如果使用 ADSL 或 Cable Modem,则应该选择 PPPoE 的接入方式。如图 8-47 所示,正确设置用户名和密码。同时设置连接方式,如果选择按需(On Demand)连接,则设置最大的空闲(idle)时间,默认 5 分钟。如果选择持续保持(Keep Alive),则设置对应的重拨时间,默认 30 秒。

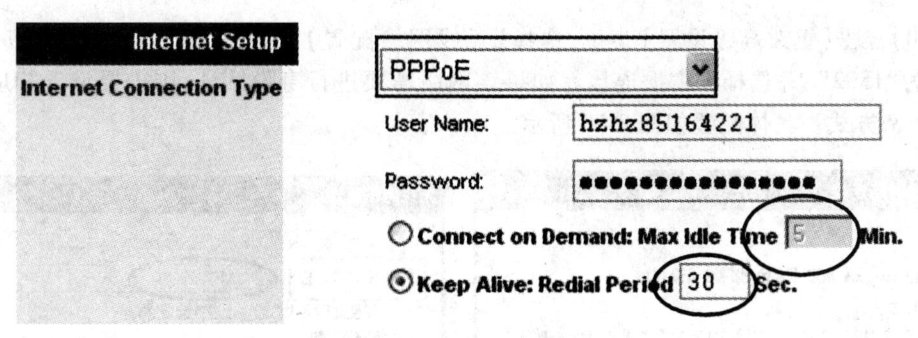

图 8-47　PPPoE 配置

(四) Wireless 排错

前面我们介绍了路由器的基本排错,如果是无线客户端不能连接到网络,则需要查看宽带路由器的无线配置。

操作步骤如下:

(1)首先,确定无线客户端设备运行正常。这里主要指的是无线网卡,包括 USB、PCI 和 PCMCIA 等接口类型。图 8-48 是无线网卡的类型。

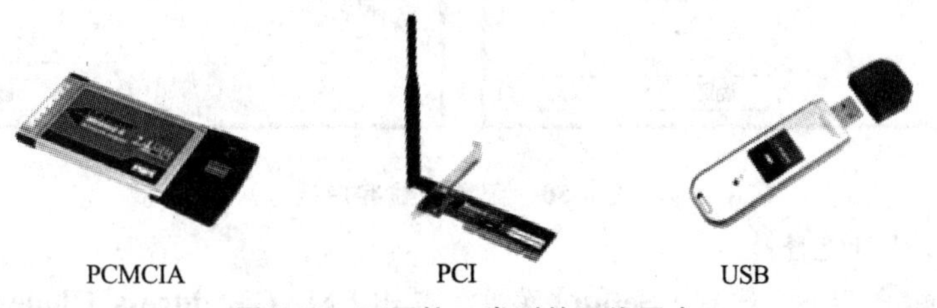

图 8-48　不同接口类型的无线网卡

(2)其次,打开客户端的【无线网络连接】,如图 8-49 所示,查看是否存在无线 AP。如果在路由器上选择禁止 SSID 广播,则不能查看到该无线 IP,这时候要求用户手工进行设置。

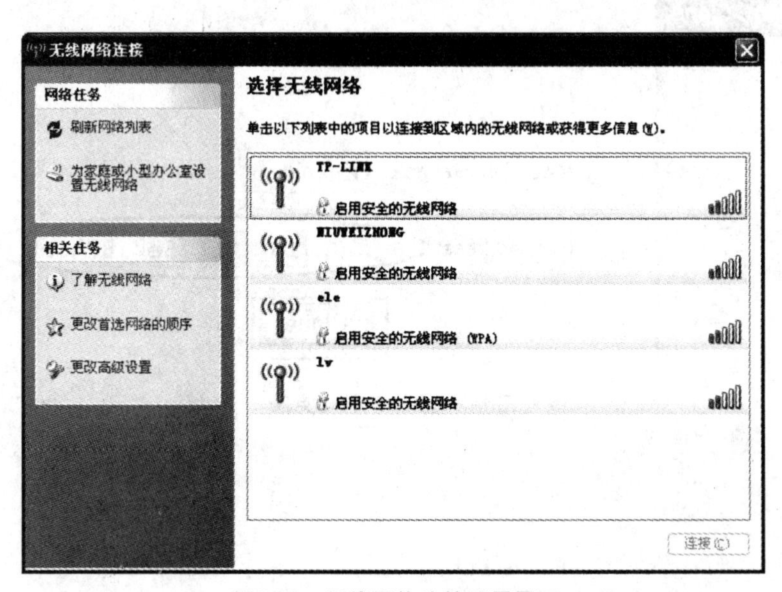

图 8-49　无线网络连接配置界面

(3)点击【更改高级设置】菜单,选择【无线网络配置】子菜单,点击【添加】按钮,设置SSID为"1502",并选择未广播连接。如果该网络需要进行身份认证,则需要设置相应的认证和加密方式。具体配置如图8-50所示。

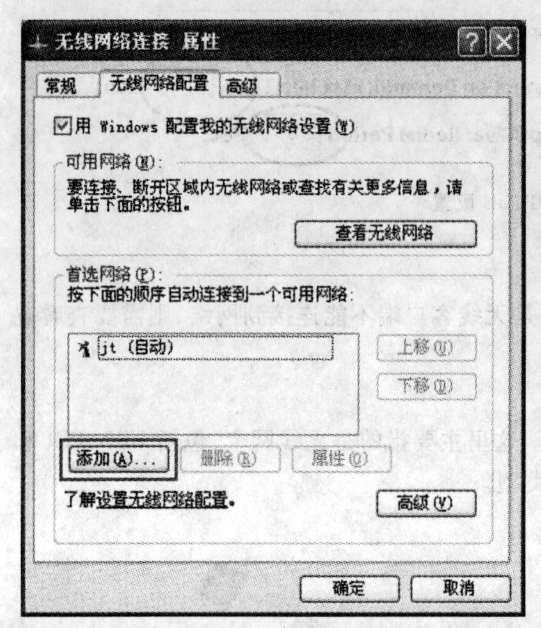

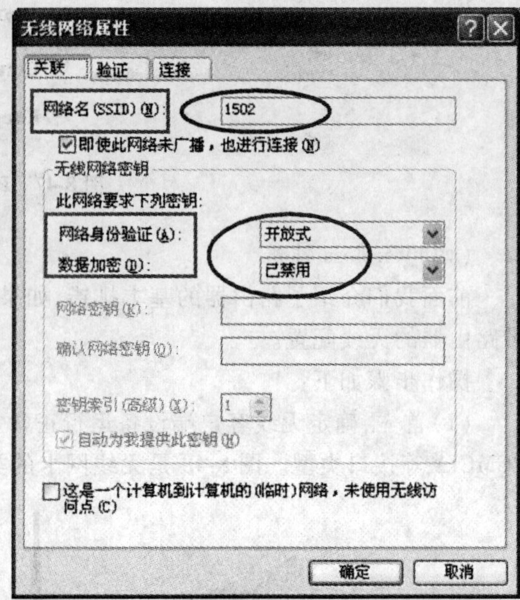

图8-50 配置无线客户端

(五)**MAC地址克隆**

登录管理配置界面,选择【**Setup**】菜单,点击【**MAC Address Clone**】子菜单,启用【**MAC Clone Server**】,并录入**MAC**地址。也可以点击【**Clone**】按钮,保存客户端的**MAC**地址。具体配置见图**8-51**。

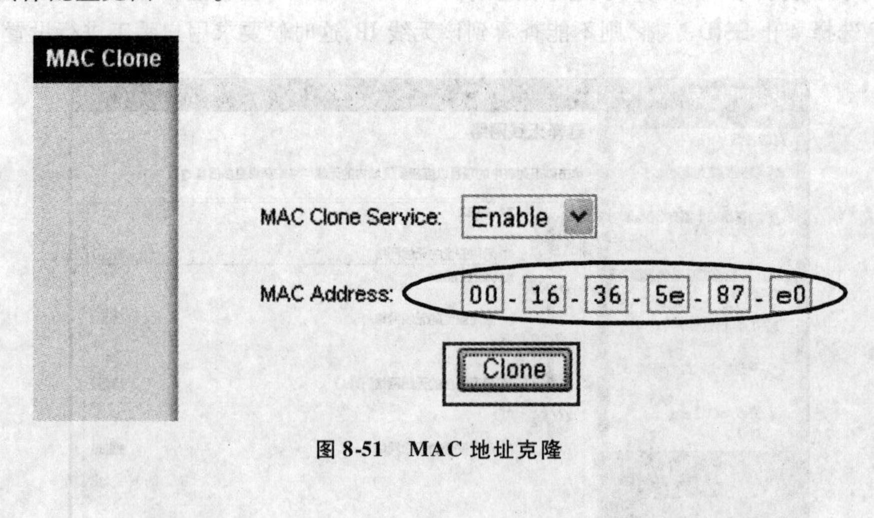

图8-51 MAC地址克隆

知识点链接

1. Internet 因特网或互联网。泛指由多个计算机网络相互连接而成的一个网络，它是在功能和逻辑上组成的一个大型网络。从广义上来说就是“连接网络的网络”。这种将计算机网络互相连接在一起的方法称为网络互联。作为专有名词，它所指的是全球公有、使用TCP/IP这套通讯协议的一个计算机系统，这个系统所提供的信息与服务，以及系统的用户。因此，世界上这个最大的互联网络也被简称为“互联网”。

2. ISP Internet 服务提供商。为 Internet 接入提供连接与支持的公司。

3. POP(Point of Presence)入网点。POP 是 ISP 的网络与 POP 所服务的特定地理区域之间的连接点。

4. DHCP(Dynamic Host Configuration Protocol)动态主机配置协议。DHCP 是一种使网络管理员能够集中管理和自动分配 IP 网络地址的通信协议。

5. NAT(Network Address Translation)网络地址转换。NAT 是将一组 IP 地址映射(mapping)到另一组 IP 地址的技术，即将内网的私有 IP 地址转换成公网的公有 IP 地址，使得内部网络能够访问外部网络。

6. UPnP(Universal Plug and Play)通用即插即用。UPnP 是各种各样的智能设备、无线设备和个人电脑等实现遍布全球的对等网络连接(P2P)的结构。

7. Firewall 防火墙。防火墙是设置在因特网与用户设备之间的一种安全设施。这种设施可通过识别和筛选，把未被授权或具有潜在破坏性的访问阻挡在外，达到安全和保密的目的。根据不同的安全要求，防火墙可以有多种类型，例如有路由器类型的、隔离网络类型的等等。

8. DMZ(DeMilitarized Zone in Networks)非军事区。DMZ 又称非保护区，指的是通过防火墙而独立于其他系统的部分网络，非军事区安全性高于外部网络，低于内部网络。

9. DDNS(Dynamic Domain Name System)动态域名解析系统。动态域名解析系统(DDNS)主要是为了解决域名和动态 IP 地址之间的绑定问题。当用户使用不同的 IP 登录时，动态域名解析系统将用户 IP 地址的变化动态地映射到相应的 DDNS 服务器中，进行及时的自动更新，从而保证用户能够被正确的寻址定位。

10. 虚拟服务器。通过 Web 服务器(一台高性能的机器)，在一块网卡上绑定多个 IP 地址，而不同的 IP 地址绑定于同一台 WWW 服务器上的不同的主页目录，当用户访问不同的 IP 地址时，其对应的主页就会被分发出去，一台 WWW 服务器就好像许多 WWW 服务器一样。这样可以节约硬件资源，降低 WWW 服务器维护的成本，便于网页的集中管理，缺点是对 WWW 服务器的硬件要求较高，在网络访问高峰期系统性能下降较大，还有安全隐患。在 WindowsNT 和 Linux 上都可以建立虚拟服务器。

11. QoS(Quality of Service)服务质量。QoS 是网络的一种安全机制，是用来解决网络延迟和阻塞等问题的一种技术。

12. WPAN(Wireless Personal Area networks)无线个域网。最小的无线网络，用于连接各种外围设备到计算机，例如鼠标、键盘和 PDA。

13. WLAN(Wireless Local Area Network)无线局域网。无线局域网是固定局域网的一种延伸。没有线缆限制的网络连接。对用户来说是完全透明的,与有线局域网一样。

14. WWAN(Wireless Wide Area networks)无线广域网。WWAN 技术是使得笔记本电脑或者其他的设备装置在蜂窝网络覆盖范围内可以在任何地方连接到互联网。

15. Wi-Fi(Wireless Fidelity)无线保真。与蓝牙、红外(IR)技术一样,同属于在办公室和家庭中使用的短距离无线技术。相对与蓝牙和红外,Wi-Fi 采用无线电射频(RF),具有传输距离长,速率快的特点。

16. IEEE802.11 标准。IEEE802.11 是美国电机电子工程师协会(IEEE)为解决无线网路设备互联,于 1997 年 6 月制定发布的无线局域网标准。IEEE 802.11 是 IEEE 制订的第一个无线局域网标准,主要用于解决办公室局域网和校园网中用户与用户终端的无线接入。

17. Ad-hoc 对等模式。在点对点网络中,将两台或以上的客户端连接到一起,就可以创建最简单的无线网络。以这种方式建立的无线网络称为对等网络,其中不含 AP。

18. Infrastructure Mode 基础架构模式。大型网络需要一台设备来控制无线单元中的通信。如果存在 AP,则 AP 将会承担此角色,控制可以通信的用户及通信时间。这就称为基础架构模式,它是家庭和企业环境中最常用的无线通信模式。

19. BSS 基本服务集。单个 AP 覆盖的区域称为基本服务集(BSS)或单元。

20. ESS(Extended Service Set)扩展服务集。通过分布系统(Distribution System,DS)连接多个 BSS,从而形成扩展服务集(Extended Service Set,ESS)。ESS 使用了多个 AP。每个 AP 都位于一个独立的 BSS 中。

21. Channel 通道。对可用的 RF 频谱进一步划分即形成通道。每个通道都可以传送不同的通信。此方式类似于多个电视频道通过一个介质传输。

22. CSMA/CA(Carrier Sense Multiple Access with Collision Avoidance)载波侦听多路访问/冲突避免。无线技术使用的访问方法称为 CSMA/CA,CSMA/CA 可以预约供特定通信使用的通道。在预约之后,其他设备就无法使用该通道传输,从而避免冲突。

23. PPPoE(Point-to-Point Protocol over Ethernet)以太网上点对点协议。PPPoE(RFC2516),由 Redback、RouterWare 和 UUNET Technologies 联合开发的。通过把最经济的局域网技术——以太网和点对点协议的可扩展性及管理控制功能结合在一起,网络服务提供商和电信运营商便可利用可靠和熟悉的技术来加速部署高速互联网业务。它使服务提供商在通过数字用户线、电缆调制解调器或无线连接等方式,提供支持多用户的宽带接入服务时更加简便易行。同时该技术亦简化了最终用户在动态地选择这些服务时的操作。

习 题

一、选择题

1. ISP 从哪里获取分配给用户的公用地址?( )

A. ISP 自行创建这些地址　　B. ISP 通过 RFC 获取地址

C. ISP 自动获得地址　　D. ISP 从注册组织获取地址块

2. 为什么 IEEE802.11 无线技术传输的距离比蓝牙技术更远？（　　）

A. 传输的频率低得多　　B. 功率输出更高

C. 传输的频率高得多　　D. 使用更好的加密方法

3. 与有线技术相比，无线技术有哪三大优势？（选择三项）（　　）

A. 维护成本更低　　B. 传输距离更长　　C. 易于安装

D. 易于扩展　　E. 安全性更高　　F. 主机适配器更便宜

4. 哪种无线技术标准与旧无线标准的兼容性最强，且性能更高？（　　）

A. 802.11a　　B. 802.11b　　C. 802.11g　　D. 802.11n

5. 什么是网络中的 CSMA/CA？（　　）

A. 无线技术为避免 SSID 重复而使用的访问方法

B. 任何技术都可使用的、缓解过多冲突的访问方法

C. 有线以太网技术为避免冲突而使用的访问方法

D. 无线技术为避免冲突而使用的访问方法

6. 下列有关启用 EAP 时使用预共享密钥的陈述，哪一项是正确的？（　　）

A. 使用密钥对 AP 发送的随机字符串加密

B. 需要后端身份认证服务器，如 RADIUS

C. 仅执行单向身份认证

D. 允许客户端基于 MAC 地址进行关联

7. 当接入点上仅启用了 MAC 地址过滤时，客户端何时才会被视为“通过身份认证”？（　　）

A. 当客户端向接入点提供正确的密钥时

B. 当客户端向接入点发送 MAC 地址时

C. 当接入点证实 MAC 地址确实存在于 MAC 表中并向客户端发送确认消息时

D. 接入点向服务器发送 MAC 地址后收到确认 MAC 地址有效的通知时

二、项目设计题

1. 你的一位朋友需要购买一个宽带路由器，请您为他提供参考意见。请你收集市场上常见的无线宽带路由器的型号，通过整理产品的介绍资料，并比较产品的功能和价格。

图书在版编目(CIP)数据

小型局域网组建与维护 / 郝阜平主编. —杭州：浙江大学出版社，2009.8

高职高专计算机类工学结合规划教材

ISBN 978-7-308-06951-9

Ⅰ. 小… Ⅱ. 郝… Ⅲ. 局部网络 - 高等学校：技术学校 - 教材 Ⅳ. TP393.1

中国版本图书馆 CIP 数据核字(2009)第 148791 号

内容简介

本书以组建和维护小型局域网为主线，面向实际工程应用，按照项目化课程模式的要求组织编排。全书共分 8 个项目，主要包括认识计算机网络——概述、绘制小型网络拓扑图、连接网络——传输介质、连接网络——联网设备、认识计算机网络——网络协议、连接网络——网络寻址、组建小型交换网络——配置交换机、连接互联网——配置宽带路由器。每个项目都有明确的工作目标、工作任务、实现过程和知识点分析，力求集教、学、做于一体，从而更好地激发学生的学习兴趣，培养学生的动手能力。

本书可作为各类高职高专院校相关专业的计算机网络课程教材，也可以作为计算机网络知识的技能培训教程，还可供计算机网络爱好者和工程技术人员学习参考。

小型局域网组建与维护

郝阜平　主编

责任编辑　石国华
封面设计　俞亚彤
出版发行　浙江大学出版社
(杭州天目山路 148 号　邮政编码 310028)
(网址：http://www.zjupress.com)
排　　版　星云光电图文制作工作室
印　　刷　德清县第二印刷厂
开　　本　787mm × 1092mm　1/16
印　　张　14.5
字　　数　350 千
版 印 次　2009 年 8 月第 1 版　2009 年 8 月第 1 次印刷
书　　号　ISBN 978-7-308-06951-9
定　　价　28.00 元
